LES DÉCHUS

Du même auteur
chez Sonatine Éditions

Les Maudits, traduit de l'anglais par Charles Bonnot et Sigolène Vivier, 2023.

Tarn Richardson

LES DÉCHUS

La Main noire 2

Traduit de l'anglais
par Charles Bonnot et Sigolène Vivier

SONATINE ÉDITIONS

Directeur de collection : Arnaud Hofmarcher
Coordination éditoriale : Marie Misandeau
et Pierre Delacolonge

Titre original : *The Fallen*
Éditeur original : Duckworth Overlook

Carte p. 17 : Joey Everett, adaptée par Cursives

Sonatine Éditions
92, avenue de France
75013 Paris
lisezsonatine.com

Ouvrage réalisé par Cursives à Paris

ISBN 978-2-38399-113-7
N° d'édition : 1113 – Dépôt légal : octobre 2023

Pour Maurice East,
le bras droit de Tacit, le mien aussi

À la mémoire d'Anthony John Maddocks

À Fabrice Pointeau,
avec toute ma reconnaissance.
C. B.

Ceux qui sont morts ne revivront pas,
des ombres ne se relèveront pas.
Ésaïe, 26, 14

PERSONNAGES RÉCURRENTS DE LA TRILOGIE *LA MAIN NOIRE*, PAR ORDRE D'APPARITION

Inquisiteur Poldek Tacit : à douze ans, a vu ses parents se faire massacrer sous ses yeux dans le massif des Tatras, avant d'être sauvé par le père Adansoni, qui l'a pris sous son aile ; élevé ensuite au Vatican, où ses dons remarquables lui ont permis de rejoindre l'Inquisition ; formé par l'inquisiteur Tocco, a vu son maître mourir de la main d'hérétiques ; s'est illustré dans son combat contre les sorcières, loups-garous et autres créatures maléfiques, avant que les désillusions sur son ordre et l'amour lui fassent quitter l'Église ; brisé par la mort de sa compagne, Mila, qui était enceinte, accepte de revenir dans l'Inquisition, mais reste dévoré par ses démons qu'il noie dans l'alcool ; envoyé à Arras sur une demande restée secrète du pape Pie X ; pris de doutes sur son comportement, le Conseil du Saint-Siège décide de le mettre à l'épreuve en lui envoyant sœur Isabella, dont il tombe amoureux ; grâce à son aide, découvre l'existence de loups-garous à Fampoux et parvient à déjouer un massacre lors de la messe pour la Paix dans la cathédrale Notre-Dame ; par la suite, arrêté et emprisonné à Toulouse ; une mystérieuse prophétie court à son sujet.

Sœur Isabella : religieuse spécialement formée par l'Église pour mettre à l'épreuve les vœux de chasteté des membres du clergé ; envoyée à Arras pour tester la volonté de Tacit, sous couvert d'une enquête sur la mort pour le moins étrange et sanglante du père Andreas ; d'abord réticente, finit par s'attacher à Tacit jusqu'à en tomber amoureuse ; son sang-froid lui permet de repousser une attaque de loups-garous, sauvant ainsi la vie de l'inquisiteur ;

sur la piste de Sandrine Prideux à Fampoux, découvre avec lui un antre de loups-garous et les projets du cardinal Poré lors de la messe pour la Paix ; Tacit l'étrangle pour qu'elle s'évanouisse devant la cathédrale Notre-Dame, afin de se charger lui-même d'empêcher le massacre.

Monseigneur Gérard-Maurice Poré : cardinal de la région d'Arras ; a la réputation d'être sévère et radical, notamment à l'encontre des blasphémateurs, mais aussi de certains travers de l'Église, qu'il souhaite voir réformée ; on raconte que son exclusion de l'ordre inquisitorial dans sa jeunesse et l'arrestation puis la mort de ses parents qui s'ensuivirent sont à l'origine de sa haine vivace contre les inquisiteurs et celle, tenue secrète, contre l'Église ; aide le cardinal-évêque Monteria à organiser une messe pour la Paix au retentissement international dans la cathédrale Notre-Dame ; prétend que les meurtres qui ont eu lieu dans sa congrégation sont l'œuvre de loups-garous, et qu'il a été lui-même victime d'une attaque ; en réalité, s'est allié avec les loups-garous de Fampoux pour se venger de l'Église ; fournit à Monteria la peau de loup-garou nécessaire au massacre qu'il projette lors de la messe pour la Paix.

Sandrine Prideux : jeune femme impétueuse vivant à Fampoux, près d'Arras ; fille du loup-garou Frédéric Prideux et d'une humaine, elle est une demi-louve capable de contrôler ses animorphoses ; afin d'aider les siens, nourrit la horde de loups-garous de Fampoux et se rapproche du cardinal Poré pour organiser sa vengeance contre l'Église catholique ; agressée par le commandant Pewter, se transforme pour le tuer ; c'est ainsi que le lieutenant Frost découvre son secret, mais loin de la repousser, il tombe amoureux et décide de s'enfuir avec elle.

Frédéric Prideux : loup-garou et père de Sandrine Prideux ; à la tête de la horde de Fampoux jusqu'à sa mort ; c'est sa peau, offerte par sa fille au père Andreas, qui est ensuite volée par Poré lors de l'assassinat du prêtre.

Monseigneur Monteria : cardinal-évêque de Paris, à l'origine du complot visant à organiser un massacre en pleine messe pour la Paix afin d'assouvir la vengeance des loups-garous ; c'est lui qui approche le cardinal Poré pour le rallier à sa cause ; tué dans la cathédrale Notre-Dame, en pleine messe, par Poldek Tacit.

Mila : jeune fermière napolitaine ; compagne de Poldek Tacit, dont elle tombe enceinte ; cruellement assassinée sur son domaine ; on raconte que les hérétiques sont responsables de son meurtre.

Père Javier Adansoni : missionnaire ; homme de confiance du pape Léon XIII, mais pas de ses successeurs ; lors d'une de ses missions en Pologne, découvre le jeune Poldek Tacit parmi les cadavres de ses parents et des mercenaires qui les avaient assassinés ; persuadé de tenir là l'enfant annoncé dans une prophétie, l'emmène au Vatican pour être formé par l'Église ; réfractaire à l'Inquisition, tente d'empêcher sans succès le recrutement de Tacit au sein de ses rangs ; ne cesse par la suite de défendre son jeune protégé contre les récriminations toujours plus grandes du Conseil du Saint-Siège ; c'est lui qui vient chercher Poldek Tacit après la mort de Mila pour qu'il rejoigne une fois de plus l'Église ; devenu cardinal dans sa vieillesse.

Monseigneur Casado : cardinal-évêque et membre du Conseil du Saint-Siège ; fin stratège œuvrant dans les couloirs du Vatican ; à la mort de Pie X, assure l'élection de son successeur, Benoît XV.

Monseigneur Korek : cardinal-évêque et membre du Conseil du Saint-Siège ; œuvre dans les territoires slaves.

Monseigneur Attilio Basquez : cardinal argentin ; chargé de basses missions par le Conseil du Saint-Siège ; parvient à faire imposer une enquête sur le père Adansoni.

Père Strettavario : prêtre missionné à Arras par le Conseil du Saint-Siège pour superviser l'évaluation de Tacit par Isabella ; semble s'inquiéter du sort de l'inquisiteur.

Henry Frost : lieutenant de l'armée britannique présent sur le front d'Arras en 1914 ; a perdu de nombreux hommes à cause des combats contre l'armée allemande, puis les attaques de loups-garous ; ayant établi ses quartiers à Fampoux, y rencontre Sandrine, dont il tombe amoureux malgré le terrible secret qu'elle lui révèle ; décide de déserter pour s'enfuir avec elle.

Inquisiteur Salamanca : religieux en charge des interrogatoires dans la prison de Toulouse ; lors d'une séance, se fait défigurer par une sorcière à cause de l'inattention de Tacit.

Georgi Akeldama : inquisiteur ; meilleur ami de Poldek Tacit depuis leur enfance commune au Vatican ; a mené à ses côtés un certain nombre de missions ; c'est en apprenant sa mort que Tacit décide de quitter l'Église pour vivre avec Mila.

Monseigneur Umberto Benigni : ecclésiaste à la tête du Sodalitium Pianum, un réseau d'espions dont la mission est d'enquêter sur les rumeurs d'hérésie et de lutter contre la propagation du modernisme au sein de l'Église ; mène les fouilles commanditées par Basquez dans l'appartement du père Adansoni, contre qui il semble entretenir une méfiance particulièrement vive.

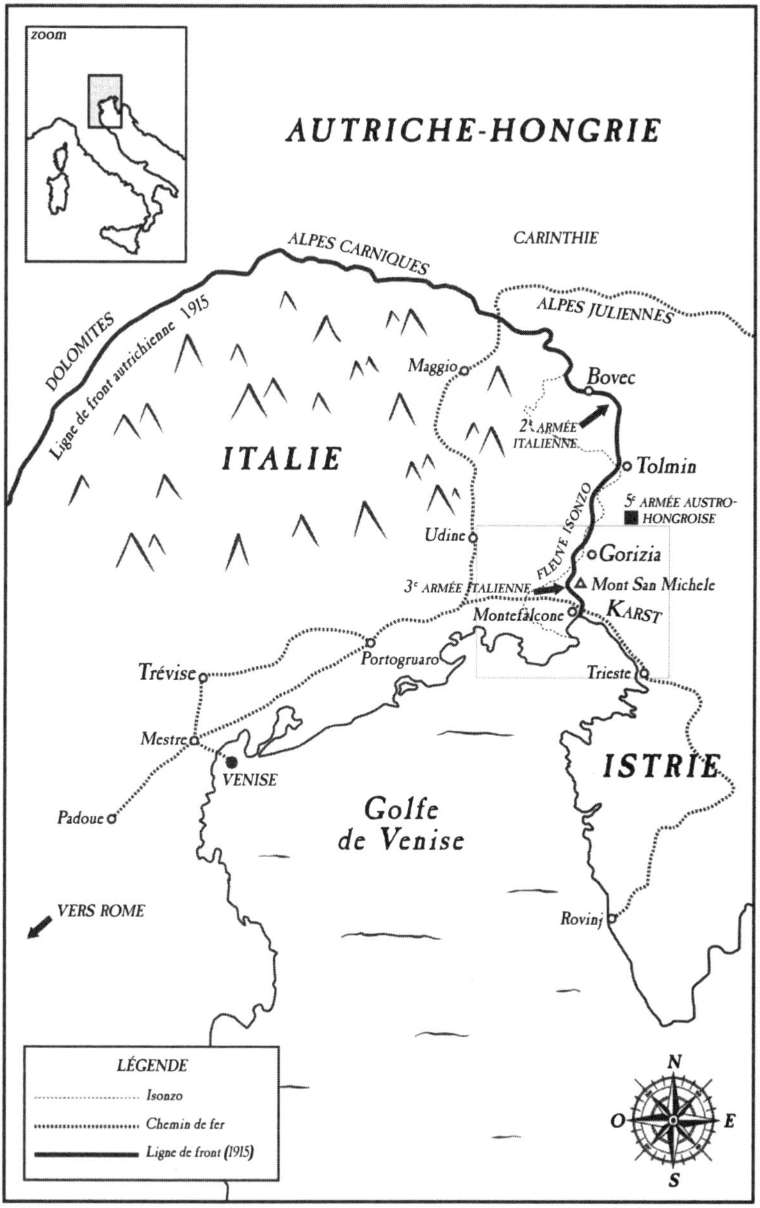
zoom
AUTRICHE-HONGRIE
CARINTHIE
ALPES CARNIQUES
ALPES JULIENNES
DOLOMITES
Ligne de front autrichienne 1915
ITALIE
Maggio
Bovec
2e ARMÉE ITALIENNE
Tolmin
5e ARMÉE AUSTRO-HONGROISE
FLEUVE ISONZO
Udine
Gorizia
3e ARMÉE ITALIENNE
Mont San Michele
Montefalcone
KARST
Portogruaro
Trévise
Trieste
Mestre
VENISE
ISTRIE
Padoue
Golfe de Venise
VERS ROME
Rovinj
LÉGENDE
Isonzo
Chemin de fer
Ligne de front (1915)
N
O
E
S

PROLOGUE

Mardi 11 septembre 1877, Pleven, Bulgarie

« Qui eût cru qu'un corps pouvait saigner autant ? » Les genoux du prêtre tremblèrent alors qu'il s'éloignait de l'assemblée des clercs, tout droit vers un paysage tissé de cauchemars. Une main s'abattit sur l'épaule de la frêle silhouette pour l'aider à garder l'équilibre, le temps que se dissipe son haut-le-cœur.

Tout était entièrement recouvert de sang : la terre, retournée et écœurante, les cailloux éclaboussés, des flaques entières, qui caillaient déjà sous l'effet de la chaleur. Les corps eux-mêmes, entassés sur le sol froid.

« Avons-nous sous les yeux notre idéal rêvé ? » médita le prêtre, alors qu'un clerc un peu plus grand, barbu et vêtu d'une aube en satin noir délicatement ornée de fines dentelles et de pierres chatoyantes, le frôlait pour se planter devant la congrégation.

Lentement, il passa en revue les créneaux en ruine, détruits par les bombardements, là où une vaillante forteresse s'élevait encore peu de temps auparavant.

« Non », répondit-il, debout près d'un tas de gravats – les restes d'une colonne qui avait soutenu les lignes défensives turques au sud de la ville. Il se retourna pour dévisager le prêtre qui l'avait accompagné dans ce trou infernal. « Ce n'est pas un rêve. C'est un cauchemar. Un cauchemar qui va bientôt engloutir le monde tout entier. »

L'assemblée se tut. On n'entendait que le brouhaha des survivants qui nettoyaient le champ de bataille. Des bruits de douleur et de désordre qui polluaient le silence, les gémissements des blessés et des mourants, le hennissement strident des chevaux qui tentaient vainement de se relever sur leurs pattes brisées, les cris paniqués des officiers russes qui essayaient de reprendre le contrôle de leurs troupes éparpillées pour consolider dans l'urgence les défenses de cette position acquise de haute lutte.

L'odeur prégnante et nauséabonde de la fumée, la puanteur de la poudre et du carnage qui se répandaient à travers le champ de bataille agressaient les sens, vous piquaient la gorge. Sur la lande, la vie sous toutes ses formes avait été décimée par le poids du conflit ; tout était maintenant gris, noir et cramoisi, tout était anéanti, transformé en pierre et en petit bois. Chaque centimètre du paysage avait été brûlé, grillé, comme si un incendie phénoménal avait été déclenché contre les défenses turques qui sécurisaient la zone et avait dévoré tout ou presque sur son passage. Des cratères noircis émaillaient le sol, remplis de corps tordus, brisés et déchirés, des soldats déchiquetés et laissés pour morts là où ils étaient venus agoniser, de sorte qu'ils semblaient émerger de la terre fétide, comme s'ils avaient gratté le sol pour atteindre la lumière.

Quant à ceux qui n'avaient pas été atomisés en morceaux de chair, ils présentaient une teinte pâle, les traits tirés, alors qu'ils rôtissaient sous le soleil infernal, prêts à pourrir. Du sang gouttait encore des plaies béantes, des narines et de la bouche de ceux qui avaient été atteints par les éclats d'obus, la mitraille ou bien la charge des baïonnettes. Par endroits, les Russes et les Turcs étaient allongés côte à côte, certains entremêlés comme s'ils partageaient en une embrassade finale un pacte de mort.

L'un des prêtres se racla la gorge.

« Le général Skobelev a repris les forteresses sud. Il va maintenir ses positions...

– Jusqu'au retour des Turcs, l'interrompit le grand-prêtre barbu, au teint aussi pâle que celui des morts alentour. Et ils seront nombreux. Nous devons agir vite. »

Il balaya du regard le paysage baigné de crépuscule jusqu'à la lointaine vallée par laquelle ils avaient pénétré dans le champ de bataille pour la première fois, et finit par contempler la tente blanche perchée sur le flanc de colline de granite gris.

« Ils nous observent, déclara le clerc qui avait failli perdre connaissance. Le tsar Alexandre et le grand-duc.

– Évidemment qu'ils nous observent, répondit le grand-prêtre, ouvrant d'un revers de main le pan de sa soutane noire et diaprée. Nous leur avons promis un miracle. Ne les décevons pas. »

Il s'avança, les yeux rivés sur le sol jonché de corps, comme s'il cherchait un endroit précis, un lieu où il pourrait jeter son sort.

« L'ennemi est susceptible de revenir à tout moment ! cria quelqu'un, le regard tourné vers l'horizon.

– Il reviendra, répondit le prêtre, mais pas de suite. Pas avant que notre œuvre soit faite. Il en a été décrété ainsi. Là ! » Il pointa du doigt un carré de terre défoncée, près d'un arbre solitaire dont toutes les branches sauf une avaient été rompues par les explosions. Du sang coulait sur l'écorce, comme si l'arbre lui-même saignait. « Disposez les objets ici. »

Les prêtres s'affairèrent immédiatement et, d'une main experte et leste, déposèrent au sol leurs reliques élaborées. Un grand tissu de soie noire fut déroulé sur le sol brûlé, sur lequel ils disposèrent une longueur de ruban blanc ainsi que plusieurs cierges noirs, aussi épais qu'un poignet humain, qu'ils agencèrent en forme d'étoile.

La lune, toujours baignée par le coucher de soleil rouge sang, s'était levée, tel un globe morne dans les cieux, éclairant faiblement le carré où les prêtres s'étaient activés. Pas la moindre brise ne soufflait sur le lieu choisi par le grand-prêtre, comme si la nature elle-même avait préféré garder le silence afin d'accueillir les pouvoirs sombres qui s'étaient rassemblés.

Un éclat de lune écarlate brillait à travers les brindilles enchevêtrées de la seule branche restante, se reflétant sur les plis de l'habit noir du prêtre, faisant luire les gemmes qui l'ornaient comme des paires d'yeux scrutateurs. Il recula vers le tissu noir posé au sol et contempla le tas d'objets rassemblés devant lui. Cette vue sembla lui procurer un plaisir certain et il sourit, levant les yeux au ciel pour étudier les constellations. Les prêtres avaient formé un cercle autour de lui et le fixaient intensément.

« Cela sera-t-il suffisant ? murmura quelqu'un.

– Nous avons observé le rituel. Reflété les péchés. Nous avons accompli tout ce qui était attendu de nous.

– Vingt mille vies, demanda un autre, c'est probablement assez ?

– Est-il seulement possible de les rassasier ? »

Le prêtre paré de pierres précieuses se redressa de toute sa hauteur, vrillant du regard l'intensité du soleil couchant. Il mit la main sur un sceptre de bois caché dans les pans de sa soutane, dont le pommeau était sculpté d'une tête de bélier. Soudain, un éclair zébra le ciel, et il tourna la tête pour l'admirer. Le tonnerre gronda depuis le tréfonds de la vallée jusqu'à la mer Noire, au loin, à l'est. Une tempête se préparait. Tous observèrent les cieux afin d'y déceler un signe de leur avènement, la preuve que le lien avait été opéré. Des corbeaux, attirés par la magie et leurs agissements, s'étaient posés en grand nombre autour des pierres fendues et des arbres dépouillés, croassant et braillant avec férocité.

« Pendant trop longtemps, ils sont demeurés enchaînés au fin fond de l'Abysse, entonna le prêtre d'une voix aussi profonde que le tonnerre qui grondait. Ils sont privés de la vue de quoi que ce soit, hormis la pénombre et le feu éternels ; incapables de ressentir quoi que ce soit, hormis les instruments de torture de leurs geôliers appliqués sur leur peau calleuse. Mais ils ont entendu chacune de nos paroles, et ils les entendent maintenant !

Nous faisons appel à eux, nous les implorons de se préparer, car l'heure est bientôt venue pour eux de refaire surface. »

Des éclairs surgirent par intermittence dans les cieux noirs, la voûte céleste zébrée de pointes bleu argenté.

« Eux qui sacrifieraient tout au nom de leur maître, eux qui se battraient jusqu'à la mort, et qui ne peuvent pourtant mourir, au nom de sa Majesté, de son retour et de son règne, car ils sont aussi éternels que la genèse des âges, forgés dans le feu qui vit jaillir le temps dans un seul et même geste. »

Il écarta les bras comme un crucifié sur une croix invisible, le bâton toujours dans sa main gauche.

« Des yeux morts. De la peau déchirée et sanguinolente. Des langues brûlées dans des bouches édentées. Des signes qui plairont à notre maître. Il a vu les sacrifices que nous avons faits pour lui ici sur cette lande, nous assurant que le sang nourricier des déchus s'infiltre jusque dans les entrailles de son royaume. Depuis trop longtemps, ce monde est baigné de lumière et de vie. Une nouvelle ère se prépare, prédite par beaucoup, une ère apocalyptique de ruine pour ceux qui choisissent de ne pas croire, de ne pas suivre, de ne pas s'offrir entièrement à sa noirceur et sa puissance. »

D'un seul coup, la tempête sembla se dissiper et tout replongea dans un silence de mort. Il laissa retomber ses bras.

« Apportez l'offrande ultime ! » ordonna-t-il d'une voix claire et forte.

La foule se scinda en deux et un homme exténué par les coups fut amené au-devant de l'assemblée. Ses poignets abîmés étaient enchaînés mais il se débattait encore du mieux qu'il pouvait, encadré par deux prêtres musculeux qui le poussèrent au centre du cercle.

« Porte-t-il les marques de ceux qui l'ont précédé ? demanda la silhouette barbue, alors que l'on forçait l'homme à s'agenouiller sur le sol sanglant et détrempé. De ceux qui ont arpenté la Terre comme les géants en leur temps, dont les veines palpitent du sang de Satan ? Les Nephilim ?

– Oui », répondit l'un des prêtres qui se tenaient aux côtés du prisonnier.

Il saisit les poignets de l'homme pour montrer au grand-prêtre les marques en question sous la pâleur de la lune. L'homme possédait six doigts à chaque main.

L'autre hocha la tête en guise d'approbation.

« Nous avons baigné la terre du sang pur des innocents, annonça-t-il en ouvrant à nouveau les bras. Répandons ici celui de Satan, laissons couler à mes pieds le sang qui se transmet à chaque descendant. »

Deux couteaux ouvragés brillèrent à la ceinture de l'orateur et il les brandit au-dessus de sa soutane. Les gardes des poignards comportaient plusieurs trous, destinés à accueillir les doigts d'une main, six sur chacun d'eux. Un éclair de lumière blanche se heurta au crépuscule rougeoyant, à l'ouest.

« Je vous en conjure ! supplia l'homme attaché, à genoux, en pleurs, écrasé au sol par la main de l'un des prêtres qui le surveillaient. Je vous en prie ! Laissez-moi partir ! Je ne sais rien de tout ça ! Je suis un honnête homme ! Un fermier ! J'ignore tout de Satan ! » À travers ses larmes, il jetait des coups d'œil désespérés aux prêtres qui l'entouraient. « Vous êtes des catholiques, comme moi. Je vous reconnais, vous venez à la messe. Mais qu'est-ce qui vous prend ? »

Le grand-prêtre ricana, comme si l'homme venait de commettre un blasphème.

« Bâillonnez-le ! ordonna-t-il. Ne laissez pas sa langue ternir ce moment ni affaiblir nos incantations. »

Un chiffon fut aussitôt fourré dans la bouche de l'homme.

« Abaddon, prince des Ténèbres, roi de l'Abysse, appela le prêtre en direction des cieux, les veines de son cou se gonflant sous l'effet de ses cris, je t'invoque toi et tes six princes retenus par les chaînes de l'enfer ! Traversez l'Abysse ! Remontez à la surface, manifestez-vous auprès des mortels et de ceux qui paraissent en être. Car son retour est proche et il doit être protégé. Nous sommes de valeureux serviteurs mais nous ne pouvons lui fournir le secours ni la protection qu'il requiert, alors même qu'il s'apprête à retrouver son trône une fois de plus. Toi seul et tes lieutenants pouvez lui offrir le réconfort de l'armure et de la masse. Partage avec nous tes pensées et fais-moi connaître ta volonté, car vous êtes nos gardiens, et nous sommes tes fantassins. »

Les flammes des cierges vacillèrent brutalement et furent soufflées par une brise fantomatique.

« Les flammes se sont éteintes ! s'écria quelqu'un.

– Il y a de nouvelles lumières ! s'exclama une autre voix à l'opposé du cercle. Elles viennent de l'étoile sur le tissu ! »

Des lueurs de la taille d'une tête d'épingle, de petites sphères enflammées rouge et jaune, de petites émeraudes éclatantes de feu avaient commencé à éclore au-dessus du pentagramme tracé sur le fond noir, et vacillaient comme si une main invisible les faisait danser.

« Ils se rassemblent ! cria un autre membre. Ils sont parmi nous !

– Ce sont eux ! Ils arrivent, ils arrivent ! »

Le grand-prêtre à la mine ténébreuse restait immobile, son regard illuminé par la chorégraphie enflammée qu'il avait créée.

« Avec ces lames, j'accomplis le dernier sacrifice. » Il avait prononcé ces paroles tel un serment, avant de se tourner vers l'homme bâillonné. « Ton destin a été décidé par le sang qui coule dans tes veines, celui des descendants de la cité de Gath, celui des Nephilim, celui de notre Seigneur Satan. Ton rôle a été prophétisé par tous tes ancêtres. »

L'homme secoua sa tête baissée, ses sanglots étouffés par le bâillon.

« Que le sang de ce sacrifice, offert de plein gré par l'un de tes descendants, se mêle à celui des déchus ici sacrifiés, et qu'il soit la force de vie qui permette leur retour. Nous vous avons honorés dans les trois péchés, nous vous avons offert ce sacrifice de masse pour étancher votre soif. Nous vous demandons maintenant de franchir le gouffre qui nous sépare et de venir parmi nous, d'être ses défenseurs, ses lieutenants et de nous guider tous lors de son retour. »

À ces mots, les mains de l'homme furent déliées et les dagues ouvragées lui furent présentées. Il hésita; des mains lourdes se posèrent alors sur sa nuque et le poussèrent vers les armes qu'on lui tendait. L'homme en pleurs se saisit faiblement des deux gardes, ses six doigts se glissèrent dans les trous et il envisagea alors de fuir. Mais, comme si ceux qui le surveillaient avaient lu dans ses pensées, il fut saisi par l'épaule et on releva ses poignets de sorte que les lames se retrouvèrent plaquées contre sa gorge.

« Vous avez le choix, lui révéla le grand-prêtre, et l'homme le dévisagea alors immédiatement à travers ses larmes. Vous pouvez vivre mille vies dans les prisons les plus enfouies de l'enfer, votre âme condamnée à la damnation du fouet du grand geôlier, ou bien… » Ses yeux se plissèrent alors qu'il contemplait le prisonnier. « Vous pouvez vous-même vous trancher la gorge. »

Le prêtre barbu toisa l'homme bâillonné, le transperçant du regard face au choix à faire. L'homme sentait la pureté de la lame des couteaux contre sa peau, la légère brûlure qu'ils marquaient sur sa chair. Il regarda à nouveau de part et d'autre, là où tous les prêtres étaient réunis dans l'attente de cet acte ultime. Il savait qu'il n'avait plus aucune chance de fuir, qu'il ne pouvait pas échapper à son triste sort. Les prêtres l'avaient séquestré pendant trois semaines. Ils l'avaient enlevé après la messe à l'église du village et l'avaient enfermé dans une carriole tirée par des chevaux, puis ils avaient entamé une traversée de bien des montagnes et des frontières avant d'atteindre cet endroit inconnu. Au début, ils s'étaient adressés à lui avec gentillesse, ils l'avaient nourri et lui avaient donné de l'eau. Ils lui avaient assuré à travers les barreaux de sa cage qu'il n'avait rien à craindre. Il connaissait maintenant leurs intentions véritables. La mort était sa seule issue. Certes, il craignait Dieu, mais il craignait encore plus le diable. L'idée de passer mille vies dans les confins de l'enfer le tourmentait.

Il pleura et pensa à la mort de ses chèvres, qui semblait si indolore lorsque la lame de son propre couteau filait sur leur cou.

Les dagues brillèrent une dernière fois puis furent baignées d'un sang rouge-noir lorsque l'homme s'écroula, son dernier soupir noyé par les bouillons de sang qui jaillissaient de sa gorge tranchée. Des vivats parcoururent l'assistance.

« Nous avons aspergé ces terres du sang de nos ennemis et baigné ce lieu d'où ils réapparaîtront de par *son* sang. Venez ! Revenez à nous sans plus tarder ! »

Les mots du prêtre des ténèbres étaient à peine parvenus à l'assemblée qu'une soudaine explosion de chaleur et de flammes détona au milieu du cercle, enveloppant tout le monde d'une fumée sulfureuse et nauséabonde qui les contraignit à se coucher sur le sol. Aux abords des arbres déchiquetés et des fondations de la forteresse en ruine, des corbeaux qui clopinaient çà et là tombèrent raides morts, comme de lourdes pierres.

Alors que le nuage de soufre se dissipait et que les flammes faiblissaient, le grand-prêtre se remit sur pied en vacillant, le côté gauche de son visage fumant, parsemé de cloques, à l'endroit où il avait été touché par l'explosion. Il scruta le point précis où il avait espéré que les démons surgissent, sa silhouette affalée sous l'effet de l'échec et de la résignation.

« Damnation, gronda-t-il, comme s'il lançait un sort.

– Où sont-ils ? » demanda quelqu'un en balayant la lande écorchée du regard.

Des étincelles grésillaient, luisant telles des lucioles au sein du cercle, virevoltant au-dessus du sacrifié à six doigts, et s'envolant chaque seconde un peu plus haut.

« Sont-ils venus ?

– Sont-ils arrivés parmi nous ? questionna une autre voix.

– Je ne vois rien ! Il n'y a rien !

– Non, grogna le grand-prêtre, ses yeux sombres rivés sur le cadavre, dont le corps était affalé sur le ruban blanc maintenant calciné. Le sacrifice n'était pas suffisant. Vingt mille hommes tombés au champ de bataille. Cela n'aura pas suffi à les faire sortir de l'Abysse. Mais quelque chose est tout de même advenu.

– Comment le savez-vous ? Qu'est-ce qui vous fait dire cela ? »

Un courant d'air glacial parcourut l'assemblée médusée, faisant virevolter aubes et soutanes, éteignant dans un crépitement les dernières lueurs des braises qui expiraient. Mais le vent retomba aussi vite qu'il s'était levé, et un calme mortuaire s'abattit à nouveau sur le champ de bataille.

« Ne le sentez-vous donc pas ? marmonna le grand-prêtre, dont le visage brûlé s'empourprait. Quelque chose a changé. Quelque chose sur lequel rouleront les roues de l'oubli. »

Dans un petit chalet de bois en piteux état, posé sur l'arête d'un ravin, les cris d'agonie d'une femme déchirèrent le calme nocturne qui régnait sur le massif des Tatras.

« Pousse, Zofia, implora l'homme à la stature de géant agenouillé à ses pieds. Pousse ! Notre enfant est bientôt là ! »

Celle qui était en train de devenir mère se mordit la lèvre inférieure un peu plus fort et poussa de toutes ses forces. D'un coup, elle sentit l'enfant sortir de son corps et la douleur l'envahir.

« C'est un garçon ! s'écria l'homme à la carrure imposante, tout en berçant l'enfant sanguinolent de ses énormes mains. C'est un garçon, Zofia, c'est un garçon !

– Mon chéri, pleura Zofia, et elle tendit les mains pour qu'il lui confie le nouveau-né, qu'elle pelotonna contre son sein. Il est si beau !

– Comme sa mère !

– Et il est vigoureux, comme son père, Eryk ! répliqua Zofia, des larmes de joie et d'amour baignant son visage. Comment allons-nous l'appeler ?

– C'est une chose belle et précieuse, comme une pierre de sang, déclara Eryk en plaçant une main sur le crâne de son fils. Poldek ! Nous l'appellerons Poldek, comme la pierre qu'il incarne. Poldek Tacit, celui né de la compassion et de la générosité ! »

PREMIÈRE PARTIE

« Revenus à leur bon sens, ils se dégageront des pièges du diable, qui s'est emparé d'eux pour les soumettre à sa volonté. »

Timothée 2, 2, 26

1

Mardi 13 juillet 1915, Rome

L'inquisiteur savait qu'il allait mourir. Il l'avait su dès qu'ils l'avaient trouvé. Il savait à quel point ceux qui l'avaient poursuivi étaient méticuleux. À quel point ils n'abandonnaient jamais. Après tout, il avait appris à leurs côtés. Il était l'un des leurs. Ils avaient partagé la même foi. Ceux qui l'avaient pourchassé, autrefois fiers, n'étaient plus que l'ombre d'eux-mêmes, ce qui transparaissait tant dans la corruption de leur esprit que dans la dureté de leur visage.

La Main noire. Qui avait le bras long.

L'inquisiteur Cincenzo savait bien qu'ils finiraient par le capturer et le tuer, après quoi ils effaceraient toute trace de son existence, chaque souvenir, chaque minuscule preuve de son passage sur Terre.

La branche et la racine. L'Inquisition avait toujours fonctionné de la sorte. Ils ne laissaient jamais rien au hasard. Et puisque la Main noire avait réussi à s'immiscer dans l'organisation la plus dévote et la plus secrète de l'Église catholique, Cincenzo savait qu'ils étaient maintenant suffisamment puissants pour faire en sorte que rien n'entrave leurs machinations.

Il s'était jeté par la fenêtre du dernier étage de sa cachette à l'instant même où ils avaient fracturé la porte. Il s'était accroché au parapet du balcon de l'étage inférieur, auréolé d'une pluie de verre, puis s'était laissé tomber trois mètres plus bas dans la rue. D'autres l'y attendaient, comme il se l'était imaginé.

Il avait saisi l'inquisiteur le plus proche à la gorge et l'homme s'était agenouillé sous l'effet de l'asphyxie, le larynx rompu sous l'emprise de ses paumes serrées. Une silhouette encapuchonnée surgit alors à sa droite et se plia vivement en deux lorsque Cincenzo lui décocha un grand coup de pied dans l'entrejambe. Un coup de poing fusa de derrière, il l'évita et visa les yeux de son agresseur, lui lacérant le visage. La pointe d'un grand bâton fila ensuite tout droit sur lui ; il l'intercepta et le retourna à l'envoyeur, blessant son assaillant à la bouche et lui brisant les dents. Un instant plus tard, il tenait une grenade et l'allée tout entière se mit à vibrer, emplie de lumière et de fumée, aveuglant tous ceux qui se trouvaient alentour, désorientés.

Dans la mêlée bruyante et confuse, Cincenzo en profita pour s'échapper, tête baissée, les bras en mouvement au gré de sa course folle à travers la ville, injectant toute l'énergie qui lui restait dans sa foulée. Il émergea des volutes de fumée qui encombraient encore l'allée et s'élança dans les rues rouges et grises de Rome, éclairées par les réverbères, sa robe d'inquisiteur ondulant à chaque mouvement. Dans sa course, il repensa aux événements qui l'avaient vu devenir celui qu'il était désormais, un ennemi, bon à abattre par ceux qui avaient un temps été ses alliés, avec qui il avait travaillé, prié et tué.

Tout avait commencé par des rumeurs quelques mois auparavant, des murmures qui avaient bruissé dans les couloirs de l'Inquisition à la fin des missions, des conciliabules au sujet de la tumeur noire qui grossissait en plein cœur du Vatican. Au début, Cincenzo avait étouffé ses peurs, conscient qu'il valait mieux ne rien remettre en cause. Il en allait tout simplement de son devoir d'exécuter les ordres, et de détourner le regard des choses qu'il jugeait dignes d'inquiétude. Il était jeune et naïf, et venait tout juste d'accéder de plein droit au statut d'inquisiteur. Il attribuait ses doutes à la dureté du métier, aux horreurs quotidiennes dont il était témoin. Les soupçons qu'il nourrissait désormais perpétuellement, les questions sans réponses, les remords sans issue, il les enfouissait à l'époque au plus profond de son âme, aussi profondément qu'il enfonçait sa lame dans le corps de ses ennemis.

Cincenzo savait que parler de son malaise grandissant à d'autres inquisiteurs lui aurait valu une pluie de questions désagréables de la part de ceux qui dirigeaient l'Inquisition. Ces derniers étaient rarement enchantés d'apprendre que l'un des leurs entretenait des doutes. Les inquiétudes, les questions : tout cela était normalement purgé lors des années de formation sous la férule du maître, et non entretenu jusqu'à l'âge adulte, lorsqu'on devenait inquisiteur.

Mais pour l'homme à présent poursuivi dans la nuit à travers Rome, les questions qui le tourmentaient, les rumeurs qui le narguaient n'avaient jamais pu être apaisées. Et il décida alors de faire ce qui le conduirait de toute façon à la damnation, il le savait bien. Il se mit en quête de réponses.

Cincenzo n'avait jamais entretenu l'espoir d'en obtenir véritablement, du moins pas de suffisamment satisfaisantes. Mais il avait néanmoins trouvé quelque chose au cours de ses recherches, un quelque chose qui l'avait terrifié bien plus que tous les autres soupçons qui avaient occupé son esprit jusqu'alors.

Il fonçait dans les rues de la capitale, se frayant un chemin à travers des cours bondées de gens et de rires, s'engouffrant dans des ruelles étroites et vides à l'odeur de pourriture et d'eau croupie, se fiant à son instinct, sans arrêter sa course folle, sans un regard en arrière, la sueur lui piquant les yeux, l'air du crépuscule romain chaud et épicé pénétrant ses narines, attaquant ses poumons. On eût dit que ses jambes étaient aussi lourdes que du plomb, et pourtant il courait, sans reprendre son souffle, ne reculant jamais devant la bataille, comme on le lui avait appris. Une guerre sans fin.

Il fallait leur passer le mot, leur montrer ce qu'il savait, prévenir les rares d'entre eux qui avaient également senti quelque chose remuer dans l'ombre, et qui s'étaient regroupés en secret pour y faire face. Les prévenir que l'histoire se répétait. Seulement, cette fois, ils ne pouvaient pas échouer.

Leur dire que la Main noire était déjà en train de se resserrer sur le monde.

Le jeune inquisiteur s'élança dans la longue Via dei Pettinari et, pour la première fois depuis sa fuite, hésita, se laissant gagner par une toux encombrée, jurant dans sa barbe, incapable de savoir s'il lui fallait poursuivre ou bien faire demi-tour et changer d'itinéraire. Derrière lui, il entendit le bruit des pas qui se rapprochaient, et la décision fut toute trouvée. Il fonça de nouveau, ses bottes battant le pavé, les yeux rivés sur la route.

Après trente foulées, il s'autorisa un peu d'espoir. Personne ne semblait l'attendre en embuscade dans ce passage étroit ; le seul son qu'il distinguait, outre sa respiration saccadée, était celui des bottes de ses poursuivants qui martelaient le sol. Cincenzo décelait le souffle qui venait à leur manquer, leurs gorges serrées, l'épuisement qui leur empâtait la langue. L'espace d'un instant, il eut la conviction qu'il était en train de les semer, ils étaient à la peine, ils allaient sombrer, il allait les distancer un peu plus à chaque pas.

L'espoir renaquit telle une prière en son for intérieur et ses forces redoublèrent. Des pas-de-porte et des vitrines défilaient à toute vitesse alors qu'il jaillissait sur le Lungotevere dei Tebaldi sans s'arrêter un seul instant, en direction du pont Sisto. Ses pieds touchaient à peine le sol, et il le remonta en un éclair, avant de s'arrêter net. Un homme, que l'on pensait mort depuis longtemps, l'attendait au milieu du pont. La silhouette encapuchonnée sourit et posa la main sur l'étui harnaché à sa cuisse, qui contenait un revolver à la crosse noire émaillée.

Derrière Cincenzo, les silhouettes indistinctes se ruaient hors de la pénombre sale de la Via dei Pettinari et formèrent une ligne désordonnée à l'entrée du pont, ce qui lui interdisait toute fuite. La seule possibilité était maintenant d'esquiver l'homme au revolver, et l'inquisiteur épuisé savait pertinemment qu'il avait peu de chances d'y arriver.

« Eh bien », fit l'homme en dégainant son arme avec nonchalance, secouant la tête. Son accent laissait entendre qu'il était italien mais toute la joie et la lumière de l'idiome l'avaient quitté depuis longtemps. Il fit claquer sa langue contre son palais et s'avança d'un pas. « Tu n'as pas fait semblant de causer du grabuge. Quelle est la première règle de l'Inquisition ? »

La question avait été posée de façon narquoise et Cincenzo hésita, tout en jetant un regard par-dessus son épaule. Ses frères spirituels s'approchaient lentement. Il considéra à nouveau l'homme au revolver et au visage dissimulé.

« Ne jamais remettre la foi en question », répondit-il, du ton docte de celui qui reste un disciple pour toujours.

L'homme acquiesça.

« Ne jamais remettre la foi en question. Et pourtant, c'est ce que tu as fait à chaque coin de rue. » Il s'avança un peu plus. « Je vais te dire ce que tu as fait. Tu t'es montré… perturbateur.

– Vous ne faites pas partie de la foi ! cracha Cincenzo en guise de réponse, alors qu'il se rapprochait lentement du parapet, dans l'idée de sauter dans les eaux sombres. Je sais qui vous êtes ! Je sais tout. »

L'homme encapuchonné secoua la tête et plissa les yeux.

« Vraiment tout ? »

Et Cincenzo ricana, un dernier rire sans joie.

« Je sais ce que vous manigancez. Ce qui a été fait. Ce qui a échoué. Ce que vous espérez accomplir cette fois-ci. »

Il jeta un regard au Tibre et à ses remous. Il lui faudrait sauter d'environ dix mètres. Ce ne serait pas une chute mortelle. La difficulté serait de se jeter à l'eau avant de prendre une balle.

« Ce sera un nouvel échec, poursuivit-il d'un ton presque triomphant. Vous êtes peut-être nombreux, mais nos rangs grossissent également. Vous n'apportez que la noirceur, mais regardez, une aube se profile à l'horizon, et lorsqu'elle se lèvera, toute trace de votre existence sera effacée à jamais. »

Il regarda à nouveau au-dessus du parapet et s'en rapprocha subrepticement.

« Et toi, tu parles trop », gronda l'homme.

Il leva son revolver et tira. La tête de l'inquisiteur s'ouvrit en deux et il fut propulsé en arrière, basculant au-dessus du muret de pierre avant de s'écraser violemment dans l'eau. L'homme regarda en contrebas.

« Et qui a dit que la fois dernière fut un échec ? »

Sur les berges, deux silhouettes qui s'étreignaient levèrent les yeux au ciel, scrutant la pénombre, en état de choc.

2

Rome

Un parfum de rose entêtant escortait le prêtre et la sœur tandis qu'ils marchaient côte à côte le long du Tibre. Leurs mains se touchèrent par hasard et sœur Isabella jeta un coup d'œil à son compagnon, toujours vêtu de sa soutane noire, puis sourit, triturant les pans de son propre habit, ce qui eut pour effet de dévoiler davantage les lignes de son décolleté. Ils s'arrêtèrent pour se regarder. Dans la tiédeur du soir, elle entendait l'homme déglutir, la gorge sèche, et elle décida de jouer son va-tout, battant ses longs cils noirs et triturant une mèche des cheveux roux et bouclés qui lui tombaient sur l'épaule.

Le prêtre écarquilla les yeux et déglutit à nouveau, ne sachant que faire de ses deux mains, aux prises avec ses démons intimes. Il passa une petite langue rose sur ses lèvres, laissant son regard se perdre dans le fleuve comme un homme condamné à y mourir noyé, contemplant peut-être même la possibilité de s'y jeter afin d'y laver ses péchés. Le salut, il le savait, était ailleurs, loin de cette femme – mais il admettait volontiers qu'elle incarnait une alternative bien plus agréable. Il la regarda encore une fois et prit la parole, avant de s'interrompre et d'essuyer ses mains moites sur sa soutane, le regard à nouveau perdu dans les flots.

Il repensa aux mots de saint Augustin, se sentant comme Adam pris au piège du jardin d'Éden. Mais ici, à l'ombre du pont

Sisto, il observait Isabella et comprit qu'il était à la merci d'une tentation plus grande encore.

« Père Morritez, dit Isabella d'une voix douce, en effleurant son sein droit de sorte que son téton durcit sous son chemisier. Est-ce que je ne vous fascine pas ? Est-ce que je ne vous intrigue pas, ne vous tente pas ?

– Si », marmotta-t-il en frissonnant légèrement. Ses mains tremblèrent et il croisa les doigts avec fébrilité. « Si. »

Isabella esquissa un sourire et releva son menton délicat afin de laisser voir la peau d'albâtre de son cou, ainsi que la teinte rosée de son buste.

« Si, et que Dieu ait pitié de moi, murmura le père Morritez, qui s'approcha et saisit doucement les doigts de la sœur de sa main moite, incapable de résister plus longtemps à la tentation de la toucher. Si, répéta-t-il en serrant légèrement sa main. Je vous ai souvent vue dans les couloirs, sur les places de la ville. Vous êtes d'une beauté exquise, probablement à l'image de celle de Dieu. Je n'ai jamais vu chose aussi belle. »

La sœur plongea de grands yeux dans ceux du père.

« Oh, père Morritez, vous et vos blasphèmes, le taquina-t-elle. Une femme à l'image de Dieu ? »

Elle fit claquer sa langue en guise de fausse réprobation et lui prit la main, l'invitant à se rapprocher d'elle. Il céda, sans plus de résistance.

« Pardonnez-moi ! » murmura-t-il, autant à l'intention du Seigneur que d'Isabella, avant de se pencher pour l'embrasser.

Il n'était qu'à quelques centimètres d'elle lorsqu'un coup de feu retentit sur le pont au-dessus d'eux. Un corps tomba dans le fleuve, heurtant la surface du Tibre avec moult éclaboussures, et avant même que les remous n'atteignent la rive, Isabella avait déjà rejoint les marches qui menaient à l'eau.

« Giovanni ! » s'écria-t-elle en direction de la pénombre où se tenait encore le père Morritez, terrifié et médusé.

Un autre prêtre déboula de sa cachette, où il était resté tapi, à observer la scène et à attendre que le père succombe au péché que la sœur s'apprêtait à lui soutirer. Il portait une ceinture en tissu bleu et vert, les couleurs de la Chasteté. Isabella était dans l'eau fraîche, à quelques brasses du corps qui flottait, lorsqu'elle lui ordonna d'arrêter le prêtre fautif.

« Que faites-vous, Isabella ? » lui cria Giovanni, une main tenant fermement le bras du prêtre sidéré, l'autre tendue vers elle en guise de supplication. À cet instant, son regard fut attiré par le remue-ménage sur le pont – les silhouettes étaient en train de dévaler les marches. « Isabella ! » hurla Giovanni, mais un coup de feu retentit et il s'affaissa dans un râle.

Le père Morritez, horrifié, eut un mouvement de recul et tomba à la renverse, se bouchant les oreilles comme un soldat posté à l'artillerie. Un second tir l'atteignit à l'arrière de la nuque et il s'écroula aux côtés de Giovanni, le corps parcouru de spasmes, du sang giclant de sa blessure.

Isabella plongea dans les eaux troubles, agrippant le corps précipité du pont qui poursuivait sa dérive. Toute une partie du visage de l'homme avait été arrachée par le tir, et ses grands yeux étaient tournés vers le ciel. Des balles ricochèrent à la surface de l'eau tout autour de la sœur alors qu'elle s'échinait à regagner l'autre rive. Isabella savait qu'il ne s'agissait pas là d'une quelconque mafia sicilienne. Ils étaient préparés, armés, et camouflés. La mafia était certes puissante, mais elle ne conduisait pas ses opérations de façon aussi brutale, ni en plein jour.

Alors qu'elle atteignait l'autre rive, elle se rendit soudain compte que les lèvres du corps remuaient, murmurant quelques mots inaudibles. Aussi improbable que ce fût, l'homme s'accrochait encore à la vie.

« Que dites-vous ? » cria Isabella, alors qu'une nouvelle salve de balles cherchait à les atteindre. Elle se tint fermement à lui, la broche du prêtre à moitié décrochée de sa soutane dans la paume de sa main. « Que dites-vous donc ? »

Le souffle court, l'homme répétait toujours le même mot. Un nom. Et au prix d'un dernier effort, il parvint à laisser passer un mince filet de voix.

« Tacit, souffla l'inquisiteur Cincenzo, alors que la vie le quittait peu à peu. Tacit. Tacit. »

Éberluée, Isabella lâcha le corps de l'homme désormais mort, son cadavre s'enfonçant rapidement dans l'eau à mesure que d'autres balles les prenaient pour cible. Elle tendit les bras vers la pierre froide de l'autre rive et s'y agrippa comme on se cramponne à un amour perdu. Elle sentit le lit de la rivière sous ses pieds et s'élança vers la berge, roulant sur les pavés sans que les rafales cessent, l'entourant d'étincelles.

Elle disparut dans la pénombre d'une allée proche des quais et resta tapie là un moment, à essayer de se calmer et de rassembler ses esprits, de comprendre ce qui venait de se passer, ce que l'inquisiteur avait dit dans son dernier souffle.

Tacit !

Elle entendait les hommes armés se rapprocher, ils traversaient le pont à sa recherche. Elle savait qui ils étaient. Des inquisiteurs. La façon dont ils se déplaçaient, la façon dont ils agissaient sans pitié. Mais même les inquisiteurs se confrontent parfois à leurs limites. L'Inquisition était une organisation secrète qui agissait toujours dans l'ombre, sous une chape de plomb des plus mortifères. Elle ne comprenait pas pourquoi ils se trouvaient à Rome, à tirer sur les leurs au gré d'une attaque en plein jour qui semblait surgir de nulle part.

Elle se leva et se mit à courir, ses habits trempés lui collant à la peau. Elle détacha sa cape et l'abandonna afin de se mouvoir plus aisément.

Derrière elle, la meute d'inquisiteurs se déplaçait au pas de charge, leurs bottes résonnant lourdement sur le pavé, leurs armes cliquetant dans leurs étuis. L'assassin de Cincenzo, un homme que tout le monde tenait pour mort depuis longtemps, s'arrêta et laissa ses acolytes partir devant. Quelque chose d'autre avait attiré son attention. Il ramassa la cape d'Isabella et la renifla. Un sourire lui vint aux lèvres, comme s'il reconnaissait la douce odeur de la sœur et qu'elle lui évoquait un souvenir longtemps enfoui.

3

Prison de l'Inquisition, Toulouse

Tacit se retourna lentement sur sa couche inconfortable, dans le froid et la pénombre de sa cellule. La lourde chaîne qu'il portait à la jambe cliqueta en retombant sur le sol et l'anneau de fer qui enserrait sa cheville cisailla cruellement sa chair déjà déchirée. Si cela importuna l'inquisiteur, il n'en montra rien, et il plaça plutôt sa main sous sa nuque afin de soulager son dos, malmené par la dureté de la planche froide qui lui servait de lit. Il n'était pas difficile de trouver le sommeil dans cette cellule, pas après de longues heures passées entre les mains du bourreau, mais le confort manquait et il fallait se contenter d'un bras musclé en guise d'oreiller, ce qu'il faisait depuis maintenant neuf mois qu'il était détenu dans cet horrible endroit.

Les jours de captivité avaient défilé bon an mal an, comme si le temps avait été distendu sous l'effet de la monotonie et du tourment de cette existence confinée. Son ancienne vie, celle où il était l'un des plus grands inquisiteurs de l'Église catholique, où il se débarrassait de monstres comme il n'en existe pas dans les pires cauchemars, semblait maintenant appartenir à un passé lointain. La terreur et le feu des combats quotidiens étaient devenus des braises qui mouraient lentement dans le foyer sombre de son esprit. Mais en dépit de tout ce qui avait flétri à l'intérieur de lui depuis sa mise aux fers, il se souvenait encore avec une acuité remarquable des événements qui l'avaient conduit à se retrouver enchaîné dans l'un des recoins les plus reculés de la prison : la trahison du cardinal Poré, le plan diabolique, quoique bancal, qui visait à faire régner la terreur au sein de Notre-Dame, la peau de loup.

La mission qui avait mené à son incarcération n'avait pas payé de mine à ses débuts – le simple meurtre d'un prêtre, le père Andreas de la cathédrale d'Arras. Avec sœur Isabella à ses côtés, envoyée pour éprouver sa foi et tenter de lui faire renier ses vœux, Tacit avait rapidement concentré son attention sur une femme du coin, Sandrine Prideux. Bien qu'elle lui eût échappé, elle n'avait pas réussi à lui dissimuler le plan manigancé par les traîtres à la foi catholique et par les *Hombre Lobo*, les loups-garous, sur le front de l'ouest. Une peau de bête, qui avait été celle du père de Sandrine, lui-même loup-garou, avait été introduite dans un nid de cardinaux traîtres par le cardinal Poré – l'une des étapes du stratagème visant à provoquer un carnage lors de la messe pour la Paix à Notre-Dame, dans l'idée de mettre fin au conflit mondial et d'étancher la soif de vengeance des loups, après des siècles de persécutions et de tourments. Ils étaient le secret le plus noir de l'Église catholique, excommuniés pour avoir osé défier l'institution et condamnés à arpenter la Terre à jamais, humains le jour, loups la nuit.

Et après tout cela, dans un monde pétri de haine, Tacit n'aurait pas cru pouvoir ressentir à nouveau de l'amour, pour Isabella cette fois, un amour qui lui avait apporté le salut et qui l'avait sauvée, elle. S'assurant qu'elle était à l'abri, Tacit s'était rendu seul à la messe pour la Paix et avait abattu le cardinal Monteria, qui tenait la chaire, juste avant qu'il ne revête la peau de bête et ne se transforme en un loup-garou assoiffé de sang. Tacit se demandait comment il aurait pu agir différemment pour ne pas se faire prendre, pour ne pas finir arrêté. Cette question le hantait souvent, en particulier lorsque la situation se dégradait à la prison. Mais il n'aurait alors jamais pu avouer ses véritables sentiments à Isabella. Chaque fois qu'il se posait la question, la même réponse s'imposait à lui. Il n'aurait rien changé.

Tacit soupira bruyamment, et un frisson lui parcourut l'échine. Ce premier hiver, lorsque le froid était devenu mordant et que le donjon était si glacé que les murs avaient gelé, que ses doigts et ses orteils étaient devenus entièrement gourds, Tacit avait même douté de sa survie. Mais la tiédeur de l'été se rapprochait maintenant, et une douce chaleur pénétrait la cellule. Tacit ne pouvait cependant rien en voir. Perdue dans les profondeurs de l'édifice, la pièce était aveugle, mais le givre sur les murs avait commencé à dégeler, les stalactites qui scintillaient au plafond gouttaient maintenant sur lui et sur le sol recouvert d'urine. Tacit imaginait les boucles chaudes du soleil baigner l'extérieur, prêtes à faire mûrir les cultures qui avaient sommeillé tout l'hiver. Et il se souvint de temps plus heureux, lorsqu'il travaillait aux champs chez Mila, il y a fort longtemps, à l'époque où la vie semblait plus simple, moins sombre.

Cette image lui fit penser à Isabella, comme c'était souvent le cas lors des moments les plus durs de son incarcération, sa peau douce au bout de ses doigts, son léger parfum, sa beauté radicuse qui envahissait son esprit. Un remède vivifiant. Une lumière dans la noirceur qui l'avait entouré depuis la mort de Mila, son premier amour. Un soulagement dans sa vie devenue intolérable.

Malgré le froid et l'obscurité, son souvenir lui venait facilement, comme s'il était rangé dans un petit tiroir caché au fin fond de son esprit dont il aurait toujours la clé. Il pensait à Isabella, à ce qu'elle pouvait bien être en train de faire à cet instant précis, si sa vie avait changé depuis la messe pour la Paix, ce moment où tout avait basculé pour lui. Une chaleur grandit en lui et il osa se demander si elle pensait encore à lui, ou bien s'il s'était depuis transformé en un vague souvenir, flétri et vaporeux, rien de plus. Il ressentit un poids tomber sur ses épaules, un sentiment aussi douloureux qu'inconnu ; il s'en saisit et le réduisit en mille morceaux avec hargne et colère.

Quelque chose d'autre vint immédiatement prendre la place de cette sensation qui s'évanouissait, un quelque chose fait de noirceur totale, criard et moqueur, dégoulinant de méchanceté et d'angoisse. Ce mal ancien, plein de rage et de remords, attaquait son esprit dès qu'il faiblissait, quand il était au plus mal, perdu dans cet état sombre qu'il détestait.

Il s'assit, sa main soutenant sa tête, emmailloté dans un linceul de crainte. Il détestait les voix et les messages qu'elles lui apportaient, mais elles avaient été là toute sa vie, et il avait appris à accepter avec soulagement leurs cris sinistres et leurs confessions glauques. Comme si, à travers leurs sons gutturaux, de l'espoir pouvait y être glané. Il ouvrit les yeux et se rendit compte qu'ils étaient baignés de larmes, qu'il était soulagé d'être là où il était, dans sa prison de chair faite de torture et de mort. Il préférait cela aux tourments cauchemardesques de son esprit. Car il savait que l'enfer l'attendait lorsque ces visions apparaissaient, qu'elles essayaient de l'y attirer.

Une souris trottina hors de son trou niché dans un recoin du cachot et s'aventura à explorer la chaise de torture plantée au milieu de la pièce, là où la plupart des effroyables instruments de mort le trituraient. La minuscule créature se reposa sur ses pattes arrière et leva le museau vers le siège en bois rouge sang, sur lequel des chaînes gris-noir et des menottes étaient abandonnées. Elle reniflait la sueur et l'hémoglobine qui le patinait, une puanteur horrible qui la fit fuir en direction de sa cachette, en sécurité, loin de cette chose odieuse.

Tacit regarda à nouveau le plafond et se mit à penser au monde extérieur, au-delà des murs épais de la prison. Il ne savait jamais si c'était le jour ou la nuit, mais il savait qu'il entendrait bientôt le grincement du portail de fer, le bruit des pas enthousiastes sur le sol de pierre froid et humide qui menait à sa cellule. Les tortionnaires de ce lieu venaient lui rendre visite chaque jour, et chaque jour ils essayaient de le faire plier. Mais son corps était obstiné, son esprit solide, suffisamment pour résister aux agonies qui lui étaient distillées. Du moins pour le moment. Combien de temps tiendrait-il encore face à leurs outils mortifères, à la pénombre et aux cliquetis, aux cris déchirants de la prison ? Aux souvenirs d'Isabella, à celui, fantomatique, de leur étreinte fugace, un *memento* de vie perdu à jamais, sauf dans les moments où il venait le narguer dans ses cauchemars les plus sombres. Combien de temps résisterait-il aux voix démoniaques qui s'élevaient à l'intérieur de lui, celles qu'il avait toujours entendues, celles qui lui intimaient d'agir, comme elles le faisaient à cet instant même, lui ordonnaient de se lever, d'agir, de faire ?

4

Cité du Vatican

« Poldek Tacit ! s'écria le cardinal-évêque Adansoni à travers la foule de dissidents, qui grossissait à vue d'œil, et les clameurs de dérision du Conseil du Saint-Siège. Poldek Tacit ! Je ne dois pas être le seul à penser qu'il n'aurait jamais dû être incarcéré ! »

Les cardinaux réunis en cercle étaient agités, moulinant des bras comme des forcenés à l'intérieur du hall de l'Inquisition, nimbés d'une lourde odeur d'encens et d'huile de teck.

« Que sous-entendez-vous, cardinal-évêque Adansoni ? l'apostropha le cardinal Casado, fraîchement désigné secrétaire d'État, l'homme censé être responsable du maintien de l'ordre au sein de la Chambre de l'Inquisition et de la modération des voix du Conseil. Qu'il devrait être libéré ?

– Il a assassiné le cardinal-évêque Monteria ! » éructa le cardinal-évêque Korek.

Assis aux côtés du secrétaire, ce dernier jeta un regard mauvais au vieil Adansoni qui, malgré son âge, possédait toujours la verve enfiévrée de la jeunesse derrière ses sourcils broussailleux.

« Nous avons depuis déchu Monteria de son titre, contra Adansoni. Après tout, l'homme avait l'intention de commettre une tuerie de masse à Paris en pleine messe pour la Paix. » Adansoni insista, l'index dressé. « Et il serait parvenu à ses fins si l'inquisiteur Tacit ne l'en avait empêché.

– En réalité, il est ici question de l'inquisiteur Tacit lui-même, n'est-ce pas, cardinal Adansoni ? fit astucieusement remarquer Korek en le fixant du regard. Le garçon arraché au sein de sa mère morte ? Celui dont parlait la prophétie ? »

Ce fut au tour d'Adansoni d'émettre un petit bruit moqueur, comme si les mots du vieil homme n'étaient qu'une diversion inutile, mais Korek l'ignora et poursuivit.

« Celui qui viendrait de l'Est ? Celui qui serait préordonné ? Qui serait trouvé abandonné dans les cimes et arraché des griffes de la mort. Celui qui ferait montre d'aptitudes incroyables, pour voir et se mouvoir. Celui qui parlerait plusieurs langues. Celui dont la victoire serait naturelle et toujours sienne. Celui qui entraînerait la mort dans son sillage. » Korek transperça du regard Adansoni, dont le teint était maintenant gris. « Le garçon que vous avez trouvé, cardinal Adansoni. Vous pensez qu'il est trop important pour être enfermé dans une cellule de l'Inquisition, est-ce bien cela ?

– Je n'étais que le père Adansoni lorsque je l'ai trouvé, répliqua le cardinal d'une voix douce pour tenter de désamorcer la tension grandissante. Et bien que ce fût moi qui l'aie trouvé, je n'ai jamais affirmé qu'il possédait des qualités exceptionnelles.

– Autres que celles d'inquisiteur ? s'enquit Casado.

– En ce qui concerne ces dernières, je pense que nous sommes tous d'accord ici », admit Adansoni, avant de s'en remettre à l'approbation de l'assemblée tout entière. Il se tut un instant et regarda à nouveau Korek. « Mais pour vous répondre, cardinal-évêque Korek, non, la question n'est pas de savoir si l'inquisiteur Tacit est trop important pour finir ses jours enchaîné au mur d'une cellule de prison. Non ! Il s'agit là de faire ce qui est juste. »

À ces mots, une clameur s'éleva dans le hall de l'Inquisition, mais Adansoni réussit à reprendre le contrôle de la foule.

« Emprisonner l'inquisiteur Tacit pour le crime d'avoir sauvé la foi catholique ne peut être juste, déclara-t-il une fois le silence revenu.

– Tout comme Monteria, je crois que nous avons déchu Tacit de son titre ? » cracha de toute sa perfidie l'évêque Basquez qui, en cette soirée tardive, avait réussi on ne sait comment à obtenir une place auprès des cardinaux élus au sein de l'Inquisition. Ses yeux plissés vrillaient Adansoni. « Peu importe votre opinion, Poldek Tacit est un meurtrier. C'est aussi simple que cela. Si nous le libérons de la prison de l'Inquisition de Toulouse, quel message envoyons-nous donc à tous nos autres ennemis qui nous veulent du mal au sein de l'Église ?

– Qui a dit que Tacit était notre ennemi ? » rétorqua Adansoni. Tout en parlant, il aperçut au fond de la chambre, parmi la foule, la silhouette de l'infatigable père Strettavario, qui observait les délibérations avec la mesure contemplative qui le caractérisait. Adansoni laissa lentement son regard revenir vers l'évêque, alors que Basquez se tournait quant à lui vers la congrégation pour obtenir son aide, les yeux et les bras grands ouverts.

« Ce n'est pas notre ennemi ? ricana froidement Basquez en feignant la surprise. N'auriez-vous pas oublié nos inquiétudes quant à son comportement d'antan, la raison pour laquelle le Conseil avait d'ailleurs initialement suggéré qu'il soit évalué à Arras ? Une décision qui était assurément celle qu'il fallait prendre. Cet homme est hors de contrôle. Il est possédé. »

Adansoni rougissait maintenant de colère.

« Possédé est un mot bien fort, évêque Basquez.

– Et c'est pourquoi je ne l'utilise pas à la légère », répliqua l'intéressé.

Adansoni secoua la tête.

« Quand vous parlez de possession, vous faites bien entendu référence à ceux que Tacit a éliminés par milliers, ceux qui sont réellement possédés par l'esprit du diable ?

– Comme ceux qui troublent notre ville actuellement ? » interjeta Casado à travers le bruit de l'assemblée. Il ferma les yeux, baissa la tête, affligé par l'inquiétude et la responsabilité. « Il semblerait qu'il n'y ait jamais eu autant d'épisodes de possession démoniaque à Rome. Chaque jour, le nombre de cas triple. Et pas uniquement à Rome. À travers le monde, les marques du diable se manifestent quotidiennement. Une pluie de sauterelles en Palestine. Une famine au Liban. Des signaux étranges qui émanent des cieux. Des statues qui saignent. Des rivières qui virent au rouge. L'Inquisition a bien du mal à suivre.

– C'est la raison pour laquelle nous avons besoin d'hommes comme Tacit, affirma Adansoni, le doigt levé. Je le redis, il n'est pas notre ennemi. Notre ennemi, c'est le diable.

– Il n'est pas notre ennemi ? enchaîna Korek. Dois-je rappeler au Conseil le poignet brisé du père Desrochers, signé Poldek Tacit, à Paris, juste avant la messe pour la Paix ? Ou bien le nez cassé de l'évêque Gagne à Arras, alors que Tacit retournait les appartements privés du cardinal Poré ? Ou bien le meurtre de Monteria ?

– Et pourquoi donc continuez-vous de parler de "meurtre", cardinal-évêque Korek ? riposta Adansoni, la narine frémissante. Tacit a sauvé notre Église ce jour-là. Comme je l'ai déjà dit ici, et comme je l'ai déjà dit nombre de fois auparavant, il devrait être récompensé et non emprisonné !

– Le jour où nous récompenserons ceux qui assassinent des membres de notre clergé, répondit froidement le cardinal de l'autre côté de la pièce, sera le jour où nous enterrerons la foi catholique.

– Eh bien, dans ce cas, enterrons-la de ce pas », répondit Adansoni, qui se dirigea vers sa chaise, déconfit.

Casado l'interpella avant qu'il puisse s'asseoir.

« Pourquoi dire une chose pareille, Javier ?

– Tuer au nom de notre foi ? s'expliqua Adansoni, quittant son vieil ami des yeux et cherchant Strettavario du regard. L'Inquisition. Rappelez-vous l'Inquisition, et ce qu'elle fait chaque jour au nom de notre foi. »

5

Rome

Dans sa fuite, Isabella ne ressentait que de la peur. La nuit était tombée sur la ville à une vitesse folle : tout fut presque immédiatement plongé dans une obscurité aux teintes violettes.

Elle courut le long de la berge et remonta l'escalier de pierre tout au bout de la jetée, puis traversa le pont, le souffle court. Elle lançait un coup d'œil derrière elle tous les dix mètres afin de vérifier si elle était toujours poursuivie. Le nom de Tacit résonnait encore et encore dans ses oreilles, sans qu'elle sache s'il s'agissait là d'un hommage ou d'un avertissement.

Isabella savait qu'elle avait un avantage sur ses poursuivants, même s'il était mince : elle connaissait très bien la ville. Les missions que la Chasteté lui avait confiées dans la Cité, les caresses hasardeuses et les baisers volés à des prêtres en plein égarement, l'avaient menée dans les endroits bien peu fréquentés de la ville, dans ses ruelles sombres et ses chemins les moins empruntés. Elle attirerait ses assaillants dans les parties les plus labyrinthiques de Rome, dans la confusion des rues tortueuses, des cours intérieures et des allées qui aurait désorienté tout promeneur distrait. Elle tâcherait de les y semer.

Il n'y avait pas de doute quant à l'identité de ceux qui l'avaient prise en chasse. Elle les avait reconnus à la seconde où elle les avait vus à travers les brumes du crépuscule – leurs uniformes noirs, leur démarche brutale, leur absence totale d'hésitation.

Mais elle ne parvenait toujours pas à s'expliquer la raison pour laquelle, en plein cœur de Rome, les inquisiteurs avaient agi de façon aussi impétueuse. Même l'Inquisition observait certaines règles. Même elle n'abattait pas des prêtres et des agents de la Chasteté sans bonne raison. Qu'avait donc bien pu faire de si atroce l'homme tombé du pont pour que cela exige une exécution publique ? Pourquoi son dernier mot avait-il été le nom de l'homme qu'elle aimait ? Et en ce qui la concernait directement, pourquoi le fait d'avoir été témoin de cet assassinat signait-il son arrêt de mort ?

Le pied léger d'Isabella survolait le sol sans un bruit alors qu'elle traversait la Via dell'Olmetto. Elle plongea dans la pénombre de la rue ; elle n'avait plus froid. C'était maintenant la peur qui la glaçait. Elle n'avait pas ressenti cela depuis Arras, lorsque Tacit…

Alors qu'elle bifurquait dans une ruelle, elle entendit un tir de pistolet juste derrière elle et la pierre de la façade qu'elle longeait s'émietta à ses pieds. Elle en évita les éclats, sa chevelure couverte de poussière et de gravats, incapable de réprimer un cri de peur, puis s'engouffra dans une allée sur la gauche, tête baissée.

Au-devant d'elle s'élevait un mur de deux mètres : elle s'élança pour l'escalader. Une fois en haut, elle regarda derrière elle quelques instants avant de se laisser tomber de l'autre côté. Quatre hommes. En habit. Encapuchonnés. Le teint hâlé.

Isabella remonta la ruelle du plus vite qu'elle le put, grimpant une volée de marches pavées, bordées d'ardoise. Il faisait froid et sombre, et chaque ombre semblait être celle d'un inquisiteur prêt à lui sauter dessus. Elle piqua un sprint, gravissant les marches quatre à quatre, ses poumons en feu la suppliant de s'arrêter. Mais c'en aurait été fini d'elle. Elle le savait parfaitement.

Il y avait une échelle sur sa droite et elle sauta sur le troisième barreau, atteignant le sommet quelques secondes avant que les inquisiteurs n'arrivent en bas. Deux d'entre eux s'élancèrent à sa poursuite sur les barreaux de fer rouillé, l'échelle grinçant sous leur poids, alors que les deux autres choisirent d'emprunter un chemin différent, espérant la prendre à revers de l'autre côté du bâtiment.

Isabella courait sur le toit, les bras écartés comme en plein numéro de funambule, dans l'espoir de ne pas perdre l'équilibre et chuter dans l'obscurité des rues en contrebas. Elle atteignit l'autre versant du bâtiment, où un fossé d'environ deux mètres cinquante la séparait de l'immeuble suivant. Elle tenta sa chance et atterrit sur l'autre toit. Mais son élan la déporta vers l'avant et elle roula sur les tuiles de la pente opposée. Elle sentit immédiatement le toit ployer sous son poids. Quelques instants plus tard, les vieux chevrons cédaient, les tuiles craquaient et le bois se fendillait autour d'elle ; elle passa au travers et se retrouva au beau milieu d'une pièce.

L'air se remplit d'un nuage de plâtre et d'enduit qui vint encombrer ses narines et lui tapisser la gorge. Elle secoua la tête pour se débarrasser des chandelles qu'elle voyait encore et de la poussière qui envahissait ses cheveux, puis elle se remit sur pied avec précaution. À travers le trou béant, un inquisiteur apparut et se prépara à tirer. Elle pivota sur le côté alors que la charge explosait au sol puis elle s'engouffra dans un couloir.

Tout au bout, il y avait une fenêtre : elle décida de se jeter à travers, sans chercher à savoir où elle atterrirait ni si elle ferait une chute violente, simplement au désespoir de fuir son agresseur. Elle s'élança les yeux fermés, en se protégeant le visage de ses bras, et une pluie de bois et de verre éclata en tous sens. Elle atterrit sur un toit pentu ; elle roula et glissa dessus, ses mains et ses vêtements lacérés par les éclats de verre, avant de finir sur les avant-toits. Un saut d'environ deux mètres l'attendait maintenant afin de regagner la rue. Elle se jeta dans le vide et tâcha de se baisser en atterrissant afin d'amortir quelque peu sa chute. Elle était toujours couverte de poussière de plâtre, comme si elle revenait d'entre les morts.

C'est à ce moment-là qu'elle se sut observée. Un inquisiteur se dressa devant elle ; un sourire mauvais barra son visage édenté et il pointa son arme sur le front d'Isabella.

6

Berlin

Quelque chose de détestable hurlait dans l'obscurité de la chambre, une voix qui ressemblait davantage au cri d'un chien qu'à celui d'un enfant. Les bruits gutturaux, râpeux, impies, agressaient l'oreille, ponctués par des mots indistincts. Ils étaient aussi putrides que l'odeur qui se dégageait du corps minuscule attaché au lit.

« Il s'agit d'un enfant, murmura le prêtre à l'inquisiteur épuisé qui attendait dans la pénombre du couloir menant à la chambre, le front perlé de sueur. Pas plus de huit ans. Un enfant unique. »

Si l'inquisiteur avait de l'empathie pour la jeune victime, il n'en laissa rien paraître.

« Huit ans ? Et depuis combien de temps est-elle ainsi ?

– Il. C'est le troisième jour.

– Quand vous êtes-vous dit que quelque chose n'allait pas ? »

Le ton de l'inquisiteur se faisait plus pressant.

« C'est l'odeur qui m'a alerté en premier. On pensait que quelque chose était allé se réfugier derrière les plinthes près du lit pour mourir. On en a bien arraché quelques-unes mais...

– Vous n'avez rien trouvé ? »

Le prêtre secoua la tête et regarda à nouveau en direction de la chambre. De la porte entrebâillée s'échappaient des cris qui ressemblaient maintenant à des jappements, comme si un chacal venait d'attraper sa proie.

« Le deuxième jour, lorsque la situation a commencé à dégénérer, nous nous sommes dit qu'il était plus prudent de prévenir l'Inquisition. » Il chercha le regard de l'inquisiteur, qui examinait minutieusement les alentours. « Des crises de rage. Des insultes. Des saignements au niveau des orifices. » Il déglutit, la gorge sèche, et passa sa langue sur ses lèvres gercées. « Nous l'avons attaché au lit le soir du premier jour, afin de les protéger lui et les autres au sein du dortoir, puis nous l'avons isolé à partir du deuxième. »

Le poing ganté de l'inquisiteur se referma.

« Il fallait prévenir l'Inquisition dès le premier jour. Ne pas abandonner cet enfant au tourment de la bête qui l'habite.

– J'ai entendu dire que vous étiez débordés. Je ne voulais pas déranger.

– Nous sommes très occupés, mais nous serions venus. »

Un long cri perçant s'échappa de la pièce, avant d'être subitement étouffé. Quelques instants plus tard, la bouche de l'enfant laissa se déverser un tombereau d'injures plus interminable encore.

« Seigneur Jésus, murmura le prêtre en se couvrant la bouche, que les saints nous préservent.

– Je n'y crois guère », répliqua l'inquisiteur.

Il esquissa un pas de côté afin de lui laisser entrevoir ce qui se passait dans la chambre. C'est là qu'il vit l'enfant possédé, la peau marbrée, le corps tordu, le teint verdâtre et noirci à la fois, comme si la peste s'était emparée de lui, fermement attaché par des liens gris aux quatre coins du lit afin d'entraver tout mouvement trop ample.

« J'ai ouï dire que c'était le troisième cas de possession en ville rien qu'aujourd'hui, murmura le prêtre. Est-ce vrai ?

– Je ne suis pas autorisé à vous le dire. Laissez-moi faire mon travail maintenant. »

L'inquisiteur s'approcha de l'encadrement mais le prêtre le rattrapa par le poignet.

« Il y en a eu sept la semaine dernière. Je le sais. Les prêtres parlent, vous savez. »

L'inquisiteur dévisagea brièvement le prêtre terrifié, sans mot dire, ses yeux scrutant les plis sombres de la peau du religieux.

« Je crains que cela ne soit le début de quelque chose, trembla le prêtre. Tant de possessions au sein de la ville, c'est qu'il se passe quelque chose. Il rassemble ses forces pour revenir. »

L'inquisiteur regarda à nouveau en direction de la chambre. L'enfant le fixait à présent d'un air mauvais, comme si la simple mention du diable avait attiré son attention. Il vrilla l'inquisiteur d'un œil torve, sa gueule bleue et grasse tendue en l'air, fendue d'un sourire sans dents, l'écume aux lèvres.

« Le Conseil, expliqua l'inquisiteur, est tout à fait au courant de ce qui se passe et fait tout ce qu'il peut pour remédier à la situation. »

Sans un mot de plus, il entra dans la pièce, armé de sa mallette qu'il tenait fermement. Et quelques secondes plus tard, des forces invisibles refermèrent la porte de la chambre derrière lui.

7

Rome

« Tu n'aurais jamais dû te mettre à courir » ricana l'inquisiteur, son pistolet pointé sur Isabella.

Elle vit qu'il lui manquait l'oreille gauche : ne restait à la place qu'un effiloché de chair, probablement les suites d'une autre mission.

« Ça aurait été plus simple.

– Plus simple pour qui ? » demanda Isabella, en voyant le doigt de l'homme blanchir sur la gâchette.

Elle ferma les yeux et détourna la tête, le visage grimaçant, dans l'attente de l'explosion.

Le mécanisme s'enraya. Isabella en profita pour se remettre sur pied et filer comme l'éclair, prenant soin de bousculer l'inquisiteur au passage. Ce dernier jura et vida la cartouche défectueuse. Il était en train de refermer rageusement le barillet lorsqu'Isabella lui frappa la jambe de toutes ses forces avec un morceau de bois. Une balle se perdit, le tibia de l'inquisiteur craqua et il s'affaissa en criant de douleur, sa main libre agrippée à sa jambe réduite en miettes.

Isabella le frappa à nouveau, lui assenant un coup de pied sur le crâne ; elle sentit la force de son coup se propager tout en vibrations le long de sa jambe, jusqu'à faire tressauter le muscle de sa cuisse. L'inquisiteur tomba avec un grognement, étalé de tout son long sur le sol, immobile, son revolver maintenant loin de lui. Elle s'en saisit et se retourna au moment même où deux autres inquisiteurs sautaient du toit. Elle tira deux fois et fit mouche. Ils n'eurent pas même le temps de dégainer leur propre arme. Ahurie, elle contemplait les corps sans vie qui gisaient à ses pieds. Elle avait tué deux personnes. Elle les avait tuées avec tant de facilité et sans une once d'hésitation.

Qu'ai-je fait ? Que suis-je devenue ?

Son esprit s'assombrit, ses sens furent étourdis. Tout tourbillonnait. Elle était sur le point de s'évanouir. Le revolver trembla contre sa cuisse, lui échappant des mains. Il tomba sur les dalles avec un petit claquement sec.

Un bruit non loin de là l'extirpa de son malaise – les pas d'autres inquisiteurs. Elle se détourna, une main couvrant sa bouche, l'odeur de la cordite encore sur ses doigts, et enjamba les cadavres pour rejoindre la grand-rue avant d'emprunter l'escalier qui la ramena à l'endroit où elle avait jailli quelques minutes auparavant.

Un inquisiteur tenta de se jeter sur elle au bas des marches mais elle l'esquiva prestement et reprit sa course. L'homme jura, manqua de tomber à la renverse et se remit péniblement à sa poursuite. Elle tourna à droite dans une autre rue pavée minuscule, mais elle trébucha sur un nid-de-poule et s'égratigna les coudes et les genoux dans sa chute. Une ombre la toisa et elle se roula en boule sur le dos, relevant ses jambes meurtries, scrutant l'inquisiteur. Il secoua la tête et grogna, pointant son pistolet sur sa poitrine.

« Fini pour toi », grinça-t-il.

C'est alors que plusieurs mots en anglais résonnèrent dans la pénombre.

« Haut les cœurs ! » chantonna la voix.

L'inquisiteur releva la tête et eut à peine le temps de voir le canon d'un fusil pointé sur son visage. Il gémit et s'affaissa, du sang s'amoncelant rapidement autour de son œil droit. L'Anglais dévisagea Isabella et lui tendit la main, un sourire radieux au visage.

« Sœur Isabella, s'exclama Henry, la paume tendue vers elle en guise d'invitation. Ça fait une sacrée paye ! »

8

Prison de l'Inquisition, Toulouse

Un éclat de rire infernal se fit entendre à la porte du cachot et Tacit se retourna au moment où l'on tournait la lourde clé dans la serrure. Une petite foule s'était amassée pour observer la scène. Les gardes-chiourme et les geôliers aimaient bien endosser le rôle de spectateurs. Tacit, le grand inquisiteur, le tueur de cardinaux, déchu. Cela faisait toujours venir du monde.

Tacit cherchait une position assise au moment où l'on ouvrait sa cellule. Il déplia les jambes et prit appui dessus, ainsi que sur ses coudes. Au début, lorsqu'il était arrivé à la prison, il s'était battu contre les gardes chaque jour pendant trois semaines pour essayer d'échapper aux séances de torture. Il en avait blessé treize, dont sept gravement, suffisamment pour qu'ils ne puissent plus jamais marcher. Mais de nouveaux gardes étaient arrivés, et ils l'avaient surpassé en nombre. Les coups de gourdin s'abattaient avec davantage de rage chaque fois qu'il les combattait. Et il savait bien qu'il ne faisait que repousser l'inévitable, que les sessions de torture ne cesseraient jamais. Pour la première fois de sa vie, Tacit prit conscience qu'il était parfois plus simple de suivre son destin que de lutter contre, une leçon qu'il n'aurait jamais pensé devoir apprendre.

La porte s'ouvrit violemment sur une file de visages familiers qui entrèrent en titubant, ivres de leur pouvoir et de leur désir de se repaître de sa souffrance. À leur tête, un homme, que Tacit connaissait depuis longtemps. Les nœuds de chair et de peau déchirées sur son visage témoignaient de ce jour fatal, des années auparavant, où la sorcière avait réussi à se défaire de l'emprise de Tacit et s'était vengée sur le tortionnaire en chef de la prison de Toulouse. Au fil des semaines et des mois, Tacit en était venu à détester cet homme d'une force qu'il n'aurait jamais crue possible.

« Alors, notre petit inquisiteur déchu se réveille, cracha Salamanca, ses yeux brillant d'une impatience sauvage. Prêt à être corrigé ! »

On pouvait entendre les badauds rire et jouer des coudes pour mieux contempler la scène de torture à venir, des regards obscènes et des cris assoiffés de sang liant leurs visages déformés par la haine et la bestialité. Salamanca se tourna et fit un signe de tête : trois hommes s'avancèrent, munis de cordes et de chaînes. Bien que Tacit ne fît pas d'effort pour les repousser, ils s'approchèrent néanmoins de lui avec précaution, au fait de la violence et de la force qui pouvaient émaner de cet homme.

« Bien docile, se moqua Salamanca, la bouche tordue en un rictus cynique alors que Tacit se laissait enchaîner. Comme un chien battu. Les puissants ont chuté de bien haut ! siffla-t-il, alors que Tacit était amené au siège de torture où il fut ligoté fermement. C'est tout de même parlant qu'il soit possible d'anéantir la combativité et le moral d'hommes comme vous.

– Vous ne m'avez pas encore anéanti, Salamanca, l'avertit Tacit, son regard dur fixé sur le bourreau.

– C'est vrai. Mais nous avons tout notre temps. Rien ne nous presse. Vous n'êtes pas attendu quelque part. Et nous savons faire parler les gens. Ou les faire supplier. Même les gens comme vous, Poldek Tacit. Et croyez-moi, vous vous révélez être l'un des sujets les plus plaisants sur qui opérer. »

Le bourreau porta la main à son visage déchiqueté, ses doigts explorant les profonds sillons et les fissures que la sorcière avait laissés sur ses joues. Pas un jour ne s'écoulait sans que

Salamanca ne se rappelle le moment où Tacit avait failli à sa mission et laissé la sorcière l'attaquer de ses terribles griffes. Chaque entaille, chaque coup de couteau, chaque lame brûlante qui déchirait la peau de Tacit rapprochait un peu plus Salamanca de ce qui s'apparentait à une vengeance totale. Et pourtant, dans l'esprit du tortionnaire, l'inquisiteur devait encore payer un lourd tribut avant que sa dette ne soit effacée. Il savait que cela prendrait des années.

« Bien installé ? » demanda-t-il gaiement, tourné vers le mur, tout à ses préparatifs.

Il posa la boîte à outils en bois qu'il avait apportée – des scalpels, des vrilles, une sélection d'instruments métalliques destinés à percer la chair de façon à atteindre les points de douleur les plus précis et les plus sensibles.

« Assurément, vous serez heureux d'apprendre que j'ai reçu des ordres, annonça Salamanca. Des ordres de la part du Vatican, qui m'autorisent à utiliser tout ceci sur vous. Il semblerait que vous ayez attiré l'attention de certaines personnes au sein du Conseil, des gens qui en sont venus à vous craindre, à vous mépriser, à vous admirer pour ce que vous êtes, ce que vous représentez et ce que vous pourriez devenir. » Il se saisit d'un scalpel et testa la lame avec le renflement de son pouce. « Bien entendu, c'est un véritable honneur que d'agir pour le compte de personnes si révérées au sein de l'Église, de savoir que l'on n'est pas oublié ici à Toulouse, que le Vatican pense à nous. Ah, les miracles que nous pouvons accomplir, les résultats que nous pouvons atteindre, au gré des opportunités qui s'offrent à nous ! » Il posa son regard dégoûtant sur Tacit. « Et vous, Poldek Tacit, vous serez le plus gratifiant des sujets. »

Tacit se débattit brièvement, entravé par les chaînes et les menottes, incapable de maîtriser complètement son instinct de survie face à la menace. Mais il était fermement harnaché à la chaise et les moqueries des spectateurs lui rappelèrent qu'il était inutile de tenter de se défendre. Il savait qu'il devait conserver son énergie, concentrer son esprit sur autre chose que la douleur terrible qui allait s'abattre sur lui. Il sentit l'odeur du fer chauffé à blanc et regarda Salamanca, posté à quelques centimètres de son visage, le tison brûlant à la main.

« Vous êtes un dur, Tacit, dit-il en passant sa langue sur ses lèvres crevassées, je vous l'accorde. Mais il ne faut pas oublier que tout le monde se fiche de vous. Vous êtes livré à vous-même ici, livré à personne d'autre que moi. Et c'est pour cela que vous craquerez. Ils finissent tous par craquer. »

Il sourit, souleva le tison et l'appliqua comme un forcené sur la peau dénudée de Tacit.

9

Rome

Parcourue de frissons, Isabella prit appui sur l'épaule de Henry et claudiqua jusqu'à la portière de la Fiat 70 noire qu'il avait garée non loin de là. Ses yeux étaient baignés de larmes et elle avait dans la bouche un goût de poussière et de fer; elle s'était mordu la langue jusqu'au sang pendant la course-poursuite. Henry s'avança pour lui ouvrir la portière et l'aida à s'installer. Elle soupira et s'enfonça dans le siège en cuir, soulagée de ne plus avoir à prendre appui sur sa cheville foulée et de pouvoir enfin ménager son dos. Elle ferma les yeux et respira de façon lente et régulière, alors que son esprit s'agitait toujours.

Henry referma la portière, lança un coup d'œil à la ronde dans la ruelle sombre tout en contournant le véhicule puis actionna le démarreur. En deux coups, le moteur se réveilla et après une dernière vérification pour s'assurer que personne ne les suivait, une fois déposé son fusil Mauser 1912 sur le siège arrière, il s'installa au volant.

Isabella tressaillit et se rendit alors compte à quel point elle était frigorifiée. L'épuisement s'empara d'elle comme une lame de fond.

« Que faites-vous ici ? lui demanda-t-elle comme si elle se réveillait d'un long sommeil, ses petits yeux encore perdus dans le vague.

– Pas maintenant, répondit Henry, qui éloigna la voiture ronflante de la lumière pâle des réverbères alentour. Nous discuterons quand nous aurons quitté cet endroit. »

Elle s'engonça dans le siège passager l'air résigné, et ramena sur elle ses vêtements trempés dans l'espoir de se réchauffer un peu. Elle ferma les yeux, désireuse de ralentir ses pensées encore tumultueuses.

« Vous avez froid ? demanda Henry.

– Un petit peu.

– Tenez. »

Il avait attrapé une couverture à l'arrière et la déposa sur ses cuisses. Elle accepta bien volontiers et s'emmitoufla dedans, instantanément réchauffée. Il lui jeta un bref coup d'œil avant de fixer à nouveau la route.

« Êtes-vous blessée ? »

Isabella secoua la tête, ce qui laissa un peu de poussière s'échapper de l'une des volutes de sa chevelure. Elle appuya son front sur une main tremblante, et se tint le mollet de l'autre.

« Seulement à la cheville. Mais tout va bien. » Elle respira profondément. « Les inquisiteurs, murmura-t-elle incrédule. Je les ai tués. J'en ai tué deux. »

Ses mots étaient imprégnés d'une vive émotion. De ressentiment et d'aplomb.

« Mieux valait eux que vous ! » observa Henry en quittant l'artère principale bien éclairée au profit d'une voie plus étroite.

Il jeta un coup d'œil dans le rétroviseur alors que la voiture s'engouffrait dans la pénombre.

« Où allons-nous ? demanda-t-elle.

– À l'abri. Pour un petit moment, du moins je l'espère. »

Isabella le regarda, la lueur des réverbères baignant son visage par intermittence, accompagnée de celle des bougies qui éclairaient les habitations claquemurées. Elle le trouva bien plus marqué que lors de leur rencontre, un an auparavant. Il avait vieilli.

Il emprunta à toute vitesse la voie principale qui traversait la ville. Au fil de leur trajet, Isabella scrutait les poches de lumière et les foules qui parsemaient les ruelles. Elle sentait qu'elle tremblait et remonta à nouveau sa couverture, ses doigts agrippant le tissu et triturant ses fibres douces. La sensation lui rappelait la maison, les hivers froids du nord de l'Espagne. Le souvenir s'estompa et elle se rendit compte qu'elle avait toujours à la main la broche, enserrée dans ses doigts endoloris, qui avait appartenu au cadavre du fleuve. Elle desserra son étreinte et observa le médaillon vert enchâssé dans de l'argent patiné. Une broche d'inquisiteur. Elle vit que Henry avait repéré l'objet et referma prestement ses doigts sur le bijou, comme s'il s'agissait d'un trésor qu'elle ne voulait pas encore partager.

« Votre nom, s'enquit-elle en ramenant à elle les pans de la couverture. J'ai oublié votre nom.

– Henry, répondit-il. Henry Frost. Lieutenant Henry Frost, même si j'ai abandonné le titre il y a un petit moment déjà.

– Fampoux, lui dit-elle en écho, comme si le nom lui était cher. Je vous ai vu à Fampoux. »

Henry acquiesça, de façon presque contrite.

« Que faites-vous à Rome ? Qu'est-ce qui a bien pu vous amener ici, Henry ? »

Le jeune officier la regarda, le visage grave.

« Tout », répondit-il.

C'est alors qu'une balle vint étoiler le pare-brise, y laissant un unique trou. Instinctivement, ils se baissèrent tous les deux, et Henry fit virer la voiture vers la droite, tout près du bas-côté, le pied fermement enfoncé sur la pédale. Derrière eux, deux berlines noires les avaient pris en chasse dans un vacarme assourdissant, avec à leur bord quatre inquisiteurs dans la première voiture et trois dans la suivante. Henry regarda par-dessus son épaule et passa la troisième, faisant gémir un peu plus le moteur.

Les passants qui étaient venus prendre l'air frais du soir fuyaient le véhicule pétaradant de Henry, en regardant filer à sa suite les deux Ford T, abasourdis. Rome défila sous les yeux des deux compagnons au moment où Henry négocia un virage dans une allée parallèle, en seconde, laissant derrière lui une pluie de gravillons.

La rue était en pente; il prit à gauche une fois en haut, ses pneus crissèrent sur le bitume, et il coupa la route à un Maxwell Roadster qui arrivait en face. Il tourna à droite, l'arrière de la voiture en plein dérapage, et tâcha de garder le contrôle de son véhicule alors qu'il dépassait une charrette tirée par des chevaux, rétrogradant à nouveau pour bénéficier d'un peu plus de puissance encore.

Un bruit d'explosion retentit soudainement sur la droite de l'habitacle et Henry se baissa mécaniquement sur son volant, la tête tournée vers sa passagère. Il s'attendait à une scène sanglante et sinistre, mais à la place il vit Isabella qui se tenait à la fenêtre, en train d'armer le Mauser du siège arrière pour un second tir en direction des voitures qui les poursuivaient.

« Isabella ! » hurla-t-il, plongeant sur la gauche dans une artère étroite, encombrée de fils à linge.

Ils accélérèrent, laissant dans leur sillage des lignes de fil et des draps, Henry passant maintenant la première pour rejoindre *in extremis* la voie principale.

« Est-ce que vous savez au moins utiliser un fusil ? »

Elle se souvint de ses jeunes années, passées à tirer des lapins dans les champs avoisinant la maison de son père, avant qu'il ne soit rappelé à Dieu, et elle à l'Église. Elle pria pour que le fusil qu'elle tenait entre les mains ne soit pas si différent du Vetterli qu'elle maniait à l'époque.

« Continuez ! » répliqua-t-elle, et Henry passa la seconde en jetant un coup d'œil derrière lui.

Les voitures les talonnaient; elles étaient maintenant à une dizaine de mètres, des couvertures et des habits tourbillonnant derrière eux dans la nuit noire.

Cinq mètres, et ils gagnaient du terrain.

Quatre.

Isabella inspecta le canon pour vérifier le nombre de cartouches restantes. Plus que trois coups. Elle releva le levier d'armement et se pencha à la fenêtre, visa et appuya sur la détente. Le premier tir rebondit sans heurt sur l'essieu de la Ford juste derrière eux, le second atteignit le pneu arrière gauche, le troisième le pneu avant droit. La voiture pila et tournoya sur elle-même. Un bruit de ferraille éreintant se fit entendre au niveau du châssis de la voiture et son carénage sembla s'ouvrir en deux. La Ford s'immobilisa au milieu de la chaussée.

« Vous avez encore des cartouches ? cria-t-elle à l'intention de Henry, la paume tendue vers lui.

– Plus une seule », répondit-il en zigzaguant pour éviter un piéton perdu sur la route. Il donna un coup de volant à gauche, les mains moites, et déboucha sur une autre artère, le moteur ronflant, la seconde berline toujours à leurs trousses. Il tâta sa poche. « Tenez, lui dit-il en lui tendant un revolver de l'armée. Essayez ça. »

Elle s'en saisit et se pencha de nouveau à la fenêtre, les doigts fermement arrimés sur la crosse. Elle ferma un œil et tira deux fois. Le pare-brise de la berline craquela et la conduite de l'inquisiteur devint incertaine, sursautant sur la droite, tapant le trottoir, avant de foncer dans la fraîcheur nocturne, faisant fuir les promeneurs du soir.

D'autres coups de feu retentirent et la vitre d'Henry vola en un millier d'éclats étincelants, l'inondant de verre, tapissant ses habits d'une multitude de petites échardes pointues comme des aiguilles. Une autre voiture noire s'était lancée à leur poursuite après les tirs d'Isabella. Henry freina subitement, la Fiat pila, et Isabella valsa contre le pare-brise ; les berlines durent continuer sur leur lancée, bien au-delà de la Fiat. La sœur gémit et se recroquevilla au pied du siège, alors que le revolver lui échappait des mains. Henry passa la première et quitta la route principale, les berlines essayant de revenir sur leurs traces pour repartir à leurs trousses. L'astuce avait permis à Henry et Isabella de gagner quelques précieuses secondes, mais ce n'était pas suffisant. Des coups de feu jaillirent depuis les marchepieds des voitures, et l'arrière de leur véhicule se hérissa d'étincelles.

Henry s'engouffra à gauche dans une longue allée bordée de magasins au milieu de laquelle se dressait une fontaine en marbre noir, ornée de figurines qui folâtraient dans un petit bassin. Il décéléra et regarda par-dessus son épaule, laissant la voiture revenir au point mort.

« Que faites-vous ? » hurla Isabella sous les grincements de la Fiat.

Les voitures des inquisiteurs déboulèrent derrière eux à vive allure, et la première arriva quasiment à leur hauteur. Au moment précis où les deux véhicules furent côte à côte, Henry mit le pied au plancher et démarra la Fiat à toute vitesse, le bouclier de sa voiture collé au garde-boue de la Ford. La berline fila droit dans la fontaine et se retrouva à grimper le mur en pierre du bassin, le châssis pris dans les petites sculptures, sa course terminée. Les inquisiteurs debout sur les marchepieds furent éjectés du véhicule, battant vainement des bras et des jambes dans leur ascension avant d'atterrir dans la vitrine de la boutique juste en face, disparaissant sous une pluie de verre.

Henry s'autorisa un bref sourire avant que d'autres tirs ne vinssent s'abattre sur l'habitacle, le blessant au bras gauche. Il cria en portant la main à sa plaie, et Isabella se jeta vers lui.

« Baissez-vous ! » cria-t-il, avant d'emprunter une autre ruelle et d'accélérer de toutes ses forces.

La seconde Ford réussit à les rejoindre et Isabella à se remettre sur pied, le revolver à la main. Elle se concentra et tira. Les phares de la voiture l'éblouissaient. Elle leur tourna le dos, le temps que sa vue se réajuste, se préparant pour le prochain tir.

Soudain, devant eux, un éclair gris fendit l'air. Une silhouette immense enjamba leur voiture d'un seul bond en direction de la Ford. Isabella étouffa un cri et se retourna mais Henry avait déjà emprunté une autre rue.

Elle entendit le crissement des freins, le hurlement soudain du métal et des bris de verre. La chose qui avait bondi par-dessus leur voiture avait atterri directement dans celle qui les talonnait. Alors que la pénombre tombait à nouveau sur leur automobile et que la route défilait, Isabella était persuadée d'avoir entendu des hommes implorer, un coup de feu retentir et un loup pousser un cri interminable et déchirant.

10

Rome

Les pneus de la Fiat crissèrent sur les pavés brillants. Désorientée par le tumulte de la course-poursuite, Isabella ne savait plus où ils se trouvaient, mais il s'agissait probablement de l'un des quartiers pauvres de la ville. Des rats les précédaient, leurs petits corps mats et leurs queues roses et grises illuminés par les phares faiblards de la voiture. On entendait de l'eau goutter sur des dalles d'un vert sale depuis une gouttière défectueuse, et l'allée entière dégageait une odeur tenace de moisissure.

Sans prévenir, Henry arrêta la voiture et tira vigoureusement sur le frein à main, ce qui fit grincer le véhicule. Tout vibra quelques instants, puis le silence et l'immobilité regagnèrent l'habitacle. À cet instant seulement, Henry s'autorisa à baisser la tête. Son étreinte sur le volant se desserra et il poussa un profond soupir, les paupières closes, tremblantes, comme celles d'un homme endormi qui essaie de se débarrasser d'un cauchemar. À l'évidence, l'animation de la nuit l'avait secoué. De la sueur froide perlait à son front, sa chemise était trempée et ses cheveux plaqués en touffes éparses, irrégulières et foncées.

Il posa à nouveau la main sur sa blessure au biceps gauche et serra son bras avec force, une grimace sur le visage. Isabella le regarda.

« Vous allez bien ? »

Il hocha la tête, sans mot dire.

« C'était quoi cette chose ? » demanda Isabella, craignant en vérité de connaître la réponse à sa propre question.

Henry resta silencieux, les yeux toujours clos, la main droite sur sa blessure cramoisie qui ruisselait. Elle vit dans ce silence la confirmation de sa crainte et s'apprêtait à descendre de la voiture lorsque, sans prévenir, Henry la retint par le poignet. Sa main était pleine de sang et glissa sur la peau de la sœur. Il l'agrippa à nouveau, plus fermement cette fois, en lui adressant un regard qui valait avertissement.

« Attendez. » Il farfouilla dans sa poche, sans la lâcher, puis il lui ouvrit la paume de sa main et y déposa un médaillon. « Mettez-le », lui ordonna-t-il.

Isabella étudia le collier, un petit pendentif rond monté sur une fine chaîne d'argent.

« Saint François d'Assise », murmura-t-elle en tenant le bijou en l'air pour mieux l'observer.

Elle l'examina : la figure barbue du saint lui était facilement reconnaissable.

« Le dompteur de loups », ajouta Henry d'un air sombre, et toutes les peurs d'Isabella se virent alors confirmées.

Leurs yeux se croisèrent et Henry soutint son regard un moment, avant de s'emparer du fusil posé sur les genoux de la jeune femme et de sortir de la voiture.

« Venez, lui dit-il, d'une voix douce mais grave. Rentrons. C'est plus sûr que de rester dehors. Surtout la nuit. »

Henry se tenait devant le volet fermé du logement où ils s'étaient introduits, un appartement de plain-pied dans un immeuble mitoyen, et il surveillait la rue calme. Lorsqu'il fut absolument certain qu'ils étaient seuls – et pas une minute plus tôt –, il posa le fusil qu'il tenait toujours à la main contre le mur de la pièce sombre. Il y flottait une odeur de renfermé, les murs s'émiettaient sous le poids des années et de l'humidité, le plâtre jadis blanc était maintenant gris pâle et vert mousse.

Isabella resserra la couverture sur ses épaules et se demanda comment elle avait bien pu finir catapultée dans ce monde cauchemardesque, fait d'obscurité et de terreur. Elle regarda Henry allumer une bougie, la déposer sur une petite table en bois et tirer une chaise à son intention. Il se dirigea ensuite vers un buffet de l'autre côté de la pièce, dont il revint avec une bouteille et des verres.

« Nous sommes en sécurité ici ? demanda Isabella en s'asseyant.

– Pour le moment, oui, répondit Henry. Voulez-vous un verre ? »

Loin de faire preuve d'une réelle hospitalité, il parlait d'une voix un peu forcée et assurée.

« Je voudrais des réponses », répliqua-t-elle. La flamme de la bougie se refléta sur le cercle argenté qui brillait maintenant à son cou. « Que faites-vous à Rome ?

– Je pourrais vous retourner la question, remarqua-t-il en débouchant la bouteille, et un liquide doré ruissela dans deux des trois verres disposés sur la table. À rôder comme ça dans les profondeurs de la ville. »

Isabella savait pour qui était le troisième verre et repensa à la chose qui avait détalé devant ses yeux pendant leur course effrénée à travers Rome.

« Qu'avez-vous fait pour attirer leur attention ? Je me le demande bien. »

Elle prit alors conscience de l'accusation qui la visait.

« Ce que j'ai fait pour attirer leur attention ? Mais absolument rien ! »

Henry secoua la tête et se rembrunit, avant de lever son verre et d'en vider la moitié d'un trait, laissant voir ses gencives, ses lèvres retroussées sous l'effet de la brûlure de l'alcool.

« Ne jouez pas à ce petit jeu-là avec moi, rétorqua-t-il. Nous n'en sommes plus là. Nous savons tout. Presque tout. Bien plus que vous, j'ai l'impression. Alors débarrassez-vous de vos fausses pudeurs et répondez-moi. Que faisiez-vous sur le pont Sisto qui ait pu autant attirer l'attention ? »

Il porta son verre à ses lèvres et Isabella le dévisagea avec soin. Elle vit que sa main tremblait. Elle sut alors que son petit manège n'était rien d'autre que cela, une comédie, et qu'il était en réalité aussi épouvanté qu'elle. Et puis son italien était maladroit, forcé. Isabella passa à l'anglais, afin de lui faciliter la tâche.

« Je ne sais pas ce que j'ai fait », répondit-elle en se saisissant de son verre. Elle resta penchée en avant, ses coudes sur le rebord de la table, son verre entre les mains. « Il se trouve que j'étais sur le pont Sisto à ce moment-là.

– Que faisiez-vous là-bas ? demanda Henry, d'une voix aussi âpre que la chandelle qui se consumait. Avez-vous vu qui a tiré sur le prêtre ? »

Elle plaça entre eux deux la broche qu'elle avait récupérée sur le cadavre.

« Vous voulez dire l'inquisiteur ? » le corrigea-t-elle, et Henry sourit pour la première fois.

Elle se sentit immédiatement soulagée et s'appuya sur le dossier de sa chaise, étirant ses longues jambes sous la table, tous ses muscles tendus.

« Alors, que faisiez-vous donc ? » insista-t-il en récupérant des bandelettes de tissu et en les disposant sur la table.

Il enleva sa chemise beige, tout imbibée de sang et lacérée au niveau de l'épaule, afin de bander sa plaie. Il portait un maillot de corps. Dessous, ses pectoraux se dessinaient avec fermeté et les muscles de ses bras étaient semblables à de solides cordages.

Le souvenir de Giovanni revint à Isabella et la question lui procura une vive émotion.

« Je me promenais, dit-elle dans un souffle, comme s'il lui coûtait de se rappeler, comme s'il lui était difficile d'ordonner ses souvenirs. Je me promenais. Avec un autre prêtre. »

Les mots qu'elle prononça semblèrent faire l'effet d'une thérapie, et elle décida d'ouvrir les vannes. Elle se fichait désormais du secret, ce n'était pas le moment, pas avec cet homme qui semblait de toute manière en savoir déjà long, et ce même si ses aveux pouvaient lui coûter bien davantage que son métier.

« Je travaille pour la Chasteté. C'est une organisation secrète au sein de l'Église catholique. Nous mettons à l'épreuve la foi des prêtres qui s'égarent, ceux que l'on soupçonne de faillir à leurs vœux de célibat. J'essayais de pousser à une incartade le prêtre qui était avec moi à ce moment-là. Nous nous étions arrêtés juste à l'ombre du pont. Il allait m'embrasser lorsqu'un coup de feu est parti et qu'un corps est tombé dans la rivière. Sans même que je m'en rende compte, j'étais déjà dans l'eau pour tenter de le secourir. C'est ce qui m'a sauvée. La minute d'après, l'Inquisition, ou qui que ce soit, ouvrait le feu. Giovanni a été touché, le prêtre aussi. Je me suis agrippée au corps qui flottait et j'ai plongé pour rejoindre l'autre côté de la rive.

– Il était déjà mort quand vous l'avez rejoint ? demanda-t-il.

– Oui, mentit-elle.

– Il n'a rien dit avant de mourir ? »

Elle se souvint du nom de Tacit.

« Vous auriez souhaité qu'il le fasse ? »

Mais Henry était redevenu silencieux.

« Ils m'ont pourchassée à travers la ville, jusqu'à ce que vous me trouviez. »

Elle le regarda, son visage maintenant plein d'une colère froide et de défiance. Henry la dévisagea longuement, pinça les lèvres et acquiesça, comme si son récit tenait parfaitement la route à ses yeux. Il sortit une autre chaise et s'assit ; il commença à préparer sa plaie. S'il ressentait de la douleur, il n'en montrait rien.

« Vous avez eu de la chance, marmonna-t-il. Vous ne savez pas dans quoi vous vous êtes fourrée.

– Je connais l'Inquisition. Je sais de quoi ils sont capables. » Les yeux d'Isabella se posèrent sur la broche, l'émeraude qui la sertissait luisant sous la lumière ambrée de la chandelle. « Je veux simplement des réponses.

– Eh bien, voyons si vous les trouvez », lui répondit la voix riche et suave d'une femme juste derrière elle.

Isabella sut de qui il s'agissait avant même de se retourner.

« Sandrine Prideux », fit-elle.

Une femme grande et brune était appuyée au chambranle de la porte, en train de s'essuyer le visage à l'aide d'une serviette de toilette, comme si elle sortait de son bain, simplement vêtue d'une grande chemise boutonnée jusqu'à la poitrine.

« Sœur Isabella, répondit-elle avec un éclat dans les yeux. Je ne m'attendais pas à vous revoir.

– Moi non plus. Il semblerait que "paix et vengeance" ne soient pas advenues finalement ? »

Les traits de Sandrine se durcirent, ses lèvres se pincèrent. Elle laissa choir la serviette dans le creux de son coude.

« La paix, peut-être pas », répondit-elle, le regard vif.

Isabella sourit faiblement et réfléchit aux paroles de la jeune femme. Elle revoyait la chute de Fampoux, la résolution pleine de défiance de Sandrine alors qu'elle et Henry se préparaient à quitter la ville pour toujours.

« Je devrais vous tuer », continua Sandrine en s'approchant de Henry, le pas léger.

Elle caressa le dos de son compagnon et lui passa la main dans les cheveux, avant de lui soutirer un rapide baiser. Sa main se resserra près de sa blessure, le visage inquiet, mais il secoua la tête pour la rassurer. Isabella en profita pour évaluer les chances qu'elle avait de s'enfuir, avant de poser à nouveau les yeux sur Sandrine.

« Vous vous en doutez bien, n'est-ce pas ? Je devrais vous tuer pour ce que vous avez fait à Paris.

– Et pourquoi donc ? » s'enquit Isabella, alors que Sandrine se versait un généreux verre du breuvage doré.

Elle reposa bruyamment la bouteille, si fort que la table en trembla, et elle souleva brutalement son verre. Elle le porta à ses lèvres en observant la sœur, comme si elle choisissait soigneusement les mots de sa réponse.

« Vous, et le prêtre. L'inquisiteur. Celui qu'ils appellent Tacit. » Elle cracha le nom avec mépris. « Vous avez tout fichu en l'air. À la messe pour la Paix. Vous avez tué le cardinal-évêque Monteria. »

Isabella avait passé de nombreuses nuits blanches après les événements qui avaient eu lieu dans la capitale française et à la messe pour la Paix, à imaginer ce qui se serait passé si Monteria n'avait pas été empêché de revêtir la peau de loup et de se transformer au beau milieu de l'énorme congrégation de la cathédrale. Sa réponse fut transportée de passion.

« Le cardinal-évêque s'apprêtait à commettre une tuerie de masse au cœur de Notre-Dame !

– Le cardinal-évêque nous aidait à repousser nos ennemis ! Tous nos ennemis ! Nous préparions tout depuis des mois. Moi. Le cardinal-évêque Monteria. Le cardinal Poré. Mon père. » Une ombre sembla passer sur son visage tel un voile, la douleur se substituant à la colère. « Nous étions prêts à tout risquer, même nos vies, pour pouvoir nous venger de ce que mon peuple subit depuis des siècles, de donner le change aux sortilèges qui nous accablent, d'offrir à ceux qui avaient fait vivre ces incantations corrompues la chance de réfléchir à leurs cruelles actions. De faire éclater au grand jour toute cette méchanceté.

– En tuant tant de gens au passage ! Était-ce ce que vous vouliez vraiment ? Massacrer tous ces innocents qui étaient venus assister à la messe afin d'exposer les erreurs passées de la foi catholique ? Les diplomates ? Les membres des familles royales ? Les civils qui n'ont rien demandé ? Tous liquidés au nom de la vengeance ? »

Sandrine retroussa les lèvres.

« Et cette guerre, elle ne décime pas assez d'innocents comme ça ? » Elle s'approcha d'Isabella, les poings fermés, brandis en l'air, mais c'est alors qu'elle aperçut le pendentif autour du cou de la sœur, et elle finit par s'immobiliser avant de reculer d'un pas, comme si elle rapetissait légèrement, plus calme. « La paix ! C'est ce que nous voulions initialement. L'opportunité d'en finir avec cette guerre infernale. De faire en sorte que les gens comprennent qu'il y a des choses plus terribles dans le monde contre lesquelles ils peuvent se liguer plutôt que de se battre entre eux, entre voisins, entre cousins étrangers, entre ceux qui ne partagent pas la même nationalité ou la même religion. Paix et vengeance ! La paix pour le monde et la vengeance pour nous. Et vous nous avez privés des deux. »

En un instant, la défiance d'Isabella fondit comme neige au soleil.

« Cela n'aurait jamais fonctionné », déclara-t-elle, mais ses mots étaient mal assurés. Elle savait que Tacit et elle avaient sauvé des centaines de vies ce jour-là à Notre-Dame, mais ce faisant, était-il possible qu'ils aient prolongé le conflit ? Pas un jour ne s'était écoulé sans qu'elle ne se soit posé la question. Elle regarda Sandrine prendre une grande rasade d'alcool avant de se lancer : « Je n'avais pas compris.

– Qu'est-ce que vous n'aviez pas compris ?

– Que vous étiez des leurs. »

Un sourire froid se dessina sur le visage de Sandrine, fait de résignation et de douleur.

« Nous ne formons qu'un. Nous formons une famille, dans les liens du sang.

– Et pourtant vous pouvez vous déplacer à l'étranger sans être inquiétée, comme n'importe qui, sans être troublée par la malédiction diurne et nocturne qui pèse sur l'*Hombre Lobo* ? Je ne comprends pas.

– Il y a beaucoup de choses que vous ne comprenez pas, et que vous ne comprendrez jamais.

– Eh bien, éclairez ma lanterne.

– Pourquoi le devrais-je ? Qu'avez-vous à m'offrir en échange ? » Les doigts de Sandrine étaient ouverts en éventail, comme des griffes. « Pourquoi ne devrais-je pas vous tuer ?

– Parce que je peux vous venir en aide. »

Sandrine rit, d'un rire cruel et amer qui fit frémir Isabella.

« Si vous en étiez seulement capable, pour quelle raison le feriez-vous ?

– Car je ne peux pas revenir en arrière, pas maintenant. Je ne peux pas retourner auprès de la Chasteté, auprès de mon Église.

Pas après tout ce qui s'est passé. Les inquisiteurs, ils me tueront. Je n'ai rien. Je ne suis plus en sécurité. »

Elle prenait conscience de sa situation lamentable au fur et à mesure qu'elle en parlait, et un gémissement resta coincé dans sa gorge.

« C'est terrifiant, n'est-ce pas ? commenta Sandrine. De se retrouver complètement seule. »

Isabella hocha la tête puis la baissa. Elle sentait la main froide de la peur se refermer sur elle. Sandrine fit claquer sa langue pour qu'Isabella la regarde de nouveau.

« Imaginez ce qu'a ressenti mon peuple pendant mille ans. Terrifié. Seul.

– Qui était-ce ?

– Qui donc ?

– L'homme sur le pont qui a été assassiné. Pourquoi était-il si important ? Dites-moi au moins cela.

– Il était l'un des nôtres. Nous nous protégions mutuellement. Nous travaillions ensemble.

– C'était un inquisiteur ! Pourquoi travaillez-vous avec quelqu'un de l'Inquisition ? Je pensais qu'ils étaient vos ennemis ? dit Isabella avec un petit rire forcé, mais la dureté du regard qui lui répondit la fit taire pour de bon.

– Vous arrivez là, une bête sœur du Vatican, qui pense que ce qu'il y a de plus important dans la vie, c'est de mettre à l'épreuve la chasteté de ceux qui ont fait vœu de célibat.

– Ce n'est pas ce que je pense. Pas un seul instant.

– Tant mieux, car la vengeance, ce n'est plus d'actualité. Tout a changé, maintenant. »

La voix d'Isabella devint beaucoup plus grave et sérieuse.

« Henry a dit quelque chose du même ordre tout à l'heure. Mais il ne m'a pas dit ce qui avait changé.

– Eh bien, je vais m'en charger. » Sandrine inspira profondément, comme si elle rassemblait son énergie pour prendre la parole. « Il y a une noirceur qui est descendue sur Terre. La lumière a été anéantie. Une main se resserre sur le monde, et nous savons à qui elle appartient, une main que l'on doit arrêter, à tout prix, quelles que soient les croyances et les allégeances. »

Elle entendit Isabella déglutir péniblement.

« Comment êtes-vous au courant de cela ?

– Nos alliés. Nos espions. Des rumeurs, des enquêtes. Nous ne nous reposons jamais. En 1877, quelque chose s'est abattu sur le monde. Nous ne savons pas ce que c'est, mais cette année-là les récoltes furent très mauvaises dans de nombreuses régions du globe. La famine a beaucoup rôdé. L'Inde a failli être rayée de la carte.

– Et vous pensez que tout ceci fut la faute d'une force supérieure ? » demanda Isabella.

Sandrine poursuivit sans lui prêter attention.

« Une force démoniaque s'était emparée des villes et des villages, sans que l'on sache d'où elle vienne ni pourquoi. Des possessions démoniaques paralysaient des communautés entières, en proie à la panique et à l'effroi. Des enfants monstrueux, des reflets de petits démons, naissaient par milliers. Les rivières étaient devenues rouges. Les loups vivaient dans l'ombre, mais nous sommes au courant des choses, nous avons nos sources, et nous sentions bien que quelque chose de malfaisant était venu au monde.

– Et pourquoi un événement qui a eu lieu il y a quarante ans aurait des conséquences aujourd'hui ?

– Car ça recommence. Nous sentons que quelque chose se prépare. L'inquisiteur qui a été tué, notre contact au sein du Vatican et de l'Inquisition, nous pensons qu'il était tombé sur un indice. Un indice de taille. Il avait trouvé ce dont nous avons besoin, ce qu'il nous faut pour nous battre. Il allait nous livrer cette information.

– Je pensais que vous ne vous souciiez que de votre peuple ?

– Plus maintenant. Ce combat est celui de chaque homme, chaque femme, chaque enfant à travers le monde. Nous devons trouver ce que notre informateur avait découvert. Sinon, tout finira engouffré dans l'ombre de la guerre. »

Isabella s'appuya sur le dossier de sa chaise.

« Je sais ce qu'il avait trouvé. »

Les mots sortirent tout seuls. Elle sentit que Henry s'était arraché à la pénombre pour l'écouter et que Sandrine s'était rapprochée d'elle.

« Qu'était-ce ? demanda Henry avec précipitation.

– Un nom.

– Le nom de qui ?

– Je suppose qu'il s'agit du nom de la personne qui peut nous aider. Le seul qui le puisse.

– Et qui est-ce ?

– Tacit, annonça Isabella en les regardant à tour de rôle. L'inquisiteur Poldek Tacit. »

11

Rome

Un chant choral s'échappait du tréfonds du monastère de Trastevere. Les voix angéliques dissipaient la mélancolie qui régnait dans le couloir où patientait le cardinal-évêque Adansoni. Ses chaussures faisaient craquer les lattes inégales du plancher; il grimaça et tenta de marcher sans bruit, visiblement honteux de perturber la mélodie cristalline du chœur.

La porte qui menait aux appartements de la sœur était sobre, de couleur noire, un simple panneau de bois brut qui se tenait maladroitement sous le linteau tordu d'un mur en pente. Adansoni frappa. Aussitôt, une voix lui intima d'entrer.

Sœur Malpighi, vieille et bossue, était assise dos à la porte et regardait par la fenêtre, de sorte qu'elle ne pouvait pas voir qui était là.

« Cardinal Adansoni », fit-elle avec un sourire, avant de jeter un bref coup d'œil par-dessus son épaule.

Elle était toute flétrie, mais une lueur subsistait dans son regard qui laissait deviner une énergie et une intelligence indéniables.

« Sœur Malpighi, salua Adansoni avec une légère courbette, dans l'attente d'être invité à pénétrer dans la pièce. Excusez ce dérangement impoli et inattendu.

– Cardinal Adansoni, rien qui soit impoli ou inattendu, répondit-elle, ses traits chaleureux s'animant progressivement.

Désirez-vous un petit rafraîchissement ? » Elle attrapa une grande cruche de porcelaine et servit un verre d'eau qu'elle disposa sur la table pour qu'Adansoni puisse boire à son aise une fois installé. « Bien entendu, je sais pourquoi vous êtes venu me voir.

– Évidemment, sourit-il en prenant place lentement. J'oubliais presque. »

Depuis longtemps, le Conseil du Saint-Siège tenait sœur Malpighi en haute estime pour ses facultés intuitives et prémonitoires. Elles avaient été fort utiles au Vatican à des moments délicats et difficiles. Il y avait d'autres gens de la même étoffe, servant comme elle le Saint-Siège, qui avaient le don de prédire le futur et de porter conseil. Mais personne ne s'était montré aussi précis et fidèle que la sœur, qui examinait à présent Adansoni avec attention.

« Une période pleine d'incertitudes, médita-t-elle en faisant la moue.

– Je ne vous le fais pas dire », abonda Adansoni, avant de siroter quelques gorgées.

L'eau n'était pas fraîche : on eût dit qu'elle croupissait dans le broc depuis un certain temps déjà.

« Je m'assois ici si souvent maintenant, cardinal Adansoni, avoua-t-elle en balayant Rome du regard, à scruter la ville au loin, la ville que j'aime, mon esprit attiré par les contrées qui s'étendent au-delà, des lieux que je n'ai jamais visités autrement que dans mon imagination ou dans les livres, et je me demande quelles horreurs s'enracinent en ce moment même sur ces horribles fronts de l'est et de l'ouest. Quelles atrocités se chevillent actuellement à l'homme ? »

Sœur Malpighi cligna des yeux, et Adansoni vit qu'ils étaient baignés de larmes.

« L'agneau de Dieu est au supplice, et il se vide de son sang.

– Que voulez-vous dire ?

– Dans le Caucase, un massacre va avoir lieu, le génocide de tout un peuple ; deux millions d'Arméniens seront tués, exilés dans le désert où ils seront promis à la mort par les autorités turques. »

Le vieux cardinal déglutit.

« Quand cela aura-t-il lieu ? demanda-t-il avec gravité.

– En ce moment même. Dès maintenant. C'est le prélude à son retour. »

Adansoni secoua la tête, choqué, et porta son attention sur la petite fenêtre qui dominait la capitale.

« On dirait que la guerre pollue déjà toutes les villes, toutes les cités du monde. Comme s'il était déjà de retour.

– Il n'est pas encore revenu, cardinal Adansoni », annonça la sœur. Elle leva un sourcil entendu. « Mais il reviendra. C'est une certitude. Il reviendra sous peu. Lorsque les forces britanniques et allemandes se feront face sur les plaines de la Somme, lorsque toute une génération sera rayée de la carte en une seule matinée, il émergera alors de leur sacrifice, de ce bain de sang.

– Qu'en est-il des autres, de ceux qui le précèdent ? questionna Adansoni sans cérémonial, le poing gauche maintenant serré. Ceux qui le protégeront ?

– Pourquoi pensez-vous à eux, cardinal Adansoni ? s'enquit sœur Malpighi, une lueur dans le regard et une pointe de suspicion sur les lèvres.

– Est-ce que l'avènement des sept princes des Ténèbres n'inquiète personne ? »

La sœur prit une profonde inspiration, légèrement sifflante et râpeuse, comme s'il lui était difficile de respirer.

« Ce n'est pas très clair. Il y a des forces, des incertitudes, des choses qui doivent encore se révéler. Les eaux du temps sont troubles et une brise les agite. Mais si la question que vous me posez réellement est de savoir s'il est encore temps de les arrêter, cardinal Adansoni, alors je vous répondrai que oui. »

12

Front italien, bataille de l'Isonzo, nord-ouest de la Slovénie

La troisième armée de l'infanterie italienne était retranchée dans la clairière depuis des jours, juste au pied de la montagne qui s'élevait vers le plateau du Karst. Les troupes étaient entourées de forêts de pins qui s'étalaient sur des kilomètres, et le parfum capiteux de la sève embaumait les environs. Il faisait chaud, trop chaud pour les soldats en uniforme, avec pour seul répit quelques rares nuages qui venaient parfois éclipser le soleil. L'air était alourdi par la fumée de charbon, et les ordres que les sergents aboyaient continuellement résonnaient jusque dans la vallée, où sinuait l'eau froide et pure de l'Isonzo.

La marche lourde et pénible de cent mille bottes retentissait comme un tambour battant, le bruit infernal rebondissant contre les parois rocailleuses des falaises. Le calcaire blanc se réfléchissait à la vive lumière du jour de façon si éclatante que les soldats devaient parfois plisser les yeux pour distinguer quoi que ce soit. Des unités déambulaient sans but en de longues files qui serpentaient sur les chemins environnants, ou bien transportaient sur leur dos de lourdes charges en direction du campement.

Un nouveau contingent venait d'arriver, ce qui rompit un court instant la monotonie de la vie militaire. Les soldats étaient recensés et répartis dans leurs unités respectives ; ils paraissaient trop jeunes, perdus au milieu de la marée humaine qui était déjà sur place et qui avait maintes fois essuyé ce que le paysage montagneux et les éléments leur réservaient.

Un groupe de cinq prêtres, vêtus de soutanes noires et coiffés de barrettes pointues, le front humide, fermaient la marche. Ils encadraient un jeune soldat esseulé, comme si ce dernier semblait promis à un sort spécifique, comme s'il avait été choisi. Aussitôt qu'ils atteignirent le camp, il fut évident qu'ils comptaient superviser eux-mêmes ce nouveau bataillon ; ils gesticulaient et dirigeaient les jeunes hommes nerveux vers une unité précise, qui observait la scène avec grand intérêt.

Le sergent-major italien, juché là où débouchait le sentier par lequel ils étaient arrivés, ne cachait pas sa déception à la vue de cette maigre cohorte de prêtres qui usurpait son rôle de chef. Il essuya ses mains sales des travaux du jour sur les pans de son manteau et dévisagea les prêtres, leurs cols amidonnés et leurs traits tirés par la fatigue du voyage. Il tergiversait quant à l'accueil qu'il devait leur réserver puis finit par se décider.

« Quelles sont ici vos prérogatives, messeigneurs ? »

Le prêtre qui semblait mener le groupe se renfrogna et toisa le militaire avec dédain.

D'entrée de jeu, le sergent sut que ces prêtres n'étaient pas comme les autres, avec leurs mines sombres et sinistres, leurs regards vides. Éreintés comme si leur périple avait été interminable et semé d'embûches.

« Vous voilà loin des sentiers battus, n'est-ce pas ? » s'enquit le sergent-major.

Pendant quelques instants, il s'inquiéta que sa petite virée dans le village du coin, accompagné de quelques-uns de ses hommes, à boire et à taquiner les filles de joie avant la grande percée sur le front de l'est, ne soit revenue aux oreilles de l'officier, et que des prêtres aient été envoyés en guise de représailles.

« Et vous, vous voilà bien loin de chez vous, n'est-ce pas ? » répliqua le prêtre d'un ton morne, sa barbe de trois jours aussi noire que ses yeux.

Le sergent se demanda quelle vocation pouvait bien animer ces religieux pour qu'ils acceptent de venir dans un endroit aussi maudit.

Des hommes durs. Voilà ce que s'était dit le sergent en les voyant arriver. Des hommes qu'il ne fallait pas courroucer. Des hommes qui ne reculeraient devant rien pour répondre aux desseins de leur Dieu, quoi qu'il en coûte. Pour autant, il se dit que ça ne pouvait pas faire de mal que des prêtres prient dans leur dos pendant qu'ils graviraient les hauteurs de la frontière italo-slovène, avec toute l'armée austro-hongroise prête à leur tomber dessus.

La première fois que le sergent-major avait été informé de la tactique choisie, à savoir se diriger vers l'est dans les hauteurs impénétrables du Karst en direction du mont San Michele, il avait fulminé, plein d'un sarcasme inhabituel, car il savait que c'était de la folie pure. Les montagnes frontalières du nord-est, qui entouraient maintenant la troisième armée italienne, étaient connues depuis toujours comme un rempart contre les envahisseurs, autant que comme un obstacle à toute velléité expansionniste de l'Italie elle-même. Il savait pertinemment qu'un quelconque assaut mènerait droit au carnage.

« Celui-ci, déclara le prêtre en montrant du doigt le plus jeune soldat qu'ils escortaient, il rejoint cette unité-là. »

Le prêtre désigna un groupe de soldats qui s'étaient levés lorsque les nouvelles recrues étaient arrivées. Il prit le soldat par la manche et l'entraîna vers sa nouvelle unité.

« Je vous demande pardon ? éructa le sergent-major en pénétrant dans le champ de vision du prêtre. C'est moi qui décide qui rejoint quelle unité ici.

– Pas cette fois », objecta l'homme d'Église, et il sortit des pans de son habit une lettre qu'il fourra dans la main du sergent.

Le militaire aperçut la signature, blêmit soudainement et hocha la tête.

« Très bien, fit-il en reculant. Et vous comptez rester parmi nous ? »

En un instant, le sergent-major s'était mis à parler de façon obséquieuse.

La question sembla surprendre le prêtre.

« Bien entendu ! Nous comptons faire l'ascension du Karst en leur compagnie ! Nos prières, nous l'espérons, seront entendues et nous mèneront rapidement à la victoire.

– Eh bien, tout semble en ordre », marmonna le sergent en lui rendant ses papiers, sans avoir parcouru quoi que ce soit d'autre que la signature qui les agrémentait.

Après tout, il ne lui en fallait pas davantage pour savoir qu'il n'était pas question de discuter cet ordre-ci.

« Parfait, acquiesça le prêtre en reprenant sa paperasse. Je n'en attendais pas moins, vu que le commandant en chef Cadorna lui-même a donné ces ordres. Faites en sorte que le soldat reste dans cette unité. Et ne le laissez pas en changer, quelles que soient les circonstances. »

Le sergent-major opina.

« Vous ne voudriez pas que Cadorna apprenne que ses ordres ne sont pas respectés, n'est-ce pas ? Bien. »

Le prêtre passa en revue les rangs serrés de l'infanterie qui occupaient les pelouses pelées aux abords des flancs roussis de la montagne. Les files de soldats étaient interminables et immobiles, semblables à un alignement de cadavres dans une morgue à ciel ouvert.

« Où pouvons-nous établir nos quartiers ? Nous n'avons pas besoin de grand-chose. Simplement d'un peu de calme et de discrétion, rien de plus. »

Le sergent-major montra d'un doigt mal assuré une tente d'officier dressée sur une arête rocheuse, qui était demeurée inoccupée depuis qu'on l'avait plantée là quelques jours auparavant. Il estima que cela leur conviendrait. Peu d'officiers s'étaient risqués à quitter leurs vallées pour leur rendre visite sur le front, bien que l'ennemi fût encore à quelques kilomètres de là, embusqué tout là-haut dans les crevasses et les ravins du Karst, à attendre que la troisième armée vienne à lui de son plein gré.

« Mais monseigneur, ajouta rapidement le sergent-major, sa confiance toujours entamée par la vision de la signature nette et féroce du commandant en chef sur le papier, vous serez certainement bien plus à votre aise si vous logiez un peu plus bas dans la vallée. Les vôtres, sauf mon respect, se sont tous installés en aval, expliqua-t-il en gesticulant. Tous les officiers sont postés loin de l'infanterie. Nul doute que vous serez plus satisfaits en leur compagnie ? »

Le sergent-major était subitement persuadé qu'il ne voulait plus du prêtre et de ses aumôniers dans son camp. Le reflet d'une tragédie insoutenable se décelait dans leurs yeux sombres, dans les rides de leur front, sur leurs visages creusés et impitoyables. Ils étaient comme nimbés de malveillance, comme si la mort les avait suivis par le passé et les accompagnerait dans le futur. Il voyait bien que le prêtre à qui il s'adressait ne le regardait pas dans les yeux, qu'il était constamment attiré par les hauts sommets à l'est, comme si ce lieu exerçait sur lui un pouvoir de fascination. Et le sergent-major était heureux de ne pas avoir plongé ses yeux dans les siens. Il était persuadé que si cela avait été le cas, il y aurait vu quelque chose qui l'aurait hanté des années durant.

Le prêtre leva la main afin de couper court à la discussion.

« Non, répondit-il. L'endroit que vous nous avez indiqué fera très bien l'affaire. »

Et il partit, les aumôniers à sa suite, en file indienne, les bras chargés de leur attirail et de colis pleins à craquer de provisions destinées à les accompagner jusqu'au sommet.

13

Front italien, bataille de l'Isonzo, nord-ouest de la Slovénie

Le groupe de soldats se rassembla autour du jeune homme qui avait été personnellement escorté par les prêtres et ils l'examinèrent comme s'il était une offrande qu'on leur avait faite.

« Comment t'appelles-tu, mon brave ? » finit par demander le caporal-chef.

Il avait un visage avenant, le teint basané, et ses yeux verts brillaient comme des émeraudes.

« Soldat Gilda. Soldat Pablo Gilda », répondit le jeune homme.

À côté du caporal-chef et de sa mine usée, brûlée par le soleil et le vent, il ressemblait à un enfant.

« Un cadeau béni des dieux ? » se moqua l'un des soldats du groupe.

Pablo fut décontenancé et le caporal-chef ajouta :

« Les prêtres. C'est ta petite cour personnelle ?

– Ce sont des prêtres de l'église de ma ville.

– Tiens donc », répondit le caporal-chef, les lèvres pincées, jaugeant avec suspicion la réponse du jeune homme.

Pablo remarqua que le caporal ne cessait d'observer ses mains à la dérobée, et il les cacha prestement dans son dos. Soudain, le caporal joignit ses propres mains, l'air béat.

« Eh bien, soldat Gilda, voilà que nous en oublions nos bonnes manières. Bienvenue ! J'espère que tu as pris ton équipement de varappe ? »

Pablo regarda anxieusement autour de lui. Le sergent-major avait parcouru le sol calcaire, sec et ravagé, et s'était joint au petit groupe.

« Laissez-le tranquille, caporal-chef Abelli, l'avertit le sergent. Vous feriez mieux d'ignorer cet imbécile, conseilla-t-il ensuite à l'intention de Pablo.

– Des prêtres catholiques, roucoula Abelli en sortant une grosse pipe ronde qu'il se fourra dans le bec. Qui se mettent à nous livrer nos recrues. » Il secoua la tête et farfouilla dans ses poches à la recherche d'une allumette. « On dirait bien que nous voilà habités par la grâce divine, n'est-ce pas, sergent-major ? L'armée de Dieu ? »

Une pointe de cynisme affleurait dans son discours.

« C'est à se demander pourquoi ils ont tenu à ce que ce pauvre bougre rejoigne votre unité, caporal-chef Abelli, commenta le sergent en toisant Pablo avec dédain.

– À l'évidence, ils savent reconnaître l'élégance », badina l'un des soldats avec un petit rire.

Le sergent-major ignora la plaisanterie et s'adressa à Pablo avec rudesse.

« Vous êtes sûr que vous êtes capable de trimballer tout votre paquetage en haut de la montagne ? » demanda-t-il l'air incrédule en détaillant le corps malingre du soldat.

Pablo acquiesça.

« J'ai terminé mon service. Six mois. »

L'un des soldats siffla et un autre se mit à rire.

« Essaie six semaines dans le Karst. »

Le sergent-major leur intima de la boucler.

« Vous n'êtes pas en mesure de donner des leçons, soldats, rétorqua-t-il. Vous n'avez même pas encore vu un champ de bataille. » Il se tourna vers Pablo. « Eh bien, ces prêtres-là, vous devez avoir leurs faveurs s'ils ont tenu à vous escorter personnellement jusqu'ici ? »

Pablo haussa les épaules.

« Probablement. Ils étaient mes prêtres à Udine, quand j'allais à la messe.

– C'est un peu comme votre famille à Udine, alors ? » demanda le sergent-major.

Le visage de Pablo se ferma. Il secoua la tête et contempla ses bottes.

« Non, je n'ai pas de famille, répondit-il de façon abrupte.

– Tout le monde a de la famille, ajouta le caporal Abelli.

– Pas moi, insista Pablo, dont le visage s'empourprait maintenant.

– Eh bien, c'est nous votre famille désormais, conclut le sergent-major, désireux de faire redescendre la tension.

– Pas de chance pour le pauvre bougre, déclara l'un des soldats, et tous ses comparses éclatèrent de rire.

– Ho, hé ! admonesta le sergent-major, un doigt dodu pointé sur le plaisantin. L'armée prend soin de toutes ses recrues.

– S'ils en avaient quelque chose à faire, grogna un soldat de l'autre côté du sentier, ils auraient commencé par ne pas nous envoyer dans ce foutu coin paumé ! Ça fait à peine deux mois que l'Italie s'est embarquée dans la guerre et des milliers d'hommes sont déjà morts dans ces montagnes. »

Le sergent-major fit volte-face.

« Quel combattant vous faites, Sarem ! C'est la guerre, soldat ! La mort en fait partie. Vous devriez le savoir. C'est la raison pour laquelle vous portez l'uniforme.

– En voilà une drôle de guerre ! répondit Sarem. Pourquoi nous battons-nous, hein ? Vous pouvez me le dire ?

– Nous apportons notre contribution.

– Eh bien, ça n'a aucun sens, si vous voulez mon avis. Il n'y a rien que de la pierre. Des cailloux à trois cents kilomètres à la ronde. Ça ne donnera rien de bon. Il n'y a rien à gagner à attaquer les Austro-Hongrois ici. »

Le sergent-major se mit à rire.

« Soldat Sarem ! Je ne vous savais pas aussi versé en stratégie militaire ! Si j'avais su, j'aurais demandé qu'on vous transfère au camp militaire de Santa Maria Capua Vetere ! »

Le soldat fraîchement débarqué se racla la gorge avec nervosité et le sergent-major se retourna pour l'écouter.

« Le traité de Londres », articula-t-il.

Tout le monde le regarda et il se mit à rougir.

« Voilà, Sarem, poursuivit le sergent en passant l'unité en revue. Le traité de Londres. C'est du gâchis que de vous voir au milieu de ces ignares, soldat Gilda. Pourquoi donc vous ont-ils amené ici ?

– Ce sont les prêtres qui m'ont amené, répondit Pablo. Ils m'ont juste expliqué qu'il était temps pour moi d'accomplir mon devoir et j'ai fait ce qu'ils me demandaient. »

Le sergent-major lui tapota l'épaule.

« Continuez comme ça, soldat Gilda, lui dit-il avec un clin d'œil, s'apprêtant à partir, et vous vous en sortirez très bien.

– Ne vous en faites pas pour le soldat Gilda, lança le caporal Abelli, nous prendrons bien soin de lui.

– Et ce traité de Londres, alors ? s'enquit Lazzari, un autre soldat de l'unité, l'air intrigué. Je n'ai jamais entendu parler de traité.

– Cette guerre est l'opportunité pour nous de conquérir des territoires frontaliers sur lesquels nous avons un œil depuis longtemps, répondit Pablo, comme s'il ânonnait une leçon apprise par cœur.

– Eh bien, c'est une des raisons, professa Abelli, et Pablo suivit le regard du militaire qui se perdait dans la vallée au loin. Comment sais-tu tout cela, Gilda ? Tu as reçu une éducation ? »

Pablo rougit de plus belle et haussa les épaules, regrettant d'avoir parlé avec autant d'empressement.

« Seulement avec les prêtres. Ils s'occupent de moi depuis que je suis petit. Et avec les journaux. »

Le caporal-chef éclata de rire et avec lui quelques autres soldats.

« Tu ne trouveras jamais rien d'intéressant dans ces journaux, mon petit, le prévint le caporal. À part des mensonges et du bourrage de crâne. Rien d'autre. Rien de ce que cet endroit représente réellement. De ce qu'il renferme en vérité.

– Et qu'est-ce donc ? demanda Pablo.

– Des horreurs.

– Vous parlez de l'ennemi ?

– Oui. Mais de quel ennemi ?

– Je ne suis pas sûr de vous suivre.

– Et pourtant tu as lu les journaux ? »

Pablo secoua la tête et le caporal se pencha vers lui.

« Est-ce que tu crains Dieu, soldat ?

– N'est-ce pas le cas de tout le monde ?

– Une légende dit que le diable réside dans le Karst, que c'est son royaume, que la montagne de calcaire est sa chair fuligineuse, que l'eau turquoise de l'Isonzo qui traverse la vallée est le sang froid qui coule dans ses veines, que les arêtes rocheuses les plus pointues sont le trône sur lequel il siège. »

Le caporal-chef contemplait à nouveau le plus haut sommet du Karst, là où Pablo savait que lui et le reste de la troisième armée italienne se rendraient bientôt. Il frissonna et perdit le fil des murmures de la conversation qui animait l'unité, tel le bruit métallique répété d'un marteau sur une enclume, le tout ponctué des quelques rires rauques qui s'élevaient du camp de temps à autre.

Il préféra reporter son attention sur la crête rocheuse au-dessus d'eux, là où il savait que les rangs serrés de la cinquième armée austro-hongroise avaient établi leurs quartiers, dans les creux et les sentiers de la montagne, à attendre que les Italiens lancent l'assaut à l'est.

Alors qu'il observait les sommets, l'altitude oppressa Pablo au creux de la poitrine, mais le caporal semblait quant à lui les caresser calmement du regard.

« Rien ne peut vivre ni prospérer ici, à l'exception des terribles choses qui sortent en rampant de leurs cavernes et de leurs terriers la nuit, à la recherche des inconscients et des naïfs.

– Quelles choses ? » questionna Pablo fiévreusement.

Mais le caporal-chef ne voulut ou ne put en dire plus.

« Il est inutile d'espérer gagner quoi que ce soit sur ce sol stérile », répondit-il à la place.

Il avait tiré de la poche de sa ceinture une petite timbale en acier et la remplit de café, la cafetière encore chaude sur le feu de camp, puis se mit à siroter le breuvage entre ses épaisses lèvres vermeilles. Le café semblait extrêmement fort, aussi puissant que la mort. Il y avait des mouches sur la surface en onyx de sa tasse mais il ne semblait pas les voir ni s'en soucier. Le soleil tapait sur sa nuque rougeaude, un serpentin de sueur sinuant sur son visage depuis son grand front. Il s'essuya les joues d'un air absent, avant de considérer à nouveau le jeune soldat. Il secoua la tête et marmonna quelque chose dans sa barbe, que Pablo prit pour une sorte de malédiction.

« Cette lande morte, c'est un endroit fait de sang, de souffrance et de mort. Nous y sommes pour y affronter notre fin, quelle qu'elle soit, et y braver notre véritable ennemi, celui de l'intérieur. C'est un endroit maudit, délaissé par Dieu, exécré, car le diable y a trouvé refuge. "Que ce lieu devienne un royaume de pierre, a dit le Seigneur, où les hommes s'acharneront à survivre." Et c'est là notre destin.

– De survivre ? » demanda Pablo, qui sentait le sang battre dans son cou, désormais convaincu que le caporal dont il dépendait était à l'évidence complètement dérangé.

Le militaire le dévisagea et secoua la tête.

« Non, nous ne survivrons pas, révéla-t-il, se tournant vers le sergent-major qui avait pâli à ces mots, transi par leur portée macabre. Mais nous nous acharnerons, déclara-t-il. Ardemment. »

L'attention du caporal Abelli se porta sur les mains de Pablo. Ce dernier s'en rendit compte et serra immédiatement les poings afin de les dissimuler. Trop tard.

« Tes mains, s'enquit le caporal.

– Quoi donc ?

– Montre-les-moi. »

Pablo hésita un instant puis les lui présenta. Il avait souffert de cette curiosité toute sa vie – morigéné par ses parents, moqué par ses connaissances et par des inconnus, et ce depuis qu'il était tout petit, au pied des collines d'Udine. Finalement, vers l'âge de douze ans, abandonné par les siens, il avait été recueilli par l'Église, qui s'était occupée de lui et qui, pour ses dix-huit ans, lui avait enjoint d'intégrer l'armée. C'était un choix judicieux pour un homme comme lui, avaient-ils dit avec sagesse. Six mois plus tard, l'Italie entrait en guerre, avec Pablo dans son sillage.

« Six doigts, commenta le caporal-chef, en pleine observation des mains que Pablo lui tendait, les doigts écartés. Six doigts sur chaque main.

– Allez-y, rétorqua Pablo en les fourrant sous ses aisselles. Ne vous privez surtout pas.

– Que veux-tu que je dise ? lâcha le caporal en un haussement d'épaules. Tu voudrais que je te félicite de descendre de Saph et de Rapha de Gath, et du géant Goliath ? Si c'est le cas, tu es au bon endroit, fit-il, son visage s'animant de plus en plus.

– Je ne comprends pas, répondit prudemment Pablo, qui redoutait qu'on lui joue un tour. Que voulez-vous dire ? De Goliath et de Gath ?

– Mais qu'est-ce que c'est que ça ? s'étonna le caporal-chef. Je pensais que tu étais un petit malin. Tu n'as jamais potassé ton Ancien Testament ?

– Bien sûr que si.

– Tu mens, rit Abelli. Jischbi Benob. Saph. Lahmi et son frère Goliath. Ce sont tous des descendants de Gath, les Nephilim, nés du sang de Satan, de très bons guerriers, arborant tous six doigts à chaque main.

– Je ne savais pas du tout ! répondit Pablo en examinant ses mains, comme s'il contemplait un cadeau qu'il aurait ignoré toute sa vie.

– Semblerait-il, commenta Abelli, en lui administrant une petite tape dans le dos. Tu es la personne que nous attendions, soldat. Le grand guerrier, venu récupérer son royaume. »

14

Prison de l'Inquisition, Toulouse

Tacit respirait désormais lourdement. Les clous qui avaient été plantés dans ses mains jusque dans le bois des accoudoirs avaient fait leur œuvre, il transpirait à grosses gouttes, son torse se comprimait, son cœur battait la chamade. Il releva la tête, ses yeux fous et injectés de sang vissés sur son tortionnaire, et il cracha dans sa direction sans un mot, sifflant et chuintant comme un démon enragé.

Salamanca sourit fièrement et attrapa un autre clou dans son attirail alors que le troupeau de geôliers et de mécréants qui appartenaient à la garde riaient et piaillaient d'excitation. Tout avait dépassé leurs espérances. Jamais ils n'auraient pensé que Salamanca adopterait les clous si rapidement avec ce prisonnier-là. Le bourreau observa la pointe de l'objet dans un rai de lumière, admirant les quinze centimètres de métal brossé comme l'aurait fait un amateur de bon vin avec son verre. Il se tourna vers sa victime, qui ne cédait pas, et son visage se durcit.

« Pourquoi résistez-vous donc ? » demanda-t-il, incapable de dissimuler sa déception alors que l'inquisiteur refusait toujours de passer aux aveux, malgré tout ce que Salamanca lui avait fait subir.

Le tortionnaire n'avait jamais eu affaire à un prisonnier de la sorte. Les clous avaient toujours raison d'eux. Après tout ce qui avait lieu, les lames, le fer rouge, les ongles arrachés, les écorchures, c'étaient toujours les clous fermement plantés dans les bras et les mains qui faisaient craquer les plus endurcis. C'est la raison pour laquelle on crucifiait les suppliciés. La pratique n'avait plus cours depuis longtemps mais ici, dans le tréfonds de la prison de l'Inquisition, d'aucuns aimaient à perpétuer certains aspects de la tradition.

« Vous finirez par céder », prévint-il, le clou maintenant profondément planté dans la chair de l'avant-bras droit de Tacit. Il leva haut son marteau et le public tapa des mains en guise d'approbation. « Autant céder maintenant. Croyez-moi, ce sera tout aussi simple.

– Simple pour qui ? grogna Tacit, sa lèvre inférieure amollie, ourlée d'une stalactite de salive. Vous ou moi ? »

Salamanca s'autorisa un bref ricanement mais, intérieurement, il bouillait de rage.

« Ah, vous êtes un courageux, Tacit, n'est-ce pas. Vous êtes courageux mais vous faites complètement fausse route. Cela ne me dérange pas que vous résistiez, de vous voir vous accrocher ainsi. J'en ai vu d'autres en faire autant, des hommes meilleurs, plus courageux, mais cela finit toujours de la même façon. C'est infliger la douleur qui me plaît. Ça me procure une sensation... de supériorité. Mais vous savez bien de quoi je parle, n'est-ce pas, inquisiteur ?

– De supériorité... Détachez-moi et vous verrez bien », menaça Tacit, luttant brièvement contre les liens et les clous qui le retenaient fermement sur le siège.

Une voix, aigrelette et traîtresse, s'invita subitement dans l'esprit de Tacit, évoquant des actions et un pouvoir funestes – des paroles que lui seul pouvait entendre. Tacit se débattit encore davantage, au désespoir de faire taire ces échos démoniaques.

« Quelle force ! » se moqua le tortionnaire en le regardant se tortiller, son marteau abaissé, les bras croisés, quelque peu en retrait.

Il avait créé une entrée dans son carnet à l'intention de son contact au sein du Conseil, comme exigé de lui. La personne voulait tout savoir du comportement de Tacit et de ses réactions aux différentes techniques que Salamanca savait si bien mettre en œuvre. S'il réagissait différemment au feu ou à la lame du couteau, si les tourments psychologiques l'affectaient davantage que ceux de la chair, si d'aventure une méthode en particulier influençait significativement le comportement du prisonnier.

Si Salamanca avait déjà ressenti la présence du diable dans la pièce lorsqu'il officiait. Les demandes avaient été insistantes.

« Quelle bravoure ! Quelle détermination ! Pathétique ! siffla-t-il, et il saisit Tacit à la gorge, le plaquant violemment contre le siège de torture, son visage à quelques centimètres de celui de l'inquisiteur. Vous jouez le rôle du dur à cuire, hein ? Ha ! Vous n'êtes rien ! Rien qu'un misérable, une vaste blague. Vous avez déjà dévoilé votre faiblesse une fois, inquisiteur, devant tout le corps catholique, à la messe pour la Paix. Peut-être pensez-vous être quelqu'un d'important, peut-être pensez-vous que vous valez mieux que les autres, que vous pouvez agir comme bon vous semble, que vous êtes au-dessus des lois doctrinaires, au-dessus de la foi. Mais je ne suis pas dupe. Pensez-vous réellement que vous êtes supérieur aux autres ? Vous ne valez pas mieux que la merde sur ma chaussure. À vrai dire, vous êtes pire que ça. Vous, extraordinaire ? Bah ! Comment quelqu'un qui obéit au doigt et à l'œil de ses maîtres peut-il être extraordinaire ? En réalité vous êtes un larbin, le larbin du pape et de tous les autres membres du Conseil. »

Salamanca laissa échapper un rire malfaisant puis, d'un air mauvais, serra fort la gorge de Tacit, faisant saillir les veines sur son crâne.

« Tous les gens que vous connaissez vous pissent dessus, voilà ce que vous valez. Vos maîtres, vos collègues, vos connaissances. Comme c'est malheureux qu'ils vous voient tous comme un seau tout juste bon à recueillir la pisse. J'aurais pu dirc vos amis, mais vous n'en avez pas un seul, n'est-ce pas ? Jamais vous n'avez laissé quelqu'un devenir proche de vous, hein ?

« Mais maintenant que j'y pense, vous aviez un ami, non ? Comment s'appelait-il, déjà ? Georgi ? Georgi Akeldama ? C'est bien cela ? Votre ami des premiers jours ? Cette époque innocente où vous étiez un acolyte, avant de devenir un véritable inquisiteur. Il est mort, n'est-ce pas ? Il s'est évanoui dans la nature, apparemment. Consumé par l'Inquisition et les flammes de leur haine, c'est ce que dit la rumeur. Eh oui, ajouta Salamanca en lisant la surprise sur le visage de Tacit. Nous sommes au courant. Nous savons tout.

– À part ce qui lui est arrivé », rétorqua Tacit d'une voix sépulcrale, heureux de pointer du doigt l'incohérence des railleries de son bourreau.

Salamanca recula d'un pas et déboutonna lentement son pantalon. La meute des geôliers derrière lui se mit à éructer et à insulter le prisonnier aux fers, car ils savaient ce qui se préparait.

« Pourquoi résistez-vous, Tacit ? » demanda Salamanca en sortant sa queue, une chose putride et vérolée. Elle avait longtemps servi à punir les sorcières et les dépravés qui étaient amenés à la prison. Souvent, elle démangeait furieusement Salamanca et devenait purulente, et un liquide épais et vireux s'échappait alors de son gland dès qu'il voulait l'utiliser – un signe, immanquable à ses yeux, qu'il avait drainé le poison du corps des suppliciés dès lors qu'il s'en servait contre eux. C'était un fardeau lourd et douloureux, mais il était prêt à le supporter, au nom de sa foi. « Hein, pourquoi résistes-tu, seau à pisse ? » cracha-t-il, se forçant à asperger Tacit d'un jet d'urine.

L'inquisiteur gémit lorsque le liquide l'atteignit, mais les liens et les clous le maintenaient fermement en place.

« Ne me dis pas que c'est l'espoir qui te fait tenir ? se moqua Salamanca, la courbe luisante de son urine imbibant toujours les vêtements de Tacit. Que quelqu'un vienne te secourir ? Vienne exiger ta libération ? » Il cessa d'uriner et se rhabilla, heureux de constater que l'opération avait été moins douloureuse que d'ordinaire. « Tu oublies que tu n'as plus aucun ami, personne qui tienne à toi. Ils sont tous morts. »

Il rit et s'avança, ses clous et son marteau à nouveau en main, et enfonça une autre pointe dans la peau de l'avant-bras de Tacit, le marteau prêt à retomber.

« Il ne reste que toi et moi maintenant, pour le restant de tes jours, du moins jusqu'à ce que je me lasse de toi. Alors vas-y, grogna-t-il, les yeux écarquillés, divertis-moi tant qu'il en est encore temps ! »

Et il assena un violent coup de marteau sur la tête du clou.

Alors la voix secrète revint, plus fielleuse que jamais, à proférer des imprécations gutturales. Et plus profondément encore, des lumières s'allumèrent et se mirent à rougeoyer à l'intérieur de Tacit.

15

Cité du Vatican

Le père Strettavario observa l'évêque Basquez se faufiler hors de la bibliothèque du Vatican, traverser la cour du Belvédère et se rapprocher du renfoncement où il se trouvait, là où la pénombre de la bibliothèque apostolique avait aboli les rayons du soleil.

« Évêque Basquez », le salua le père, le port altier, fermement ancré sur ses appuis.

Son attitude ne visait jamais à impressionner ni à intimider. Strettavario avait toujours été courtaud et trapu, et la puberté n'y avait rien fait, à part lui donner une carrure d'épaules imposante. Il avait toujours eu l'apparence d'un homme qui saurait se débrouiller si d'aventure les enseignements théologiques le désertaient.

« Père Strettavario, répondit l'évêque, sans chercher à dissimuler le déplaisir que lui procurait cette rencontre avec le prêtre aux cheveux roux. Que puis-je pour vous ?

– Vous semblez légèrement tendu ce matin, je me trompe ? s'enquit Strettavario, trop heureux de railler l'évêque et sa sournoiserie.

– Compte tenu de l'époque que nous traversons, il me paraît averti d'être quelque peu sur nos gardes, répondit Basquez, les yeux plissés par le mépris. Des inquisiteurs tués en plein cœur de Rome. Des possessions démoniaques qui s'abattent sur la nation. Un conflit qui embrase tout un continent. Une guerre qui se prépare maintenant à la frontière italienne. Et vous y répondez pourtant avec votre humour pitoyable, sans doute dans le but de vous moquer de moi ? »

Strettavario agrippa la manche de Basquez et l'attira plus près de lui ; la force du vieux prêtre alarma le jeune et ambitieux évêque, qui essaya de se défaire de son emprise.

« Ne vous avisez pas de me dire quand et comment je dois faire preuve de prudence, évêque Basquez, gronda Strettavario de façon menaçante. Je suis plus âgé que vous. J'ai traversé des situations bien plus graves que ce que vous oseriez affronter, j'ai frayé avec des gens qui vous feraient dresser les cheveux sur la tête et transformeraient votre cœur en bouillie. Alors, oubliez vos petites leçons de morale au sujet des dangers qui nous attendent ! »

La poigne du père se desserra légèrement et Basquez tira sa manche de coton pour se dégager de lui, sa nuque cramoisie par l'émotion reprenant peu à peu une teinte normale.

« J'ai fort à faire, déclara Basquez, la mine sérieuse, fuyant délibérément le regard du prêtre. Ce n'est pas dans ma nature que de gaspiller le peu de temps que Dieu nous alloue en billevesées superficielles ou en leçons de morale. Je dois partir honorer mes obligations.

– Dans ce cas, cela ne vous dérangera pas que je vous accompagne sur le chemin ? » demanda Strettavario, qui se plaça aux côtés de l'évêque pour remonter la cour.

Il vit Basquez faire la moue et rit sous cape.

« Je sais très bien ce que vous manigancez.

– Et qu'est-ce donc que cela ? » demanda Basquez alors qu'ils passaient sous les arcades qui bordaient l'édifice.

Ils se dirigeaient vers les cloîtres de pierre qui menaient au cœur des bâtiments de la basilique Saint-Pierre.

« Tacit.

– Eh bien ?

– Ce que vous faites de lui à la prison de Toulouse.

– Et en quoi cela devrait-il vous inquiéter, père Strettavario ? Pourquoi vous préoccuper des châtiments que nous infligeons à ceux qui sont déchus et corrompus au sein d'une des prisons de l'Inquisition ?

– Je connais Tacit depuis longtemps. Plus longtemps que la plupart d'entre nous. Vous ne savez pas à quoi vous vous attaquez.

– Et c'est la raison pour laquelle nous testons diverses méthodes sur lui. Afin de savoir si ce qu'on dit de lui est vrai, s'il y a quelque chose au-delà des apparences.

– C'est donc cela ? Vous en faites un cobaye ?

– Entre autres, oui, répondit Basquez du tac au tac.

– De qui recevez-vous vos ordres ? demanda Strettavario, et à ces mots l'évêque s'immobilisa. Pour qui travaillez-vous ? »

Ils avaient quitté les cloîtres et se trouvaient sous un grand patio tout en bois où l'on avait accroché les portraits de pères décédés depuis longtemps. Strettavario se demanda si un jour, après sa mort, son portrait se retrouverait lui aussi accroché à la vue de tous ou bien s'il irait moisir dans l'une des caves du Vatican.

« Malheureusement, certaines actions du Conseil, et l'identité de ceux qui les supervisent, doivent être protégées par le secret, sourit Basquez en s'apprêtant à partir, avant de se raviser. Mais peut-être partagez-vous une certaine affection pour ce Tacit, vous aussi ? ajouta-t-il d'un ton sardonique, en posant une main faussement inquiète sur le poignet du prêtre. Pensez aux saints d'antan et aux sacrifices auxquels ils ont consenti afin d'améliorer et de perpétuer notre foi. Et envisagez le sort de Tacit de la même manière. Des sacrifices qui profiteront à tous. Je suis sûr que cela vous convaincra davantage. Cela rend la situation moins injuste et moins inique. Cette guerre, Strettavario, dit-il en toisant la figure massive du père comme un officier l'aurait fait avec ses fantassins, ce suicide de l'Europe tel que l'a formulé le pape Benoît, exige que nous consentions tous à des sacrifices afin d'obtenir la victoire. À des choix désagréables afin de nous maintenir. C'est ce que nous faisons. »

Mais Strettavario secoua la tête, et ses mâchoires se serrèrent à mesure qu'il réfléchissait.

« Vous vous méprenez, Basquez, déclara-t-il, son regard clair empli d'une nouvelle dureté. Il s'agit là de vous avertir, pour que vous veilliez à ce que tout cela ne vous revienne pas à la figure et ne finisse un beau jour par vous pourchasser en plein sommeil. »

16

Cité du Vatican

Une onde électrique et spectrale fendit l'air morne qui enveloppait la Cité du Vatican. Ceux qui n'étaient pas encore couchés purent la sentir dans leur chevelure, au bout de leurs doigts, purent renifler l'atmosphère chargée de l'odeur métallique qui précède toujours une tempête. Des employés de maison ouvrirent les volets pour scruter le ciel lourd et les refermèrent immédiatement, tandis que les prêtres qui disaient la messe de minuit lors d'offices privés se signèrent et murmurèrent la liturgie en silence.

Au sommet de la basilique Saint-Pierre, des corbeaux croassaient méchamment, posés sur les statues du Christ et de saint Jean-Baptiste. L'inquisiteur, vêtu de noir de pied en cap, à l'exception de son col blanc, traversait la cour intérieure qui se vidait peu à peu. Il marchait d'un pas vif et décidé en direction de l'obélisque de granit rose qui s'élevait en plein centre de la cour enténébrée. On pouvait également distinguer une silhouette solitaire, recroquevillée sur l'un des bancs qui faisait face au monument. L'inquisiteur marchait tête baissée, son corps penché en avant, comme si le message qu'il s'apprêtait à transmettre ne pouvait plus attendre.

Derrière lui, les corbeaux chassaient sauvagement les colombes de leurs nids cachés dans les toits aux tuiles d'argile, alors que des nuages s'amassaient théâtralement dans le ciel d'encre, strié de teintes rouges et violettes.

Sans un mot, l'inquisiteur s'assit aux côtés de la figure encapuchonnée et resserra les pans de sa cape pour se protéger du vent frais de minuit. Le duo demeura silencieux un long moment, à contempler l'obélisque, comme s'ils se recueillaient.

« Les roues se sont-elles mises en branle ? » demanda la silhouette au visage dissimulé, le ton grave et solennel.

L'inquisiteur ne le regarda pas, les yeux toujours fixés sur le sommet de l'aiguille de pierre, qui se perdait presque dans l'obscurité.

« Les prêtres ont atteint les flancs du Karst, susurra-t-il. Le descendant de Gath est avec eux et a été remis sain et sauf à l'unité. Tout est sous contrôle.

– Parfait. Cette guerre, ce conflit savamment orchestré, est le témoignage de ce que nous sommes devenus, de l'étendue de notre pouvoir. Près de la moitié de l'Europe est à feu et à sang. Les Anglais, les Français, les Allemands se sont enlisés dans une impasse sur le front de l'ouest. Il en va de même pour le front de l'est, les Russes se jettent dans la gueule des Allemands et des Austro-Hongrois qui les bombardent, sans grande avancée. Un troisième front est maintenant ouvert, la troisième pointe du triangle qui renfermera toutes les horreurs, qui renfermera la tuerie. La magie. »

Il émit un ricanement sinistre, plein d'un enthousiasme débordant.

« Trois fronts qui sont le reflet des trois péchés cardinaux de l'homme. Trois péchés cardinaux pour les réveiller de leur sommeil enchaîné. Un terrain fertile et humide, prêt à les accueillir. »

Il expira et secoua la tête, sa capuche maintenant relevée laissant voir ses traits burinés et sévères. Une barbe de plusieurs jours recouvrait sa mâchoire carrée.

« Nous attendions ce moment depuis si longtemps. Toute une vie, même, pour ma part. »

L'homme regarda ses pieds, comme s'il était subitement ému par ces réminiscences.

« Je suis mort pour eux, vous savez, dit-il en frottant lentement ses mains calleuses. Lorsque le temps fut venu, lorsque l'appel à quitter la foi et à les rejoindre fut prononcé. J'ai prétendu avoir été battu. Assassiné. C'est un fardeau que j'ai toujours porté depuis cette époque, cet aveu de faiblesse. D'avoir été suffisamment faible pour en mourir durant mon service. »

L'homme balaya la cour du regard, la tristesse maintenant mue en rage.

« C'est la foi catholique qui est faible ! cracha-t-il. Quel pouvoir ont-ils qui pourrait véritablement concurrencer celui du prince des Ténèbres ? Lorsque je faisais partie de l'Inquisition, chaque jour nous parvenaient des nouvelles de la mort d'autres inquisiteurs, jusqu'à ce que, de l'année de notre admission, ne reste plus que Poldek Tacit et moi-même. C'est là que j'ai su qu'ils avaient été abandonnés par une foi incapable de faire face à ses ennemis avec l'espoir de les vaincre. Il n'y a qu'un seul maître qui ait su m'assurer de sa domination. Il m'a tant montré et il m'a tant donné.

– Georgi, les signes de leur retour sont déjà parmi nous, répondit le prêtre. Les marques de leur héritage se manifestent dans les villes et les villages partout dans la région. Partout dans le monde ! On parle de possessions et de manifestations démoniaques. L'Inquisition peine à s'en sortir. Ceux d'entre nous qui ont vu la lumière font ce qu'ils peuvent pour propager la peur et attiser les braises de l'engeance des enfers. »

L'autre approuva d'un signe de tête.

« Bien. Cette fois-ci, les choses se passent comme prévu. Nous ne pouvons pas échouer. Pas cette fois. Nous avons tant investi et tant sacrifié en leur nom.

– Les rituels des péchés ? s'enquit le prêtre.

– Je m'apprête à les déclencher. »

Le prêtre sembla sourire avec satisfaction.

« Sœur Isabella. Elle endossera son rôle, pour Tacit et pour nous. Il est temps de terminer les opérations et de préparer le monde à leur retour. Lorsque sera venu le moment d'accomplir le troisième et dernier acte, je capturerai Isabella et ferai en sorte que Tacit accomplisse ce qui est depuis longtemps attendu de lui. »

DEUXIÈME PARTIE

« Petits enfants, c'est la dernière heure, et comme vous avez appris qu'un Antéchrist vient, il y a maintenant plusieurs Antéchrists : par là nous connaissons que c'est la dernière heure. »

Jean, 2, 18

17

Cité du Vatican

Pas une seule fois dans sa vie, monseigneur Benigni ne s'était dit qu'il se retrouverait un jour à enquêter sur une affaire de meurtre.

Il était bien conscient que ce n'était pas son rôle. Le cœur de métier du Sodalitium Pianum consistait à étouffer dans l'œuf toute tentative de modernisation des valeurs éternelles du catholicisme, loin du travail dangereux de l'Inquisition. Mais qu'importait la tâche, Benigni s'en félicitait tant qu'elle le rapprochait du Seigneur. Après tout, il avait la crainte de Dieu. Tout ce qui pouvait lui attirer les faveurs du Seigneur le rassérénait.

Il avait mis sur pied le Sodalitium Pianum en 1909, afin de censurer les doctrines condamnables, d'empêcher leur diffusion au sein du clergé et d'écarter la menace que la pensée moderne faisait peser sur les solides valeurs traditionnelles de l'Église.

Il avait toutefois accepté de mener cette enquête pour meurtre, et ce à la requête du Conseil, sans une once d'hésitation. L'Inquisition, plus friande de ce genre d'affaire, et plus rodée, était usée jusqu'à la corde, ses rangs étaient dépassés et épuisés par les récents événements qui se déroulaient dans la ville et ailleurs. À l'évidence, l'emprise du diable se resserrait sur le monde, et monseigneur Benigni savait que ses propres œuvres pourraient contribuer un tant soit peu à relâcher l'étreinte des serres écaillées du Malin, mais également à lui attirer l'admiration et le respect de bien des gens haut placés. Fort de cette admiration, Benigni savait qu'il serait alors en mesure d'étendre encore davantage les prérogatives du Sodalitium Pianum.

Benigni était un homme simple et sincère, qui nourrissait néanmoins de grandes ambitions pour son organisation secrète.

En surpoids, sa silhouette semblable à celle d'un ours, vêtu d'un tissu noir amidonné à l'exception de la bande blanche qui lui ceignait le cou, Benigni contemplait les eaux du Tibre du haut du pont. On avait retrouvé le corps de l'inquisiteur Cincenzo pris dans les rochers, à un peu plus d'un kilomètre de là, à l'endroit où le lit du fleuve est plus haut et les eaux plus vives. Il avait pris une balle en pleine tête. Il avait dû mourir sur le coup.

Benigni tripota ses notes de ses gros doigts potelés et rehaussa ses lunettes sur son nez, tout en fredonnant d'un air absent une petite mélodie qu'il avait entendue récemment. Il s'agissait d'une valse écrite par le compositeur Frederic Knight Logan, un air tout à fait inconvenant. Benigni se ressaisit et secoua la tête pour en chasser le morceau, tout en essuyant son front perlé de sueur. À l'évidence, il avait besoin de repos. Il était visiblement surmené et affaibli, à la merci des tentations du démon, à n'en pas douter.

Il s'efforça de se concentrer à nouveau sur ses notes et passa en revue les éléments qu'il avait en sa possession. La cartouche était une .455 : elle provenait d'un revolver Webley, couramment utilisé par les inquisiteurs. La victime était un jeune homme enthousiaste, qui avait toujours eu de bonnes notes lorsqu'il était acolyte, toujours désireux d'apprendre, peut-être trop. Et peut-être était-ce là ce qui avait conduit à sa perte en définitive – parler aux mauvaises personnes, poser trop souvent les mauvaises questions ?

Benigni observa à nouveau le pont pour se concentrer sur les marques laissées au sol, à l'endroit où Cincenzo avait été encerclé et acculé. Les traces étaient bien celles des bottes que l'on fournissait aux inquisiteurs. Tout portait à croire qu'il s'agissait là d'un règlement de comptes au sein de l'Inquisition.

Tout sauf le soufre.

On en retrouvait l'odeur tenace à l'endroit même où Cincenzo s'était fait tirer dessus. Ce qui était difficile à expliquer.

« Monseigneur Benigni ! le héla l'un des membres du Sodalitium Pianum, qui se dirigeait vers lui en trombe.

– Que se passe-t-il ?

– Nous avons trouvé des inscriptions gravées sur les murs de la résidence de l'inquisiteur Cincenzo.

– Oh ? Et quelles sont-elles ?

– Trois mots seulement. Yeux. Chair. Vie.

– Qu'est-ce que cela peut bien vouloir dire ? marmonna Benigni, davantage pour lui-même qu'à l'intention de son confrère.

– Je n'en ai aucune idée. Il a tracé ces mots sur le mur à côté de son lit. Il y avait aussi un nom. Tacit.

– Poldek Tacit ? murmura Benigni, et il consigna le nom à la suite des trois autres mots sur son carnet. Pourquoi donc Cincenzo aurait-il eu besoin d'écrire son nom ? »

18

Rome

« Je suis assez surprise, dit Isabella en triturant ses vêtements toujours humides et collants. Vous, frayer avec des inquisiteurs ? Des soldats de l'Église catholique ? Je pensais que l'Église était votre ennemie ?

– N'avez-vous donc rien écouté de ce que nous vous avons raconté ? » s'écria Sandrine, qui se pencha brusquement sur elle.

Sa réaction avait été si brutale qu'Isabella, pensant que la jeune femme s'apprêtait à lui sauter dessus, se recroquevilla de peur.

« Rien n'est plus comme avant. Les vieilles rancœurs sont remisées, il y a eu toute sorte de concessions. Pas le choix, surtout en ces temps sombres. Cet inquisiteur ? C'était notre allié.

– Et combien êtes-vous ?

– Pas suffisamment nombreux, soupira Sandrine en faisant volte-face. La Main noire a corrompu tant d'esprits, réduit tant de cœurs en esclavage. Quand une personne ressent de la peur, elle ouvre grand les portes qui permettent à la haine et à l'obscurité de pénétrer en elle et de planter leurs graines. Et maintenant, nous sommes encore moins. »

Elle regarda Henry, qui hochait la tête.

« Quatre autres inquisiteurs nous avaient rejoints mais nous avons perdu leur contact il y a trois jours, clarifia-t-il.

– Où ?

– Dans la ville. La rumeur parlait de démons au sud de Rome. Ils sont partis évaluer la situation et nous ont fait parvenir un message. Quelque chose à voir avec un prophète.

– Un prophète ? Qui cela peut-il bien être ?

– Nous ne le savons pas. Et nous n'avons plus de nouvelles depuis.

– Mais nous formons le début de quelque chose, insista Sandrine, les dents serrées, la mâchoire contractée. Une genèse. Des soldats, des prêtres, des inquisiteurs. Nous nous battons tous pour les mêmes raisons, et contre le même ennemi.

– Cela fait plusieurs mois que nous avons infiltré le Vatican, expliqua Henry. Nous y avons trouvé des alliés.

– Il le fallait, ajouta Sandrine comme pour anticiper les remarques d'Isabella. Car c'est là que la Main noire s'est implantée à ses débuts, peut-être même avant 1877. Nous avons fini par l'apprendre. Cette graine noire a germé, elle a trouvé ses ramifications dans le clergé, a asservi nombre de personnes au sein de l'Inquisition et de la prêtrise, ses racines se sont déployées dans l'industrie, la politique, la royauté, l'armée, partout où elle trouvait un terrain favorable et où elle pouvait prendre l'ascendant sur ceux qu'elle estimait plus faibles. La séduction exercée par le diable est puissante. Et nous devons œuvrer tous ensemble pour le combattre.

– Et qui êtes-vous exactement ? s'enquit Isabella.

– Nous sommes ce qu'il est advenu de la messe pour la Paix, répondit Sandrine.

– Mais la messe pour la Paix fut un échec.

– Et c'est pourquoi nous sommes là aujourd'hui. Cette guerre mondiale, nous pensons qu'elle fait partie de leur plan, qu'elle est le prélude à son retour, la préparation d'un terrain propice à accueillir sa cruauté et sa force destructrice, dans l'attente du jour où il reviendra parmi nous.

– Et de qui s'agit-il ? » osa demander Isabella, consciente qu'elle possédait probablement la réponse.

La voix de Sandrine se transforma en un murmure à peine audible.

« L'Antéchrist. »

Isabella hésita, voulut parler, mais les mots lui manquèrent. Elle secoua la tête, laissa échapper un soupir, et observa les deux comparses avec incrédulité, alors qu'ils la vrillaient de leur regard sévère.

« Je... je ne vous crois pas, finit-elle par dire.

– Vous ne nous croyez pas, ou vous ne pouvez pas le croire ? lui répondit Henry.

– Les deux ! L'Antéchrist ? Que les événements reflètent ceux de 1877, cela ne veut rien dire. » Elle sentait son visage s'empourprer sous le choc. « Ça ne veut pas dire qu'il tire les ficelles de tout cela !

– La famine ? Les possessions ? Les naissances démoniaques ? énuméra Sandrine, le sourcil interrogateur.

– Pensez-vous qu'il est déjà de retour ?

– Non. Il attend son heure, il patiente jusqu'au moment le plus propice pour s'emparer du pouvoir et entraîner le monde dans une apocalypse dont personne ne se relèvera. Mais il ne peut pas encore se manifester. Pas avant que tout ne soit fin prêt à l'accueillir.

– Mais je ne comprends toujours pas, s'exclama Isabella. Comment savez-vous que c'est lui ? J'ai vu la cruauté des hommes de mes propres yeux, ce dont ils sont capables. Cela ne veut pas nécessairement dire que le diable guide leur main ou leurs actions.

– Vous parlez du mal, répondit Sandrine. Vous n'avez pas la moindre idée des profondeurs de sa corruption.

– Je ne vous suis pas.

– Ça ne m'étonne pas vraiment, pour ça il aurait fallu que vous en soyez un témoin privilégié, et quand bien même, vous mettriez en doute ce que vous auriez vu. Ce mal-ci est profondément enfoui, il se dissimule dans les racines mêmes du Vatican, et a désormais la mainmise sur les plus hauts échelons du pouvoir, par la force de sa persuasion, de la peur et de la magie noire. C'est pourquoi nous ne pouvons faire confiance à personne d'autre pour le combattre. Le Conseil du Saint-Siège, l'Inquisition, les gouvernements de ce monde, tous sont teintés par l'influence de la Main noire. »

Isabella leva les mains au ciel.

« Stop ! éructa-t-elle. Stop ! Ma foi, je suis désolée. Je suis fatiguée, et j'ai froid, et ce brandy est trop fort pour moi. Vous êtes en train de me dire que des nuées de gens sont entrés en collusion avec le diable ? Que le Vatican serait à l'origine de tout cela ? Que ces personnes s'échinent à faire advenir son retour sur Terre ? » Elle observa Henry, dans l'espoir de lire un peu de bon sens sur son visage, mais le jeune officier restait impavide. Isabella regarda Sandrine à nouveau. « Je ne peux pas le croire, pas une seule seconde !

– Et c'est comme ça que leurs rangs grossissent, qu'ils prolifèrent comme une bactérie dans une plaie. Nous avons longtemps mené l'enquête. Ils préparent son terrain. Mais il ne reviendra que lorsque le monde sera réellement prêt, que ses lieutenants seront en place : les sept princes des Ténèbres. »

Isabella frissonna et resserra la couverture autour d'elle. C'était comme si la température avait baissé à l'instant même où ils s'étaient mis à évoquer de pareilles choses.

« Quels sont leurs plans, nous ne le savons pas. Mais il faut les arrêter. Vous avez vu ce qu'ils ont fait à l'inquisiteur Cincenzo. Ce qu'ils ont essayé de vous faire. Rien ne les arrêtera dans la poursuite de leurs objectifs, absolument rien. Ils sont tout simplement mauvais, plus noirs que tout ce que l'on peut imaginer.

– Mais comment ? Comment vous êtes-vous retrouvés à Rome ? À faire tout ce chemin ?

– Les loups parlent », répondit Sandrine la mine sombre.

Isabella la dévisagea avec confusion.

« Après Fampoux, Henry et moi sommes partis pour le sud, afin d'échapper à ce qui se préparait à la messe pour la Paix, et de quitter la folie de la guerre. »

Sandrine adressa un regard à Henry et, pour la première fois, Isabella la vit sourire, un sourire triste et déterminé, plein d'amour et d'admiration pour l'homme attablé devant elle.

« Arrivés à Lyon, nous avons estimé que nous étions suffisamment loin, poursuivit Henry. Nous avons trouvé une petite maison, que nous louions à un fermier. Elle était minuscule et décrépite, c'était un ancien chenil, à peine de quoi nous abriter tous les deux, mais le fermier semblait heureux de nous la laisser, histoire que nous en fassions quelque chose plutôt qu'elle tombe en ruine. »

Sandrine se rapprocha d'eux. Elle se pencha et appuya ses poings sur la table, enfonçant la jointure blanche de ses doigts dans le bois.

« Une fois installés, nous avons rapidement eu vent de clans postés aux alentours de Lyon. Je leur rendais visite, en prenant mes précautions au début. Puis, petit à petit, au bout de plusieurs mois, j'ai réussi à gagner leur confiance et ils ont fini par m'accueillir dans leurs tanières. Ils appréciaient la compagnie de gens extérieurs à leur communauté qui ne reculaient pas d'effroi en les voyant ou en les sentant. Je leur ai raconté mon passé, ils m'ont raconté le leur, ainsi que tout ce qu'ils avaient entendu au sujet des racines les plus profondes du Vatican.

– De quoi était-il question ?

– De l'obscurité qui s'apprête à surgir de nouveau. Les loups parlent beaucoup, tapis dans leur terrier. C'est tout ce qu'il leur reste pour affronter les longues heures du jour, ils parlent et ils creusent leurs tunnels, ils creusent loin et longtemps. Et ce faisant, ils ont appris que des forces obscures étaient à l'œuvre, en provenance de Rome. Quelque chose de pourri qui s'étendait au cœur même du Vatican, quelque chose qui avait déjà foulé le sol terrestre auparavant, et qui était sur le retour. Cette guerre tout autour de vous, c'est un signe que l'ère de l'obscurité est proche. Certains disent même qu'elle est déjà advenue.

– Et comment ont-ils pu avoir vent de tout cela ? Il leur est impossible de quitter leur tanière le jour et lorsqu'ils le font la nuit venue, ils deviennent fous à lier.

– Parce que ceux qui sont depuis devenus nos espions les ont tenus informés. »

Sandrine vida son verre et se racla la gorge.

Henry s'avança à la lumière de la bougie et posa sa main sur celle d'Isabella, en une tentative de calmer l'horreur qui se dessinait sur son visage.

« Nous ne sommes pas seuls, lui assura-t-il. D'autres combattent à nos côtés, à l'intérieur comme à l'extérieur de l'Église.

– Des loups ? demanda Isabella avec incrédulité. *Hombre Lobo* ? Ils se battent pour vous également ?

– Ceux qui le souhaitent, oui, acquiesça Henry. Ainsi que des inquisiteurs.

– Des ennemis devenus alliés ?

– En quelque sorte, confirma Sandrine.

– Comme l'inquisiteur Cincenzo.

– Exactement.

– Il travaillait avec nous, du moins jusqu'à ce qu'il soit repéré puis abattu.

– Tacit, ajouta Sandrine.

– Eh bien quoi, Tacit ? répliqua Isabella, soudainement en proie à un élan protecteur en entendant ce nom au cours d'une conversation aussi sinistre.

– Vous nous avez dit que l'inquisiteur Cincenzo avait prononcé son nom juste avant de mourir. Pourquoi ? »

Isabella haussa les épaules, submergée par les implications de cette question et la confusion qui régnait dans son esprit.

« Je ne sais pas. Je ne sais rien. Je sais juste qui est Tacit, et ce dont il est capable.

– Je suis au courant aussi, grogna Sandrine. C'est à cause de lui que tous nos plans ont échoué à Paris.

– J'y ai également ma part de responsabilité, contra Isabella, comme revigorée, et pourtant vous êtes en train de me parler et de me livrer tout ce que vous savez.

– La question est la suivante, réfléchit Henry à voix haute, en se mettant à faire rouler entre ses doigts la broche d'inquisiteur posée sur la table. Qu'est-ce que Tacit possède de si particulier pour que Cincenzo prononce son nom au moment de mourir ? »

Isabella hésita, l'estomac fébrile.

« Nous devons l'aider à s'évader.

– Pourquoi ?

– Vous avez dit que vous aviez besoin d'aide. Peut-être que Tacit pourra vous l'apporter ? Peut-être est-il le seul à pouvoir le faire ?

– Où est-il en ce moment ?

– À la prison de l'Inquisition, à Toulouse.

– Impossible, répondit Henry en secouant la tête.

– Pourquoi ?

– Nous n'avons aucun informateur là-bas qui pourrait nous venir en aide. »

Mais Isabella s'interrompit et porta les doigts à ses lèvres.

« Peut-être que la personne qui peut nous aider ne se trouve pas à la prison. »

Sandrine s'assit sur la table et laissa reposer un bras ferme et longiligne sur ses genoux. La lumière de la bougie éclairait son visage au teint olivâtre : elle prêtait à ses traits un caractère démoniaque et fourbe, mais Sandrine s'exprimait pour autant avec calme.

« Que voulez-vous dire ?

– Vous disiez que nous ne sommes pas nombreux », s'expliqua la sœur en se resservant un verre. Elle prit une gorgée de l'âpre liquide. « Peut-être avons-nous besoin d'un nouvel allié. Quelqu'un qui rééquilibrerait un peu la balance.

– Pouvons-nous faire confiance à cette personne ? demanda Henry en lançant un regard dubitatif à Sandrine.

– Probablement pas, concéda Isabella. Mais c'est la seule personne avec autant d'entregent que je connaisse. Et il apprécie Tacit. Peut-être est-il même la dernière personne sur Terre à l'apprécier encore. »

19

Paris

Les draps blancs du lit étaient maculés de sang, la femme creusait les reins en hurlant, elle poussait l'enfant hors de son ventre.

« Maria ! cria son mari, en serrant la main de sa femme si fort que la sienne en devint blanche.

– Tout va bien ! s'exclama la vieille infirmière en l'invitant à quitter le chevet de son épouse, avant de s'installer au pied du lit pour examiner la parturiente. Elle est en train d'accoucher, voilà tout. Les femmes accouchent depuis la nuit des temps. Et il en sera encore ainsi pour l'éternité, si Dieu le veut, poursuivit-elle en jetant un regard au prêtre tapi dans l'ombre de la pièce, puis au crucifix cloué au-dessus du lit.

– C'est la volonté du Seigneur, maintenant et pour toujours », répondit le prêtre avec assurance, la main sur le cœur.

L'infirmière lui sourit, avant d'essuyer son front en sueur à l'aide de sa manche et de se concentrer à nouveau sur sa besogne.

« Allez me chercher de l'eau chaude, Duilio ! ordonna-t-elle au mari. Et des serviettes ! » ajouta-t-elle, alors que ce dernier fuyait les cris de sa femme et disparaissait dans la cuisine, où il avait déjà attisé un feu dans l'âtre au centre de la pièce.

Toute l'eau de la casserole placée sur la grille s'était évaporée et il la remplit de nouveau à l'aide d'une cruche ; au contact du métal brûlant, le liquide crépita et un nuage de vapeur lui monta au visage. Sans hésiter un seul instant, il se précipita à nouveau dans la chambre, bousculant le prêtre au passage, et revint serrer la main de sa femme.

« C'est un miracle, s'exclama Duilio, les larmes aux yeux, en contemplant le spectacle de sa douleur. Des années durant, nous avons essayé d'avoir un enfant. Des années durant, le Seigneur n'a pas entendu notre appel. Et alors que nous perdions espoir, que nous nous résolvions à ne jamais avoir d'héritier, il nous exauce ! »

Les cris de Maria montèrent en puissance ; Duilio et le prêtre se rapprochèrent de l'infirmière alors qu'elle s'écriait :

« Le bébé ! Le bébé est là ! Je vois sa tête !

– Pousse, Maria, pousse ! l'encouragea prestement Duilio, sa main dans la sienne, les yeux rivés sur le visage concentré de l'infirmière entre les jambes de sa femme. Montrez-moi notre enfant, que je le voie de mes propres yeux ! »

Soudain, le visage de la vieille infirmière changea et l'émerveillement laissa place à l'horreur.

« Que se passe-t-il ? la pressa Duilio, alors que les cris de Maria s'affaiblissaient et que ceux de l'infirmière les remplaçaient, jusqu'à en faire trembler les fondations de la minuscule bicoque. Répondez-moi !

– Quoi, qu'y a-t-il ? demanda Maria faiblement, oubliant sa douleur, désormais préoccupée par l'inquiétude qu'elle lisait sur le visage de son mari.

– Que se passe-t-il ? » réitéra Duilio, mais l'infirmière ne lui répondit pas.

Elle s'écarta vivement du lit, ses paumes ensanglantées au-devant d'elle, pour protéger son visage, loin de la jeune mère.

Elle agrippa Duilio, l'entraînant près du lit comme elle aurait pêché un poisson, et il se mit à crier à son tour à la vue de la chose qui l'y attendait. Les mains plaquées sur ses tempes, il s'arrachait des touffes de cheveux, l'œil fou.

« Qu'y a-t-il ? » pleura Maria, mais Duilio ne put jamais l'entendre à travers ses propres cris.

Le nouveau-né ressemblait à un démon grotesque, à une créature de conte de fées plutôt qu'à un nourrisson humain : doigts crochus, dents pointues, des yeux de chat qui roulaient de façon incroyable, des sabots à la place des pieds, une queue recouverte de piquants, tout ensanglantée et molle qui émergeait de son derrière. Encore tout visqueux, il regarda son père d'un œil noir et terriblement haineux.

L'air était empli des cris de Duilio et de l'infirmière, accompagnés par les chants de supplication du prêtre, à l'unisson contre les vagissements menaçants de la chose démoniaque qui se tortillait pathétiquement sur le lit.

Soudain, Duilio s'élança et saisit par la cheville la chose qui essayait de le griffer et de le mordre. Sans réfléchir, il courut vers l'âtre de la cuisine et y jeta la créature démente, puis se tint la tête entre les mains, parcouru de hoquets incontrôlables alors que les flammes dévoraient la chair marbrée, engloutissaient les cris venimeux qui émanaient du poitrail immonde, réduisant pour toujours la chose au silence.

20

Cité du Vatican

L'espace d'un instant, lorsqu'il vit des flocons gris par la fenêtre de sa résidence, le père Strettavario crut qu'il neigeait en plein mois de juillet. Il observa la scène, ses yeux clairs pleins d'émerveillement, jusqu'à ce qu'il comprenne que quelque chose brûlait dans la ville, au-delà de l'enceinte du Vatican. L'air romain était saturé de cendres qui, au gré d'un courant d'air chaud, s'élevaient d'une colonne de fumée vacillante, puis se déversaient comme une tempête de neige sur la Cité. Il ouvrit la fenêtre pour se pencher au-dehors. Un parfum entêtant et capiteux montait des rues, une légère odeur de foin et de bois brûlés, mélangée à la senteur épicée de l'encens et de la lavande.

Le vieux prêtre resta accoudé à la fenêtre un petit moment, les panaches de fumée et de cendres lui rappelant l'immolation des hérétiques sur les rives du fleuve de Riga, bien des décennies auparavant – l'odeur de chair brûlée, les assauts de la chaleur, les derniers cris des victimes avant que leur corps, leur voix, leur âme damnée ne soient dévorés par les flammes. Un air de satisfaction paisible passa sur son visage replet et ridé. Il avait mené une vie austère, une vie dédiée à la cause, où il avait cherché à donner le meilleur de lui-même. Et pourtant, au crépuscule de sa vie, quelque chose qu'il n'avait jamais ressenti auparavant, quelque chose qu'il n'aurait jamais pensé trouver au fond de lui, était en train d'éclore. Il doutait. Il doutait de son travail, de son existence, de sa foi.

Les choses avaient changé, en lui mais également autour de lui. Et elles avaient changé récemment, rapidement, en l'espace de quelques mois à peine. Strettavario trouvait que la rhétorique de l'Église n'était plus la même, les proclamations étaient plus dures, les ambitions plus vastes, les intentions plus sombres. Les portes de certaines réunions, autrefois grandes ouvertes, restaient désormais closes. On s'échangeait maintenant des informations en sous-main, uniquement entre gens de confiance. On n'entendait plus parler de mesure et de tolérance. À la place, il était question d'épuration et de préparatifs. De torture sur des inquisiteurs déchus et des prêtres égarés, plutôt que de leur rédemption. De la façon de se débarrasser des choses cassées, plutôt que de les réparer.

Pour quelles raisons les attitudes s'étaient durcies et la peur s'était progressivement immiscée au sein du Vatican, Strettavario ne pouvait que le supputer. Mais après avoir appris que la fontaine de l'Aigle avait viré au rouge sang, il avait craint d'avoir déjà compris tout ce qui se tramait désormais.

Le vieux père trapu leva les yeux au ciel et observa les cendres se déposer sur la ville en contrebas. Il imaginait que chacune des particules était en réalité un esprit, qui tournoyait comme l'âme des défunts, fendant l'air, retombant sur les toits et les tours crénelées du Vatican. Il en observa autant qu'il le put, comme s'il s'agissait d'un jeu, suivant des yeux la chute de chaque petite poussière. Et puis il sentit l'extrémité d'un objet pointu se loger entre ses côtes et il s'immobilisa, le regard au loin, sans plus prêter attention aux cendres qui tournoyaient.

Il avait manié suffisamment d'armes en son temps pour être en mesure de reconnaître un bon nombre de pistolets rien qu'au canon. Son esprit s'encombra des mille et un suspects possibles, de noms, de motifs qui auraient pu lui valoir d'être assailli de la sorte, dans sa propre résidence. Était-ce donc ainsi qu'il allait finir, une balle dans le dos, alors qu'il regardait avec un plaisir enfantin les cendres voleter dans le ciel ? Il se demanda s'il était trop vieux pour écarter prestement l'arme, et son agresseur trop naïf pour ne pas faire feu avant qu'il bouge. Il connaissait les noms des inquisiteurs toujours en vie qui auraient su se tirer d'un tel mauvais pas, si d'aventure on avait pointé un pistolet sur eux, mais il savait pertinemment qu'il était trop vieux et trop lent pour se risquer à en faire de même.

« Si vous voulez ma mort, tirez puis jetez-moi par la fenêtre, dit-il d'une voix plutôt calme, comme s'il avisait son assaillant de la façon la plus judicieuse d'en finir. L'impact de la chute écrasera probablement la blessure et dissimulera la balle.

– Pourquoi donc voudrais-je vous tuer, père Strettavario ? répondit une voix dans un italien mal assuré, et Henry relâcha quelque peu la pression du pistolet, le doigt toujours sur la gâchette au cas où le prêtre aurait voulu tenter quoi que ce soit d'idiot.

– En effet, pourquoi donc ? » répondit Strettavario, une bouffée d'air emplissant ses poumons. Il pivota lentement vers la voix, les mains en l'air pour lui assurer qu'il était sans défense. Mais en se retournant, le vieux prêtre eut la confirmation qu'il possédait suffisamment de force, quand bien même modeste, pour désarmer et mettre hors d'état de nuire ce jeune homme qui avait eu l'impudence de pénétrer dans ses appartements privés. Il sourit et son pouls ralentit. « Et que puis-je pour vous, jeune Anglais ? demanda-t-il dans la langue de Henry, ayant décelé son accent. Vous semblez bien loin de chez vous. » Strettavario étudia la courbure de son menton, la ligne de son cou musculeux, sa carrure imposante, son teint hâlé, et il supposa qu'il appartenait à l'infanterie. « Ou bien loin du front ? Je croyais que la Grande-Bretagne et l'Italie étaient alliées ?

– C'est juste, répondit Henry, un sourire narquois aux lèvres, mais la Cité du Vatican est un territoire neutre.

– Vous dites vrai, répondit le père.

– Et sœur Isabella a besoin de votre aide. »

À ces mots, le visage du prêtre se ferma. Il rit, d'un rire froid et mesuré.

« Et comment quelqu'un comme vous, un déserteur anglais, pourrait-il bien connaître sœur Isabella ?

– Là n'est pas la question. Pas pour l'instant. Sœur Isabella m'a indiqué que vous étiez l'homme qu'il nous fallait.

– Et pourquoi donc aurait-elle dit cela ? » s'enquit Strettavario, ses yeux laiteux vissés sur le soldat.

Henry haussa les épaules et envisagea de baisser son arme. Il trouvait au vieil homme un air pathétique, avec son dos voûté et ses yeux qui semblaient déjà à moitié aveugles. De sa paume de main, il tritura la crosse de son pistolet puis reprit :

« Elle nous a affirmé que vous connaissiez beaucoup de monde, que vous pourriez transmettre un message de notre part.

– Ce sont les pigeons qui transmettent les messages, sourit le père. Utilisez-en un.

– Les pigeons ne se rendent pas à l'endroit qui nous intéresse.

– Peut-être vous a-t-on floué au sujet de mes compétences. »

Henry secoua doucement la tête.

« D'après ce que l'on m'a dit, je ne crois pas que ce soit le cas. »

Les mains de Strettavario retombèrent le long de son corps et Henry recula immédiatement au cas où le vieil homme fût assez inconscient pour tenter quoi que ce soit.

« Vous me surprenez, vraiment, dit Strettavario en joignant les mains. Sœur Isabella ? » Il rit et secoua la tête ; Henry vit alors les plis de son cou trembloter. « La dernière fois que j'ai entendu parler d'elle, elle travaillait pour la Chasteté avec une multitude de prêtres qui pourraient volontiers l'aider à transmettre n'importe quel message. Il semblerait que nombre de gens soient prêts à voler au secours de cette brave femme, n'est-ce pas ?

– C'est de votre aide qu'elle a besoin, affirma Henry.

– De l'aide ? Que voulez-vous dire ? Je suis un vieux prêtre. Il n'y a pas grand-chose que je puisse accomplir. »

Il ouvrit les mains et Henry vit à quel point elles étaient épaisses et calleuses – de véritables battoirs qui avaient dû servir en leur temps. Il détailla le prêtre avec suspicion.

« D'après mes informations, vous n'êtes ni trop vieux ni impotent. Il s'agit d'un fait de la plus haute importance, père Strettavario. » Son poing se resserra fermement sur la crosse de son pistolet. « Il s'agit de Tacit. »

Strettavario sembla retrouver tout son sang-froid.

« Tacit ? »

Henry hocha la tête.

« Nous avons besoin de lui. Nous avons besoin qu'il nous rejoigne. »

Le vieux prêtre leva les yeux au ciel et il pouffa plus franchement, d'un petit rire qui s'éleva vers les poutres de la pièce.

« Qu'il vous rejoigne ? » Il rit de nouveau, et dévoila un visage qui jadis avait dû être d'une grande beauté. « Pourquoi donc voudriez-vous que Tacit vous rejoigne, ou croyez-vous qu'il le ferait ou qu'il soit même en mesure de le faire ?

– Les choses ont changé. »

La fontaine de l'Aigle s'imposa immédiatement à l'esprit de Strettavario.

« Je ne suis pas vraiment disposé à traiter avec de jeunes gens étranges, surtout lorsqu'ils me menacent à bout pourtant en m'expliquant qu'ils souhaitent, avec mon aimable concours, aider des meurtriers à s'évader de prison. Il va en falloir un peu plus pour me convaincre.

– Vous appréciez Tacit. »

Le vieil homme hésita, la tête baissée sur les bourrelets de son double menton. Il imaginait les instruments de torture que l'on appliquait probablement sur son ami inquisiteur à cet instant même, dans une cellule froide et sombre, dans les entrailles de la Terre.

« Qui a affirmé cela ? demanda-t-il.

– Sœur Isabella. Elle dit que vous croyez en Tacit. »

Strettavario secoua la tête.

« Les preuves que j'ai avancées devant le tribunal ont contribué à sa condamnation. Emprisonné à vie. Sans remise de peine.

– Vous n'avez fait qu'exécuter ce qui était attendu de vous. » Henry s'approcha et saisit le vieux père par le bras avec douceur. « Nous avons besoin de lui. Et vous êtes le seul à pouvoir nous aider. »

Le père Strettavario continuait de secouer la tête.

« Je ne crois pas que vous compreniez de quoi il retourne, et sœur Isabella non plus. Les règles de l'Inquisition veulent que toute personne qui entre à la prison de Toulouse en ressorte les pieds devant.

– Eh bien, il est temps de bousculer quelque peu les règles, répondit Henry, ses doigts un peu plus moites sur la crosse de son arme. Père Strettavario, nous avons besoin de lui. Et vous allez nous aider à le sortir de là. »

21

Front italien, bataille de l'Isonzo,
nord-ouest de la Slovénie

Pablo s'arrêta et regarda derrière lui pour contempler le chemin qu'ils avaient parcouru. Vu de haut, le flanc de la montagne ressemblait à un serpent, hérissé des dix mille fantassins à l'uniforme gris et vert qui avançaient dans le sillage du jeune homme, comme si le Karst était un morceau de viande avariée dont se repaissait une colonie de vers. La scène l'inspira et le terrifia tout autant, pleine de puissance et d'immensité.

« Impossible que nous perdions cette guerre », s'exclama-t-il à la vue de la horde des soldats de la troisième armée, le fusil brandi en l'air comme l'aurait fait un alpiniste avec son piolet après avoir conquis un sommet.

Un sourire lui barra le visage pour la première fois depuis des jours.

« Baisse les bras, abruti ! aboya le caporal Abelli. Tu veux alerter tous les putains de snipers hongrois planqués dans le coin ?

– Non, mais regardez, chef ! » dit Pablo en balayant rapidement du regard les pics escarpés à la recherche de l'ennemi, avant de se concentrer à nouveau sur le flanc du massif.

Le soldat Lazzari l'imita.

« Eh bien quoi ? maugréa le caporal.

– Nous sommes si nombreux !

– Et les Austro-Hongrois, ils ne sont pas nombreux, peut-être ? répliqua le sergent-major, qui s'approcha et grogna de dédain – un bruit que Pablo s'était rapidement mis à détester depuis qu'il était arrivé sur le Karst. Pas de souci à nous faire, ils sont au moins autant que nous, si ce n'est plus. »

Le sergent le doubla sans ménagement et intima aux trois militaires de ne pas lambiner sur le chemin montagneux. D'autres soldats, qui s'étaient arrêtés pour écouter le caporal et le sergent, traînèrent péniblement les pieds à sa suite. Le jeune soldat les regarda partir, son enthousiasme et sa joie éphémère se délitant peu à peu.

« Pourquoi fais-tu cette tête ? » demanda le caporal en faisant claquer sa langue.

Pablo haussa les épaules et Abelli lui asséna une claque dans le dos.

« Allez, Pablo ! Nous allons au-devant d'une tâche incroyable ! »

Pablo ne sut pas s'il plaisantait.

« Les prêtres ont dû te mettre au courant ? Ils ne t'auraient pas amené ici s'ils ne pensaient pas que c'était la chose à faire. Un ordre dicté par Dieu lui-même ! »

Abelli gloussa, sa bonne humeur revenue, mais Pablo haussa de nouveau les épaules.

« Je n'ai jamais vraiment eu le choix. J'ai toujours fait ce que les prêtres m'ordonnaient de faire.

– Et comme de juste ! répliqua Abelli. Après tout, ce sont eux qui t'ont nourri et blanchi toute ta vie !

– Comment savez-vous cela ? demanda Pablo.

– Les prêtres parlent, répondit Abelli. Ce serait mal faire mon boulot que d'ignorer d'où viennent mes hommes. Je sais qu'ils t'ont recueilli quand tu n'étais encore qu'un enfant, rejeté par ta famille et tes amis à cause de ta difformité honteuse. »

Le caporal fit un geste en direction des mains de Pablo et ce dernier rougit, avant de les rouler en boule. Ce fut au tour d'Abelli de hausser les épaules.

« Tant que tu sais te battre et rester en vie, je me fiche du reste. Je me fiche de ton apparence. » Il fit un signe de tête en direction de Lazzari : « Regarde-le un peu celui-là, le pauvre bougre ! »

Pablo rit.

« Faut-il que nous atteignions le sommet ? demanda-t-il en scrutant les cimes du Karst.

– Affirmatif », certifia le caporal, flanqué de plusieurs soldats qui marchaient à grand-peine.

Il montra du doigt la cime du massif, au loin. Dans sa tête, Pablo traça une ligne jusqu'au sommet, perdu dans les nuages, jusqu'aux cieux où il supposait que le Karst culminait, enveloppé d'un coton blanc et céleste.

« Et qu'y a-t-il tout là-haut ? Pourquoi faut-il absolument que nous nous y rendions ? »

Le caporal dodelina de la tête sans rien répondre.

« Si je te le disais, tu ne me croirais pas ! »

Pablo cala son fusil sur son épaule et l'agrippa fermement de ses douze doigts.

22

Rome

Les narines du père Strettavario furent immédiatement assaillies par les effluves du liniment et du brandy sour qui flottaient dans la maison mitoyenne pleine d'humidité. Mais une autre odeur régnait également. Une odeur musquée et terreuse, l'odeur putride de la fourrure mouillée. Il la reconnut instantanément et se prépara à parer une attaque, les muscles raidis, l'esprit prêt à mettre à distance la douleur qu'il anticipait déjà, celle qui l'engloutirait lors du combat, celle qui lui était d'autant plus promise que l'on verrouillait la porte derrière lui.

Mais l'attaque ne vint pas. À la place, une voix familière le héla ; il se détendit et observa Isabella émerger de la pénombre.

« Je vous présente mes excuses pour la manière dont vous avez été amené ici, père Strettavario. La hâte et la discrétion nous ont guidés.

– Dans ce cas, il ne fallait peut-être pas prendre l'automobile », rétorqua le prêtre courtaud en réajustant les plis de son habit afin de se draper d'un peu de dignité. La mine surprise d'Isabella ne lui échappa pas. « Quelle que pût être l'identité de vos assaillants la nuit dernière, l'Inquisition finira par être au courant, ils vont ouvrir l'œil. » Si sa voix était calme et peu audible, elle regorgeait néanmoins d'autorité et de maîtrise. « L'Inquisition n'apprécie pas particulièrement les gens qui traversent Rome en trombe à la nuit tombée en tuant des inquisiteurs au passage. Ils auront repéré votre Fiat. Ils vous suivront à la trace. Vous vous en doutiez forcément, n'est-ce pas ? »

Isabella regarda Henry, qui hocha la tête.

« Ce n'est qu'une cache temporaire. Nous avons un autre point de chute. »

Sa voix était assurée, mais Isabella ne put s'empêcher de remarquer qu'il se rendait tout de suite à la fenêtre pour surveiller la rue.

« J'ose espérer que votre prochaine planque sera mieux troussée que ce trou à rats », poursuivit le vieux prêtre, qui remarqua alors la silhouette de Sandrine appuyée contre le mur du fond.

Ses yeux s'étrécirent à mesure qu'elle avançait pas à pas sur le parquet.

« Sandrine Prideux, fit-il, les lèvres blêmes.

– Vous me connaissez ? demanda Sandrine, tendue.

– Oui. Arras. Votre petit manège. Nous ne nous sommes jamais rencontrés mais votre réputation vous précède. Vous nous avez donné bien du fil à retordre.

– Hélas, pas suffisamment, rétorqua Sandrine.

– Et fort heureusement. Vous voilà donc maintenant réduite à vivre dans la misère ? »

Strettavario claqua la langue avec dédain en parcourant la pièce du regard.

« Malheureusement, nous ne pouvons pas nous permettre de vivre dans le grand luxe du Vatican », glissa-t-elle avec perfidie. Son regard croisa alors celui du prêtre et elle tergiversa, avant de se tourner vers Isabella. « Je n'aime pas sa tête. Êtes-vous certaine que nous pouvons lui faire confiance ?

– Probablement pas, répondit Isabella, mais c'est la seule solution si nous voulons récupérer Tacit.

– Ce Tacit, fit Sandrine en levant le menton, toisant d'autant plus le petit prêtre trapu. Il serait donc essentiel que nous le libérions. Mais pourquoi ? Je ne comprends pas, après tout ce n'est qu'un homme… »

Strettavario gloussa et sentit quelque chose se mouvoir en lui.

« Ce n'est qu'un homme ? Ce n'est pas comme ça que je le définirais, non.

– Et qu'en diriez-vous donc ?

– Que c'est une force de la nature. » Le prêtre avait répondu du tac au tac, comme s'il était persuadé de la véracité de ses propos. « Alors comme ça, vous voulez aider Tacit à s'évader ? Pourquoi donc ? Et pourquoi devrais-je vous aider ?

– Parce que sinon nous vous tuerons », dit Sandrine d'un ton menaçant.

Strettavario rit à nouveau.

« Cela ne m'inquiète pas vraiment. J'ai été menacé de mort des dizaines de fois par le passé, des dizaines d'ennemis ont décrété ma dernière heure venue. Je suis en paix avec Dieu. Dites-moi, êtes-vous en paix avec le Seigneur ? »

Isabella s'interposa.

« Nous voulons que vous nous aidiez à faire sortir Tacit de là, à cause de ce qui se prépare.

– Et qu'est-ce donc ? »

Des phares de voiture pénétrèrent à travers les interstices des volets et baignèrent la pièce de lumière.

« Ils sont là ! cria Henry en attrapant son fusil.

– Sortons par-derrière », lança Sandrine.

Elle s'engouffra dans la pénombre et Henry lui emboîta le pas, sans mot dire.

Mais Strettavario resta à côté de la chaise, immobile.

« Dites-moi, sœur Isabella, que pensez-vous qu'il se trame ?

– L'Antéchrist, répondit-elle. Il prépare le monde à son retour. »

Elle s'attendait à ce que Strettavario se moque de sa déclaration, mais à la place il hocha la tête, le regard grave et sombre.

« Je vous crois.

– Vraiment ? sursauta Isabella. Comment est-ce possible ?

– La fontaine de l'Aigle dans les jardins du Vatican.

– Eh bien ?

– Elle est maintenant remplie de sang.

– Dieu tout-puissant !

– J'ai rarement vu ce type de signes, mais lorsque ce fut le cas, ils ne voulaient dire qu'une seule chose.

– Qu'en pense le Conseil du Saint-Siège ? » demanda Isabella d'une voix qui ne trahissait plus d'émotion.

Le prêtre aux yeux clairs eut un petit rire chevrotant et secoua la tête.

« Le Conseil est paralysé par l'indécision et la peur. Il sait très bien ce que veulent dire ces signes, mais il choisit de croire qu'ils désignent autre chose. Quand l'ennemi approche, il est parfois plus simple de détourner le regard. Comment comptez-vous donc faire sortir Tacit ? demanda-t-il en dévisageant la sœur. Personne ne s'est jamais évadé de la prison de Toulouse. C'est rigoureusement impossible.

– C'est pourquoi nous sommes venus à vous, répondit Isabella. Nous comptions sur votre aide.

– Nous n'avons pas le temps de discuter de tout cela maintenant. Il faut partir ! » les interrompit Henry.

Strettavario se tut, la main sur le menton, les yeux vissés sur Isabella.

« Il vous aime beaucoup. » Son regard était intense. Déterminé. « Tacit, il vous aime beaucoup.

– Comment le saurais-je ? répondit Isabella un peu trop rapidement.

– Ce n'est vraiment pas le moment ! » les gronda Henry qui attendait sur le seuil.

On entendait des pas dans la ruelle qui longeait le bâtiment.

« Je pense que vous êtes la seule personne pour qui il ressent quelque chose, depuis qu'ils lui ont pris Mila. »

Isabella détourna le regard, avant tout pour cacher l'émotion qui embuait maintenant ses yeux.

« Je pense que vous êtes la seule personne qui puisse le faire sortir de là, lui rendre la force de sa volonté, sa raison de vivre, l'envie de se battre. »

De nouveau, des bruits de pas résonnèrent dans la ruelle, entremêlés de voix rauques.

« Je ne comprends pas, dit Isabella, les mains tendues vers le vieux prêtre. Je ne comprends pas. Que dois-je faire ? »

Un coup brutal fut frappé à la porte verrouillée ; les charnières grincèrent et une fine pluie de sciure tomba du linteau. Strettavario s'avança alors vers Isabella, les paumes ouvertes, tendues, comme s'il s'apprêtait à l'étrangler.

« Sœur Isabella, c'est très simple, marmonna-t-il, le visage déformé par une pulsion meurtrière. Il vous faut mourir. »

23

Prison de l'Inquisition, Toulouse

La peau de Tacit était luisante de sang et de sueur, son esprit démoli par les tourments de sa souffrance; il délirait sous l'effet de la douleur et de l'épuisement. La cellule tournoyait et sombrait dans son champ de vision; l'espace d'un instant, il se sentit tomber dans un abîme obscur, comme si les griffes aiguisées de la mort l'agrippaient. Son heure était venue, pensait-il, seul dans ce cachot, battu, brisé, un tas de viande pour toute humanité, charcuté, profané selon le bon plaisir d'un autre homme.

Il ignorait pourquoi on lui infligeait ça, il savait seulement que quelqu'un le détestait suffisamment pour lâcher les chiens de ses visions les plus dépravées sur son corps, interrompant le supplice juste avant qu'il ne meure, dans l'unique but de faire se poursuivre la torture le jour suivant.

Son corps était à bout. Il sentait qu'il n'avait plus de force, rien qui puisse désormais l'aider à résister. Plus maintenant. Pas après tout ce qu'il avait subi. Pas après la dernière session. L'image d'Isabella lui vint à l'esprit et il sourit dans le délire de son agonie qui approchait. Une image tremblotante. Un dernier instant de quiétude.

La porte de la cellule grinça et Tacit leva la tête. Il comprit que cette visite de Salamanca était différente des autres à la façon dont il pénétra dans la pièce, à la façon dont il le regarda, tête penchée, à la lueur qui flottait dans ses yeux, comme s'il avait percé à jour l'un des secrets de Tacit et qu'il patientait jusqu'au moment le plus opportun pour le révéler.

Comme si Salamanca possédait quelque chose dont le tortionnaire savait qu'il ferait souffrir son prisonnier bien plus que les clous, les lames ou les tisons.

Tacit l'observa avec attention, le regard grave, les lèvres retroussées, attendant que rappliquent les compères que Salamanca traînait toujours à sa suite. Quelque part, au fond de lui, une voix sinistre se mit à hurler.

« Que se passe-t-il ? grogna-t-il, les muscles tendus malgré les clous et les liens qui le maintenaient toujours en place sur le siège de torture, les chaînes cisaillant sa peau déjà entaillée, les tiges de métal frottant contre ses os. Qu'est-ce qui vous amuse à ce point, Salamanca ? »

Le bourreau sourit et s'appuya contre le mur de la prison, les bras croisés. Il croisa également les chevilles et émit un rire grinçant en détaillant Tacit d'un air calculateur. Les geôliers et les mécréants, telle une meute, se mirent à ricaner de concert, intrigués, conscients que la visite de leur maître revêtait un caractère inhabituel.

« Vous êtes un homme courageux, Tacit, débuta Salamanca, et il hocha la tête, ses lèvres sèches toutes pincées, examinant ses ongles noirs sous la lumière blafarde du cachot. Je vous l'accorde. Fort. Impassible. Résistant. Visiblement insensible à la douleur physique.

– Mais qu'est-ce que je perçois là, Salamanca ? répliqua Tacit, en s'autorisant un demi-sourire. Serait-ce de la jalousie ?

– Comment pourrais-je vous envier ? Enchaîné et mal-aimé ! Ou bien, peut-être qu'en vérité quelqu'un vous aime, vous aimait ? » Salamanca marqua un temps de pause après ces derniers mots puis partit dans un rire rauque, qui s'évanouit petit à petit. « Pensez-vous que quelqu'un, quelque part, vous attend, hors des murs de la prison, quelqu'un qui en pince pour un monstre comme vous ? »

Tacit plissa les yeux.

« Car en réalité, nous avons tous entendu les rumeurs : Poldek Tacit, l'inquisiteur sans cœur, n'en serait en réalité pas si dépourvu. »

Tacit lutta contre ses liens.

« Libérez-moi et vous verrez si je ne suis pas un homme au grand cœur ! »

Salamanca l'ignora.

« Mais ces rumeurs, elles enflent, semblerait-il, elles se propagent. À tel point que d'aucuns les tiennent pour vraies.

– Et de quoi s'agirait-il ?

– Plutôt mourir que de laisser quelqu'un réchauffer votre cœur de pierre, hein ? » Salamanca recula et sourit méchamment. « Ou bien peut-être n'est-ce pas si simple ? » finit-il par lâcher.

Tacit le scrutait intensément.

« Que voulez-vous dire ? gronda-t-il, mais le poison du doute s'était immiscé en lui, et les voix infernales reprenaient de plus belle à l'intérieur.

– Sœur Isabella ? »

Tacit s'immobilisa sur-le-champ.

« Que voulez-vous à sœur Isabella ? siffla-t-il, rouge de colère, la mâchoire saillante, l'œil hargneux.

– Elle est morte, Tacit, sourit Salamanca, et une lueur de triomphe emplit son regard lorsqu'il vit la mine défaite de son supplicié. Elle est morte, répéta-t-il en riant, exultant de voir ses mots enfin amener l'adversaire au tapis. Morte ! Morte ! »

Le sang quitta le visage de Tacit et sa bouche s'entrouvrit en tremblant. D'un coup, ses grands yeux se remplirent de larmes, ses pupilles se réduisirent à deux petits points noirs, chacun de ses traits s'était figé, comme si le temps lui-même s'était arrêté. Des clameurs moqueuses et des rires gras émanèrent de la foule et firent trembler les murs, et dans toutes les travées de la prison, les détenus se demandaient quelle terrible injustice avait bien pu être infligée au plus méprisé et au plus craint d'entre eux.

Dans l'esprit de Tacit, de vieux souvenirs dansaient puis partaient en fumée, consumés par une terrible rage. Des fragments du passé, de rires, d'amour, de chaleur, de passion, d'Isabella, de sa main posée sur lui s'accumulèrent, des brandons d'espoir, qui brillaient presque trop fort pour qu'il puisse les contempler, avant de finir engouffrés dans la noirceur du tourment qui prenait possession de tous ses sens, de toutes ses perceptions. Une noirceur qui émergeait des confins de sa conscience, de son être profond. Alors une froideur démoniaque s'empara de lui, comme si un ange de la mort avait planté sa serre glacée au plus profond de son cœur. Mais Tacit savait pertinemment qui l'avait meurtri et il l'avait présentement sous les yeux. L'homme devant lui, Salamanca, qui riait et se tapait les cuisses de bon cœur, plié en deux par l'hilarité que provoquait en lui cette révélation.

De cette obscurité émergea un cri, celui d'un démon qui s'extirpait des entrailles mêmes de l'enfer. Et à sa suite survint une force que Tacit lui-même ne se savait pas posséder. Salamanca cessa subitement de rire et les autres geôliers se précipitèrent vers la porte. Car la clameur était devenue un rugissement et le rugissement était devenu un coup de tonnerre. Dans le même temps, les chaînes qui contraignaient Tacit au niveau du bras gauche se rompirent en un éclat métallique, comme les barreaux de la cage d'un animal qui s'échappe. Les matons hurlaient, tombaient à la renverse, cherchaient la sortie à tâtons, se querellaient pour la trouver.

Tacit fit sauter les liens de son bras droit, puis ceux de ses jambes. Le long de la travée, les cloches de l'alarme se mirent à retentir, mais il ne les entendit pas. Il dégagea brutalement sa cheville de la chaîne qui le retenait prisonnier depuis tant de mois, enchaîné au mur, et il se jeta sur Salamanca, en quatre grandes enjambées. Le premier coup brisa la colonne vertébrale du tortionnaire, juste sous ses côtes. Le second l'envoya violemment à terre, et il resta étendu là, sur le sol qu'il n'arpenterait plus jamais, le dos rompu. Tacit lui sauta dessus, pesant de tout son poids sur sa cage thoracique.

« Un nom », rugit-il, les dents serrées, à tel point qu'on eût dit qu'elles se brisaient dans sa bouche, le corps parcouru de spasmes de fureur. Des étincelles semblaient émaner de ses doigts. La voix à l'intérieur de lui s'était mise à gémir plaintivement. « Tu vas me donner le nom de la personne qui a tué Isabella. Après quoi, la mort te semblera une issue douce et heureuse quand tu verras ce que je m'apprête à te faire. »

24

Prison de l'Inquisition, Toulouse

Au cœur de la prison, des bruits, des gens, des gardes, des coups de feu partaient en tous sens. Tacit ne connaissait pas le chemin de la sortie mais il ne pouvait pas se tromper dès lors qu'il montait, se disait-il. Il savait qu'on l'avait terré au fin fond de la prison, dans son renfoncement le plus caverneux.

« Isabella ! »

Tacit criait son nom au fil de sa course, sans même s'en rendre compte. Le prénom résonnait incessamment dans son crâne. Encore et toujours.

Au bout du couloir, il se retrouva face à un palier avec une porte verrouillée ; trois geôliers y étaient postés, qui eurent un mouvement de recul lorsqu'ils virent Tacit s'approcher de la porte fermée. Il les connaissait tous, ils avaient assisté à suffisamment de séances de torture. Il s'élança et enfonça brutalement la porte, qui sortit de ses gonds. Les gardes tombèrent sous le poids du panneau de métal, poussèrent un grognement et ne bougèrent plus.

Tacit ne ressentait qu'une haine rouge circuler dans ses veines, une colère dévorante à laquelle il cédait entièrement, encouragé par la voix, la voix qui suppliait, qui hurlait. Encore et toujours.

Le palier débouchait sur un escalier. Il monta les marches quatre à quatre en rugissant, alors qu'une volée de plomb s'abattait des étages supérieurs sur lui. Il ressentit une morsure soudaine à l'épaule, sans qu'elle le ralentisse pour autant. Il traversa la pièce en un éclair et saisit le tireur à la gorge, jusqu'à ce que ses doigts se touchent autour de la chair et de la peau de son cou. L'homme s'écroula, en pleine asphyxie, Tacit ramassa son fusil et inspecta le barillet. Il restait quatre cartouches. Trois d'entre elles vinrent se loger dans la tête des trois gardes qui se trouvaient sur son chemin au détour du couloir suivant, et la quatrième fit sauter le verrou d'une autre lourde porte en métal qui lui barrait le passage; il passa au travers avec une aisance déconcertante.

Le corridor où il se trouvait maintenant était si étroit qu'il ne pouvait pas se servir de la crosse de son fusil pour assommer ses assaillants, et il en fit donc une lance improvisée. Il se débarrassa d'un homme qui brandissait un couteau en lui plantant le canon du fusil dans l'œil; l'homme s'affaissa sans un bruit. L'arme était fermement logée dans son orbite et Tacit décida de l'abandonner, énucléant le garde suivant à l'aide de ses pouces. Ses doigts s'enfoncèrent profondément dans son crâne, au-delà de l'os, jusqu'à ce qu'il atteigne une masse molle, les pouces plongés dans ses orbites jusqu'à la paume de main.

Des larmes roulaient sur les joues de Tacit, mais ce n'étaient pas des larmes froides de tristesse. C'étaient les larmes d'une fureur brûlante et tourmentée. Il pensa au père Strettavario et se mit à bouillir de rage. Toute sa vie il avait pensé que c'était à lui que le père, distant et calculateur, délivrerait le coup fatal, pas à la personne qu'il...

Il hésita, incapable d'ordonner ses pensées, de saisir ce qu'il ressentait au juste pour Isabella, au-delà de la colère et de la violence, et de ce que lui disait la voix intarissable, maintenant qu'Isabella n'était plus. Maintenant qu'elle aussi avait été sans pitié évincée de sa vie.

Des coups de feu d'un plus gros calibre atteignirent le mur à ses côtés. Il se précipita vers les tirs, l'homme qu'il avait énucléé toujours embroché sur les mains, et il s'en servit comme bouclier;

il s'en débarrassa au dernier moment, juste avant de foncer dans le tas de gardes qui protégeaient la porte et lui tiraient dessus, ses mains nues pleines de sang. La porte était fermée à double tour. Il l'arracha et la jeta par-dessus son épaule en se précipitant dans la salle de garde, le souffle court. Huit hommes lui tombèrent dessus armés de matraques et de couteaux. Six secondes plus tard, ils gisaient au sol.

Tacit flaira l'air extérieur qui pénétrait dans le passage où il se trouvait à présent. Ses poumons s'emplirent d'oxygène pur, ce qui n'avait pas eu lieu depuis un temps infiniment long. Cela lui fit l'effet d'un tonifiant. D'un coup, ses membres furent revigorés, puissants, sa force renouvelée. Il y avait un autre escalier, plus large et ouvragé que ceux qu'il avait empruntés jusqu'alors. Il le gravit d'un pas leste et la spirale de pierre, qui longeait le mur extérieur de la prison, le fit déboucher sur une sorte de mezzanine, avec une vue plongeante sur les cellules. En arrivant, il vit le geôlier en chef, un pistolet à la main, les doigts blancs et tremblants, la mine déconfite, en pleurs, tâchant de ne pas baisser son arme, le bras tremblotant.

« Arrêtez ou je tire ! vociféra-t-il alors que Tacit s'avançait vers lui. Bon Dieu, je vais tirer ! »

Tacit lui arracha le pistolet des mains et l'enfonça violemment, canon en premier, dans le haut de son crâne dégarni. L'os se fendit et le pistolet continua de plonger dans le crâne pâle du garde, jusqu'au cylindre, jusqu'à la gâchette. Ses yeux roulèrent dans leurs orbites et il tomba en arrière en laissant échapper un dernier râle.

« Je vous crois volontiers », rétorqua Tacit, qui s'arrêta un instant pour reprendre son souffle, tête baissée, sa cage thoracique se soulevant à chaque respiration.

Il n'avait pas fait autant d'exercice depuis un long moment ; ses poumons et ses membres à la peine en attestaient. Il regarda de l'autre côté de la mezzanine, en direction de la porte. D'autres gardes arrivaient, et en bon nombre à en juger par le bruit qui se rapprochait. À sa gauche, il y avait une fenêtre. La lumière qui en émanait était presque aveuglante. Tacit plissa les yeux et observa la campagne française – on voyait au loin la ville de Toulouse, petite tache noire à l'horizon.

L'extérieur ! La liberté.

Il examina ses mains ensanglantées, sa rage enfla de nouveau et il serra les poings, telles deux boules sanguinolentes. La clameur des gardes se rapprochait chaque seconde un peu plus. La beauté d'Isabella envahit à nouveau son esprit, comme une vision. Il sentait sa présence, son parfum, entendait sa voix qui l'appelait, qui lui disait de s'enfuir, de retrouver ceux qui étaient responsables de sa mort.

La fenêtre vola en éclats sous son poids. L'espace d'un instant, il n'y eut rien, rien d'autre que le bruit du verre brisé et du sang qui battait dans ses tempes. Et puis il se sentit chuter, filant droit sur les feuillages des arbres plantés en contrebas. Et alors qu'il tombait, sa chute amortie par les branches auxquelles il tentait de se raccrocher, il se jura que jamais il ne s'arrêterait, peu importait le temps qu'il lui faudrait pour démêler toutes les pistes, avant d'avoir trouvé Strettavario et vengé la mort d'Isabella.

25

Pleven, Bulgarie

L'inquisiteur baisa tendrement le médaillon d'argent orné d'un crucifix à la faveur d'un moment de calme et de réflexion, avant d'enfiler un poing américain hérissé de clous sur sa main droite et de dégainer un revolver gris et noir de son étui de la main gauche. Le soleil d'été, encore chaud, se couchait déjà par-delà les collines à l'ouest, tout autour de lui; dans la pénombre du crépuscule, les hommes se préparaient à livrer bataille. Ils étaient dix-huit, sales et fourbus à force de traquer l'ennemi depuis des semaines. L'air empestait la sueur et l'alcool, le murmure délassant des prières ponctué par quelques rares intermèdes – des cris éraillés et avinés qui cherchaient à galvaniser les troupes.

L'inquisiteur dévisagea l'homme qui se tenait à ses côtés et qui avait partagé jusqu'alors son trou à rats, plaçant une main imposante sur son épaule.

« Le moral de l'unité est bon ce soir, n'est-ce pas, inquisiteur Kuhr ? dit-il avec un accent nordique qui enveloppait ses mots d'une chaleur généreuse.

– Après avoir tant marché, à quoi t'attendais-tu, Bodil ? répondit Kuhr, sa cape brune sur la tête pour tenter d'atténuer le froid des hauteurs bulgares. Nous ne sommes pas des chiens que l'on peut enchaîner. Nous sommes des combattants. »

Le jeune homme acquiesça doctement.

« Eh bien, j'ai l'impression que nous serons bientôt déchaînés. »

Quelque part, le long de la ligne de front, le son assourdi d'un sifflet retentit. Bodil, qui appréhendait chaque semaine un peu plus la perspective de repousser l'ennemi slave vers la mer Noire, se sentit à nouveau accablé par l'inquiétude. Il n'avait pas peur de ce qui l'attendait. Il savait se battre sans broncher. Après tout, tuer était la seule chose qu'il avait connue de toute son existence. C'était la peur d'échouer qui le tenaillait, d'échouer au nom de sa foi, aux yeux des autres inquisiteurs. S'il tombait au combat, il espérait ne pas être le premier.

Le clair de lune éclairait ses yeux d'un bleu étincelant et leur prêtait une lueur éthérée qui contrastait avec son visage enténébré. Il déglutit, la gorge asséchée par deux nuits blanches, puis se tut, les doigts de sa main droite triturant distraitement les rebords métalliques de son poing américain.

Il observa les environs depuis le fossé où ils se trouvaient, au milieu des gelées nocturnes qui tapissaient le sol de cette terre perdue en altitude, et il vit la lune se cacher derrière un nuage. Au loin, dans la vallée qu'ils avaient traversée, des sapins saupoudrés de givre luisaient sous la pâleur argentée. De temps à autre, on entendait du bruit dans les fourrés où ils se cachaient, des brindilles qui craquaient, du givre qui tombait des branches au-dessus d'eux. Il ferma les yeux et laissa reposer les pics en fer de son arme sur sa tempe, susurrant une prière pour se rappeler le serment qu'il avait fait à la foi.

Le sifflet étouffé retentit une seconde fois et les inquisiteurs surgirent de leurs trous comme un seul homme pour s'élancer par-dessus la colline. Bodil avait livré bon nombre de luttes durant ses quatre jeunes années de service, mais il n'avait jamais combattu auparavant sur un champ de bataille, au sein d'une unité de l'Inquisition, entouré d'autres acolytes. Les mots de son tuteur lui revinrent alors que ce dernier lançait l'assaut cette nuit-là ; il l'avait pris à part deux jours après le début de leur chasse à l'homme à travers l'Europe.

« Bats-toi comme si tu étais seul. Bats-toi comme si toutes les hordes de l'enfer déferlaient sur toi. Bats-toi jusqu'au dernier homme et jusqu'au dernier souffle. Bats-toi comme l'inquisiteur que tu es. »

Il inspira profondément et sentit quelque chose remuer dans ses entrailles. Les inquisiteurs ne faisaient plus d'efforts pour se cacher sur la petite crête montagneuse, ils étaient debout, leur silhouette se découpait dans la lumière de la lune cramoisie, telles des statues, leurs traits pleins de méchanceté et de hargne. Il n'était plus question de rôder dans l'ombre. En contrebas, le camp slave semblait calme, à l'exception du hennissement occasionnel d'une monture et de vagues murmures autour du feu de camp. Chaque assaillant, en ordre de bataille, se sentait invulnérable, destiné à vivre ce moment.

« Au nom de l'Église catholique ! hurla l'un d'eux.

– Au nom de l'Inquisition !

– Au nom de nos libertés ! »

Les inquisiteurs dévalèrent la pente en masse, comme un torrent noir jaillissant d'un barrage, proférant toute sorte de jurons. Les Slaves n'eurent pas le temps de se saisir de leurs armes que les inquisiteurs leur tombaient déjà dessus.

Bodil disloqua sans difficulté la mâchoire d'un homme qui cherchait son fusil, son poing hérissé de métal lacérant la peau. Quelques secondes plus tard, il logeait une balle dans le torse d'un autre qui s'apprêtait à attraper une hache près du feu. Les coups de boutoir du métal sur les os anéantissaient le silence de la nuit, les corps blessés titubaient à l'aveugle. Presque soudainement, Bodil se retrouva pris au cœur de la bataille, entouré de coups de poing et de bras qui moulinaient dans les airs. Il sentait l'odeur de sueur et d'excrément qui l'entourait, chacun de ses sens en alerte. Telle une drogue, l'odeur l'enivra et l'excita. Elle lui rappela quelque chose. La peur. Il décocha un uppercut à une silhouette qui trébuchait et écrasa le cou de l'homme une fois à terre, son revolver sur sa tempe. Il se remémora les paroles de son tuteur en appuyant sur la gâchette, et un amas de matière froide explosa à ses pieds.

Rendu sourd par la cacophonie ambiante, il progressait à tâtons dans le théâtre de l'affrontement, aveuglé par les rivières de sang et le ballet des corps qui s'effondraient à ses pieds, mû par le seul désir physique d'infliger des dégâts irréparables à l'ennemi. Il leva son revolver et tira deux fois, achevant deux hommes devant lui. Un troisième sauta du haut d'une saillie sur sa droite et Bodil le terrassa d'un coup fatal à la trachée, avant de le battre à mort d'un revers de main; le visage du Slave s'ouvrit en deux sous la violence des coups.

Estropiés et fous de terreur, les quelques survivants se jetèrent à leurs pieds, les mains devant les yeux, sans défense, sans espoir, alors que pleuvaient sur eux les derniers coups qui les transformèrent en une pulpe sanguinolente.

Un cri s'éleva au milieu du carnage, un cri de victoire et de joie qui vint signer leur triomphe. Les mains pleines de sang et les crosses des fusils furent levées au ciel, les revolvers encore fumants retrouvèrent leur étui, alors que les derniers ennemis étaient achevés d'une balle dans la tête.

Les rires se joignirent bientôt aux vivats, on s'embrassait, on se tenait fermement par l'épaule. On avait accompli le travail, il y avait eu peu de pertes, Dieu merci. On pouvait maintenant rentrer au Vatican victorieux, la tête haute, prêts à recevoir les honneurs et les remerciements des maîtres. Les rires se transformèrent en clameurs tapageuses et en crâneries déraisonnables. On échangeait des compliments, on sortait les narcotiques. La mission avait été longue, on avait traversé trois pays et évité les patrouilles des deux camps adverses du conflit mondial. Enfin, leur propre petite guerre s'était conclue dans une orgie de violence, brève et terrible.

Et puis au loin, près du bosquet qui bordait leur ancienne cachette, un hurlement s'éleva dans les airs, tel un spectre dont l'heure était venue. Les inquisiteurs s'immobilisèrent sur-le-champ et se tournèrent en direction de l'est ; ils savaient pertinemment ce que ce cri voulait dire.

Un deuxième hurlement répondit au premier, plus proche d'eux cette fois. Les inquisiteurs se prirent les pieds dans les corps boueux, tâchant de suivre les rugissements, rendus muets par la terrible raillerie qu'ils leur infligeaient.

Un troisième hurlement retentit, sur leur gauche ; les inquisiteurs se retournèrent d'un seul mouvement, la main sur leur arme, parfaitement conscients qu'elle ne leur serait pourtant d'aucune utilité face à cet ennemi-là. Un quatrième hurlement se fit entendre, directement sur la crête qui se trouvait derrière eux – ils se retournèrent et crièrent à la vue de la silhouette imposante et sauvage, à la fourrure fétide et pleine de nœuds qui se découpait sous les éclats de lune, le museau levé, hurlant une nouvelle fois, menaçante et sinistre, glaçant le sang de quiconque l'entendit ce soir-là au cœur de la vallée.

« De l'argent ! » cria une voix parmi la troupe d'inquisiteurs.

Jamais ils n'auraient pensé se retrouver face à leur ennemi mortel lors d'une mission comme celle-ci. On leur avait assuré que l'*Hombre Lobo* ne résidait pas ici, qu'il en avait été délogé dix ans auparavant lors de la Grande Purge orientale. Des festivités, on passa à l'angoisse et à la terreur absolue. Ils n'étaient pas prêts, ils n'étaient pas armés.

D'autres hurlements se firent entendre, de plus en plus proches, dans le champ voisin, la forme des créatures se devinant sur le sol dévasté. Elles étaient lancées en pleine course dans leur direction, sur l'herbe étincelante de givre.

Une voix réclama à nouveau de l'argent, mais ils savaient tous que la demande était aussi inutile que leurs armes, néanmoins levées, prêtes à les assister, alors qu'ils se rassemblaient en un carré défensif au milieu du camp qu'ils venaient juste de prendre.

En quinze foulées à peine, les loups avaient parcouru la centaine de mètres de lande pelée qui les séparaient des inquisiteurs.

La masse gris-noir des bêtes s'abattit sur les hommes comme une vague viendrait s'écraser sur les murs d'une forteresse, tous crocs et griffes dehors, à l'assaut des cottes de mailles et des gantelets. La ligne défensive vacilla et les loups en profitèrent pour mutiler ceux qui se tenaient un rang plus loin.

« Dieu du ciel ! cria un jeune inquisiteur couvert à la fois du sang de l'ennemi slave et de celui de ses camarades. Des loups-garous ! »

Et d'un seul coup de mâchoire, une bête lui arracha la cage thoracique.

Bodil se saisit d'un tison et l'enfonça dans l'œil d'un loup qui bondissait. L'énorme créature s'affaissa en poussant un cri bien trop aigu et strident pour une bête de son gabarit. Tout autour de lui, des loups se repaissaient de ses camarades gisant au sol. Ses yeux finirent par tomber sur le corps de Kuhr, complètement lacéré en un amas de rubans ensanglantés qui rappelaient la découpe d'une carcasse de viande dans un abattoir.

Il laissa couler quelques larmes et se débarrassa de sa torche ; il avait décidé de prendre la fuite. Il ne pouvait pas remporter cette bataille-là. Il ne pensait qu'à quitter les lieux, échapper à cette sauvagerie, espérant être en mesure de témoigner de ce qu'il avait vu, de ce qui s'était déroulé sous ses yeux. Il courut, manquant de tomber plusieurs fois, trébuchant sur les gisants, glissant dans la boue et le sang, le sol maintenant transformé en une sorte de pâte noire qui collait aux bottes et le retenait dans cette terre qui charriait la mort. Derrière lui, un loup émergea de la pénombre et l'envoya à terre d'un coup de patte, avant de le retourner violemment deux fois. Son dos percuta le sol, ses côtes se brisèrent, du sang s'infiltra dans ses poumons. Il toussa, empli de douleur, des torrents cramoisis jaillissant de sa bouche. Alors qu'il s'enfonçait dans la terre, le loup lui grimpa dessus, ses mâchoires pleines de sang et de débris après avoir déchiqueté la chair de ses acolytes, les crocs émaillés de morceaux de maille métallique et de tissu en lambeaux.

À ce moment-là, ses sens semblèrent se réorganiser. Pour la première fois, les sons du champ de bataille lui parvinrent – les cris d'agonie des inquisiteurs qui tombaient, le festin qui battait son plein, le craquement des os, la chair et la maille que l'on déchirait, le gémissement pathétique d'une gorge agonisante qui expirait son dernier souffle.

Cloué au sol, Bodil perçut d'un œil tremblant des mouvements sur sa droite et il réussit à tourner la tête pour observer la silhouette qui s'approchait de lui en marchant sur ses deux pattes arrière. Elle s'arrêta à quelques pas de là et, d'un grand coup de patte griffue, sembla trancher sa propre gorge. La fourrure et la chair se décollèrent ; d'un seul coup, le corps sembla rapetisser, se flétrir. En un instant ou presque, l'énorme loup était devenu un homme bossu, aux cheveux grisonnants plaqués sur son crâne sec, aux yeux noirs et amers tels des puits sans fond, aux traits squelettiques, maladifs, pétris de dédain.

Le cœur de Bodil fut envahi par une passion nouvelle, son esprit ranimé à la vue de ce sortilège malfaisant.

« Qui êtes-vous ? » geignit-il, une écume ensanglantée aux lèvres, les poumons percés, des larmes brûlantes de rage et d'amertume plein les yeux.

Il avait eu vent des rumeurs, mais il n'avait jamais vu de ses propres yeux un humain revêtir une peau et se transformer en loup-garou.

« Qui êtes-vous ? réussit-il à crier de nouveau, sa voix brisée par l'épuisement et l'abattement.

– Gérard-Maurice Poré, cracha l'homme aux yeux noirs, les lèvres retroussées par une méchanceté sardonique. Et tu peux emporter ce nom avec toi jusqu'en enfer ! »

Alors, le loup qui clouait toujours l'inquisiteur au sol lui arracha la tête, d'un seul claquement de mâchoire.

26

Cité du Vatican

Plongé dans la pénombre, monseigneur Benigni descendait l'escalier en colimaçon qui menait aux entrailles du bâtiment, les mains jointes sur sa bedaine. Il avançait tête baissée, lèvres pincées, le visage dodu et transpirant, absorbé dans ses pensées.

Il avait emprunté ce chemin, qui sinuait sous les arcades et les voûtes du Vatican, un grand nombre de fois : plus calme et peu fréquenté, c'était une option qui lui paraissait plus agréable que les autres itinéraires, avec leurs grands escaliers tout en courbes et leurs couloirs de marbre, qu'il jugeait trop passants. Dans ces endroits discrets, où la lumière du jour ne filtrait pas et où la pierre froide du sol était devenue lisse à force d'avoir été arpentée des siècles durant, il y avait peu de chances de tomber sur quelqu'un, et donc moins de risques de se voir dérangé par toutes sortes de questions qui auraient interrompu son monologue intérieur.

Une arche noire à la voûte très marquée jouxtait les dernières marches de l'escalier en colimaçon, après quoi l'on descendait encore plus profondément dans les sous-sols du Vatican. Seuls quelques privilégiés, outre les bibliothécaires et les érudits qui y travaillaient, avaient déjà eu l'occasion de se rendre dans ces catacombes et ces salles silencieuses, où l'ensemble du savoir catholique était rassemblé et conservé.

Les bibliothèques du Vatican.

Sans hésiter, Benigni s'engouffra dans la pénombre, comme attiré par la flamme vacillante des torches qui éclairaient le couloir suivant, légèrement pentu. Il longea ce corridor étroit jusqu'à une patte-d'oie et tourna à droite, sa main effleurant le mur de briques, son esprit vagabond imaginant les siècles d'histoire qu'il touchait du bout des doigts. Le couloir continuait de descendre en une longue courbe avant de déboucher sur une petite pièce emplie de livres, éclairée à la lanterne; des prêtres studieux y étaient assis à des bureaux individuels, disposés en rangées bien ordonnées.

Il baissa la tête en passant sous l'arche et se glissa dans une autre pièce, aux murs recouverts de papiers, de peaux animales laminées, de cartes du monde, d'illustrations étranges venues de pays lointains. Il traversa l'espace et se pencha à nouveau pour pénétrer dans une autre alcôve. Au bout de celle-ci, une volée de marches s'interrompait rapidement, quasiment à pic – un esprit étourdi y aurait facilement fait une mauvaise chute. Elle débouchait en contrebas sur une pièce semblable à une cellule de prison, vide, avec pour seuls agréments une porte en face de l'entrée et un prêtre au crâne large, aux yeux rougis et à la peau diaphane, assis à un bureau étroit et fort haut.

« Monseigneur Benigni, dit-il, le visage impassible, une simple lueur traversant son regard. Cela fait des mois que nous ne vous avions pas vu. Que peut-il bien vous amener à revenir nous rendre visite ? »

Benigni alla droit au but, sans hésiter.

« Les trois péchés cardinaux. »

Le prêtre ne répondit rien, les commissures de ses lèvres comme rehaussées par l'admiration.

« Je vois », finit-il par dire, le front plissé, l'air grave, comme si la demande implicite de l'homme corpulent était soudainement très claire. Il s'écarta de son bureau en pivotant sur sa chaise et se leva lentement. « Vous feriez bien de venir avec moi », suggéra-t-il en se retournant pour inviter Benigni à lui emboîter le pas.

La lèvre inférieure du prêtre semblait s'être effacée au fil des ans, au profit d'une fine ligne de barbe, et ses dents jaunes ressortaient exagérément. Dans l'obscurité du caveau, simplement éclairé par quelques lanternes couleur de cuivre, il laissa courir ses doigts sur le dos des livres et des documents reliés qui étaient amassés sur une étagère à sa droite ; il comptait les ouvrages en silence à mesure qu'il avançait.

Une odeur d'encre et de graines de lin emplissait le couloir qui laissait passer une lumière chaude et dorée, comme si la grande salle dont ils s'approchaient maintenant renfermait un trésor. Et c'était bel et bien le cas ; en l'espèce, la somme de tous les savoirs de l'humanité, rassemblée au sein d'une seule et vaste pièce.

La Grande Bibliothèque.

« Les trois péchés ? réitéra le bibliothécaire, qui s'éloignait déjà de l'allée principale pour bifurquer dans une petite travée, coincée entre de grands rayonnages. Et qu'est-ce qui a bien pu mener monseigneur Benigni à ce sujet en particulier ? Je croyais que la politique du Sodalitium Pianum était de s'intéresser avant tout aux imprudences les plus récentes, plutôt qu'à celles connues depuis les débuts de l'humanité ? »

Benigni leva un sourcil, son regard noir et porcin quelque peu agité.

« Je croyais pour ma part que la politique de la Grande Bibliothèque était de ne pas s'intéresser aux motivations de ses visiteurs ? interrogea-t-il, mariant avec maestria menace et vivacité d'esprit. Quoi qu'il en soit, il y a fort à parier que toutes les imprudences procèdent originellement des trois péchés, ne diriez-vous pas ? »

Le prêtre inclina la tête en signe de défaite.

« Fort bien », répondit-il, et il disparut à l'angle du rayonnage.

Benigni en profita pour observer les environs. La salle était immense, près de cent mètres de long et trente mètres de haut, bordée jusqu'au plafond de grandes étagères en bois, auxquelles on accédait grâce à de hautes échelles dotées d'énormes roues, posées sur des rails. La salle résonnait du bruissement de mille prêtres, penchés sur les rayonnages, déposant des ouvrages sur de lourds chariots ou feuilletant des livres, l'air concentré. Il savoura l'atmosphère calme, l'odeur du vieux cuir et du papier, en attendant patiemment le retour du prêtre. Lorsque celui-ci reparut, il portait une grande pile de livres qui lui arrivait jusqu'aux yeux.

« Cela devrait vous venir en aide, marmonna-t-il en lui fourrant le tas de volumes dans les mains. Il y a un bureau juste là », désigna-t-il d'un geste.

Benigni fit un signe de tête et s'apprêta à s'installer.

« Simplement, faites attention, lui dit le prêtre, les yeux rapetissés. Certains sujets montrent les crocs. D'autres finissent même par mordre. »

27

Cité du Vatican

Le père Angelo Coronati portait les notes de son sermon comme s'il s'apprêtait à en faire cadeau à une assemblée, et c'était précisément ainsi qu'il les voyait : comme un présent qu'il offrait à ceux venus l'écouter. On lui avait souvent dit qu'il avait un don pour les mots, qu'il savait les manier avec clarté et résonance, qu'il les faisait monter et réverbérer au cœur de sa congrégation, qu'il apportait réconfort et lumière à ceux qui les recevaient.

Empruntant une sortie à l'arrière de la basilique Saint-Pierre, il s'engouffra dans l'air frais et matinal du Vatican, ses papiers serrés contre lui. Il entendait au loin la musique du chœur qui émanait de l'une des églises de la Cité. Il ferma les yeux un instant et laissa la beauté de la musique le bercer, puis foula la pelouse du Vatican pour atteindre la petite rue pavée juste en face, qui serpentait à travers les jardins et les chapelles de la Cité. Mais Coronati n'avait pas besoin d'emprunter ce chemin. L'église Saint-Étienne des Abyssiniens s'élevait à l'ombre d'un grand sapin juste de l'autre côté de la rue où il se trouvait. Il s'éclaircit la gorge et baissa la tête, déterminé, ses chaussures aux épaisses semelles raclant le sol pavé.

Cela faisait cinq ans qu'il disait la messe dans cette chapelle. Il était fier de servir Dieu dans la plus ancienne église du Vatican. On pouvait presque sentir le poids de toutes ces années de foi et de joie à l'intérieur du bâtiment, comme une embrassade divine qui enveloppait tout d'amour et de ferveur.

À l'ombre du pas de porte, la pierre blanche de son tympan gravée du motif de l'Agneau et de la Croix, Coronati poussa les lourds battants, son sermon toujours serré contre son cœur. Le froid qui l'accueillit dans l'édifice aux murs épais, bien plus vif que celui de l'aube, le fit immédiatement frissonner.

Il ouvrit la porte en grand, s'activant dans sa soutane dans l'espoir de réchauffer quelque peu ses membres gelés. Il y avait une rangée de bougeoirs à gauche de l'entrée ; il y déposa ses notes et en profita pour allumer un cierge d'une main tremblante, la lumière se répandant lentement dans la pièce. Coronati ne pouvait s'empêcher de sentir que l'air de la chapelle était non seulement froid mais également oppressant, comme si la noirceur de la nuit n'en avait pas encore été chassée. La joie que l'on ressentait si souvent en pénétrant dans l'édifice était absente ce matin-là.

Le prêtre reprit ses notes et avança, allumant quelques bougies sur son chemin. Lentement, l'église revenait à la vie, la luminescence ambrée des flammes lui apportant une maigre chaleur. Mais le père Coronati frissonnait toujours, il continuait de se cramponner à ses notes. Quelque chose le troublait, autre que cette atmosphère glaciale. Un doute l'assaillait. Il se demanda s'il n'était pas malade – les premiers symptômes d'une poussée de fièvre, peut-être ? Il laissa son sermon sur le pupitre et se mit la main sur le front afin de vérifier s'il avait de la température. Soudain, un sentiment de tristesse l'envahit, plein d'une mélancolie déchirante. Il grelotta, se raccrochant au pupitre pour garder l'équilibre, et lui vint alors l'envie de pleurer, de reléguer tout espoir. Un cri s'étrangla dans sa gorge et il s'efforça de l'étouffer pour ne pas gémir. Quelle désolation ! Il n'avait jamais rien ressenti de tel auparavant.

Un dernier élan d'espoir lui fit lever les yeux vers la fresque de la Madone à l'enfant. Après tout, elle le mettait toujours de bonne humeur. C'est alors qu'il poussa un cri d'horreur et se recroquevilla aussitôt. Il chercha à se raccrocher au pupitre pour ne pas tomber, mais le choc était tel qu'il l'emporta dans sa chute, ses notes éparpillées autour de lui.

Du sang coulait en larmes sanguinolentes des yeux de la Madone et de l'enfant, et exsudait de cruelles plaies tailladées profondément dans la couche de peinture de la fresque, à même la pierre de l'église.

28

Rome

Le passage était trop étroit pour que Georgi puisse l'emprunter sans se baisser : sa tête et ses épaules s'affaissèrent, comme s'il se soumettait à une quelconque puissance.

Ses bras frottaient parfois contre les lambris qui recouvraient les murs du couloir pentu, et la nonne qui le guidait dans le labyrinthe tarabiscoté du monastère de Trastevere paraissait minuscule, sans âge. On eût dit que le couloir cherchait à l'avaler.

« Il est inhabituel d'accepter de recevoir un prêtre ici à une heure pareille, fit-elle remarquer à voix basse.

– Toutes mes excuses, ma sœur, grogna Georgi, en surveillant les portes qui défilaient, tâchant d'estimer si la religieuse à qui il venait rendre visite avait des voisins proches. D'habitude, je ne vous aurais pas dérangée, mais le Conseil a insisté pour que je m'entretienne avec sœur Malpighi au plus vite.

– Des mauvaises nouvelles du Vatican ? s'enquit la nonne fluette, qui s'était arrêtée devant la porte de bois sombre et verni de sœur Malpighi.

– Plus que mauvaises, j'en ai bien peur », répondit Georgi avec sincérité.

Elle savait que le prêtre était au bon endroit. Sœur Malpighi était la seule à avoir une vision fiable des sujets importants, elle seule était à même de porter conseil lorsque les conciliabules ne donnaient rien. La sœur acquiesça, prenant la réponse du prêtre pour argent comptant, consciente qu'il valait mieux ne pas faire montre de davantage de curiosité. Sœur Malpighi résoudrait le problème. Comme toujours, dès qu'une situation délicate se présentait et que le Conseil du Saint-Siège envoyait un prêtre la consulter, même un inconnu, comme cet homme que sœur Maltese n'avait jamais vu auparavant. Les visions de Malpighi étaient rarement fausses. Elle frappa deux fois à la porte et une petite voix lui répondit tout de suite.

« Sœur Maltese. Vous pouvez entrer, ainsi que mon visiteur. »

Sœur Maltese ouvrit la porte et pénétra à l'intérieur de la pièce en silence, Georgi à sa suite ; il baissa la tête pour ne pas se cogner.

« Toutes mes excuses, sœur Malpighi, dit-il, la main sur le cœur. Le Conseil du Saint-Siège m'envoie m'entretenir avec vous sur un sujet de la plus haute importance.

– Vraiment ? répondit la vénérable sœur, assise à sa fenêtre, d'une petite voix sèche, le visage habité d'un doute qui croissait à chaque seconde. Quel que soit le sujet, il n'est pas nécessaire que sœur Maltese soit présente. Sœur Maltese, merci de vous excuser. »

Elle parla avec une telle véhémence que l'interpellée agrippa le col de sa chemise, abasourdie par le ton qu'avait employé sœur Malpighi. Elle ne l'avait jamais entendue parler ainsi – sœur Malpighi était toujours courtoise et mesurée, dans ses mots comme dans ses actes. Sœur Maltese inclina la tête, acceptant son sort, et fit demi-tour. Georgi la regarda partir et referma la porte derrière elle, la main sur la poignée.

« Il n'y avait aucune raison de la tuer elle aussi, déclara Malpighi. Je sais ce que vous aviez en tête. Vous n'avez besoin que de moi.

– Ils disaient donc vrai, répondit Georgi, un sourire carnassier aux lèvres. Vous "voyez" tout.

– Vous finirez mal, Georgi Akeldama, vous qui êtes "mort" il y a longtemps afin de vous cacher de vos anciens maîtres et d'en rallier de nouveaux, répondit Malpighi d'une voix ferme et assurée. Vous mourrez à nouveau, mais cette fois pour de bon, dans les bras de l'être que vous aimez.

– Je crois que vous me confondez avec quelqu'un d'autre, ma sœur », répondit Georgi. Il ferma la porte à double tour et s'avança vers elle. « Dites-moi donc, poursuivit-il en sortant son couteau des plis de son habit. Que pourrais-je bien vouloir de votre part ?

– Mes yeux, répondit la sœur. Vous êtes venu me prendre mes yeux. »

29

Rome

Le vent semblait porter quelque chose d'intemporel et d'impie ce soir-là, quelque chose de funèbre, qui aurait rendu putride toute chose à son contact.

Les soldats du front de l'ouest resserrèrent leurs manteaux en se disant que l'automne arriverait bientôt. Les soldats du front de l'est réclamèrent des rations supplémentaires de vodka et relurent les lettres de leur famille qu'ils gardaient dans leur poche. Les marins, perdus en haute mer sur leur navire, sentirent le mal du pays les envahir. Les mères pressèrent les photos de leur fils contre leur sein, s'immobilisèrent en inspirant de peur, craignant que quelque chose de terrible ne soit arrivé à leurs proches embarqués pour de lointaines contrées, alors qu'à l'étage les nourrissons pleuraient à chaudes larmes dans leur sommeil.

Quelque chose de maléfique et d'éternel avait été réveillé et dégageait une odeur nauséabonde.

À travers le monde entier, les prêtres se signèrent pour contrer le mal qu'ils sentaient autour d'eux, les cardinaux se redressèrent et se mirent à murmurer des prières, les inquisiteurs interrompirent momentanément leurs courses-poursuites mortifères et examinèrent les cieux noirs quelques instants, en se demandant ce que pouvait être cette malfaisance palpable.

Les flammes des bougies vacillèrent, le bétail s'accroupit, les chats crachèrent, les chiens quittèrent leur panier pour aboyer sur les ombres.

Les corbeaux se dirigèrent en masse vers le Vatican.

Quelque chose qui était toujours vivant remua dans son abysse obscur.

30

Cité du Vatican

Les égouts de la ville étaient aussi puants que l'humeur de Tacit était mauvaise.

Il siffla la dernière gorgée de cognac de sa bouteille et se mit à escalader les barreaux rouillés de l'échelle. Il avait réussi à rallier Rome rapidement après son évasion, embarqué clandestinement dans un train au départ de Toulouse, qui l'avait amené tout près du Vatican. Pendant le voyage, il n'avait cessé de ressasser l'aveu de Salamanca : Strettavario avait tué Isabella, ce qui lui paraissait toujours aussi inconcevable. Inenvisageable.

Et pourtant, Tacit savait pertinemment ce dont le vieux prêtre était capable, comme il pouvait se montrer froid, à quel point il pouvait agir sans pitié ni scrupule afin de s'assurer que les ordres de son Église soient respectés.

Il savait que tuer était dans ses cordes. Lorsque nécessaire, Strettavario pouvait se montrer aussi inflexible et glacial que ses yeux clairs qui vous vrillaient. Tacit avait toujours respecté, admiré même, un je-ne-sais-quoi chez cet homme. Peut-être parce qu'il lui faisait penser à lui-même ?

Mais tout cela appartenait au passé. L'heure de sa mort était venue. Le trajet jusqu'au Vatican avait donné l'occasion à la colère de Tacit d'éclore pleinement, de s'envenimer tel un poison. Maintenant qu'il était de retour, il se sentait prêt à en distiller le venin.

L'échelle menait à une cour intérieure du Vatican. Tacit émergea de la bouche d'égout toute sombre, et il recula immédiatement à la vue d'un inquisiteur qui surprit sa manœuvre. Les deux hommes se regardèrent en chiens de faïence, tout étonnés. Tacit fut le premier à réagir et brisa le cou de l'inquisiteur, sans un mot, en un tour de main, avant de le jeter dans l'égout.

Des inquisiteurs qui patrouillaient au Vatican ? Tacit comprit tout de suite que quelque chose ne tournait pas rond.

Il grimpa à toute vitesse les marches de la colonnade en direction des appartements de Strettavario ; il atteignit le troisième étage le souffle court. Un prêtre qui débouchait sur le palier fut accueilli par un coup de poing dans le dos, et Tacit entreposa le corps de l'homme inconscient dans une petite pièce inoccupée, en prenant soin de bien refermer la porte. Il n'était pas utile de faire taire le quidam pour toujours. L'Église serait bientôt au courant du retour de Tacit, dès que l'on trouverait le corps de Strettavario. Tout ce dont il avait besoin, c'était d'un peu de discrétion, le temps de mettre en œuvre sa vengeance auprès du traître.

L'appartement que cherchait Tacit se trouvait à l'autre bout du couloir. Alors qu'il courait, il se souvint des années que Strettavario et lui avaient partagées, des missions lors desquelles le prêtre avait épaulé Tacit. Le vieil homme semblait toujours rôder à quelques mètres de lui, à le surveiller comme s'il ne lui faisait pas entièrement confiance, comme s'il s'attendait à ce qu'il finisse par franchir une ligne rouge. Mais c'était finalement le vieux prêtre qui avait franchi la ligne et c'était lui qui allait bientôt le regretter.

La porte de l'appartement était fermée à double tour ; Tacit la dégonda d'un coup de pied et bondit à l'intérieur. La pièce était vide, comme le reste des appartements. Tacit avisa le journal de Strettavario sur le bureau et le feuilleta. Vide. Aucune visite qui l'aurait amené à l'extérieur de Rome, aucune obligation qui aurait requis son attention. Tacit sut alors qu'il se trouvait toujours en ville.

Il y avait de la terre sur le tapis, près de la fenêtre. Les empreintes n'appartenaient pas à des souliers de prêtre. C'étaient des traces de bottes de soldat. Tacit comprit instantanément que Strettavario avait reçu de la visite, mais que les deux protagonistes n'en étaient pas venus aux mains. Strettavario avait quitté ses appartements calmement, volontairement même, en compagnie de son visiteur, et avec suffisamment de présence d'esprit pour fermer la porte à clé derrière lui. Tacit leva les yeux vers la ligne grise de l'horizon romain. Strettavario et son complice se cachaient quelque part dans la ville.

Il quitta la pièce à grands pas, convaincu qu'il allait les retrouver. La question était de savoir quand.

31

Front italien, bataille de l'Isonzo, nord-ouest de la Slovénie

La troisième armée italienne était de nouveau en marche. Après deux jours passés dans le Karst, en altitude moyenne, à rôtir sous le soleil permanent et à penser à leurs proches, les soldats avaient reçu l'ordre de reprendre leur ascension.

La file grise, interminable, en piteux état, de militaires en sueur qui trébuchaient le long du sentier sinueux émergeant de la verdure arborée en contrebas, gravissait péniblement des chemins caillouteux, contournait des arêtes rocheuses escarpées, en direction du sommet, des hauteurs blanches et grises des pointes du Karst, au loin.

Tout là-haut les attendait le plateau du Karst, un terrain large et plat semblable à un paysage lunaire, tout juste hérissé d'une unique masse rocheuse noire, sur le versant ouest. Un lieu délaissé des dieux, des hommes et des bêtes.

Le soleil d'été, implacable, accablait les soldats en mouvement, comme une malédiction. Leurs nuques étaient rouges, leurs bouches asséchées, leurs langues rendues blanches par une fine pellicule de salive entre leurs lèvres entrouvertes et crevassées.

Ils chancelaient vers leur but, dépassant des gorges jonchées d'éboulis et de détritus abandonnés par une population qui avait quitté les lieux avant leur arrivée, ayant pris soin de tout faire pour retarder leur marche. On avait renversé des charrettes au milieu des sentiers, après en avoir préalablement brisé les roues pour enfoncer les essieux dans la poussière et les rochers. De grosses bobines de barbelé, auparavant utilisé pour protéger les poulaillers et éloigner les nuisibles, avaient été déroulées en travers des chemins. Souvent les soldats tombaient sur un fatras d'outils de jardin, des binettes, des râteaux, des bêches, tous plantés fermement dans le sol froid et dur, comme un mur de fortune, ou bien abandonnés au milieu de la route, accompagnés de morceaux de tonneaux brisés, et toutes autres sortes de choses qui auraient pu entraver leur avancée.

Parfois, trop peu souvent au goût des soldats, ils traversaient des ponts de pierre qui enjambaient des rivières turquoise ; ils se penchaient alors pour remplir leur gourde de cette eau vive et fraîche, qui provenait des sommets et avait un goût de nectar sous ce soleil de plomb.

« Pensez bien à boire, tous », rappela le sergent-major à ses troupes alignées au bord de la rive, alors que certains soldats étaient déjà dans l'eau jusqu'aux genoux.

Il observa Pablo remplir sa bouteille. Satisfait, il se remit en marche, sa badine fermement arrimée à sa jambe droite. Pablo le regarda s'éloigner puis contempla distraitement le paysage.

« Les prêtres, dit-il après une gorgée d'eau fraîche, ils sont là, à me regarder. C'est assez dérangeant.

– T'as des visions ? » lui répondit le soldat Lazzari en s'aspergeant d'eau, les mains en coupe, avant de récupérer son paquetage au bord de la rivière.

Pablo savait bien qu'il ne se trompait pas. Ils le surveillaient, tels des parents étouffants, et ce depuis leur arrivée dans la montagne. Prestement, il récupéra ses affaires et réintégra le groupe.

« Toujours le premier, hein ? » marmonna le caporal en observant Pablo en tête de file sur le chemin gravillonné qui s'engageait à flanc de montagne. Il enfonça son couvre-chef sur son crâne. « Attention à toi. Celui qui est au début de la file, c'est celui qui arrive en premier, et qui se fait tirer dessus. De la chair à canon. »

Il lâcha un rire cynique et sortit une pipe ronde des nombreux plis de sa veste, qu'il se fourra à la bouche.

« Nous n'avons pas encore vu l'ennemi, répondit Pablo alors que le sergent ralliait les troupes pour reprendre l'ascension. Peut-être ont-ils déguerpi ? Peut-être qu'ils ont battu en retraite ? Après tout, si cet endroit est conforme à votre description, il ne présente aucun intérêt.

– Je n'ai jamais dit ça, répondit prudemment le caporal. Il a un très grand intérêt, incommensurable même. Et non, l'ennemi est toujours là.

– Comment le savez-vous ?

– Car cela a été prophétisé depuis longtemps.

– Quoi donc ?

– La bataille. La bataille qui s'annonce. Au sommet du Karst. »

Au fur et à mesure qu'ils gravissaient la montagne, ils traversaient des villages tristes et décrépits, tous déserts à l'exception de quelques vieillards qui ne pouvaient ou ne voulaient pas partir. Des Slovènes, des Hongrois, des Italiens, qui observaient tous d'un œil mauvais la longue file de militaires, au loin, le regard perçant. Peu de soldats osaient leur rendre leur regard, comme s'ils risquaient de se voir maudits, promis à la damnation.

Au troisième jour, vers midi, ils avaient traversé l'Isonzo et atteint des plaines inondées, là où les Austro-Hongrois avaient fait sauter les écluses pour retarder autant que possible tout assaut. Après l'excitation initiale du départ, l'espoir de l'armée, tourmentée par ces interruptions incessantes dans leur progression vers l'ennemi, ne tenait plus qu'à un fil. Les soldats avaient l'impression de ne faire que marcher sur ce sol inhospitalier, sans pitié, ou déblayer les chemins qu'ils devaient emprunter.

« Ce sentier ne se termine donc jamais ? demanda Pablo en trébuchant sur les pierres de la terre aride, peinant à régler son pas sur celui des autres soldats.

– Nous marchons dans la vallée de la mort, répondit le caporal derrière lui. C'est une vallée sans fin, jusqu'à ce qu'il en décide autrement.

– Et par "il", je suppose que vous parlez de Dieu ?

– Regarde autour de toi. Vois-tu la présence de Dieu au milieu de cette désolation ? »

Pablo n'avait pas besoin de regarder. Il avait vu suffisamment du Karst pour savoir que c'était une terre maudite.

32

Pleven, Bulgarie

Poré se tenait assis à l'écart des autres hommes, comme chaque soir, blotti près de son propre feu de camp, goûtant sa solitude. Une ivresse paillarde s'était emparée de l'unité qui était sous sa coupe. L'ivresse du pouvoir que leur conféraient les peaux de loup que Poré leur avait données, et de la liqueur forte qui réchauffait leur ventre.

Poré avait été assailli par le doute après la messe pour la Paix, tout particulièrement au sujet de ceux qu'il menait à présent. Il avait rencontré cette troupe d'ivrognes et de truands alors qu'il errait sans but, brisé, au cœur de Paris, ne partageant avec eux qu'une soif inextinguible de vengeance et le désir de planter avec fureur une longue dague dans la chair de l'Église catholique. Cela lui avait initialement suffi à la suite de la déconfiture qu'avait été la messe pour la Paix. À l'époque, il était heureux de trouver de la compagnie auprès d'autres aussi désespérés que lui, des gens qui vouaient une haine commune à cette religion maudite.

Il sortit d'une poche intérieure la lettre qu'il avait gardée sur lui depuis son départ de Paris, la lettre qui le faisait avancer désormais. Qui lui faisait continuer le combat.

À ce moment-là, alors que le cardinal Monteria gisait mort sur le sol de Notre-Dame à la messe pour la Paix, Poré s'était dit qu'il avait échoué à mener à bien la tâche qui était la sienne, mais qui en réalité, il le savait maintenant, n'était qu'un cul-de-sac, un faux espoir. Une impasse.

Désormais, la lettre en main, avec toutes les révélations qu'elle renfermait, il comprenait.

Elle ne lui avait jamais été destinée. Poré l'avait récupérée sur le corps mutilé et partiellement dévoré d'un jeune inquisiteur qu'il avait massacré pour en faire son repas dans l'une des banlieues parisiennes les plus tranquilles, un mois après les événements de Notre-Dame. Poré n'avait jamais particulièrement apprécié la jeune chair catholique auparavant, mais en tant que loup, il lui trouvait une saveur qui ne ressemblait à rien qu'il ait pu goûter lorsqu'il était humain.

Peut-être que le hasard avait conduit Poré jusqu'à cet inquisiteur et la lettre qu'il possédait, mais au fond de lui, il se disait que c'était le destin. Lorsqu'il sortit les feuillets de leur enveloppe tachée de sang, une fois son repas terminé, il pensait qu'ils contenaient des ordres édictés par l'Inquisition, une directive générale de ce qui était attendu du jeune homme.

Ce n'était que partiellement vrai.

Portant le sceau du Vatican, la lettre évoquait une affaire particulièrement urgente, qui enjoignait à l'inquisiteur, parmi d'autres acolytes semblait-il, d'agir avec célérité et précision. D'après l'évêque qui avait écrit la lettre, l'un des deux couteaux de Gath, une relique d'un autre âge qui avait été utilisée pour la dernière fois lors d'un rituel satanique des années auparavant dans les champs de Pleven, en Bulgarie, avait été subtilisée dans l'église Saint-Pierre de Montmartre, sous la garde de l'Inquisition. La lettre laissait entendre qu'il fallait absolument récupérer l'objet ; c'était d'une importance capitale pour l'évêque et ceux qu'il représentait au sein de l'Église.

La mention de Satan, sur une lettre où était apposé le sceau du Vatican, avait immédiatement attiré l'attention de Poré, le poussant à se renseigner plus avant sur les événements peu connus qui avaient eu lieu en Bulgarie – des événements dont il n'avait jamais entendu parler précédemment.

Il avait suivi les indices qu'il avait réussi à rassembler en secret dans Paris, puis à travers la France, et son chemin l'avait mené à l'est; il avait prétexté auprès de ceux qui l'accompagnaient et se battaient pour lui qu'ils pourchassaient des catholiques. Mais pendant tout ce temps, Poré pourchassait autre chose : des indices au sujet de ce qui avait bien pu se passer à Pleven lors de cette nuit fatidique. Il savait que là était son destin. Il avait été appelé par une puissance supérieure, bien des années auparavant, à un moment dont il se souvenait comme si c'était hier.

Il tenait la lettre, parcourant ses lignes, dévorant les mots inscrits à la lueur du feu comme il le faisait chaque soir ou presque, puis il observa le ciel, scrutant la pénombre. Quelque part dans l'obscurité, quelque chose d'effrayant avait eu lieu, quelque chose qui tâchait de revenir.

Un cri aviné s'éleva des environs lugubres en contrebas, et une voix aboya, suppliant Poré de se joindre à la beuverie. Il ignora l'appel et replia les feuilles de papier avant de les ranger avec soin dans sa poche intérieure, la main immobile quelques instants. Demain, il en était sûr, le long voyage qui avait débuté à Paris prendrait fin, après quoi… mais il n'osait pas penser à ce qui se déroulerait plus tard.

33

Cité du Vatican

« Fichus corbeaux ! jura Korek, voûté sur la fenêtre de la salle, le dos tourné au conclave de cardinaux et d'évêques derrière lui. Ils passent leur temps à salir les toits et la cour. » Son visage était tordu par le dégoût ; il tenta de les faire fuir d'un geste de la main. Ses épaules étaient recouvertes de pellicules, son teint aussi gris que celui d'un mourant. « D'où viennent-ils tous ? Fichues créatures ! »

Il s'escrima davantage pour les faire fuir.

« Peut-être viennent-ils de la côte, suggéra le cardinal Adansoni en s'approchant, les mains emmitouflées dans les manches de son habit. Les tempêtes de ces derniers jours ont dû les ramener vers les terres. Les mouettes ont fait de même.

– Ils chassent les colombes ! dit Korek en joignant ses mains à la peau glabre et pâle, criant vainement après les oiseaux pour les effrayer.

– Vous avez raison, dit le cardinal-secrétaire d'État Casado assis au centre de la pièce, son propre visage hâve et éteint comme s'il avait récemment manqué de sommeil, mais pouvons-nous laisser un instant les corbeaux là où ils se trouvent, cardinal Korek, et nous concentrer sur des sujets qui sont actuellement plus pressants ?

– Comme la fontaine de l'Aigle remplie de sang ? » suggéra un homme aux cheveux blancs, le cardinal Berberino.

La mine de Casado s'assombrit à ces mots.

« Entre autres choses », répondit-il.

Korek grommela dans sa barbe, jetant un dernier regard en direction des oiseaux noirs comme l'encre, puis chercha une place libre autour de la table installée au centre de la salle. La pièce était sobre, au regard des usages du Vatican, et les autres membres de la congrégation attendaient impatiemment que la réunion débute. Des cardinaux, des prêtres et bien d'autres membres du clergé étaient présents. Casado se prépara à prendre la parole, mais la porte de la salle s'ouvrit subitement et un homme imposant, tout vêtu de blanc, fit son entrée. Casado se tut et leva la tête alors qu'un frisson parcourait l'assistance ; beaucoup détournèrent le regard pour ne pas avoir à contempler la silhouette menaçante.

Ils savaient tous de qui il s'agissait. Le Grand Inquisiteur Düül, l'homme à la tête de l'Inquisition.

Des gouttelettes de sueur brillaient sur sa peau mate, scintillant comme des perles sous la lumière diaphane de la salle. Le tombé de la soutane blanche qui enveloppait sa carcasse imposante lui prêtait un air d'outre-tombe, tel un fantôme venu réclamer rétribution auprès de tous.

Le Grand Inquisiteur Düül avait été beau dans sa jeunesse, du moins jusqu'à ce qu'une lame manque de lui couper le visage en deux. Il y avait laissé un œil. Après cela, il avait prétendu que sa blessure l'avait aidé à tirer plus vite au revolver, étant donné qu'il n'avait plus besoin de fermer une paupière pour viser.

La plupart des inquisiteurs ne portaient que des couleurs sombres. Cela les aidait à se camoufler dans la pénombre, à ne pas se faire voir de l'ennemi jusqu'à ce qu'il soit trop tard pour lui. Mais Düül ne ressemblait pas aux autres inquisiteurs. Il aimait à soigner son entrée avant de porter le coup fatal à sa victime, au creux des côtes. D'y loger la crainte que sa réputation inspirait, juste avant qu'elle ne soit remplacée par la crainte de Dieu. Il s'était mis à s'habiller en blanc le jour de sa nomination au poste de Grand Inquisiteur. C'était là sa petite boutade, de laisser entendre que son âme était pure, que ses méthodes étaient propres et nettes. Quiconque le connaissait savait qu'il possédait le cœur le plus noir qui soit et que personne ne lui arrivait à la cheville.

Adansoni ne le regarda pas, préférant suivre le cardinal-évêque Korek jusqu'à la table, prenant place à ses côtés, sur sa gauche. Il aperçut le regard méfiant de l'évêque Basquez en face de lui et quelque chose se tordit dans ses entrailles. Les lèvres de l'évêque étaient pincées, l'air mauvais. Il observa ensuite les remous qui agitaient la congrégation. Depuis l'évasion de Tacit à Toulouse, Adansoni trouvait que Basquez était devenu encore plus amer.

Le cardinal-évêque Casado se racla la gorge, et le grognement sonore sembla canaliser toute sa frustration.

« J'ai pris l'initiative de convier le Grand Inquisiteur Düül à notre assemblée, en espérant que personne ici n'y voie d'inconvénient. Au regard de la nature inquiétante des récents événements, j'ai pensé qu'il devait être pleinement informé, et que nous pourrions profiter de ses grandes connaissances. »

Düül balaya la pièce d'un regard féroce. Casado se racla de nouveau la gorge et fit son annonce.

« Vous savez probablement tous que Poldek Tacit s'est évadé de la prison de l'Inquisition, à Toulouse, il y a une semaine.

– Grands Dieux ! Je n'étais pas au courant ! murmura Berberino, la main sur la gorge.

– Comment a-t-il pu s'échapper ? s'enquit le cardinal Korek, le visage empourpré. Je pensais que quiconque était enfermé dans cette prison ne pouvait jamais en sortir ?

– Nous ne savons pas comment il s'est évadé, répondit Casado, qui se pinçait le nez en étudiant ses notes. Nous ne savons pas comment cela a eu lieu, il semblerait simplement que Tacit se soit échappé de sa cellule et ait mis la prison à sac.

– Le monstre, murmura Korek en fixant ses jambes, ses fines lèvres retroussées. Et comment le geôlier en chef répond-il de cela ?

– Le geôlier en chef est mort, gronda Düül, le regard aussi froid que la lame du couteau qui pendait à sa ceinture.

– Et Salamanca ? »

Casado se mordit les joues.

« Salamanca ne peut plus parler. Il n'a plus de langue.

– Que lui est-il arrivé ? » demanda Berberino au milieu des soupirs étranglés qui suivirent cette dernière révélation.

Le vieux cardinal tritura l'arête de son nez et ferma les yeux un instant.

« Quoi que Tacit lui ait fait ou dit, Salamanca en a mangé sa propre langue. »

Korek jura, tête baissée.

Düül esquissa un sourire méchant.

« Poldek Tacit. Il a toujours eu beaucoup de talent.

– Pensez-vous qu'il en a après nous ? demanda Berberino.

– J'en doute, cardinal, répondit Adansoni, la main levée pour calmer les ardeurs de ses congénères. Je suis certain qu'il s'est évadé pour retrouver sa liberté, plutôt que pour revenir au Vatican et par là même encourir le risque de se retrouver à nouveau incarcéré. »

Düül eut un petit rire, comme si des clous venaient crisser sur un tableau d'ardoise.

« N'en soyez pas si sûr, cardinal, répondit-il.

– Vous avez des nouvelles ?

– Mieux que cela. Il aurait été aperçu. Le père Stradlov est tombé nez à nez avec un homme dans le quartier résidentiel du Vatican.

– Est-il sain et sauf ? demanda Adansoni.

– Plus de peur que de mal. Pour ce qui est du père Strettavario…

– Qu'en est-il ? demanda Berberino, les doigts exsangues.

– Il a disparu.

– Disparu ? s'enquit Basquez, un éclair de satisfaction étirant légèrement ses lèvres. Que voulez-vous dire, disparu ?

– La porte de sa résidence a été retrouvée fracturée. Tacit lui a certainement rendu visite.

– Quelle horreur », gémit Berberino.

Düül laissa échapper un petit rire méprisant en réponse au couinement du cardinal.

« Il semblerait que Strettavario ait eu de la chance cette fois-ci. Il n'était pas chez lui lorsque Tacit est arrivé. Si tant est qu'il s'agisse bien de lui.

– Qu'est-ce que tout cela veut dire ?

– Il n'y a aucune trace d'affrontement. Nous n'avons pas trouvé son corps. Mais une voiture a été repérée, qui quittait la résidence – le même modèle qui avait été identifié il y a une semaine lors des échauffourées qui ont eu lieu dans la capitale. La voiture a été prise en filature mais le logement venait tout juste d'être déserté lorsque nos hommes sont arrivés. »

Adansoni s'éclaircit la gorge.

« Auriez-vous des pistes qui nous permettraient de savoir où Tacit a pu se rendre ensuite ? demanda-t-il, tâchant de faire avancer la discussion tant bien que mal.

– Pas encore, répondit Düül, mais nous patrouillons en nombre dans les rues de la ville. Nous avions déjà renforcé nos effectifs du fait des événements récents.

– Et quand vous dites cela, vous parlez des manifestations démoniaques ? » demanda Basquez.

Düül louvoya.

« Nous avons augmenté nos effectifs partout où cela nous était possible. »

Casado hocha la tête.

« Le Grand Inquisiteur Düül mobilise actuellement un grand nombre d'inquisiteurs à travers la ville, et monseigneur Benigni donne également des instructions au Sodalitium Pianum, son équipe d'enquêteurs. Si Tacit tente quoi que ce soit d'autre, il sera arrêté. Entre l'Inquisition et le Sodalitium Pianum, nous finirons bien par le retrouver.

– Le Sodalitium Pianum ? s'étonna Adansoni, levant un sourcil broussailleux. Je croyais que sa tâche était d'éteindre les rumeurs et les soupçons de modernisation, pas de se substituer à l'Inquisition ?

– En effet, répondit Casado en soupesant ses mots, mais monseigneur Benigni travaille main dans la main avec l'Inquisition depuis plusieurs mois maintenant.

– Nous avons été contraints d'unir nos forces, expliqua sèchement Düül, son expression laissant entendre que la perspective ne le réjouissait guère. Les ressources sont… soumises à beaucoup de pression. »

Il émit un claquement de langue.

« Ai-je ouï dire, oui, reprit Basquez avec précaution. J'ai également entendu dire que monseigneur Benigni avait été vu sur la scène du crime où l'inquisiteur Cincenzo a été abattu ?

– Cela n'a rien de secret, le Sodalitium Pianum et l'Inquisition s'affairent pour démêler le vrai du faux au sujet des rumeurs les plus récentes, expliqua Düül.

– Et de quelles rumeurs s'agit-il ? » demanda Adansoni.

Casado toussota et lissa le pan de sa soutane.

« Que la fin des temps approche. »

L'atmosphère s'alourdit instantanément.

« Pourquoi dire une telle chose, cardinal-évêque Casado ? » s'étonna Adansoni, frappé d'horreur.

Le cardinal Berberino était lui plus difficile à désarçonner.

« Des inquisiteurs qui écument la ville ? Des fusillades en pleine Rome ? Des détenus qui s'évadent de la prison de Toulouse ? Nous avons été prévenus, déclara-t-il, et Adansoni vit que ses mains tremblaient. Je sais bien que je ne suis pas le seul à avoir été témoin d'un nombre conséquent d'exorcismes à travers la ville ces derniers temps, ainsi que de naissances monstrueuses.

– Vous n'êtes effectivement pas le seul, cardinal Berberino, murmura un autre religieux. Chaque jour apporte son nouveau lot d'horreurs, de signes renouvelés. Nous avons été prévenus il y a longtemps. Que des temps obscurs s'abattraient à nouveau sur nous. Que quelqu'un surgirait à l'est et qu'il n'y aurait que destruction dans son sillage. Ce qui nous ramène à celui qui nous inquiète depuis longtemps maintenant. Celui qui s'est évadé. Celui qui est de retour à Rome. Tacit. Il est dangereux.

– Je suis d'accord, reprit Korek. Tacit est un sujet d'inquiétude, si l'on doit en croire les prophéties. »

Adansoni se renfrogna et ses doigts se joignirent.

« Je n'ai jamais été très friand des prophéties, riposta-t-il.

– Si ma mémoire est bonne, c'est bien vous qui aviez le premier évoqué une prophétie de la sorte au sujet de Tacit, cardinal Adansoni ? répliqua Korek.

– J'étais jeune à l'époque. Plus impétueux et plus à même de légitimer l'improbable. Plus arrogant aussi, peut-être.

– Dans ce cas, vous êtes en train de nous dire que vous avez menti devant le Conseil du Saint-Siège au sujet de Tacit, cardinal Adansoni ? demanda Casado, dégoulinant de sueur sous sa calotte, ses cheveux blancs plaqués sur son crâne. Lorsque vous l'avez présenté devant nous, dans votre jeunesse ?

– Nous étions tous plus jeunes », ajouta Korek en grimaçant.

Adansoni sourit avec gratitude et reprit la parole.

« Je souhaite simplement souligner que lorsque j'ai trouvé Tacit et que je l'ai introduit au Vatican, l'excitation du moment m'a probablement donné des ailes. Je me souvenais des mots du pape, d'après qui un grand homme serait bientôt de retour parmi nous, en écho aux prophéties des vieux sages. J'étais plein d'un enthousiasme et d'une frénésie juvéniles, comme vous le faisiez remarquer. Je reconnais désormais que Tacit n'est qu'un homme, tout simplement. Rien de plus.

– J'ai également entendu dire que des membres de la Chasteté avaient été tués de sang-froid sur le pont Sisto ? s'enquit Berberino. En même temps que l'inquisiteur Cincenzo ?

– Le père Pellegrini a également été abattu – un simple innocent », marmonna un évêque assis au fond de la salle.

Casado et Korek échangèrent un regard avant de parcourir l'assemblée des yeux.

« J'ai également entendu dire que sœur Isabella était plus ou moins impliquée dans tout cela, poursuivit Berberino, qu'elle trempait dans ces affaires.

– Sœur Isabella ? s'étonna Korek. Tacit et elle n'étaient-ils pas en mission ensemble ? Voilà qui est singulier, si vous voulez mon avis. » Il passa en revue la congrégation avant de reprendre la parole. « Sœur Isabella battait le pavé pendant que Tacit s'évadait de prison, pour revenir à Rome ensuite ? Il semblerait que ces deux-là soient liés d'une manière ou d'une autre.

– Je suis bien d'accord, dit Berberino. N'est-il pas vrai qu'ils ont développé une sorte de… d'attachement mutuel lors de leur dernière mission ? »

Il lança un regard en coin à Adansoni, mais ce dernier secouait la tête à nouveau.

« Sœur Isabella est morte, paraît-il, finit-il par expliquer. Je le tiens de source sûre.

– Et quelle est-elle ? demanda Berberino.

– Des membres de l'Inquisition. Une rumeur leur serait parvenue selon laquelle le père Strettavario aurait appréhendé la sœur et l'aurait lui-même tuée alors qu'elle tentait de quitter la ville.

– Et c'est la raison pour laquelle Tacit se serait rendu à la résidence de Strettavario ? Pour se venger ? »

Mais Korek n'était pas convaincu.

« Si cela est vrai, où se trouve le corps d'Isabella ?

– Elle aurait déjà été enterrée.

– Comme c'est commode », ironisa le vieux cardinal.

Adansoni se tourna vers lui.

« Pourquoi l'Inquisition mentirait-elle ?

– Et pourquoi le père Strettavario aurait-il tué sœur Isabella ? Il est l'un de nos prêtres les plus dignes de confiance.

– En effet, pourquoi ? croassa l'évêque Basquez, en triturant l'ourlet de sa manche. Et où se trouve actuellement Strettavario ?

– Il aurait apparemment quitté la ville.

– J'en ferais autant si je savais que Poldek Tacit était à mes trousses, déclara l'évêque.

– Savez-vous où il s'est rendu ? Quelle est sa prochaine mission ?

– Nous n'avons aucune trace de mission programmée, répondit un cardinal à la peau mate et à la voix aussi grave qu'un orgue.

– Donc soit Strettavario s'est enfui, soit Tacit l'a retrouvé ? persévéra Berberino, la tête penchée sur le côté comme un serpent s'apprêtant à mordre. Je suggère que nous débutions les préparatifs de ses funérailles.

– Ce qui me semble plus mystérieux, ajouta Adansoni, ce sont ces inquisiteurs qui écument la ville.

– C'est ce que les inquisiteurs font souvent de mieux, répondit Korek, un œil sur le Grand Inquisiteur afin de l'assurer de son soutien.

– Ils doivent être maîtrisés, insista Adansoni.

– Cardinal Adansoni, répondit Düül, croyez-moi, il n'y a rien que je déteste plus qu'une Inquisition qui n'obéit pas au doigt et à l'œil. Quiconque dépassera les bornes sera pris en charge avec la plus grande fermeté.

– Eh bien, quelqu'un semble déterminé à les prendre en charge avec la plus grande fermeté quelque part en Bulgarie, déclara Basquez d'une voix malicieuse et traînante.

– Oh ? »

Basquez semblait se délecter de son rôle de messager ; son visage s'illumina pour la première fois depuis le début de la séance.

« Toute une unité d'inquisiteurs, qui traquait des Slaves dans les montagnes, a été décimée.

– Grands dieux ! s'écria Berberino. Par qui donc ?

– *Hombre Lobo*, menés par le cardinal Poré. »

La salle entière sembla retenir son souffle.

« Le cardinal Poré ?! s'exclama Berberino. Je le croyais mort après la messe pour la Paix ?

– Non, répondit Casado, en secouant la tête. Il n'a jamais été retrouvé. Nous savions qu'il avait quitté la ville, mais nous supposions qu'il avait péri pendant le rude hiver de l'année dernière.

– Il n'en est donc rien, croassa Korek. Que pouvait bien faire Poré en Bulgarie ? Et comment s'est-il retrouvé à frayer avec des loups-garous ? À ma connaissance, il n'a jamais été excommunié ?

– Il a dû trouver la peau de loup après la cérémonie, ajouta Adansoni.

– N'avait-elle pas été détruite ? demanda Korek, sidéré.

– Apparemment non, déclara le greffier en vérifiant ses notes. Elle aussi avait été perdue de vue après les événements. Peut-être a-t-elle été jetée par quelqu'un qui ne savait pas de quoi il s'agissait. La confusion régnait à ce moment-là.

– Ces inquisiteurs, demanda Casado, n'étaient-ils pas équipés de balles en argent ?

– Personne ne pensait que cette région en montagne était infestée de loups-garous, gronda Düül, à qui le ton accusatoire envers l'organisation dont il était le chef déplaisait fortement.

– Envoyez un régiment pour les éradiquer, répondit Casado du tac au tac, en accompagnant ses paroles d'un claquement de doigts. Débarrassez-vous de Poré.

– Sa tête sur une pique ? s'enquit Basquez, une lueur malfaisante dans le regard.

– Oui, si nécessaire, répondit le secrétaire d'État en regardant le Grand Inquisiteur.

– Malgré nos effectifs réduits ? demanda ce dernier. Malgré le fait que Tacit rôde à nouveau dans la ville ?

– Il est important d'en finir avec Poré. Il constitue un problème dont nous pouvons facilement nous débarrasser. Envoyez un groupe réduit mais armé en conséquence pour le retrouver et faites-le taire à jamais.

– Pourquoi faut-il toujours que nous ayons l'air d'être en guerre ? réfléchit Berberino à voix haute.

– Quant au conflit armé à nos frontières, dit Adansoni, il me semble que cette guerre, ce suicide de l'Europe tel que l'a décrit notre pape, exige que nous en discutions au sein du Conseil. Il s'agit de la fin des temps. Lorsque notre pape en parlait il y a déjà trente ans de cela, quand sa vision lui vint, peut-être avait-il raison ?

– L'Autriche-Hongrie est à des centaines de kilomètres d'ici, répondit Korek avec un regard en coin. Nous n'avons pas besoin d'agir, et nous ne devrions pas le faire avec l'empressement que vous semblez appeler de vos vœux, cardinal Adansoni. »

Les mots du vieux cardinal furent accompagnés d'une subite bourrasque qui fit s'ouvrir la fenêtre et éparpilla au sol les papiers du greffier, non loin du cardinal.

« Nous devons rester neutres et objectifs. Ce n'est pas au Conseil de prendre parti au sein de ce conflit.

– Mais ce sont nos voisins, contra Adansoni, nos voisins suffisamment proches pour que nous nous en souciions.

– Agir dans une telle urgence, sans réfléchir à ce à quoi nous nous engagerions, serait peu raisonnable, cardinal Adansoni. Et nous devrions nous méfier de la bannière sous laquelle nous décidons de nous ranger. »

Adansoni grimaça et laissa échapper un rire froid et quelque peu forcé.

« Sous quelle bannière nous décidons de nous ranger ? » Il secoua la tête. « Avec tout le respect que je vous dois, avez-vous perdu la tête, cardinal Korek ? Nous sommes italiens. Les Italiens qui se battent à la frontière sont nos frères.

– Parlez pour vous », répondit le vieux cardinal.

Adansoni détourna le regard et s'adressa ensuite à Casado.

« J'ai ouï dire que les Austro-Hongrois avaient posté des dizaines de milliers d'hommes aux frontières. Peut-être même des centaines de milliers. Qu'ils sont bien armés et bien entraînés. Que l'armée italienne est démunie. Mal vêtue, mal approvisionnée, faite de conscrits, de jeunes garçons et d'hommes âgés.

Comment vont-ils prendre le Karst avec aussi peu d'effectifs, et si mal préparés ? Si la guerre dure au-delà de l'hiver, ils seront vaincus par le froid, si ce n'est par l'ennemi.

– Raison de plus pour choisir soigneusement notre camp, répliqua Korek. Adansoni, grinça-t-il, ses yeux vifs démentant son âge avancé, je savais que vous étiez un fin stratège, mais il semblerait que vous ayez raté votre vocation ! N'auriez-vous pas dû plutôt entrer dans l'armée ? »

Une légèreté passa sur les lèvres du cardinal, quelque chose qui s'apparentait à un sourire.

« Cardinal Korek, comme vous le savez en tant que membre du Conseil, rétorqua Adansoni, il vaut mieux se tenir prêts, en toutes circonstances. Après tout, nous nous battons sur bien des fronts. »

34

Front italien, bataille de l'Isonzo, nord-ouest de la Slovénie

Le troisième jour, à la nuit tombée, la troisième armée italienne avait atteint le flanc le plus escarpé de la montagne et se blottissait dans un camp de fortune. L'air sec du soir était imprégné de la lourde odeur des centaines de feux de bois qu'on avait allumés et du breuvage qui bouillait dans de petites cafetières. Le murmure des voix, ponctué de temps à autre par la mélodie d'une guimbarde, s'élevait dans les cieux comme une prière le long des rochers, non loin des unités austro-hongroises qui les attendaient, en silence, retranchées dans leur propre camp.

Les soldats italiens, qui cherchaient un peu de réconfort dans la froideur cruelle de la nuit, dormaient à même le sol rocailleux, emmitouflés dans leur cape, ou bien se creusaient de petites tranchées dans la terre inhospitalière à l'aide de pioches et de piolets. L'odeur du sang et de l'iode imprégnait l'atmosphère, des mains entourées de bandages serraient des timbales en fer remplies de café.

« Alors, que penses-tu du Karst ? demanda le caporal, un sourire narquois aux lèvres.

– C'est une maîtresse exigeante, répondit Pablo en se cramponnant à sa cape. Mais quelle mouche a bien pu vous piquer ? On dirait que vous vous délectez de nous voir souffrir dans nos besognes.

– N'avais-je pas dit que nous allions besogner ?

– Attention, à midi ! » s'écria quelqu'un au milieu de la marée humaine tout de gris vêtue, alors que l'horizon caillouteux, de plus en plus sombre, s'irisait – un obus venait d'exploser.

Un bruit de tonnerre s'ensuivit, puis un éboulis s'abattit sur le camp, comme s'il s'était mis à pleuvoir des pierres. Au bruit des cailloux éclatés se joignit celui des cris étouffés des blessés, atteints par des jets de pierres brûlantes et pointues.

« Je t'avais prévenu », dit le caporal qui se plaça devant Pablo.

Le jeune soldat se demanda un instant s'il ne tentait pas de le protéger. La pluie de cailloux cessa et les soldats se précipitèrent vers les blessés pour leur venir en aide, ou bien s'étalèrent à terre dans l'espoir de trouver quelques instants de répit. Le caporal ajusta son couvre-chef en laine et sortit sa pipe, qui vint éclairer ses yeux verts.

« Cette montagne est la chair du diable. Dure comme le fer. Les obus n'arrivent pas à l'entamer. Ils finissent par s'écraser et exploser en mille morceaux.

– Votre compagnie est tout à fait divertissante, répondit Pablo en écartant son assiette avant de s'éloigner, les mains enfoncées dans les poches.

– Où vas-tu ? lui demanda Abelli.

– N'importe où, loin d'ici », répondit Pablo, qui ne supportait plus le ton plaintif de sa voix.

Il ressentait le besoin impérieux de s'éloigner du camp, de marcher un peu le long de la montagne, de s'éloigner des cris paniqués et du gémissement des blessés.

« Pars avec lui », ordonna Abelli à l'intention de Lazzari.

Pablo avait débusqué un sentier mal déblayé, probablement emprunté par les bouquetins, pensait-il, et il le remonta quelques minutes, sans but. Il savait que le soldat Lazzari le suivait et il avait envie de se retourner pour lui dire qu'il voulait qu'on le laisse tranquille. Il s'arrêta, imité par Lazzari, un peu plus loin. Pablo regarda le ciel.

« Que fais-tu si loin du camp ? » demanda une voix que Pablo reconnut tout de suite.

Elle le fit tout de même sursauter ; il se retourna et tomba nez à nez avec un prêtre.

« J'avais juste besoin d'air frais. De m'éloigner un peu.

– Maintenant que tu as pris ton bol d'air, répondit le prêtre, impassible, tu peux retourner auprès de tes camarades, Pablo Gilda. Le soldat Lazzari t'accompagnera. »

Pablo protesta, mais le prêtre lui mit la main sur l'épaule et il se tut immédiatement. Les choses s'étaient toujours passées ainsi, depuis son enfance au sein de l'Église, tout sentiment de défiance lui était soustrait, tous leurs désirs étaient automatiquement accordés. La main du prêtre était froide, comme toujours, et Pablo détecta la légère odeur de soufre qui accompagnait invariablement les prêtres, où qu'ils aillent.

35

Pleven, Bulgarie

« Quel est cet endroit affreux dans lequel vous nous avez emmenés, Poré ? grogna le hors-la-loi aux côtés de la silhouette malingre du cardinal, alors qu'ils contemplaient la crête désertique. Le soleil est haut dans le ciel et pourtant il fait un froid hivernal, comme si quelque chose s'était passé ici, quelque chose de terrible.

– Et ce fut le cas », répondit Poré en surveillant les alentours en direction du sud. Il glissa les mains dans les manches de sa soutane pour se réchauffer. « Il y a bien des années, une bataille a eu lieu ici même. Le siège de Pleven. Entre les Russes et les Turcs. Vingt-cinq mille hommes ont péri sur cette crête. On raconte que le sol était inondé de rivières de sang.

– Trop de morts, on dirait, grommela l'homme en grattant son visage hirsute.

– Ou trop peu.

– Qu'est-ce que nous cherchons, au juste ? demanda un autre homme du clan de Poré, perché sur les bosses de la colline.

– Je ne sais pas », lui répondit Poré, rongé par le doute.

De l'autre côté de la colline, des silhouettes arpentaient la lande verdoyante, scrutant le sol avec soin.

« J'espère que je le saurai quand je l'aurai trouvé. »

Sa jambe folle le faisait boiter terriblement et il grimpa laborieusement sur le talus pour bénéficier d'une meilleure vue ; il se tenait près d'une rangée d'arbres mal en point qui avaient poussé près d'une autre arête.

« Vous ne nous donnez pas beaucoup de raisons de continuer, Poré ! » poursuivit l'homme hagard qui le suivait, balayant le sol du regard sans bien savoir ce qu'il cherchait.

Il s'arrêta et mit un coup de pied dans une branche morte avant de reprendre sa route.

« Je le saurai quand je l'aurai trouvé ! » répéta Poré, las de toute cette insistance.

Il était assailli de questions depuis leur départ de Paris. Toujours des questions. À plusieurs reprises, il s'était demandé si la brutalité et la soif de violence qui les accompagnaient en valaient la peine.

Le groupe était composé de soldats français de la révolte des Boxers en Chine ; ils avaient été envoyés servir et mourir au nom de la foi catholique à Pékin, et pendant cette campagne, ils avaient fait ce que leurs maîtres attendaient d'eux. Mais à leur retour, ils avaient été ignorés par ceux pour qui ils avaient combattu. Sans attaches, dépossédés, rejetés par ceux qu'ils avaient défendus lorsque Poré les avait rencontrés dans une rue parisienne non loin de Notre-Dame, six d'entre eux s'étaient ralliés à sa cause et à sa promesse de vengeance, galvanisés contre l'Église qui les avait reniés.

Attirés par son charisme sinistre, par la promesse des représailles et de l'argent facile, ils l'avaient suivi à travers l'Europe, en mesure de s'approprier tout ce qu'ils désiraient grâce à leurs peaux de loup ; elles provenaient d'une seule grande peau en la possession de Poré, qu'il avait taillée en sept et dont il s'était arrogé la plus grande découpe. Quelle que fût la sorcellerie qui était incrustée dans les fibres de ces fourrures puantes, elles octroyaient aux soldats des pouvoirs sans égal à tout ce qu'ils avaient pu connaître auparavant et leur conféraient une sauvagerie, une soif de sang qui les hypnotisaient et les piégeaient, tel un puissant narcotique.

Lorsqu'ils revêtaient les fourrures, rien ne leur résistait, rien n'était hors de leur portée. Et ils se battaient pour Poré, car ils étaient alors envahis d'une rage insatiable et ne désiraient qu'une seule chose – tuer et se repaître de leurs victimes.

« Vous dites que vous le saurez quand vous l'aurez trouvé, marmonna d'un air fatigué l'homme qui suivait Poré, mais qu'en est-il de nous ? » Il mit ses mains sales sur ses hanches et marcha en cercle là où il se tenait. « Je ne vois pas de bourses replètes. Je ne vois pas d'églises à mettre à sac. Je ne vois aucun catholique à tuer ! »

Poré continuait de marcher, les yeux toujours rivés au sol, comme s'il avait perdu un souvenir qui lui était cher au beau milieu des cailloux et des touffes d'herbe. Il s'immobilisa soudain, le regard figé à quelques centimètres de lui. Son cœur battit plus fort dans sa poitrine et il s'agenouilla avec difficulté. La terre était brûlée mais restait froide, les cendres avaient durci, comme si de nombreuses années s'étaient écoulées depuis qu'elles avaient été incandescentes. L'odeur âcre du soufre flottait dans l'air.

« Qu'y a-t-il ? demanda un soldat hagard en s'approchant. Qu'avez-vous trouvé ? »

Un autre homme se joignit à eux, attiré par les fouilles minutieuses de Poré.

« Qu'est-ce donc ? Un feu ?

– Oui, mais éteint depuis longtemps. Et un feu d'une autre nature que celui auquel vous êtes habitués. »

Plein d'excitation, Poré plaça la main au centre de la terre brûlée et ferma les yeux, comme s'il cherchait à sentir une présence.

« Quelle est cette odeur ? demanda un troisième homme en s'approchant, le nez retroussé, ses longs bras ballants le long de ses cuisses épaisses.

– L'odeur du soufre », répondit Poré.

Et il sut alors qu'il avait trouvé ce qu'il cherchait. Il gratta la terre brûlée avec détermination et prit une poignée de cendres. Elles semblaient receler quelque chose de métallique, comme si la chaleur avait été telle que la pierre avait fondu. Il soupesa le métal bruni dans sa main ; on eût dit qu'il essayait de lire des secrets, ésotériques et divins, dans ses veinures marbrées.

« C'est tout ? demanda l'homme hagard, visiblement déçu. C'est ça que nous cherchions ? Un feu éteint ? »

Mais Poré l'ignora, le regard au loin, tâchant d'imaginer la scène qui s'était déroulée trente-huit ans plus tôt, le carnage et la ruine du champ de bataille, l'énergie et la violence de la cérémonie.

« Poré ! s'écria un autre homme. Vous êtes un imbécile ! Vous nous avez amenés jusqu'ici pour bigler un vieux campement ?

– Il fallait que je vienne », répondit Poré, à son propre endroit plus qu'à l'intention des brigands qui s'étaient ralliés autour de lui.

Il était perdu dans le tourbillon de ses pensées.

Il leva les yeux, étudiant les cieux gris. Leurs ombres s'étendaient sur toute la longueur de la plaine, et Poré sentit un morceau du passé surplomber la colline sur laquelle ils étaient perchés, un tourment froid et amer qu'aucune décennie de soleil n'aurait pu effacer. Ils avaient tenté de faire s'élever quelque chose à cet endroit, de faire émerger quelque chose de l'abysse.

Tous les hommes de la bande, sauf un, lui tournèrent le dos et commencèrent à s'éloigner.

« Vous leur devez une explication quant à la raison pour laquelle vous les avez amenés ici, Poré », dit l'homme.

Soudain, Poré se releva et vint se poster tout près du visage du truand, si près qu'il pouvait sentir son haleine fétide.

« Je ne vous dois aucune explication ! Ni à vous, ni à qui que ce soit ! » siffla-t-il, bouillant de rage. Il s'en retourna aux cendres et les dispersa légèrement du bout de sa chaussure. « Ce n'est pas la fin. Ce n'est que le commencement. Si aucun homme n'est prêt à me suivre, alors qu'ils partent. J'ai besoin d'hommes forts à mes côtés, pas de ceux qui manquent de conviction.

– Ils ne manquent pas de conviction, ils ont simplement besoin de connaître leur destination.

– Je ne suis pas en mesure de le savoir, répondit le vieux prêtre, et il baissa la tête, l'air soudainement abattu. Je ne le sais pas. » Il laissa retomber les cendres et s'essuya les mains. « Mais il faut que je le sache. Je dois accomplir ce qui est attendu de moi. Ce qui m'a été ordonné de faire. Tout en dépend. Tout. »

36

Cité du Vatican

Les trois silhouettes tassées étaient presque dissimulées dans l'ombre de l'église Saint-Étienne des Abyssiniens. Les cardinaux étaient immobiles, silencieux, les mains jointes, le visage grave, peinant à croire la profanation de l'antique fresque devant laquelle ils se tenaient.

« La prophétie, croassa le cardinal Korek, les yeux rivés sur le mur. Faut-il maintenant croire que ce signe est la confirmation de son accomplissement ? »

Le cardinal-secrétaire d'État Casado secoua vivement la tête.

« C'est une occurrence parmi d'autres, déclara-t-il, tâchant de paraître plus assuré qu'il ne l'était réellement. Nous ne pouvons décréter qu'il est de retour parmi nous sur la base de ce simple événement.

– Mais tous les autres signes ? protesta Adansoni. Les possessions ? Les malformations de naissance ? Les mauvaises récoltes ? La fontaine de l'Aigle remplie de sang ? Tout concorde pour dire qu'il ne s'agit pas là du hasard.

– D'autres incidents du même acabit ont eu lieu par le passé, des statues qui saignent, des fresques saccagées. Aucun d'entre eux ne laissait entendre que…

– Ne prononcez pas son nom, l'interrompit Adansoni dans un murmure. Pas dans ce lieu sacré.

– Je n'oserais pas profaner une chapelle de Dieu d'une telle manière, cardinal Adansoni, riposta Casado. Comme je ne me risquerais pas à dire que cet acte de vandalisme soit la preuve de quoi que ce soit. Regardez », s'exclama-t-il en s'avançant, une main levée en direction du mur.

Il hésita un instant, comme s'il rassemblait son courage, puis plaça la main sur la pierre pour étaler le sang qui le maculait.

« Regardez comme ce prétendu "sang" s'efface facilement. Si c'était son œuvre, alors... »

Mais les mots lui manquèrent lorsque le sang se remit à couler des trous taillés dans la pierre, comme s'il émanait des profondeurs de l'édifice.

« Sainte Mère de Dieu », s'écria Casado avant de retirer précipitamment sa main et de refermer le poing. Il recula, ouvrit sa paume et observa le sang qui la recouvrait. « Sainte Mère de Dieu, répéta-t-il, le visage blême.

– C'est le signe que nous redoutions tous, déclara Adansoni d'une voix grave. La prophétie que nous connaissions. Ce sont les prémices du premier des trois actes qui les verront revenir, avant qu'il n'émerge à nouveau.

– Cela ne veut pas dire qu'il soit trop tard pour agir », ajouta Korek, voulant se montrer rationnel.

Mais Adansoni secoua la tête.

« Pour que ce signe ait eu lieu, le premier acte a déjà dû être réalisé.

– Alors où est le corps ? demanda Casado, les traits tendus.

– Il est probable que nous le trouvions bientôt.

– C'est tout bonnement horrible », murmura Korek.

L'espace d'un instant, Casado et Adansoni crurent que le vieux cardinal pleurait.

« Des yeux. Extraits de leurs orbites. » Korek observa à nouveau les trous dans la pierre, à l'endroit où elle avait été creusée, à hauteur des yeux maintenant baignés de sang, et sa main fut saisie d'un léger tremblement. « Maintenant je comprends.

– Nous ne devons plus douter, dit Casado. Nous devons accepter que tout a débuté. »

Il desserra le poing et regarda à nouveau les traces de sang qui souillaient sa main, comme des marques divinatoires qu'il tâchait d'interpréter.

« Quel rôle peut bien jouer Tacit dans tout ceci, à votre avis ? demanda Korek. La vision du pape ? Sa réapparition ? La prophétie qui évoque une présence comme la sienne, venue de l'est ? Le fait qu'il soit de retour en ville, précisément à ce moment-là ? Pensez-vous que tout ceci fasse partie de la vérité ?

– Quoi qu'il en soit, nous ne prendrons aucun risque. Dès que nous mettrons la main sur Poldek Tacit, nous le tuerons. Le Grand Inquisiteur Düül a compris les ordres qu'il a reçus et sait ce qu'il faut faire. Personne n'est aussi bon que Düül. Pas même Tacit.

– Et le deuxième rituel ? demanda Adansoni.

– La convoitise de la chair ? » répondit Casado.

Les trois hommes frémirent à ces mots.

« Düül en a également été informé. Il tient des hommes prêts et possède le matériel qui permet de le contrer.

– L'en croyez-vous capable ? Ses effectifs sont très réduits, avec tout ce qui se passe en ville et ailleurs.

– Comme je vous le disais, il est le meilleur que nous ayons à notre service.

– Vraiment ? demanda Adansoni, une lueur retorse dans le regard.

– Tacit est bon, mais il est trop imprudent. Il commet des erreurs. Et la prochaine signera sa mort.

– Nous n'aurions jamais dû le mettre aux fers après la messe pour la Paix, marmonna Korek. C'était une erreur. Nous aurions dû le tuer sur place. »

Casado se détourna de la fresque et se dirigea vers la lumière de l'extérieur.

« Nous ne ferons pas deux fois la même erreur. »

37

Rome

« Êtes-vous sûr qu'il va venir ? demanda Henry, en raclant de son ongle une rainure de la table dans le nouvel abri qu'ils occupaient.

– J'en suis sûr, acquiesça Strettavario sans même lever les yeux, plongé dans un volume relié de noir à la couverture ornée de toiles d'araignées.

– Comment pouvez-vous en être persuadé ? L'Inquisition n'a pas réussi à nous retrouver ici.

– Pas encore, non, répondit Strettavario en levant un doigt de son livre. Mais nous parlons de Tacit. Il voudra se venger. Se venger de ce que je lui ai infligé. De ce que j'ai infligé à Isabella. Rien ne l'arrêtera. Il nous retrouvera. »

Henry se souvint de la taille et de l'abord de l'homme en question lorsqu'il l'avait observé à Fampoux, et il posa une main distraite sur la crosse de son revolver, l'autre fermement agrippée au fusil qui reposait sur ses genoux. Son estomac se souleva.

« Ces armes ne vous seront d'aucune aide lorsqu'il arrivera, si c'est ce à quoi vous pensez », dit Strettavario.

Henry vit le visage du vieux prêtre s'égayer d'un sourire entendu.

« Lorsqu'il arrivera, tenez-vous à l'écart ou bien il vous tuera.

– Vous en parlez comme s'il s'agissait d'une force élémentaire.

– C'est une force, oui, répondit Strettavario, levant enfin les yeux de son livre, pesant ses mots. En quelque sorte.

– Depuis combien de temps le connaissez-vous ? demanda Henry en prenant une gorgée de thé, sans cacher son déplaisir quant à la façon dont le vieux prêtre l'avait préparé.

– Depuis ses débuts en tant qu'inquisiteur. »

Strettavario reposa son livre et attrapa sa propre tasse. À travers la lueur pâle des bougies allumées sur la table, Henry voyait la fumée de la tasse s'étirer en volutes devant les yeux clairs du vieil homme.

« A-t-il toujours été… si redoutable ?

– Non », répondit rapidement le prêtre. La question sembla l'enhardir, capturer au vol un souvenir. « Non, lorsqu'il était plus jeune, c'était un homme bon, trop bon pour l'Inquisition. Mais il était talentueux, rapide et fort, le meilleur d'entre nous. Ils l'ont pris sous leur aile et l'ont intégré à l'institution.

– Est-ce que tous ceux qui rallient l'Inquisition changent ?

– Les actes des hommes sont sans limites et pourtant nos âmes ne peuvent sombrer que jusqu'à un certain point avant d'être emportées dans les contrées du diable. Il assombrit les cœurs et corrompt les esprits. Il faut un grand homme, bien plus grand que Tacit, pour résister à une telle vie et ne pas s'en retrouver corrompu, ne pas se voir marqué par sa patte indélébile. Et il existe peu d'hommes de la trempe de Tacit.

– La guerre, dit Henry en faisant pivoter sa tasse entre ses doigts, le peu de temps que j'ai passé sur le front. J'y ai vu bien des choses atroces, j'ai vu à quel point les hommes peuvent s'abaisser pour accomplir leur devoir, sous la coupe de leurs dirigeants. Ou simplement pour tenter de survivre. Cela me terrifie de voir ce dont nous sommes capables mais également de voir jusqu'où notre esprit peut aller afin de survivre. J'ai bon espoir qu'un jour cet esprit sera mis à profit pour le bien de l'humanité, et non pas contre elle. Et j'ai pris conscience, lorsque j'ai rencontré Sandrine, que seul l'amour compte. Rien d'autre. Cela m'a changé. Je savais que je ne pouvais pas continuer de me battre contre un ennemi que je ne connaissais pas, qui ne m'inspirait ni colère ni haine. Elle m'a aidé à m'en rendre compte. » Henry sentait les yeux froids et vides du prêtre posés sur lui. « Qu'y a-t-il ?

– Cette femme avec qui vous voyagez.

– Sandrine.

– Elle est *Hombre Lobo*, l'ennemi juré de l'Église.

– C'est la femme que j'aime.

– Vous ne devez pas lui faire confiance.

– C'est la femme que j'aime, répéta Henry alors que ses cernes se rembrunissaient.

– Ce sont des créatures perverses, et c'était déjà le cas lorsqu'elles furent excommuniées.

– Mais Sandrine n'a jamais été excommuniée. Elle est née moitié femme, moitié louve.

– J'ai du mal à le croire, murmura Strettavario.

– C'est pourtant la vérité.

– Tacit la tuera. Vous le savez, n'est-ce pas ? »

Le visage du prêtre sembla se durcir.

Henry déglutit.

« Dans ce cas, je devrai le tuer en premier. »

En un instant, Strettavario se détendit, il gloussa et secoua la tête, laissant rebondir les bourrelets de son cou. Il prit une nouvelle gorgée de thé.

« Je suis certain que vous étiez un bon soldat, lieutenant Henry Frost, mais vous n'êtes pas Poldek Tacit. »

Ils perçurent alors un bruit sur les briques du mince rebord de la fenêtre, et ils se figèrent tous deux. Henry lança un coup d'œil à Strettavario à travers la pénombre avant d'observer à nouveau la fenêtre.

« Vous avez entendu ? » dit-il d'une voix inquiète.

Strettavario le fit taire et recula sa chaise lentement, prêt à se lever. Un bruit, le crissement de bottes sur les pavés, retentit à nouveau et Henry se leva de sa propre chaise, quittant la pénombre de la pièce, les mains fermement agrippées à son fusil, surveillant la fenêtre avec attention.

« C'était peut-être le vent ? » dit-il, mais à ce moment-là, la fenêtre vola en éclats et une silhouette gigantesque se rua dans la pièce, hurlant telle une bête rendue à la liberté.

Le fusil de Henry explosa dans ses mains et l'homme se jeta sur lui instantanément, lui arrachant son arme et la brisant en deux. Un énorme poing surgit de nulle part et le visage de Henry craqua. Sa vision s'obscurcit immédiatement et il ne vit plus rien d'autre.

Tacit se tourna vers Strettavario et renversa violemment la table, les poings serrés.

« Bonsoir, Poldek », dit calmement Strettavario, juste avant qu'un coup de poing dans le ventre ne le plie en deux et qu'une main ne le saisisse par la nuque, le soulevant dans les airs, le privant de respiration.

Tacit grogna, fit deux pas en avant et jeta le prêtre contre le mur. Les côtes de Strettavario se brisèrent et du sang jaillit dans sa gorge.

« Vous mourrez ce soir.

– Vous avez mis du temps à arriver, geignit le prêtre avec un sourire figé de douleur, un éclat de lune baignant son visage et reflétant ses yeux blancs.

– Vous trouvez ? rétorqua Tacit, qui arma son poing pour briser tous les os du visage de Strettavario d'un seul coup.

– Je pensais qu'Isabella était plus chère à vos yeux. Je pensais que vous arriveriez plus tôt.

– Pas de ces petits jeux-là avec moi, Strettavario. Vous l'avez tuée et maintenant vous allez mourir. Mais lentement, à la hauteur de ce que vous méritez.

– Tacit ! » cria une voix de femme.

Le poing de Tacit s'immobilisa, sa tête tournée en direction de l'appel. Ses doigts se desserrèrent autour du col de Strettavario et le vieux prêtre s'avachit au sol en poussant un grognement. Coi, Tacit se retourna vers la silhouette qui se tenait dans l'encadrement de la porte.

« Qu'est-ce que c'est que ça ? » siffla-t-il, les bras près du corps, les doigts écartés, à moitié baissé, comme s'il flairait un piège. Il restait immobile dans la pénombre, les yeux rivés sur la silhouette devant lui. « Qu'est-ce que c'est que ça ? » répéta-t-il, avançant d'un pas vers la femme. Ses yeux étaient emplis de larmes et ses mains étaient maintenant tendues devant lui, implorantes. « C'est toi ? »

Il prononça ces mots comme si un fantôme était subitement apparu pour le hanter.

« C'est moi, Tacit, répondit Isabella, les mains sur son cœur serré dans sa poitrine. C'est moi. »

TROISIÈME PARTIE

« Car tout ce qui est dans le monde, la convoitise de la chair, la convoitise des yeux, et l'orgueil de la vie, ne vient point du Père, mais vient du monde. »

Jean, 2, 16

38

Front italien, bataille de l'Isonzo, nord-ouest de la Slovénie

Pablo n'avait pas fermé l'œil de la nuit, assailli par les bruits de mitraille en provenance du rebord de la tranchée, pris dans le remous incessant de ses pensées, ruminant son sort – les prêtres, l'unité de soldats dans laquelle on l'avait affecté. Toute sa vie il avait eu l'impression d'être gardé, protégé, conseillé et suivi à la trace par les religieux, qui s'étaient démenés pour qu'il soit cornaqué par une rhétorique et une éducation appropriées, mais surtout pour s'assurer qu'il ne lui arrive rien.

Le jeune homme avait l'impression qu'ils l'avaient pris sous leur aile, avec quelque chose qui confinait à la révérence et l'adoration, dès le premier jour où il avait été chassé de chez lui, où on l'avait traité de monstre, accusé de salir sa famille à cause de sa difformité. Les prêtres lui avaient assuré qu'une telle imperfection était un don de Dieu, qu'il avait eu de la chance qu'ils se trouvent là, dans cette petite ville d'Italie du Nord, à Udine, au premier jour où le garçon de douze ans errait dans les rues, en pleurs, mal-aimé.

Les six années suivantes, ils ne lui prodiguèrent que de la gentillesse et de la protection, satisfaisant chacun de ses désirs, surveillant étroitement sa santé.

Il lui avait donc paru étrange qu'ils soient si prompts à lui recommander l'armée, à le jeter en pâture en première ligne lorsque l'appel aux conscrits avait eu lieu. Et pourtant, même ici, il se sentait encore protégé, tant par les prêtres qui le suivaient dans l'ombre de la ligne de front que par les soldats de l'unité qu'il avait intégrée.

Il regarda ses six doigts sous la pâleur argentée de la lune, l'autre bras sous sa nuque dans l'espoir de trouver une position confortable au creux de la petite tranchée. Toute sa vie, sa difformité avait été une malédiction, mais d'un autre côté, elle lui avait également apporté sécurité et bénédiction. Il avait perdu l'amour des siens mais avait trouvé le chemin d'une autre famille, bâtie sur les fondements de la foi, de l'ardeur et de la parole de Dieu.

Une file de soldats choisis au hasard avait reçu pour ordre de s'installer dix mètres plus loin, le long de la première tranchée qui brillait d'un feu brûlant dans la noirceur de la nuit, au-devant de l'endroit où Pablo et les autres soldats se reposaient.

« Sur quoi tirent-ils ? avait demandé Pablo en remontant sa couverture pour se protéger de la morsure du froid.

– Des fantômes, répondit le soldat Lazzari. Qu'est-ce qu'ils pourraient bien espérer viser d'autre dans une telle purée de pois ?

– Ils tiennent les Austro-Hongrois en respect, répondit le caporal-chef Abelli en tirant sur sa pipe, dont les fumerolles s'élevaient dans l'air glacial de la nuit. Ils leur font savoir que nous sommes là.

– Je crois qu'ils sont déjà au courant », commenta tristement Pablo.

Quelque part derrière lui, le chœur des canons de campagne s'éleva et s'écrasa contre les montagnes noires. Pablo imagina les obus éclater sur les rochers, le calcaire pulvérisé en des milliers d'échardes acérées avant de retomber quelques centaines de mètres plus loin dans le camp ennemi, comme autant d'armes létales.

Il songea à la boue et au sable et aurait voulu être n'importe où ailleurs qu'au beau milieu d'une montagne faite de pierre dure et cassante.

L'écho du bref tir de barrage s'estompa et fut remplacé par l'aboiement des fusils; Pablo pensa alors à la maigre réserve de cartouches destinées à sa carabine Carcano dans son paquetage. Il jeta un œil à la ligne de front, le cliquetis des armes produisant des étincelles avant chaque tir, comme autant de petits foyers qui s'éteignaient immédiatement. Il savait que chaque cartouche tirée dans l'obscurité serait à décompter de celles qui lui restaient.

39

Cité du Vatican

De l'eau teintée de sang se vidait dans le lavabo devant lui. Georgi agita ses mains mouillées et attrapa une serviette de coton rêche pour se sécher, le tissu taché de résidus rouges.

« Ne perds pas de temps à te laver », lui dit une voix qui venait de la pénombre de la pièce, derrière lui.

Georgi fit volte-face, son couteau à la main en une fraction de seconde.

« Ah, c'est vous, dit-il en rangeant son arme et en reprenant le tissu. Avez-vous besoin que j'accomplisse autre chose ? Nous ne sommes pas encore prêts pour le deuxième rituel.

– Monseigneur Benigni, l'avertit la voix, son propriétaire toujours tapi dans l'ombre de la chambre, comme si la lumière de la pièce aurait pu le brûler. Il devient… encombrant.

– Benigni n'est au courant de rien, répondit Georgi.

– Benigni est à ta recherche. Il est tenace, déterminé. Expérimenté.

– N'est-ce pas Düül qui représente plutôt une menace ? demanda Georgi, et le nom sembla rester coincé dans sa gorge alors que sa main se resserrait sur le manche de son couteau.

– Son heure viendra. Tu le sais. En attendant, occupe-toi de Benigni. Il finira par te trouver. »

La silhouette s'apprêta à partir.

« Fais en sorte de le trouver en premier. »

40

Cité du Vatican

Monseigneur Benigni sentit une goutte de sueur perler le long de sa colonne vertébrale et il s'autorisa quelques instants à profiter de cette sensation plaisante. Il avait toujours aimé transpirer pendant l'effort de ses tâches quotidiennes – nocturnes en l'occurrence. C'était la preuve qu'il travaillait dur pour éradiquer tout ce qui était impropre ou indésirable au sein de l'Église. « Les larmes de Dieu ». C'était ainsi qu'il décrivait cette sensation la plupart du temps. « Le Seigneur pleure de gratitude pour mes services. »

L'homme rondelet et trapu déambulait à pas rapides dans les anciens quartiers de l'inquisiteur Cincenzo ; il savait que ce serait sa dernière visite ce soir-là. Après quoi, il s'en retournerait dans son bureau, peut-être prendrait-il un verre de vin pour humecter ses lèvres et aiguiser son esprit, puis il finaliserait le dossier qu'il avait compilé au sujet de l'inquisiteur décédé, avant de le ceindre de son ruban et de se retirer dans ses appartements pour se reposer.

Il se tenait au centre de la petite pièce, le mince dossier sous son bras droit, les doigts de sa main gauche tambourinant légèrement sur sa couverture couleur noisette. Il plissa les yeux et scruta la pièce, à la recherche d'un dernier indice qui aurait pu l'aider à terminer son rapport au sujet de l'inquisiteur. Non qu'il ait eu besoin de grand-chose d'autre. Il avait compris. Les trois rituels. La convoitise des yeux. La convoitise de la chair.

L'orgueil de la vie. Il s'était renseigné à la Grande Bibliothèque, ces péchés capitaux rendus vivants par des rituels qui, lorsqu'ils étaient mis en scène de la bonne manière et dans le bon ordre, étaient à même de convoquer les grandes puissances qui devaient culminer en un seul point. Il était évident que l'inquisiteur Cincenzo avait découvert que l'on planifiait les rituels, même si monseigneur Benigni ne savait pas comment ils auraient lieu, ni comment l'inquisiteur Cincenzo avait pu avoir vent de tout cela. Pas encore.

Mais il était convaincu qu'il le découvrirait bientôt. Il trouvait toujours les réponses. Il était fier de sa ténacité, de sa capacité à flairer la corruption et le crime. De s'assurer que les punitions adéquates étaient infligées lorsque l'on dénichait les coupables.

Il balaya la pièce du regard – une résidence froide et austère, comme il s'y attendait et conforme à ses propres goûts. Le logement d'un homme toujours en vadrouille, très peu meublé ou décoré, à l'exception d'un cadre. Benigni s'en approcha, étonné de ne pas l'avoir remarqué lors de sa première visite, et il le prit entre ses doigts potelés. C'était une jeune fille dessinée au trait gras. Il y avait un nom derrière, Katerina, ainsi qu'une date, trois ans auparavant, et une série de chiffres qui tenaient sur deux lignes. Le prêtre fronça les sourcils, mit ses lunettes sur son nez, et il examina minutieusement le visage de la jeune femme. Il ne la reconnaissait pas, elle ne faisait pas partie des chœurs du couvent au Vatican ni à Rome. Et il soupçonnait, au vu de sa pose et de sa tenue, que l'Église n'était pas sa première vocation.

Sans hésitation, il délaça le ruban qui maintenait le dossier fermé et y glissa l'image avant de tourner les talons, décidé à quitter les lieux. L'inquisiteur Cincenzo avait à l'évidence été imprudent. Il avait attiré l'attention des mauvaises personnes. Il y avait un nombre incalculable de témoins qui avaient vu un groupe d'hommes correspondant parfaitement à la description d'inquisiteurs en train de le pourchasser à travers Rome. La balle qui avait été retrouvée dans le crâne de Cincenzo indiquait que des inquisiteurs trempaient bien dans l'affaire. Ceux qui l'avaient poursuivi l'avaient tué, bien évidemment, mais essayaient-ils d'empêcher Cincenzo de commettre les trois rituels ou bien étaient-ils eux-mêmes impliqués dans ce projet ? C'était là ce qui inquiétait le plus monseigneur Benigni. Il avait souvent entendu des inquisiteurs évoquer le diable, l'Antéchrist qui rôdait en marge de la société, à l'affût des faibles et des imprudents. Il se demandait si ce n'était pas ce qui s'était passé, si ces jeunes inquisiteurs téméraires n'avaient pas sondé l'Abysse trop profondément et n'avaient pas fini pris au piège.

Il soupira et décida que la meilleure chose à faire était d'oublier le dossier pour la soirée. Tout serait plus clair demain matin. C'était toujours ainsi. Il s'autorisa un petit sourire en pensant au cru raffiné qui l'attendait, pourquoi pas accompagné d'une petite étude du psaume 96 : « Il jugera le monde avec justice, et les peuples selon sa fidélité. »

Sans qu'il la remarque, une silhouette noire sortit de la pénombre du couloir et se mit à le suivre.

41

Front italien, bataille de l'Isonzo, nord-ouest de la Slovénie

Au petit matin, l'artillerie de l'armée italienne se fit entendre. Des heures durant, les tirs passèrent si près de lui que Pablo avait l'impression de pouvoir tendre la main et toucher les obus, de pouvoir laisser filer ses doigts dans les sillages sales qu'ils traçaient dans l'air en direction de la ligne de front austro-hongroise. Le soleil se levait juste au-dessus de la haute crête du Karst, non loin d'eux, des vrilles dorées de lumière s'aventurant avec timidité sur le terrain sinistré, avant que l'attaque n'ait lieu.

Des armes de calibre moyen intervinrent à leur tour le long de la ligne arrière italienne ; chaque détonation ressemblait à un aboiement éraillé comparé aux bruits tonitruants des canons et des mortiers de plus gros calibre que les Austro-Hongrois utilisaient pour ravager la troisième armée italienne chaque soir. Les deux armées ne s'étaient pas encore affrontées directement sur le terrain, mais à cause des tirs de barrage, une longue procession de corps noircis et maculés de sang, allongés sur des civières et des charrettes, avait déjà commencé à quitter les hauteurs.

Du haut des petites tranchées de la face ouest du Karst, les soldats italiens étaient maintenant en mesure de discerner la ligne de front austro-hongroise et se demandaient quelle valeur pouvait bien avoir cette ruine fumante faite de pierre émiettée et d'arbres tordus que l'Italie voulait ardemment posséder.

Heure après heure, les artilleurs italiens tiraient, enfumant le paysage dans un bruit fracassant qui se répercutait sur les flancs montagneux comme des coups de tonnerre. Pablo scruta la ligne jusqu'à en avoir mal aux yeux ; il reposa son fusil et se frotta le visage. La montée d'adrénaline des premiers tirs avait été remplacée par une nausée qui ne passait pas.

Soudain, il se mit à entendre les ordres que le sergent de l'unité aboyait. Il remit son couvre-chef en place et prêta l'oreille. Noyé dans le grondement incessant de l'artillerie légère et le bruit des soldats qui se préparaient pour la bataille, il attrapa au vol quelques mots et comprit que l'assaut serait bientôt lancé. La cible était un endroit appelé le mont San Michele. Le mot « assaut » lui vrilla l'estomac et la sensation nauséeuse, pernicieuse, sembla s'accentuer. Toute cette marche, toute cette ascension, et voilà le résultat, se dit Pablo. Il avisa l'endroit où ils devaient se rendre – une arête rocailleuse au bout d'un chemin escarpé à environ cinq cents mètres de là, faite de roche calcaire et masquée par les nuages de fumée du barrage.

Pablo observa le front, déglutit, et tâcha de se donner du courage. La terreur le tenaillait. Il frissonna et sentit les larmes lui monter aux yeux. Il renifla et entendit le sergent couvrir le bruit assourdissant des obus – ils devaient accomplir de grandes choses au nom de leur pays.

« Ne t'inquiète pas, lui dit le caporal-chef Abelli. Nous te protégerons. »

Pablo se rendit alors compte que les obus étaient maintenant silencieux, que des sifflets retentissaient le long de la ligne de front italienne et que les soldats s'extirpaient de leurs tranchées pour s'élancer à l'assaut de la montagne.

L'air fut immédiatement empli de bruit, de fumée, d'explosions, d'insectes, et la première chose qui vint à l'esprit de Pablo fut la surprise : il s'étonnait de voir à quel point les mouches à viande avaient rapidement pris leurs quartiers sous cette chaleur, sans se soucier des clameurs ni du tourment qui les entouraient. Il n'entendait qu'un rugissement permanent, celui des soldats autour de lui, des fusils derrière lui, de l'ennemi devant lui.

Au début, son unité suivit le reste de la troisième armée dans les flammes du combat, remontant au pas de course le terrain défoncé, jonché d'éclats de pierre et de troncs d'arbres calcinés.

« Savoie ! Savoie ! » criait-on en l'honneur de la famille royale pour laquelle la troisième armée se battait, tandis que derrière les soldats, les sergents-chefs fermaient le cortège en pointant des revolvers dans leur dos.

Lorsque l'ennemi ne riposta pas immédiatement, Pablo se demanda, comme les autres soldats, s'il n'avait pas fui pour se réfugier plus haut dans le Karst, peut-être même sur le plateau, ou bien s'il n'avait pas été atteint par les tirs de barrage. Mais lorsqu'ils atteignirent les murs de fil barbelé, dont on avait déroulé des mètres diaboliques partout dans le paysage, leur progression fut stoppée. Ce fut lorsqu'ils escaladèrent ces murs que l'ennemi apparut, l'ennemi dont leurs supérieurs les avaient assurés qu'il était réduit à quelques unités taillées en pièces et déboussolées, abandonnées par le reste de leurs camarades.

Le bruit sourd des mitrailleuses se déclara et les soldats se mirent à tomber comme des mouches. Le front ennemi était à quelque deux cents mètres au-delà du barbelé, mais la pluie de balles allait les forcer à ramper pour l'atteindre. Si une tête s'aventurait à se lever, elle était instantanément réduite en une bouillie sanguinolente.

Pablo rampa, grimaçant dès que sa peau râpait contre la pierre blanche et brûlante. Il avait l'impression que sa tête allait exploser tant le bruit autour de lui était assourdissant. Ses yeux étaient emplis de poussière et de saleté, il recevait les coups de pied des soldats qui rampaient devant lui et les obus s'abattaient partout autour de lui, à tel point qu'il devait perpétuellement se débarrasser de la terre qui lui obstruait les yeux ; il cillait et passait un doigt sale sur ses paupières.

Malgré le tonnerre de la guerre, il distingua également un rire, et il vit alors le caporal Abelli à sa droite, hilare, en train de ramper, son couvre-chef en laine déchiqueté par les balles et les éclats de pierre. Pablo le dévisagea, médusé.

« Pourquoi riez-vous ? hurla-t-il. Vous trouvez ça drôle ?

– La chair du diable ! répondit l'autre dans un grand éclat de rire, en tapotant la pierre. Tu ne sens pas les feux de l'enfer sous terre ? Nous approchons ! Nous sommes de plus en plus près de la fin ! »

Non loin d'eux, un obus explosa en un éclat rouge et jaune, et la pierre se brisa en mille morceaux acérés de calcaire, s'abattant sur les soldats qui rampaient. Quelque chose mordit le crâne de Pablo et une douleur intense irradia son front ainsi que sa colonne vertébrale. Ses mèches de cheveux devinrent humides et il sut tout de suite que ce n'était pas de la sueur. Il se roula en boule dans le cratère laissé par l'obus et resta là, les oreilles bourdonnantes, comme si le sol se dérobait sous lui. Peut-être plongeait-il dans les profondeurs cruelles de l'enfer ? Peut-être que le caporal-chef avait raison ? Peut-être que cette montagne était faite de la chair du diable ?

Tout semblait si lointain, mais Pablo sentit le sol contre son corps et sa chute s'arrêta. Il resta là, brisé, les membres meurtris. Il se demanda s'il était en train de mourir, si cette sensation était celle de l'agonie. Calme. Distant. Et il voyait bien que tout le paysage autour de lui vacillait, ployait sous le poids des obus. C'était comme si la Terre tout entière était en mouvement, comme si elle tremblait juste avant de mourir.

Il resta là un long moment. Il savait que des hommes lui passaient dessus, toujours en direction de l'est. Il se retourna avec difficulté et rampa vers le sommet.

Il n'y avait plus de corps par-dessus lesquels passer mais on entendait toujours des cris au loin, et toujours plus de soldats se relevaient pour s'élancer sur les derniers mètres qui les séparaient de la ligne adverse, poussant des jurons et des cris. Pablo se mit debout en chancelant et courut après eux, hurlant comme le reste des hommes, la bête en lui déchaînée. Il y avait de la poussière et de la fumée et des corps en pleine lutte dans la tranchée en contrebas, qui ressemblait à l'antichambre des enfers. Il s'y jeta et eut à peine le temps de voir un Hongrois se ruer sur lui. L'instinct lui fit dégainer son fusil, ses paupières se fermèrent. Il donna un grand coup en avant et la silhouette s'empala sur son arme, inerte. Pablo abaissa son fusil et l'homme s'avachit, mort, le cœur transpercé de part en part. Pablo plongea son regard dans les yeux écarquillés du cadavre.

Les siens étaient remplis de larmes, comme ceux de l'homme qu'il venait tout juste de tuer.

42

Rome

« Est-ce que c'est toi ? demanda Tacit, bouche bée, la mâchoire lourde comme un bloc de pierre, à la femme qui se tenait devant lui.

– C'est moi », répondit Isabella.

Quelque chose brûla à l'intérieur de lui et il déglutit, refoulant les émotions qui menaçaient de le submerger.

« Mon Dieu, murmura-t-il, les doigts tendus vers son visage pour vérifier qu'elle disait bien vrai, qu'elle n'était pas une apparition. Isabella ! » Il s'arrêta, et son visage s'assombrit à nouveau. Il tourna les talons et lança un regard mauvais au vieux prêtre. « Qu'est-ce que vous manigancez, Strettavario ? »

Mais Isabella lui prit le bras et le tourna face à elle, sa main libre se pelotonnant dans sa paume calleuse. Le contact de sa peau sur la sienne le brûla si fort que Tacit s'écarta immédiatement, comme s'il avait été léché par les flammes. Elle leva les mains en l'air pour le calmer, en guise de preuve qu'elle ne le toucherait plus.

« Excuse-moi, souffla-t-elle. Excuse-moi, excuse-moi. » Elle répéta ces mots encore et encore, ses yeux plantés dans ceux de Tacit, comme si elle lui jetait un sort. Elle entendit sa respiration ralentir, se faire plus légère. « Ce n'est pas la faute du père Strettavario. » Elle s'approcha doucement et Tacit ne recula pas. « Il voulait simplement te sortir de là.

– Comment avez-vous su ? demanda Tacit, qui la regardait toujours alors que la question s'adressait en réalité au vieil homme.

– Que vous essaieriez de vous évader ? De vous venger ? »

Tacit hocha la tête et se tourna légèrement vers lui pour entendre sa réponse.

« Je vous connais, Tacit, peut-être mieux que vous ne vous connaissez vous-même.

– J'ai tué beaucoup d'hommes là-bas, gronda Tacit en se tournant à nouveau vers Isabella, une pointe de regret dans la voix.

– J'ai su, oui, répondit Strettavario.

– Pourquoi m'avez-vous poussé à faire cela ? » Et pour la première fois, Tacit ressembla à un homme conscient de ses actions, attristé, tel un chien battu, et non à une bête mue par la rage. « Pourquoi m'avez-vous menti ?

– Nous avons besoin de vous, Tacit, dit Strettavario. Maintenant plus que jamais. »

Un feu noir sembla animer à nouveau les traits de Tacit.

« L'homme qui m'a fait enfermer, dont les preuves ont contribué à ma condamnation après la messe pour la Paix, qui me jette dans la prison de Toulouse, l'homme qui m'a vu bâillonné, attaché et torturé pendant neuf longs mois. » Il se tourna vers le père et s'approcha de lui, les doigts écartés, tendus. « Et il a maintenant besoin de mon aide ? Je devrais vous tuer sur place.

– C'est vrai, vous devriez », répondit Strettavario. La lèvre supérieure du prêtre était ourlée de sueur, mais il subsistait de l'humour dans sa voix. « Toutefois, vous ne le ferez pas.

– Et pourquoi donc ?

– Sinon vous ne saurez jamais pourquoi nous vous avons fait évader.

– Je peux m'accommoder de quelques regrets.

– Mais pas des conséquences de cette ignorance. »

Tacit hésita. Il sentait la pulsation dans les veines de son cou se calmer, la folie de sa rage s'atténuer. Il les dévisagea tous deux, essayant de deviner ce qu'ils savaient au juste, et la raison pour laquelle il était si important qu'il soit parmi eux. Il passa la langue sur ses lèvres, détournant enfin le regard, et s'assit sur la table, ses paumes de mains prenant appui sur le bois.

« Est-ce que quelqu'un pourrait m'offrir un verre ? » finit-il par demander, le regard maintenant posé sur Sandrine et Henry, assis à l'autre bout.

Il plissa les yeux, comme s'il venait juste de se rendre compte de leur présence.

« Qui êtes-vous ? demanda-t-il.

– Est-ce vraiment important ? cracha Sandrine.

– Et pas qu'un peu.

– Non Tacit, ça n'a pas d'importance, s'exclama Isabella.

– Eh bien, au diable ! » répondit-il.

Il avisa la bouteille de cognac sur le buffet et reprit espoir. Il traversa la pièce à grands pas et s'en saisit, comme s'il venait de remporter un trophée. Elle fut débouchée et portée à ses lèvres en un tour de main, le liquide tournoyant dans la bouteille. Dans son esprit, chaque souvenir de ces longs mois de tourmente semblait s'atténuer à mesure qu'il descendait avidement la bouteille de liqueur âpre, gorgée après gorgée.

« Quelque chose se prépare, Tacit. » Il s'arrêta net et abaissa la bouteille. « Quelque chose de terrible. »

Des ondes brumeuses envahirent son esprit et ses yeux roulèrent dans leurs orbites. La caresse de l'alcool lui faisait l'effet d'une berceuse. La convoitise et l'impatience vacillèrent et s'évanouirent. Il haussa les épaules et prit une autre lampée.

« L'Antéchrist, dit Strettavario, et Tacit s'immobilisa. Il revient, comme l'avait prédit notre pape il y a trente ans. »

Tacit se rembrunit.

« Fadaises.

– Strettavario a raison, dit Isabella en s'avançant, l'agrippant par le bras pour qu'il la regarde. Souviens-toi de ce que tu m'as dit à Arras. La façon dont le démon te regardait ? La façon dont il sait que la victoire lui appartient ? »

Tacit étudia le visage d'Isabella un moment, se repaissant de sa beauté, et il sentit un autre poids s'envoler au fond de lui.

« Depuis combien de temps ? » demanda Tacit en se cramponnant à la bouteille. Il cilla en direction du vieux prêtre qui avait clopiné jusqu'à une chaise à côté de la table pour soulager sa douleur. « Depuis combien de temps savez-vous que le retour de l'Antéchrist se prépare ?

– Trois mois, quatre peut-être ? Des possessions. Des signes démoniaques parmi les nouveau-nés. D'autres signes, pas simplement à travers le pays, mais à travers toute l'Europe. À travers le monde entier. Les gens voient et pressentent son retour. La fontaine de l'Aigle est remplie de sang. »

Tacit interrompit sa boisson et toisa le prêtre fixement. Strettavario poursuivit.

« Ces signes, ils s'étaient déjà manifestés. En 1877.

– La guerre russo-turque, enchaîna Tacit sans l'ombre d'une hésitation. En Bulgarie. Je suis au courant. Beaucoup y ont péri.

– Peut-être pas suffisamment en vue de son dessein, répliqua Strettavario. Cette guerre est le terrain de préparation de son retour. Nous avions choisi d'écarter cette possibilité. Mais dorénavant, nous ne pouvons plus ignorer l'obscurité.

– Et où se trouve le cœur de cette obscurité ?

– Au sein même du Vatican. »

Les yeux de Tacit s'étrécirent et quelque chose de froid pénétra sa chair.

« Comment avez-vous eu connaissance de tout cela ?

– Par l'inquisiteur Cincenzo, révéla Henry, qui massait sa mâchoire endolorie. C'était l'un de nos espions, celui qui nous a confirmé l'existence de cette noirceur. Lui aussi soupçonnait que quelque chose se tramait. Il avait vu les signes. Il cherchait des réponses et nous pensons qu'il les avait trouvées. Le dernier message que nous avons reçu indiquait qu'il avait trouvé le "lieu".

– Quel lieu ?

– Nous ne savons pas. Il comptait nous le dire ce soir-là, mais ils l'ont tué avant qu'il puisse venir à nous. Il a payé de sa vie toutes ses découvertes.

– Vous connaissiez Cincenzo ? » demanda Strettavario.

Tacit secoua la tête. Peut-être avait-il déjà entendu le nom, mais il ne lui disait rien. Il tritura la bouteille entre ses doigts, adossé au buffet.

« Eh bien il te connaissait », intervint Isabella.

Tacit la transperça du regard.

« Il a mentionné ton nom juste avant de mourir. »

Tacit resta immobile quelques instants, essayant d'absorber, de comprendre la masse d'informations qu'on lui présentait.

« Pourquoi vous ? demanda-t-il au bout d'un moment en dévisageant d'un air dédaigneux les inconnus en bout de table. Pourquoi l'inquisiteur Cincenzo vous faisait-il confiance ? Et comment vous connaissait-il ? »

Sandrine hésita et Tacit lut en elle une duplicité.

« Les apparences semblent trompeuses dans toute cette histoire, déclara-t-il. Des gens inconnus de l'Église qui s'occupent d'inquisiteurs morts, qui proclament le retour de l'Antéchrist ? Vous ne m'inspirez pas franchement confiance. Ça me rappelle les choses que je pourchasse dans les endroits les plus ténébreux du globe.

– Que vous pourchassiez, rétorqua Sandrine, et Tacit se tut, les lèvres pincées. Vous n'êtes plus inquisiteur, Poldek Tacit. Vous m'avez l'air tout aussi abandonné que nous le sommes. »

L'espace d'un instant, Tacit se sentit pris au dépourvu, dans le piège de ses mots pleins d'une vérité cruelle. Elle disait vrai. Tout ce qu'il avait connu était maintenant parti en fumée. Il était aussi vulnérable que les hérétiques qu'il chassait auparavant. Il regarda Strettavario.

« Qui d'autre au Vatican est au courant de tout cela ?

– Le Conseil suspecte des choses, mais espère se tromper. Ils prennent des mesures préventives ; l'une d'elles est de vous neutraliser.

– Pourquoi moi ?

– Ils pensent que vous êtes mêlé à tout cela d'une manière ou d'une autre. »

Tacit leva les yeux au ciel.

« Et vous ? demanda-t-il à l'intention de Henry et Sandrine. C'est tout ? Il n'y a que vous deux ? »

Sandrine fit un geste négatif.

« Il y a d'autres gens au Vatican, qui ont eux aussi pressenti cette noirceur et qui la combattent à nos côtés.

– Les connaissez-vous, Strettavario ? » demanda Tacit.

Le prêtre fit signe que non.

« Vous m'en voyez surpris. »

Tacit porta à nouveau le goulot à ses lèvres. Il avait besoin de boire pour assimiler tout ce qu'il entendait, tout ce qu'il avait redouté pendant longtemps mais n'osait pas croire. Comme le Conseil du Saint-Siège.

« Vous buvez toujours autant ? demanda Sandrine avec un rictus méprisant.

– Non, répondit Tacit, qui n'arrivait déjà plus très bien à articuler, sa langue dérapant entre ses dents. Pas lorsque j'étais en prison.

– Vous avez des démons ?

– N'est-ce pas le cas de tout le monde ?

– Est-ce pour cela que vous buvez ?

– Je n'aime pas trop que les gens se mêlent de mes affaires, gronda Tacit en reposant la bouteille sur le buffet, sa main glissant vers sa hanche pour y trouver l'étui absent de son revolver. Tout particulièrement les gens que je ne connais pas. Les gens à qui je ne fais pas confiance. »

Isabella s'interposa entre eux.

« Par quoi devons-nous commencer ?

– Nous ? répondit Tacit. Tu ne vas nulle part. C'est trop dangereux.

– Tacit, il y a du danger partout ! » répondit-elle, les mains tendues en signe de désespoir. Elle les laissa retomber. « C'est ainsi, désormais. »

Le colosse soupesa ses paroles.

« Très bien, finit-il par dire en passant ses options en revue. Nous trouvons l'emplacement de ce lieu, où qu'il soit. La seule chose à faire est d'entrer chez Cincenzo par effraction et de voir si nous pouvons y dénicher une piste. Mais c'est une maigre solution, et ils nous y attendront.

– Est-ce que le mot "prophète" vous parle ? demanda Henry en rangeant son revolver dans son étui, après avoir bien vérifié qu'il était chargé.

– Prophète ? » répondit Tacit, une lèvre retroussée. Il se tripota le menton. « Je me demande si ça n'aurait pas à voir avec sœur Malpighi.

– Qui est-elle ? » demanda Sandrine.

Strettavario gloussa.

« Une véritable pipelette qui se trouve au couvent de Trastevere !

– Et quelqu'un que le Conseil sollicite fréquemment pour ses visions et ses intuitions au sujet des événements à venir. Comment avez-vous entendu parler d'elle ?

– Nos contacts nous ont envoyé un message avec ce seul mot. "Prophète". C'est là le dernier échange que nous avons eu avec eux. Depuis, plus rien.

– Ce doit être elle, répondit Tacit, les poings serrés, blanchis par la contraction de ses muscles. C'est décidé. Nous partons la voir.

– Peut-on lui faire confiance ? demanda Isabella.

– Sœur Malpighi est bien des choses, mais elle n'est pas de ceux facilement corrompus par le diable. Vous deux, cracha Tacit en détaillant Sandrine et Henry, peut-on vous faire confiance pour que vous ne vous mettiez pas dans le pétrin si vous nous accompagnez ?

– Occupez-vous de votre propre sûreté, inquisiteur, rétorqua Sandrine, qui s'était levée et rassemblait ses effets personnels sur la table.

– Bien, dit Isabella. Donc nous partons directement voir la sœur ?

– Non, répondit Tacit, je dois d'abord aller quelque part. J'ai une petite affaire à régler. »

43

Pleven, Bulgarie

Les étoiles s'étaient allumées dans le ciel et les insectes nocturnes cherchaient déjà à se repaître de sang lorsque Poré et son clan arrivèrent dans la ville la plus proche, celle qu'ils avaient quittée six heures auparavant. L'air embaumait l'herbe chaude et les fleurs, qui s'étaient gorgées d'un soleil ardent et implacable, mais une autre odeur se mélangeait aux senteurs de l'été, quelque chose d'âcre. De la fumée. On entendait également du bruit au loin, qui semblait se rapprocher à mesure qu'ils entraient dans Pleven. Le bruit de la mitraille.

« Que se passe-t-il donc ? » demanda l'un des soldats sous la coupe de Poré, alors qu'ils approchaient des faubourgs de la bourgade.

Il y avait des flambeaux, des montures essoufflées sous le poids de leur cavalier, des badauds venus écouter les messagers parler.

« Peut-être que la guerre a fini par atteindre cet endroit ? répondit le prêtre d'un ton cassant, en s'autorisant une courte halte pour masser sa cuisse endolorie. Les flammes du conflit se sont répandues partout ailleurs, semble-t-il. Pourquoi pas en Bulgarie ? »

Ils poursuivirent leur chemin, attrapant au vol quelques bribes des conversations qui animaient les grappes d'hommes qu'ils dépassaient – on parlait de l'Italie et de la mobilisation.

« Que peuvent-ils bien vouloir dire ? demanda un autre membre du clan. L'Italie est mobilisée depuis des mois ! La nouvelle vient-elle seulement d'arriver jusqu'ici ?

– Les nouvelles arrivent moins vite à l'est, répondit Poré. Mais difficile de croire que la situation en Italie ne soit connue que maintenant. »

Ils débouchèrent sur une grand-place, délimitée par des poiriers et des cerisiers ; une foule conséquente s'était amassée autour d'un belvédère pour écouter un homme parler. Il était en costume, coiffé d'une toque, et il moulinait des bras, sa voix de stentor portant jusqu'aux confins de la place. Toutefois, et malgré ses efforts, l'assemblée s'agitait, et une rixe finit par éclater, provoquant des remous qui menaçaient de s'étendre à la foule tout entière.

« Que se passe-t-il ? demanda Poré dans un bulgare balbutiant à un homme du coin qui fuyait les échauffourées.

– N'avez-vous pas suivi les nouvelles ? La mobilisation ! » Il se tint la tête entre les mains. « Ils disent qu'ils vont débuter la conscription !

– Qui donc ? » insista Poré, mais l'homme était déjà parti.

Poré en arrêta un autre, lui agrippant fermement le bras pour éviter qu'il ne s'éclipse. L'homme se tourna vers lui, prêt à se défendre en lui décochant un coup de poing, mais il arrêta son mouvement à la vue de la silhouette malingre de Poré.

« Lâchez-moi ! cria-t-il en dégageant son bras.

– Que se passe-t-il ici ? Qui doit se mobiliser ?

– Personne pour l'instant. Mais ça ne saurait tarder.

– C'est-à-dire ?

– Eh bien, jusqu'au jour où la Bulgarie entrera dans le conflit ! Ils disent déjà que le tsar Ferdinand et Radoslavov mettent sur pied des stratégies. Que nous serons en Serbie avant l'automne !

– Pourquoi ? s'exclama Poré, mais l'homme prit également la fuite, s'éloignant du chaos qui les entourait sans lui répondre. Pour quelle raison ? cria-t-il après lui.

– À cause de l'Italie, répondit un autre homme rougeaud et barbu en passant devant eux.

– Mais pourquoi ? demanda Poré en tâchant de dissimuler son accent qui aurait pu laisser entendre qu'il venait d'Europe de l'Ouest.

– Ces traîtres, ces salauds. Ils ont attaqué l'Autriche-Hongrie ! »

L'homme fit un geste vague en direction de l'ouest.

« Où donc ? Vers où se dirigent-ils ?

– Apparemment, ils ont déjà traversé l'Isonzo. Ils ont déjà atteint le Karst ! Une grande armée, forte de centaines de milliers d'hommes ! Ils osent tenter de conquérir ces terres, et le monastère de Sveta Gora aussi ! Le mont San Michele ! Le trésor national slovène ! »

Une sueur froide s'empara de Poré alors que l'homme brandissait les poings.

« Nous nous défendrons ! avertit l'homme. Avec ça ! déclara-t-il, les poings levés. Avec tout ce que nous pourrons trouver. Nous éclabousserons la terre de leur sang ! »

Il tourna les talons et se glissa dans la foule, visiblement ivre de rage, et Poré et ses hommes le regardèrent partir.

« Maintenant, je sais où nous devons nous rendre, murmura-t-il dans sa barbe.

– Où devez-vous aller, Poré ? demanda l'un de ses hommes. Pas sur le front au moins ?

– Le Karst, répondit-il en les dévisageant tous. C'est le lieu élu. L'endroit qui sera baigné de sang. Il me faut aller sur le Karst. »

44

Cité du Vatican

Le clair de lune baignait les escaliers déserts du Vatican d'une lueur noire et argentée. Au cœur de la nuit, la Cité était aussi silencieuse qu'une morgue. Tacit dévala les marches en pierre le plus rapidement possible, à l'affût du moindre bruit dans le passage étroit. Isabella le suivait à la trace, la main sur le mur.

« Je suis touchée », murmura-t-elle en dissimulant un sourire alors qu'ils atteignaient le palier.

Elle se tut.

« Par quoi ?

– Par ton retour. Pour moi. Strettavario avait dit que tu t'évaderais.

– Je te croyais morte, répondit Tacit en scrutant la pénombre de l'antichambre où ils se trouvaient maintenant.

– C'est agréable de savoir que tu tiens à moi. »

Isabella crut le voir se raidir.

« Bien sûr que je tiens à toi. » Il n'ajouta rien d'autre l'espace d'un instant, comme s'il s'armait de courage. « Je te l'ai déjà dit, à Paris.

– Pourquoi m'as-tu abandonnée là-bas, dans ce tunnel ? Tu n'aurais jamais dû. C'était cruel. »

Tacit regarda Sandrine et Henry, qui se tenaient un peu plus loin, à moitié baissés contre les parois du passage ; il était conscient qu'ils entendaient tout ce qu'ils se disaient. Il se pencha vers elle en l'attirant contre lui.

« Ce n'était pas ton combat.

– Tu n'avais pas à t'y lancer seul.

– Si ! » siffla Tacit en se détournant. Il serra les poings et la dévisagea. « Je n'aurais pas supporté de te perdre. De savoir ce qu'ils t'auraient fait si tu étais venue avec moi. » Il posa les mains sur les épaules de la sœur et sembla se tasser, comme s'il avait perdu sa carrure robuste. « Écoute, je ne tiens pas particulièrement à ce que tu m'accompagnes. Tu peux rester ici ou bien retourner à la Chasteté, tu leur diras que tu étais mon otage et que tu t'es enfuie. Strettavario s'occupera de toi. Je suis désolé. Je n'aurais pas dû t'emmener. »

Mais Isabella se dégagea et secoua la tête.

« Ne me dis pas ce que je dois faire, Tacit. Tu m'as abandonnée une fois. Et tu ne recommenceras pas. Promets-moi que tu ne recommenceras pas ?

– Ça n'est pas possible, répondit Tacit.

– Promets-moi » insista-t-elle, campée devant lui.

Il céda, lui concédant cette victoire.

« D'accord, je te le promets. » Il baissa la tête, comme s'il prêtait serment, avant de poser à nouveau son regard sur elle. « Je promets de faire en sorte qu'il ne t'arrive rien.

– Ces retrouvailles sont extrêmement touchantes, les interpella Sandrine, mais elles ne nous mènent pas bien loin en l'état. »

Isabella l'ignora et posa ses mains sur le visage de l'inquisiteur.

« Mon Dieu, Poldek », murmura-t-elle, ses mains parcourant maintenant les plaies qu'avaient laissées les clous sur ses avant-bras. Elle les avait pansées du mieux qu'elle avait pu avec le matériel de Henry mais il paraissait toujours terriblement ravagé par ses blessures. « Que t'ont-ils fait dans cet endroit ?

– Ce n'est pas important », répondit-il alors qu'elle lui caressait le visage, dégageant quelques mèches de cheveux.

Sous la lumière crue d'une unique lanterne, Tacit avait l'air grave et défiant, son visage amoché et brisé par le temps qu'il avait passé en prison.

« Dieu merci, ils n'ont jamais touché à tes yeux. »

Tacit s'écarta et inspecta à nouveau la porte devant laquelle ils se trouvaient alors que Sandrine s'interrogeait.

« Que faisons-nous ici au juste ? »

Tacit ne répondit pas. Il surveillait le hall d'entrée. Ils étaient venus au bon moment. Le hall de l'Inquisition était désert. Aux petites heures, juste avant l'aube : c'était là l'un des rares moments où l'endroit était plongé dans le silence. L'heure des sorcières. Les inquisiteurs étaient soit au lit, soit en patrouille, soit morts. Il espérait que dans quelques minutes, il ne grossirait pas les rangs des cadavres, avec quatre balles de plomb dans le cœur tirées par un inquisiteur zélé qui aurait monté la garde. Il savait qu'ils le pourchasseraient jusqu'ici. Ils ne lâcheraient pas le morceau aussi facilement. La perspective lui retournait l'estomac.

La pâleur de la lune éclairait la chevelure d'Isabella d'un rose cendré, sa peau était diaphane. On eût dit qu'elle revenait d'outre-tombe, nimbée d'une beauté mortelle.

« Il faut que je récupère mon sac, mes outils, mes armes, dit Tacit. Derrière cette porte se trouve le hall de l'Inquisition. Il semble désert mais il y a peu de chances qu'il le soit réellement. Si jamais des inquisiteurs s'y trouvent, nous allons au-devant d'un certain nombre de problèmes, mais ce seront les miens. Personne ne doit me suivre. Compris ?

– Entendu, répondit Sandrine, les bras croisés, adossée au mur. Hors de question de me faire trucider pour un tas de vieilleries. »

Tacit jeta un regard à Isabella, et son ton se fit plus autoritaire.

« Tu restes ici. Si je ne suis pas de retour dans cinq minutes ou si vous entendez des tirs, filez. »

Tacit ouvrit la porte en grand et se faufila dans la pénombre. Il se baissa et observa le hall. Personne. Il prit une profonde inspiration et se releva, parcourant en quelques bonds la distance qui le séparait d'un guichet éclairé au bout de la pièce – les magasins de l'Inquisition. Alors qu'il traversait le hall à toute vitesse,

Tacit se souvint de la première fois qu'il l'avait visité en compagnie de son maître, l'inquisiteur Tocco, les yeux écarquillés, incrédule. Ce souvenir, cette excitation de découvrir un monde secret et animé au cœur des couloirs et des salles rutilantes du Vatican ne devait jamais le quitter par la suite, et le pic d'adrénaline qu'il avait ressenti à cet instant s'incrusta pour toujours dans son âme, comme un titre honorifique.

À peine avait-il pénétré dans la pièce qu'il entendit des pas derrière lui et il se retourna, jurant dans sa barbe.

« Je t'avais dit de m'attendre ! siffla-t-il.

– Et tu es venu me demander de l'aide, rétorqua Isabella. Cela veut dire que nous restons ensemble.

– Et que nous mourrons ensemble ?

– Si c'est ce qui nous attend, ainsi soit-il. »

Elle eut un sourire fugace et se concentra sur la lumière vert pâle qui émanait du guichet, une trappe rectangulaire taillée dans la pierre épaisse des fondations du Vatican. Tacit s'y arrêta, Isabella à ses côtés.

« Gaulterio ! » appela-t-il à voix basse, espérant que neuf mois après sa dernière visite, le vieux magasinier qui occupait le créneau dit « du cimetière » était toujours là.

Ils ne se seraient jamais débarrassés de lui. Il savait trop de choses et était trop respecté pour se faire renvoyer sans ménagement. Seule la mort arracherait le vieil homme à son poste.

« Qui va là ? demanda au bout d'un moment une voix éraillée, qui trahissait de la méfiance.

– Tu sais très bien qui c'est, répondit Tacit, dissimulant toujours son visage dans la pénombre.

– Poldek Tacit ! » s'étonna Gaulterio, la voix pleine d'empressement – mais le fait qu'il ait murmuré rassura Tacit : il ne donnerait pas l'alarme, du moins pas immédiatement.

Tacit et le vieux magasinier étaient liés par une admiration mutuelle, profonde et respectueuse. Gaulterio avait toujours tenu l'inquisiteur en estime à cause de ses exploits héroïques qui lui revenaient aux oreilles, et Tacit admirait Gaulterio car il ne lui demandait jamais de parler de ses missions, à l'inverse des autres jeunes hommes qui lui prêtaient main-forte dans la réserve, des pipelettes toujours friandes de ragots.

Tacit sortit de l'ombre et apparut au comptoir.

« Jésus, Marie, Joseph, marmonna le magasinier, la main à la gorge. Ils avaient bien dit que tu t'étais évadé.

– Ils disaient vrai.

– Que diable t'ont-ils fait ? demanda le vieil homme ratatiné en dévisageant lentement Tacit, plein d'incrédulité et de sidération à la vue de l'inquisiteur fourbu et blessé.

– De vilaines choses. Mais c'est du passé.

– Tu es venu récupérer tes affaires ? » demanda Gaulterio, une lueur dans les yeux.

Il inclina la tête et lui jeta un regard en coin par-dessus son nez aquilin.

« Oui.

– Ils voulaient les récupérer, dit le vieil homme, les lèvres tremblantes.

– Qui ça ?

– Le Conseil. Ils voulaient les saisir. Les mettre en lieu sûr. Dans un endroit sécurisé.

– Pourquoi ? »

Gaulterio haussa les épaules.

« Aucune idée. Je suppose qu'ils se sont dit que tu ne reviendrais pas de sitôt. » Son visage s'éclaira et un sourire malicieux apparut sur ses lèvres. « Je leur ai donné des vieux machins. J'ai prétendu que c'était à toi. Ils n'ont rien dit et sont partis les mettre sous clé. Qui eût cru que les vieilles frusques de quelqu'un d'autre pouvaient avoir autant de valeur ? » Aussi léger qu'un oiseau, le vieil homme recula et prit le temps de l'observer dans la pénombre, comme pour se convaincre que c'était bien Tacit, que ses sens ne le trompaient pas. « Ça fait du bien de te savoir de retour, Tacit. »

Ce dernier marmonna quelque chose et finit par s'appuyer sur le comptoir pour reposer sa carcasse, bras croisés.

« Et ça fait du bien de savoir que tu as encore des amis, commenta Isabella.

– Nous verrons bien, répondit Tacit, la mine sombre. En tout cas je boirais bien quelque chose.

– Et moi donc. »

Isabella faufila une main dans le creux de son bras et la resserra autour de son biceps, agréablement surprise de voir qu'il ne la repoussait pas.

« Mon Dieu, qu'est-ce que tu m'as manqué, murmura-t-elle, comme si elle adressait ces pensées intimes à elle-même.

– Pas ici », répondit Tacit, et il dégagea son bras.

Leurs regards se croisèrent, lourds de sens. Les larmes vinrent aux yeux d'Isabella.

« J'ai cru que je ne te reverrais jamais. »

Tacit se détourna, comme s'il ne pouvait pas supporter d'entendre ces mots, de voir sa douleur, mais elle le força à la regarder.

« Pourquoi tout se passe toujours aussi mal pour toi, Tacit ? On dirait que tu es... condamné pour toujours.

– Pendant un temps, dit-il en contemplant les dalles du carrelage, la main sur le menton, pendant un temps, je me suis beaucoup demandé...

– Quoi donc ? » s'enquit Isabella, et elle vit passer une lueur dans le regard de l'inquisiteur.

Il haussa les épaules.

« Eh bien, si quelque chose ne clochait pas, si quelqu'un ne me surveillait pas au Vatican. Quelqu'un qui me voudrait du mal. » Il repensa à Arras et à l'avertissement que le regard pâle du père Strettavario lui avait donné au bar ce soir-là, lorsqu'il l'avait prévenu qu'« ils » étaient à sa recherche. « Mais peut-être que... »

Il s'interrompit et se maudit de son manque de conviction. Il ne nourrissait que des soupçons, des hypothèses qui ne tenaient qu'à de minces fils – rien d'autre que des fils, qui s'emmêlaient en un écheveau de conclusions douteuses.

« Ils m'ont torturé, mais c'était comme s'ils me torturaient juste pour voir.

– Pour voir quoi au juste, Tacit ?

– Voir ce qui allait se passer. Voir si elles allaient venir.

– Quoi donc ?

– Les lumières. »

Isabella le regarda, abasourdie, déconcertée.

« Je ne suis pas sûre de bien comprendre. »

Mais Tacit secoua la tête et détourna le regard.

« Moi non plus. Mais elles ont toujours été là. Les lumières. Je ne sais pas de quoi elles sont faites, ni ce qu'elles signifient. Je n'en ai jamais parlé à qui que ce soit. Mais elles apparaissent toujours dans des moments de faiblesse, de puissance, ou bien lorsque je suis agité.

– Que font-elles ?

– Elles me parlent.

– Et que disent-elles, Tacit ?

– Des choses terribles. » Il la contempla et vit de l'amour et de l'inquiétude dans son regard. « Je pense que les personnes du Vatican qui m'étudient cherchaient à me tester, dans l'espoir de faire venir les lumières pendant les séances de torture. Je crois que quelqu'un savait que je possédais quelque chose.

– Pourquoi auraient-ils fait cela ? » demanda Isabella.

Mais Tacit se contenta de secouer la tête.

Un bruit les ramena auprès de Gaulterio, à proximité du guichet.

Le vieil homme faisait rouler un grand coffre en bois devant lui. Il s'arrêta devant le comptoir et se demanda comment il allait faire pour hisser le tout sur la tablette. Tacit ne lui laissa pas le temps de la réflexion. Il se pencha en avant et s'en saisit avec une facilité déconcertante ; la planche du guichet ploya légèrement sous le poids de la malle. Tacit l'ouvrit en un tour de main et se mit à farfouiller à l'intérieur, y dénichant tout un fatras d'objets : des armes, des gros livres, des objets pieux, des sacs cousus en feutrine, des instruments en verre et des éprouvettes, des herbes et des poudres fines conservées dans de petites timbales en fer. Il fourra le tout dans les grandes poches de son manteau, avant de déterrer sa cotte de mailles tout au fond de la malle. Il l'étendit devant lui pour l'admirer brièvement sous la lumière pâle puis la tendit à Isabella.

« Tiens », marmonna-t-il, avant de continuer ses fouilles à la recherche de quelque autre objet qui aurait pu lui être utile.

La cotte de mailles, extrêmement ouvragée, impressionna Isabella : elle était si légère et pourtant aussi solide que l'acier.

« Je ne suis jamais venu ici, Gaulterio, compris ? » murmura Tacit par-dessus son épaule, la voix et le regard lourds de menaces.

Le vieil homme hocha la tête et referma la malle.

« Au fait, Gaulterio, ajouta l'inquisiteur en plongeant les mains dans ses poches malgré tout le bric-à-brac qui les encombrait désormais. Merci. »

45

Cité du Vatican

Dans le couloir qui débouchait sur les quartiers de l'inquisiteur Cincenzo, monseigneur Benigni s'arrêta net et se retourna pour faire face à la personne qui le suivait, le dos plaqué au mur.

« Qui êtes-vous ? cria-t-il, la main sur son visage. Que me voulez-vous ? »

Georgi émergea de la pénombre et approcha sa silhouette menaçante de l'homme tremblotant.

« Georgi Akeldama ? » s'exclama Benigni, ses yeux porcins écarquillés derrière ses lorgnons.

Il l'avait tout de suite reconnu. Il était particulièrement physionomiste, même lorsqu'il s'agissait de gens censés être décédés depuis longtemps.

« Monseigneur Benigni, répondit Georgi en dodelinant de la tête. Toujours en train de fourrer votre nez là où vous ne devriez pas. Ne vous ont-ils pas prévenu des dangers que vous encouriez ?

– Je ne fais que ce qui m'a été demandé, marmonna Benigni piteusement.

– Mais moi aussi, monseigneur, répliqua Georgi. Moi aussi. »

Il leva la main en direction du prêtre qui se recroquevilla.

« Ne prenez pas mes yeux ! s'écria-t-il. Pas mes yeux ! »

Georgi s'esclaffa.

« Monseigneur Benigni, vous n'avez pas l'once de l'importance ni du talent que requiert un tel honneur, sourit-il avant de s'approcher encore plus près. Vous n'êtes rien d'autre qu'une gêne. »

46

Front italien, bataille de l'Isonzo, nord-ouest de la Slovénie

La température avait chuté et la pluie s'était mise à tomber, la première averse pour les soldats depuis des semaines. Pablo pensait qu'il aurait accueilli avec joie les gouttes de pluie dans ses cheveux, sur son dos, mais il était frigorifié par le froid mordant de la nuit. Sur le Karst, un jour caniculaire était toujours suivi d'une nuit glaciale.

Plus loin, la bataille faisait toujours rage, tandis que derrière lui les territoires conquis étaient jonchés des débris de l'action menée par la troisième armée italienne, qui profitait de ses gains.

Un hameau brûlait sur sa droite. Il se souvenait l'avoir aperçu à leur arrivée au crépuscule, quatre maisons dangereusement perchées sur une arête rocheuse, leurs occupants trop vieux et trop fragiles pour fuir. Les quatre habitations étaient désormais en proie aux flammes. Pablo ne savait pas ce qu'il était advenu des vieillards, et n'osait pas le demander.

Des humains au paysage, tout semblait tordu et malfaisant à la lumière des flammes qui dévoraient les bâtiments. L'ordre fut donné de se remettre en marche, de gravir la montagne ; on entendait le cliquetis des timbales que l'on rangeait dans les sacs et le crépitement des feux qui larguaient des cendres brûlantes, tourbillonnant dans le ciel, pendant qu'on faisait déguerpir les troupes.

Une fois la ligne de soldats en place, la pluie sembla s'atténuer quelque peu.

Un peu de clémence, se dit Pablo alors qu'ils se mettaient à grimper dans l'obscurité vers le sommet, vers le cœur de la bataille.

Quatre heures plus tard, Pablo avait pu dormir – un sommeil noir, sans rêves. Il n'était pas certain de comprendre comment il avait pu s'assoupir au beau milieu de toutes ces horreurs et de tous ces meurtres, des cris des hommes à l'agonie, du tourment des obus qui pleuvaient toujours, quoique moins fréquemment, le long de la tranchée défensive austro-hongroise que l'armée italienne avait conquise de haute lutte, et à grandes pertes. Mais Pablo avait dormi, bien que dans son sommeil il ait ressemblé à n'importe quel autre corps de la morgue qu'était désormais la tranchée, une grande tombe à ciel ouvert pour les milliers de soldats qui s'étaient fait massacrer lors de l'assaut en pleine montagne – le premier d'une longue série qui les attendait avant qu'ils ne puissent atteindre leur but. Le sommet. Le plateau du Karst.

La première chose qu'il sentit à son réveil, alors qu'il tentait de s'arracher au sommeil, fut l'impression qu'on essayait de lui dérober son fusil. Après des mois d'entraînement, son instinct prit le dessus, et il s'y accrocha furieusement pour le reprendre des mains du voleur. Il savait qu'il serait exécuté s'il perdait son arme. Il était hors de question qu'il soit abattu en de telles circonstances, pour désertion. Ça ne pouvait pas se finir de la sorte. Pas après tout ce chemin.

Le soldat jura et recula.

« Lève-toi un peu, sac à merde, au lieu de faire le mort comme un dégonflé ! » aboya l'homme en s'éloignant.

Pablo s'agenouilla et se retrouva dans la même position que celle de la prière. Il abaissa la tête et murmura quelques mots de son psaume favori, un moment de calme et de tranquillité au milieu de la mort et de la rage incandescente.

Soudain, il sentit la présence d'un prêtre à ses côtés, qui se mit à lui susurrer à l'oreille.

« Sais-tu pourquoi tu es ici, soldat ? lui demanda le prêtre, accroupi à côté de lui.

– Je suis là pour faire mon devoir.

– Certes, mais pour qui ?

– Pour mon roi et ma reine, et pour mon pays. »

Mais le prêtre se mit à rire.

« Pourquoi est-ce que tous les soldats me couvent ? demanda Pablo avec précaution. Pourquoi ne me laissent-ils pas partir au combat ?

– Nous voulons simplement nous assurer que tu restes sain et sauf. Toi et tes mains à six doigts. »

Le prêtre lui tendit sa propre main pour l'aider à se relever, mais Pablo eut immédiatement un geste de recul et se mit à crier. Car la longue main diaphane du prêtre était maintenant noire et putréfiée, comme celle d'un cadavre mort depuis longtemps.

« Mais que t'arrive-t-il donc ? lui demanda le prêtre alors que Pablo se relevait en chancelant, son fusil à la main. Viens ici ! s'exclama-t-il, le visage très animé, montre-moi tes mains ! Je veux vérifier qu'elles sont toujours intactes ! »

Une fois de plus, Pablo entendit le bruit de la mitraille et des obus qui s'écrasaient sur les cimes au-dessus de l'endroit où il s'était assoupi, et il comprit alors qu'il avait fait un cauchemar ; ses yeux s'entrouvrirent et il distingua le caporal-chef assis en face de lui. Les autres soldats étaient agenouillés dans une tranchée non loin derrière, prêts à franchir le prochain relief.

« Suis-je mort ? furent les premiers mots de Pablo. Suis-je en enfer ?

– Qu'en penses-tu ? demanda le caporal-chef en extrayant sa pipe de ses lèvres rubicondes et en triturant la chambre avec la pointe d'un coutelas.

– Je ne sais pas », répondit Pablo en observant autour de lui les corps morts des Italiens et des Austro-Hongrois, empilés de part et d'autre.

Abelli le dévisagea longuement.

« Nous avons remporté la tranchée avant du mont San Michele.

– À quel prix ? » demanda Pablo.

Le caporal s'esclaffa et fit rouler la pipe entre ses doigts.

Pablo détailla ses mains comme pour s'assurer qu'elles n'avaient pas subi de transformations à l'image de la putréfaction qui l'avait hanté dans ses rêves, puis il scruta les cimes vers lesquelles les soldats se précipitaient désormais.

« Qu'y a-t-il au sommet, caporal Abelli ? demanda Pablo.

– Pourquoi cette question ?

– Pourquoi est-ce si important que nous nous en emparions ? Il y a forcément des cibles plus stratégiques qui justifieraient cet immense sacrifice ?

– Tu es un jeune homme futé », répondit le caporal-chef en agitant un doigt. Il laissa reposer la phalange sur ses lèvres. « La plupart des soldats ne posent pas de questions. Ils s'exécutent, voilà tout.

– Ça ne fait pas de moi quelqu'un de futé. Simplement quelqu'un de prudent. De lâche, peut-être ? Je n'ai juste pas envie de mourir.

– Tu ne mourras pas, lui assura Abelli. Pas au front. »

47

Cité du Vatican

Tacit, suivi de près par ses trois acolytes, emprunta les escaliers d'un pas vif et bifurqua dans un couloir, après s'être assuré qu'il était désert. Il y avait une fenêtre au rez-de-chaussée qui courait le long du mur ; elle leur avait servi à pénétrer par effraction dans la Cité une demi-heure plus tôt et ils se faufilaient maintenant dans la même direction, Tacit sur ses gardes à chaque pas de porte qu'ils dépassaient. Il n'y avait pas de lumière, excepté celle de la lune à travers les vitres. Soudain, Tacit s'immobilisa et se baissa, Isabella à sa suite, Sandrine et Henry figés eux aussi, à quelques pas d'elle.

« Qu'y a-t-il ? demanda Isabella en plaçant une main sur son dos.

– Chut ! » répondit-il, la tête inclinée, comme s'il essayait de distinguer un bruit au loin.

Il se releva et se précipita vers une intersection, le dos courbé, les doigts écartés. Il se baissa de nouveau après quelques pas et tendit l'oreille, la tête toujours penchée, ses sens en alerte. Cinq secondes plus tard il se remit en mouvement, progressant plus avant dans le second couloir.

« Qu'est-ce qui a bien pu lui prendre ? s'exclama Henry, à bout de souffle. Ce n'est pas le bon chemin ! »

Isabella jura et se précipita à sa suite, la cotte de mailles toujours nichée au creux de son coude.

« Tacit ! » l'appela-t-elle sans trop élever la voix, l'inquiétude gonflant sa poitrine.

Ce n'était pas le moment de jouer les héros, de prendre des chemins de traverse. Pour une fois, elle partageait l'avis de Henry et Sandrine. Il fallait qu'ils quittent les lieux, qu'ils se rendent auprès de sœur Malpighi pour voir si elle pouvait les éclairer au sujet des événements, de la Main noire, de la marche à suivre. Elle savait que plus ils se dispersaient, plus grand serait le danger. Tacit avança à nouveau et Isabella jura de plus belle. Elle avait pressenti que revenir au Vatican était une mauvaise idée.

Tacit observait une masse sombre étendue par terre. Elle le rejoignit et eut le souffle coupé.

« Monseigneur Benigni », dit-elle dans un mince filet de voix en reconnaissant la silhouette avachie sur le carrelage.

Tacit inclina la tête du mort sur le côté, ses yeux perdus au loin dans la pénombre du passage.

« Le cou rompu », murmura Tacit d'une voix sombre, la bouche déformée par un sentiment d'admiration sinistre à la vue du procédé utilisé.

Un coup rapide. Un travail de professionnel. Un inquisiteur.

« Il n'a rien senti. » Il plaça sa paume sur le front du chef du Sodalitium Pianum. « Toujours chaud. Il vient juste de mourir. Il y a quelques minutes à peine. » Tacit scruta l'obscurité. « L'assassin n'est donc pas loin. Il n'a pas eu le temps de cacher le corps.

– Viens, dit Isabella, en le tirant par la manche pour qu'il se relève. Allons-nous-en. Nous devons partir. Maintenant.

– Sais-tu si Benigni vivait toujours dans la même résidence ? » demanda Tacit.

Il lui emboîta le pas, mais ses yeux restaient rivés sur le corps. Son esprit s'activait, obnubilé par cette nouvelle découverte – une découverte cruciale, soupçonnait-il. Isabella le lui confirma alors qu'ils trottinaient vers Henry et Sandrine, enjambant la fenêtre ouverte à leur suite.

Sous la porte cochère baignée par la lune, non loin de l'endroit où reposait Benigni, une silhouette observait leur départ, une ébauche de rictus aux lèvres, comme si elle se souvenait d'une vieille connaissance.

« Poldek », murmura Georgi, et son visage se fendit d'un grand sourire.

48

Pleven, Bulgarie

Poré rassembla ses quelques effets personnels dans le placard et les fourra dans son sac.

« Mais qu'est-ce que vous fabriquez ? » demanda l'homme qui partageait sa chambre d'auberge.

Poré avait pris trois chambres pour ses hommes dans un bâtiment bas et mitoyen du centre de Pleven, le temps de leur séjour ; la pancarte à la fenêtre promettait des lits propres et des tarifs bon marché, ce qui s'était avéré être le cas. Il était bien plus agréable de dormir dans un lit plutôt qu'à la belle étoile, allongé à même le sol, mais Poré savait qu'il était désormais temps de reprendre la route. Le plus vite possible.

« Nous partons. Ce soir. Fais tes bagages. Et préviens les autres.

– Mais, et le repas de ce soir ? Et vous nous aviez promis de la bière !

– Reste si tu le souhaites, répondit Poré en contournant l'homme pour farfouiller dans un tiroir, d'où il sortit les derniers habits en sa possession pour les enfourner dans son sac à dos. En ce qui me concerne, hors de question que je reste à Pleven plus longtemps. »

L'homme grogna.

« Qu'est-ce qui peut bien presser autant ?

– Il vaut peut-être mieux que tu ne le saches pas. En revanche, sache, dit Poré en pointant sur lui un index longiligne, que nous partons dans vingt minutes.

– Pas moi, répliqua l'homme, les bras croisés. Pas tant que je n'ai pas le ventre plein et profité d'une bonne nuit de sommeil. Et je parie que mes camarades vous diront la même chose.

– Et comment », ajouta une voix sur le pas de la porte.

Les yeux de Poré se rétrécirent en observant l'homme qui se tenait debout dans l'encadrement.

« Eh bien dans ce cas, je partirai seul. »

Il jeta son sac sur ses épaules et en ajusta les sangles.

« Mais quelle mouche a bien pu vous piquer, Poré ? s'étonna l'homme. Au début, lorsque nous avons accepté de vous suivre, vous nous disiez que nous partions à la chasse aux catholiques assurer notre bonne fortune en pillant et en montant des embuscades. Une vie sur la route.

– Justement, nous reprenons la route. Vers l'ouest, en Slovénie.

– Mais pour quoi faire ? » exigea de savoir son interlocuteur en s'avançant dans la pièce. D'autres de ses compères lui emboîtèrent le pas. « Vous nous amenez jusqu'à Pleven, à l'est, pour renifler des vieux camps de fortune et des feux éteints, et maintenant vous nous dites que nous allons dans le Karst ?

– Expliquez-nous au moins pourquoi nous devrions vous suivre », demanda un autre homme.

Le souvenir d'un grand bruit, accompagné d'une sensation de chaleur, envahit Poré – une lumière si intense qu'il avait dû se protéger les yeux. Il chassa l'image de son esprit et toisa les brigands qui l'encerclaient à présent.

« Si vous ne m'accompagnez pas, vous devrez me rendre les peaux que je vous ai données, dit-il, les joues empourprées.

– Ah oui ? gronda l'homme avec qui il avait partagé la chambre, alors que d'autres membres de la bande pénétraient dans la pièce à leur tour.

– Elles font partie du marché que nous avons conclu lorsque vous avez accepté de me rejoindre, rappela Poré, conscient qu'il était maintenant acculé par leurs carrures menaçantes. La toute-puissance, tant que vous partagiez ma route. Si nous nous séparons, vous vous séparez des peaux. Nous nous étions mis d'accord. »

Poré était maintenant rouge de colère face à la mutinerie qui couvait.

« Et que se passe-t-il si nous ne vous les rendons pas ? demanda un homme en venant se coller contre la silhouette émaciée du prêtre.

– Je ne veux pas me battre avec vous, répondit Poré, les dents serrées, les narines dilatées, mais je le ferai si vous ne me laissez pas le choix. »

Les hommes se mirent à rire.

« Et comment tu vas t'y prendre, hein, vieillard ? Tu es seul contre six !

– Les peaux, grinça un autre homme. Ce serait la moindre des choses que de nous les laisser après tout ce que nous avons fait pour toi.

– La moindre des choses ? cracha Poré. Lorsque je vous ai rencontrés, vous étiez de sombres ivrognes, même pas capables de pisser droit ! Je vous ai donné l'espoir, la foi.

– Tu nous as donné la puissance. Tu peux partir maintenant si tu le souhaites, mais les peaux restent ici. »

Mais alors que sa colère éclatait et que Poré se jetait sur l'homme, la fenêtre se brisa en mille morceaux et deux silhouettes encapuchonnées déboulèrent dans la pièce.

« Des inquisiteurs ! » cria Poré, qui s'accroupit et roula sur le côté alors que les premiers tirs retentissaient.

Deux hommes furent immédiatement touchés et tombèrent raides morts sur le sol.

La porte était toujours ouverte et Poré se précipita en claudiquant vers l'embrasure, attrapant son sac au passage, alors que de nouvelles rafales de balles criblaient le mur derrière lui. Il se jeta sur le palier et se retourna : à travers le tumulte de la poussière et des corps, il vit deux de ses hommes se transformer en loups et se ruer sur les inquisiteurs toujours plus nombreux. Le reste du groupe n'avait pas réagi assez rapidement et ils gisaient au sol, le regard perdu au loin.

Des hurlements à vous figer le sang se mêlaient au bruit des armes. Poré boitillait aussi vite qu'il le pouvait le long du couloir menant à la sortie, tout au bout. Il ouvrit la porte et tomba dans l'allée de l'arrière-cour. Des hurlements, des explosions, des cris fendaient l'air. Des rafales de balles soutenues s'ensuivirent et le silence revint alors se poser comme un linceul, tandis que les oreilles de Poré bourdonnaient encore du dernier tir.

« Aucun d'entre eux n'est Poré, si ? » entendit-il un inquisiteur crier, et son sang ne fit qu'un tour.

Ils savaient qu'il était en vie. Ils savaient qu'il se trouvait en Bulgarie.

Ils étaient venus le chercher, cette unité avait été missionnée pour le tuer. Il ne comprenait pas sa propre surprise. Des mois durant, il s'était attendu à ce qu'ils le pourchassent : le Conseil et l'Inquisition avaient donc fini par savoir qu'il avait quitté Paris et survécu, et ils n'avaient eu qu'à suivre le sillon de carnage qu'il avait laissé sur son passage à travers toute l'Europe.

« Je crois qu'il a rampé par là ! s'écria l'un des inquisiteurs. Il est sorti de la pièce !

– Le rat ! Il a dû partir de ce côté-ci. »

Poré entendit des pas dans le couloir derrière lui. Il jaugea les issues de l'allée. Il y avait une porte devant lui et il essaya de l'ouvrir, soulagé de constater qu'elle n'était pas fermée à clé. Il disparut dans le bâtiment à l'instant même où les inquisiteurs se précipitaient dans l'allée.

« Tu es sûr qu'il est parti par là ? demanda l'un d'eux.

– De ce côté-ci, répondit un autre, et Poré comprit que l'homme désignait la porte qu'il venait d'ouvrir. Il a dû se réfugier à l'intérieur. »

De l'autre côté de la porte, Poré sortit sa peau de loup et la revêtit.

« Venez me chercher », grinça-t-il, alors que la rage envahissait son crâne, ses membres, son corps tout entier.

Tout devint rouge et argenté et une faim insatiable se mit à le tenailler.

La poignée de la porte tourna et le loup surgit, décapitant l'inquisiteur qui menait les troupes et découpant le bras de celui qui se tenait juste derrière.

« Tire-lui dessus ! » cria un acolyte de l'autre côté du rideau de balles argentées qui pleuvaient, alors que Poré bondissait, griffait, lacérait tout ce qui bougeait, faisant claquer sauvagement ses mâchoires infâmes et monstrueuses.

49

Rome

Le Grand Inquisiteur Düül entendit le cliquetis métallique d'une arme dans le couloir et se tenait prêt lorsque l'inquisiteur bondit dans la pièce.

« Tacit ! » s'exclama l'homme.

Il avait traversé la ville au pas de course depuis le Vatican et dégoulinait de sueur, haletant.

« Eh bien, que se passe-t-il ? » répondit Düül.

Il plissait le front, son pouls s'était accéléré.

« Il a été aperçu ! Au Vatican. Dans le hall de l'Inquisition !

– Rassemblez une unité !

– Toute une unité ? Nous pouvons nous le permettre ?

– C'est de Tacit qu'il s'agit, répondit Düül. Nous savons de quoi il est capable. Verrouillez tous les accès au bâtiment. Faites en sorte qu'il ne s'échappe pas. Trouvez-le et ramenez-le-moi vivant.

– Vous ne venez pas ? »

Düül sortit son cimeterre de son fourreau et passa un doigt sur la lame longue de trente centimètres.

« Non, dit-il en regardant une gouttelette de sang ruisseler sur son pouce. Je vais l'attendre et je lui appliquerai la peine finale lorsqu'il sera à genoux devant moi. »

50

Front italien, bataille de l'Isonzo, nord-ouest de la Slovénie

Il n'avait pas fallu longtemps pour que Pablo et le reste de son unité se retrouvent à nouveau pris dans la bataille, comme si la guerre était un vortex qui les attirait perpétuellement en son centre. À environ trois cents mètres sur la plaine, un nouveau carnage se déroulait au pied d'une petite crête, dont la roche se brisait sous les tirs des canons de courte portée.

« Je n'ai plus de munitions ! » s'écria Pablo à l'intention d'un soldat à côté de lui alors qu'ils chargeaient l'ennemi au pas de course.

L'air était chaud et enfumé, le sol pentu et jonché de cailloux mettant à l'épreuve leurs jambes, leurs poumons, leur cage thoracique qui brûlaient sous le poids de l'effort.

« Je n'ai plus de munitions ! » cria-t-il à nouveau, conscient qu'il était aussi démuni qu'un enfant, tout en se dirigeant vers la tranchée ennemie.

Au sommet de la crête, une scène digne des profondeurs terribles des enfers se déroulait. Chaque centimètre carré du paysage était criblé de trous d'obus, envahi de cailloux, de déchets charriés par la guerre, d'armes cassées, de carrioles, de pistolets, d'éclats de shrapnel. Le sol était recouvert d'un tapis cramoisi qui virait au noir sous le soleil – le sang de tous les soldats, quel que fût leur camp. Des membres arrachés étaient dispersés çà et là, déchirés par la férocité du combat qui avait fait rage.

Pablo se prit les pieds dans quelque chose et il tomba en poussant un cri, les mains et les poignets cisaillés par la rocaille aiguisée, son uniforme plein d'accrocs. Son fusil lui échappa des mains et une voix dans son dos lui intima de le récupérer et de se relever. Pablo vit un sergent svelte passer devant lui. Ses bottes s'étaient prises dans les fils du téléphone d'une base de communication. Il se dégagea du piège et tituba, avant d'essuyer ses mains ensanglantées sur le revers de sa veste, voyant que le caporal-chef Abelli l'attendait, accroupi dans un trou d'obus rempli de sang croupi.

« Je n'ai plus de munitions ! cria-t-il plaintivement en tendant une main tordue vers un autre soldat non loin de lui. Je n'ai plus de munitions ! » Il se rendit compte qu'il avait l'air pathétique et désespéré ; le soldat ne se retourna même pas. « Aidez-moi ! Je ne peux pas me battre ! »

Il le secoua par les épaules et le soldat lui tomba dessus, raide mort, le torse transpercé de part en part.

« Il te reste ton fusil, lui dit le caporal-chef par-dessus l'épaule du mort, étudiant la ligne ennemie, tapi dans son trou. Utilise-le ! lui ordonna-t-il.

– Mais je n'ai plus de munitions ! » lui répondit Pablo. Il comprit alors ce que le caporal-chef voulait dire et eut envie de pleurer. Il savait qu'il n'était pas capable de défoncer le crâne d'un homme avec la crosse de son fusil. Ce serait trop barbare. Et il ne l'était que peu. Tout le monde paraissait plus grand que lui. Tout le monde, sauf ces cadavres qui gisaient sur les pierres, comme si la mort les avait ratatinés. « Je ne peux pas ! pleura Pablo en tombant à genoux. Je ne peux pas battre un homme à mort.

– Bien sûr que si, tu en es capable, murmura Abelli, une main sur l'épaule de Pablo. Souviens-toi simplement qu'il ne faut jamais avoir peur de la mort. Une fois que tu as accepté que la mort est la seule certitude que nous ayons dans la vie, que personne ne peut en réchapper, alors tout devient plus simple. »

51

Cité du Vatican

« Nous ne devrions pas faire ça », répéta Isabella, aux côtés de Tacit dans les quartiers résidentiels du Sodalitium Pianum.

Derrière eux, Sandrine et Henry les surveillaient étroitement.

« Changement de plan, dit Tacit. Strettavario a précisé que Benigni enquêtait sur la mort de l'inquisiteur Cincenzo pour le compte de l'Inquisition et du Conseil. Si Benigni a été tué, alors peut-être avait-il découvert quelque chose, quelque chose que quelqu'un ne voulait pas qu'il sache. Il faut creuser cette piste. Nous irons voir sœur Malpighi plus tard. »

Le verrou cliqueta et Tacit rangea le crochet qu'il avait récupéré dans la réserve de l'Inquisition puis ouvrit la porte.

« Personne ? demanda Sandrine.

– On dirait bien », répondit l'inquisiteur, en s'avançant prudemment dans les appartements de Benigni, les autres à sa suite.

Isabella referma la porte. Même le bruit du loquet lui fit l'effet d'une explosion au milieu du silence désolant qui régnait.

« Nous ne devrions pas être là. »

Tacit l'ignora et pénétra dans la pénombre de la résidence avec plus de prudence qu'Isabella ne l'en croyait capable. La lune était leur seule source de lumière et filtrait à travers les persiennes, en de fines rayures argentées. On pouvait voir la poussière flotter dans la pièce à travers les rais lumineux de l'astre.

« J'ai l'impression d'être une voleuse, reprit Isabella en rattrapant Tacit, s'agrippant à son bras. Et ça n'aide pas de savoir que le Conseil a peut-être déjà trouvé le corps de Benigni et arrivera bientôt. »

Derrière eux, Sandrine et Henry fouillaient l'appartement dans le coin opposé, à la recherche d'indices.

« Comment fais-tu, Tacit ? demanda Isabella d'une voix douce. Deux heures après être réapparu dans ma vie, au bout de neuf mois d'absence, tu me fais entrer par effraction au Vatican, tomber sur un cadavre et retourner l'appartement de la victime. » À ces mots, une vague d'excitation s'empara d'elle, accompagnée d'une sensation de légèreté dans la poitrine. Après de longs mois passés à servir la Chasteté, elle se rendait compte à quel point elle savourait leurs pérégrinations. Elle ressentit le besoin d'enserrer le bras de Tacit, de se blottir contre lui. Elle repoussa son envie et déplia ses doigts. « Je suppose que j'avais oublié à quel point ta compagnie est divertissante », conclut-elle en souriant.

Tacit demeura silencieux. Il arpentait la résidence : il y avait un bureau dans la pièce suivante et ses yeux repérèrent immédiatement un dossier posé sur le meuble, éclairé par un simple rayon de lune. Il s'en saisit et le feuilleta, se rapprochant de la fenêtre pour mieux en lire le contenu. Il le referma et inspecta minutieusement la couverture, laissant courir ses doigts sur le sceau du Sodalitium Pianum qui maintenait en place plusieurs liens servant de reliure. Juste à côté du sceau, Benigni avait mentionné de son écriture nette l'édition et le numéro du dossier. Tacit se réjouit de constater qu'il s'agissait d'un gros chiffre. Personne ne pouvait accuser le Sodalitium Pianum de lambiner lorsqu'il s'agissait de mener l'enquête sur les brebis égarées et tombées en disgrâce.

Tacit parcourut à nouveau le contenu du dossier, cette fois plus lentement, la mine sérieuse et déterminée. Il reconnaissait la plupart des noms listés à l'intérieur, engrangeant dans sa mémoire les mauvaises conduites des accusés, au cas où. Vol, cupidité, les prémices d'un athéisme, un soupçon d'homosexualité. Toutes ces données se révèleraient probablement utiles à terme. Il se raidit, se rappelant soudainement qu'il n'était plus inquisiteur. Ce n'était plus son rôle d'enquêter et de traquer. Cette prise de conscience le piqua et il jura, se forçant à poursuivre sa lecture. Qu'importe, la pulsion de l'intrigue coulait dans ses veines. Il lui serait impossible de changer les réflexes de toute une vie. Il fallait qu'il comprenne pourquoi Cincenzo et Benigni avaient été tués. Quelle que fût sa place dans le grand ordre des choses, il lui fallait des réponses. Et il était persuadé que les deux événements étaient liés.

« Tu as trouvé quelque chose ? » demanda Isabella, qui s'approcha de lui après avoir farfouillé dans les tiroirs du bureau.

Il s'interrompit, stupéfait par ce qu'il venait de découvrir. Il referma le dossier et passa ses doigts le long de la reliure, tâtant son épaisseur avant de l'ouvrir à nouveau et de remonter le fil des pages. Il tint le dossier ouvert et passa son doigt à l'intérieur, puis le leva à plat, à la lumière de la lune. Ses yeux brillèrent, sa trouvaille l'animait. On avait arraché des pages. Maintenant, il savait pourquoi monseigneur Benigni avait été assassiné. Le chef du Sodalitium Pianum avait découvert quelque chose que l'on souhaitait garder secret.

Cette révélation était aussi excitante que frustrante. Quelles informations avaient bien pu valoir la mort à monseigneur Benigni ?

Isabella vit à son expression qu'il avait mis le doigt sur quelque chose.

« Qu'y a-t-il ?

– Benigni avait fait une découverte. La raison pour laquelle il a été tué. Un dossier qu'il compilait.

– Quelle découverte ?

– Je ne sais pas. Justement. Des pages ont été arrachées.

– Montre-moi », dit Isabella, et Tacit lui tendit le dossier d'un air absent.

Il caressait son menton râpeux, le regard perdu dans les rues romaines au reflet argenté. Il se demandait si Benigni avait constitué le dossier seul ou bien avec l'aide d'autres personnes. Si tel était le cas, elles avaient donc connaissance de son contenu, mais elles seraient alors tout aussi en danger. Il serait facile de retrouver leurs noms. Les rencontrer serait plus difficile. Il savait qu'il n'avait pas les ressources ni les contacts qui lui permettraient de les solliciter.

Des possibilités contrariées. Il sentait la frustration le gagner.

« Il y a quelque chose d'écrit ici, s'exclama Isabella avec entrain, en tournant la première page juste après celle qui avait été déchirée, ses doigts parcourant avec délicatesse la surface du papier.

– Quoi donc ? »

Isabella repoussa une mèche de cheveux acajou et se tourna vers le bureau : elle s'y précipita, saisit un crayon et se mit soudainement à noircir la page dentelée du bout de la mine pour faire apparaître en miroir les mots qui avaient été inscrits.

« Où est-ce que tu as appris cela ? lui demanda Tacit, impressionné.

– Il n'y a pas de secret qui tienne longtemps au sein de la Chasteté, répondit Isabella d'un ton léger, la langue entre les dents. Voilà », dit-elle en reposant le crayon et en revenant près de la fenêtre.

Les chiffres qui apparaissaient miroitaient sous la lueur gris argent de la lune.

48.881196
13.561646

« Qu'est-ce que ça peut bien être ? demanda Isabella en se tournant vers le visage grave et fatigué de Tacit.

– Des numéros de dossiers ? s'interrogea-t-il à voix haute, en lui prenant le document des mains pour mieux le scruter.

Quelque chose de conservé dans une bibliothèque ? Quelle que fût la trouvaille de Benigni, je crois qu'elle contient les réponses que nous cherchons. »

De l'autre côté de l'appartement, quelqu'un tapi dans la pénombre remua et décocha un coup de poing dans la tempe de Sandrine, qui n'avait rien vu venir. Un inquisiteur habillé de noir. Elle s'affaissa en grognant, immobile. Instantanément, Henry fondit sur l'homme.

« Salaud ! » s'écria-t-il, avant qu'un autre inquisiteur ne se jette sur lui.

Un coup de poing dans le ventre lui coupa le souffle et un second le priva de la vue.

D'autres silhouettes noires s'amassèrent dans la pièce et Tacit bondit sans une once d'hésitation.

52

Cité du Vatican

Tacit réagit le premier et renversa le bureau, avant de se mettre en garde. L'inquisiteur le plus proche se baissa mais il fut trop lent et reçut un coup sur la tempe. Il s'écrasa contre le mobilier. Un second inquisiteur envoya un coup de poing que Tacit évita avant de riposter du gauche : l'homme se retrouva au sol, l'œil droit fermé pour de bon.

Les autres intrus reculèrent et Tacit frappa dans le vide, exposant son flanc gauche. L'un des assaillants en profita pour lui fracasser trois côtes d'un direct virulent ; Tacit jura et vacilla, la main à l'endroit où le coup avait porté. Le visage de l'homme était caché dans la pénombre, mais Tacit aperçut tout de même une lueur de soulagement et de satisfaction dans son regard.

Tacit se rua de nouveau en avant, feignant de vouloir enserrer l'un d'eux pour finir par lui décocher un coup de genou, une solution simple mais efficace qui projeta l'homme contre le mur. Tacit ne lui laissa pas le temps de récupérer ; il enchaîna du droit puis du gauche, amena l'homme à genoux et lui fit une clé de cou. Il le jeta sur son épaule puis lui rompit la nuque, un craquement sinistre résonnant juste avant que l'homme ne tombe au sol.

Un autre maniait une matraque que Tacit, accroupi, esquiva sans problème ; il se releva d'un bond pour boxer l'homme une fois, deux fois en plein visage. Il le croyait hors d'état de nuire mais l'inquisiteur roula immédiatement sur le côté et se releva, prêt à se défendre, les poings aussi rapides que l'éclair. Tacit ne connaissait pas cet inquisiteur mais il savait clairement se battre.

Tacit encaissa six coups avant de comprendre son angle d'attaque : il arrêta le septième en plein mouvement et tordit le bras de l'attaquant au niveau du coude, ce qui le fit gémir de douleur. Tacit le retourna et appuya son propre coude sur sa nuque.

Bonne nuit, lui dit-il en pensée alors qu'il lui portait le coup fatal.

Deux autres hommes lui sautèrent alors sur le dos, un troisième se jetant sur ses jambes ; il comprima l'aine de Tacit, qui fut forcé de s'agenouiller. Un coup de pied l'atteignit immédiatement, suivi d'un autre, qui s'écrasa contre son menton et le projeta en arrière.

Il fit une roulade et se remit sur pied, à moitié baissé, observant ses assaillants qui avaient adopté la même position. Ils étaient bons, mais ils devaient s'y mettre à trois pour rivaliser avec lui. Tacit était néanmoins épuisé, il payait cher ses neuf mois d'emprisonnement. Il envisagea d'en finir et de sortir son Colt pour se débarrasser d'eux une bonne fois pour toutes. Mais il savait que le bruit alerterait tous les autres inquisiteurs du Vatican.

« Qui vous envoie ? gronda Tacit en décrivant un cercle autour d'eux, évaluant la meilleure façon de percer leur défense, attendant leur prochain assaut. Répondez ! Qui servez-vous ? »

L'inquisiteur qui menait l'attaque secoua la tête, toujours baissé, ses yeux durs rivés sur Tacit, sans ciller.

Tacit eut un sourire mauvais et s'élança à une vitesse qui surprit le meneur. Il feignit de lui décocher un coup de pied circulaire et lui envoya à la place un uppercut qui fit vaciller l'homme, avant de finir par un grand coup de poing dans la bouche. Il sentit les dents de l'inquisiteur se briser avec fracas puis vit du sang assombrir son menton. Il aurait pu en rester là, convaincu que l'homme ne pouvait maintenant plus se battre, mais il se souvint qu'il n'aimait pas laisser les choses inachevées. Il lui envoya un direct du gauche qui vint le cueillir à l'estomac puis le plaqua contre lui ; il lui brisa deux côtes de son droit, le cogna violemment au visage de son poing gauche, avant de le défigurer pour de bon en le frappant sur l'autre joue.

Tacit haletait. Ses muscles étaient bandés, sa respiration rapide. Et il avait donné l'opportunité aux deux autres inquisiteurs de l'attaquer.

Il suffit d'une simple hésitation, d'une fraction de seconde.

L'un d'eux lança un uppercut qui s'écrasa entre sa pomme d'Adam et sa mâchoire avec la lourdeur d'un train de marchandises – un coup qu'il aurait certainement évité neuf mois plus tôt, s'il n'avait pas été distrait par autre chose. Il recula en chancelant, la pièce tournoyait. Il s'agrippa à l'homme jusqu'à ce que sa vision se stabilise, parant les coups. Il se sentait plus à l'aise ainsi – un combat rapproché, sauvage. Il savait comment se mouvoir, où frapper. Mais il en était de même pour les deux autres inquisiteurs, qui dosaient parfaitement leur force – sans trop de violence pour ne pas achever le combat trop vite, et avec tout juste de quoi lui faire comprendre qu'il se battait dans la cour des grands.

Tacit envoya un magnifique coup de poing dans le plexus de l'homme avec lequel il s'était mis à lutter, mais la carrure de ce dernier était suffisamment imposante pour encaisser un tel coup, qu'il retourna au centuple dans les reins de Tacit. Un genou à terre, Tacit cria sous l'effet de la douleur qui irradiait son flanc droit. Il évita le coup suivant, tâchant de gagner du temps pour se dégager de l'emprise de son adversaire et reprendre son souffle. Son souffle ! Tacit n'en revenait pas de voir à quel point il haletait, et à quel point les hommes qui lui faisaient face respiraient quant à eux normalement. Tacit se jeta sur le second assaillant mais ce dernier s'écarta, et il vit le reflet d'une broche d'inquisiteur miroiter au clair de lune. Il tenta de lui assener un énorme crochet – un va-tout qui pouvait néanmoins se révéler dévastateur lorsqu'il atteignait sa cible. L'inquisiteur se baissa et écrasa son poing sur la mâchoire de Tacit. Une sensation d'obscurité et de froid commença à l'envahir de toutes parts.

C'est fini, pensa-t-il, mais sa conscience revint à lui et la silhouette qui lui faisait face arrêta de se dédoubler. Il planta l'index et le majeur de chaque main dans les yeux de l'homme, aussi profondément que des clous. L'inquisiteur hurla et s'affaissa, aveuglé.

Il n'en restait plus qu'un, derrière lui, mais l'homme lui sauta dessus avant même que Tacit n'ait eu le temps de lever les poings. L'inquisiteur était au moins aussi grand que lui, et rapide – plus rapide que Tacit, qui était exténué par le combat. Il sentit une quatrième côte craquer puis se briser sous l'effet de deux directs assenés vivement sur sa poitrine, son œil droit poché par un crochet du gauche. Tout ralentissait. Tacit était rouillé, fatigué. Et stupide. Il aurait dû utiliser son Colt. Il aurait dû en finir. Au lieu de ça, il allait mourir ici. On l'avait enfermé pendant trop longtemps. C'était une erreur d'être venu là. Il aurait dû s'enfuir, changer de vie. Mais alors il n'aurait jamais su qui avait tué l'inquisiteur et si l'Antéchrist était vraiment de retour. Et Isabella. Il y avait Isabella. Isabella...

Une silhouette sortit de la pénombre et assomma l'inquisiteur à l'aide d'un barreau de chaise. L'homme vacilla et pivota sur la droite, son crochet du gauche battant l'air. Tacit en profita : il lui décocha un coup de poing juste sous les côtes et finit par lui massacrer le muscle splénius, ce qui eut pour effet d'amollir tout son côté gauche. Il tituba, la main tâtonnant dans le vide. Tacit le laissa retomber avant de se retourner pour identifier son complice. Isabella. Il la serra contre son épaule, prenant appui sur elle pour marcher.

« Merci, grogna-t-il.

– Est-ce que ça va, Tacit ? » demanda-t-elle, sachant pertinemment que ce n'était pas le cas.

Il hocha la tête et balaya la pièce du regard pour vérifier qu'aucun autre inquisiteur n'était présent. Il aperçut Sandrine et

Henry de l'autre côté de l'appartement, clopina dans leur direction et s'accroupit ; Sandrine se mit à bouger lorsqu'il vérifia son pouls.

« Que se passe-t-il ? demanda-t-elle d'une voix pâteuse.

– Pas le temps d'expliquer, répondit Isabella alors que Tacit tirait Henry pour le mettre sur son épaule. Est-ce que vous pouvez marcher ? »

Sandrine se remit sur pied avec difficulté et précaution, puis acquiesça.

« Bien, gronda Tacit. Et maintenant, on file. L'Inquisition va envoyer d'autres hommes dès qu'elle saura ce qu'il s'est passé.

– Gaulterio ? demanda Isabella. Il nous aurait trahis ? »

Mais Tacit secoua la tête.

« Nous avons dû être repérés et déclencher une alarme.

– Je savais que c'était une mauvaise idée de venir ici, dit-elle en s'engouffrant à sa suite dans le couloir qui bordait la résidence.

– Non, répliqua Tacit. Heureusement que nous sommes venus. Nous avons découvert quelque chose.

– Quoi donc ?

– Une chose que quelqu'un ne voulait pas qu'on apprenne. »

53

Romaldkirk, nord du Yorkshire, Angleterre

Après l'école, les trois enfants s'étaient rendus à la ferme en courant aussi vite que leurs petites jambes le leur permettaient. À la minute où avait retenti la cloche qui sonnait la fin de la classe, ils avaient jailli du bâtiment, cartable à l'épaule, ou bien fermement empoigné et valsant en pleine course. Ils adoraient rendre visite à la bergère et à son troupeau, et ce jour-là, on leur avait en outre promis une petite surprise : il était temps d'amener les agneaux au pied de la colline en vue du marché de campagne qui allait se tenir ce week-end-là, et Mrs Simpson avait dit aux enfants qu'ils pourraient repartir avec un petit agneau, si leur père était d'accord, bien sûr. Il avait fini par accepter en maugréant, sous l'œil insistant de sa femme.

« Je meurs d'excitation ! couina Maisie, ses tresses rousses rebondissant à chaque foulée. Où est-ce qu'on va le mettre ?

– Papa a dit qu'il pouvait aller au jardin, répondit Ross, son frère. Tant qu'il ne vient pas se mettre dans ses pattes.

– Ou manger ses carottes ! rit Annabel, la benjamine.

– Nous en prendrons le plus grand soin, insista Ross. Et comme ça, chaque été, on pourra faire notre propre laine !

– J'aimerais bien avoir un agneau noir, dit Maisie.

– Allez, venez ! Le premier arrivé au pré choisit l'agneau ! »

Ils s'éloignaient des sous-bois ombragés de Phillis Wood, les filles à la suite de Ross, et couraient le long du chemin pavé qui coupait à travers les deux champs de la ferme des Simpson, un peu plus bas. Maintenant qu'ils apercevaient la bâtisse en vieille pierre grise, leur excitation était à son comble.

« Je n'entends rien », dit Ross alors qu'ils approchaient. Il ralentit le pas pour permettre à ses sœurs de le rattraper. « Je pensais que Mrs Simpson aurait mis les bêtes au pré et qu'on entendrait bêler.

– Peut-être n'a-t-elle pas encore pu faire sortir les moutons de la ferme ? supposa Maisie, dont la déception était palpable.

– Peut-être qu'il n'en était pas question ? poursuivit Annabel. Peut-être qu'elle ne disait pas vrai et qu'elle ne comptait pas amener les moutons au pré ? Quand j'y pense, elle avait l'air vraiment bizarre le jour où elle nous a proposé ça, comme si elle nous faisait une mauvaise blague. Vous vous souvenez de sa tête ? Comme si elle se moquait de nous ? »

La petite fille revoyait la bergère, qui s'était montrée tout à fait impolie à certains moments de leur visite, qui avait paru effrayante même, avec ses yeux pleins d'une lumière troublante.

« Mrs Simpson n'est pas une menteuse, rétorqua Ross. Peut-être que les moutons sont sages. De gentils petits moutons qui se taisent jusqu'à notre arrivée ? »

Ils coururent à l'arrière de la ferme, jetant des coups d'œil par la fenêtre et dans la basse-cour. Ils étaient persuadés d'avoir vu la silhouette de la bergère dans l'autre pré avec son troupeau, mais ne s'arrêtèrent pas plus longtemps pour l'observer. Ils remontèrent plutôt le chemin de pierre qui longeait la maison pour accéder directement au carré d'herbe où elle se trouvait et venir à sa rencontre.

La bergère, le dos tourné aux enfants, sembla hésiter puis fit volte-face, la fente violente d'un sourire sur son visage, qui était éclaboussé de sang. Elle tenait quelque chose dans les bras. Ses habits, ses mains étaient maculés de sang, et le pré tout entier était recouvert des corps blancs des moutons massacrés.

Les enfants se figèrent soudain et Annabel et Maisie se mirent à hurler. Ross pleurait, la main sur les yeux.

« Mais que faites-vous, Mrs Simpson ? cria-t-il. Qu'avez-vous fait ? »

Ses mains retombèrent et il contempla le carnage qui s'étendait jusqu'au bout du pré.

La bergère laissa tomber l'agneau sans vie sur le sol pavé et s'avança vers les enfants.

« L'Agneau de Dieu se couche devant lui, s'exclama-t-elle, comme si elle récitait un sermon.

– Devant qui, Mrs Simpson ? pleurnicha Ross, secouant la tête sous l'effet de la colère et de l'incompréhension.

– Devant l'Antéchrist ! rit-elle de bon cœur. Il arrive. Et sa puissance est présente partout sur Terre. »

54

Frontière slovène

Nu, ensanglanté, couvert de boue, Poré tomba à genoux et laissa sa tête retomber, comme s'il s'avouait vaincu. Mais il ne l'était pas – pas encore. Il avait galopé des heures durant, de Pleven jusqu'à cet endroit, à l'ouest, vêtu de sa peau de loup, sans s'arrêter une seule fois, pas avant qu'il fût certain d'être hors de portée des inquisiteurs lancés à sa poursuite. Pas avant d'être certain qu'ils ne puissent plus le suivre à l'odeur.

Lorsqu'il était loup, il était plus fort, plus rapide. Sa blessure à la cuisse ne le gênait pas autant. Mais même un loup doit se reposer de temps à autre.

Il récupéra son souffle graduellement et observa l'horizon, à l'ouest, là où les collines baignaient déjà dans l'obscurité de la nuit. La Slovénie, et au-delà, quelque part, l'Italie, et le Karst.

Il inspecta les touffes gris et blanc de la fourrure, qu'il triturait. Ses pensées dérivèrent vers ses compagnons de route, tous morts désormais, tués par ceux qui avaient contrecarré ses plans à Paris. Un sentiment proche du désespoir s'empara de lui et, sans prévenir, il ressentit le besoin impérieux de pleurer. Il laissa éclater ses sanglots, parcouru de frissons, essuyant ses larmes avec la fourrure, se sentant si seul, terriblement seul. En son for intérieur, il avait apprécié de trouver du réconfort auprès d'autres hommes aussi désespérés que lui, des hommes qui partageaient la même haine pour cette maudite religion.

C'étaient certes des brigands et des filous, qui avaient tous trempé dans des histoires de violence et de crime, mais ils étaient venus avec lui et lui avaient fait confiance, du moins pendant un temps.

Il avait eu l'outrecuidance de penser, depuis cette nuit où il avait découvert la fourrure abandonnée de Frédéric Prideux, puante au fond d'une poubelle à l'arrière de Notre-Dame, que la messe pour la Paix n'avait été qu'un galop d'essai en prévision d'une grande histoire qui allait s'écrire, et dont il serait l'auteur. Il avait fini par comprendre que le chemin qu'il empruntait lui était dicté par une puissance supérieure, et qu'il serait forcément long et semé d'embûches.

Mais tout allait bientôt prendre fin. Il espérait simplement que cette fin n'avait pas déjà eu lieu.

Une soudaine sensation de chaleur irradia l'arrière de sa nuque, comme si le soleil ne brillait que pour lui. Il scruta les cieux scintillants qui préparaient l'aube, comme s'il tâchait de déchiffrer les constellations.

Il y avait maintenant une lumière qui brillait. Une voix se fit entendre, une voix qu'il reconnut d'une autre époque, lorsqu'il était jeune, sa mélodie aussi douce à ses oreilles qu'elle l'avait été alors. Il s'attendit presque à voir un cercle d'anges tant la voix était belle et la chaleur qu'il ressentait était grande. Et puis il la vit, la lumière, à la fois vive et terrible, aveuglante, le privant de tout mouvement ou presque, se protégeant simplement les yeux à grand-peine. Elle était à la fois terrifiante et majestueuse, mais une force renouvelée l'envahit et la voix s'adressa alors à lui, aussi claire qu'un carillon.

« Gérard-Maurice Poré, déclama-t-elle, il te reste beaucoup à accomplir. Et sur toi reposera un jour le sort de tant d'autres. »

Presque aussi soudainement qu'elle était apparue, la lumière s'évanouit et l'homme agenouillé fut à nouveau plongé dans la pénombre et le froid, à l'exception de la maigre lueur de l'aube qui se déployait timidement derrière lui.

Il releva la tête vers l'horizon, discernant l'aurore qui y formait une fine ligne rouge. Il se leva lentement et se mit à marcher, convaincu que chaque pas l'amenait plus près de la rédemption et du sacrifice.

QUATRIÈME PARTIE

« Ce n'est pas un ennemi qui m'outrage, je le supporterais ; ce n'est pas mon adversaire qui s'élève contre moi, je me cacherais devant lui. C'est toi, que j'estimais mon égal, toi, mon confident et mon ami ! Ensemble nous vivions dans une douce intimité, nous allions avec la foule à la maison de Dieu. »

Psaumes, 55, 12-14

55

Cité du Vatican

« Quelle direction ? » cria Isabella, perdue dans le dédale des couloirs.

Cela faisait des années qu'elle n'était pas venue dans cette partie du Vatican ; son métier l'amenait rarement à arpenter les endroits de la Cité dévolus au Sodalitium Pianum. Seuls des hommes parmi les plus résolus et les plus austères y vivaient.

« À gauche, répondit Tacit, qui sentit Henry remuer sur son épaule, et il fut soulagé de savoir qu'il n'avait pas dépensé son énergie à traîner un cadavre sur la moitié des couloirs du Vatican. Prends à gauche. » Il fit un geste de la tête et se retourna pour évaluer le chemin qu'ils avaient parcouru. « Continue ! cria-t-il. Continue, ne t'arrête pas ! »

Il entendait des bruits de pas, des bruits de bottes, et il savait pertinemment à qui elles appartenaient.

Isabella suivit ses indications, ses pieds effleurant les parquets de la Cité, et elle passa sous une arche de pierre grise qui menait à un couloir long et spacieux. Des portraits de prêtres décoraient les murs, un tapis élimé vert citron recouvrait le sol et étouffait le bruit de leur course.

Ils remontèrent le couloir et Tacit ordonna à Isabella de prendre à droite, ce qu'elle fit sans hésiter, jusqu'à un escalier qui s'engouffrait dans la pénombre.

« Descends, indiqua Tacit, la main droite sur le mur pour maintenir son équilibre sur les marches étroites, la main gauche toujours autour de la taille de Henry. Et tout au bout, à gauche. »

Au-dessus, dans le labyrinthe des couloirs, des voix aboyaient des ordres et des grappes d'inquisiteurs se dispersèrent, empruntant divers chemins dans l'espoir d'acculer Tacit.

Isabella se retourna rapidement une fois en bas des marches, se croyant plus en sécurité.

« Continue ! » s'exclama Tacit en la faisant avancer le long d'un passage aux murs lambrissés.

Ils entendaient désormais plusieurs paires de bottes dévaler l'escalier derrière eux. Elles atterrirent avec fracas au bas des marches, à vingt pas d'eux, alors que Tacit bifurquait à droite puis directement à gauche, dans ces couloirs labyrinthiques, sombres, oppressants.

« Donnons-leur ce qu'ils veulent, dit Sandrine, laissez-moi les combattre ! »

Mais Tacit grogna et lui rentra légèrement dedans pour la faire avancer.

« C'est nous qu'ils veulent. Mais dans votre état, je doute que vous soyez en mesure de combattre qui que ce soit !

– Je suis une demi-louve ! protesta Sandrine.

– Qui s'est fait terrasser par un seul coup de poing, lui rappela Tacit. Bouclez-la et continuez. »

Tout en courant, Tacit avait mis la main dans sa poche. Il finit par sentir un sac en tissu au bout de ses doigts, le déchira, et répandit son contenu à l'odeur florale sur le sol. Il plongea sa main droite dans une autre poche et en sortit sa lanterne. Il l'admira brièvement, comme s'il lui faisait ses adieux, puis il l'actionna deux fois et la lança par-dessus son épaule. Elle rebondit sur le parquet et se brisa. D'un seul coup, le couloir fut secoué par une série d'explosions, et tout ce qui se trouvait derrière eux prit feu.

« Qu'est-ce que c'était que ce truc ? cria Isabella, qui se baissa tout en tournant à gauche, guidée par la main de l'inquisiteur.

– Quelque chose pour les maintenir un peu à distance.

– Pourquoi ne leur tirez-vous pas dessus ? cracha Sandrine, en essuyant la sueur qui gouttait sur ses yeux.

– Pourquoi ne gardez-vous pas vos bonnes idées pour vous ? » répliqua Tacit.

Il s'arrêta à la patte-d'oie suivante et jeta un œil aux nuages de fumée qui flottaient dans leur sillage. Les ombres de plusieurs silhouettes se détachaient au loin dans la brume tourbillonnante et Tacit jura, enjoignant aux deux femmes de se remettre à courir.

« Tout droit », cria-t-il, jetant un rapide coup d'œil par-dessus son épaule. Quelques rires, ainsi que le martèlement des bottes qui les suivaient toujours à la trace, résonnèrent. « Il y a un escalier puis un couloir. Contourne-les ! »

Une dizaine de mètres plus loin, Isabella atteignit un escalier qui descendait, vira à droite et longea le palier ; en face d'eux s'ouvrait un couloir étroit et sombre.

Tacit s'arrêta au pied des marches et enfonça un clou dans le mur sur sa gauche, dévidant un mince fil de fer en travers du chemin jusqu'à sa droite, où il planta un second clou. Le fil de fer ondula dans la fumée persistante lorsque Tacit testa sa solidité.

« Prenez ça dans la gorge, salopards », murmura-t-il avant de rallier Isabella et Sandrine dans la pénombre, où ils durent tous s'accroupir pour avancer.

Le tunnel était étroit, comme un passage secret, niché dans la pierre, et Tacit déposa Henry au sol, le tirant par les pieds pour pouvoir passer entre les murs resserrés.

Dix secondes plus tard, des cris retentirent et des corps dégringolèrent lourdement dans l'escalier. Tacit s'autorisa un sourire mauvais et ils prirent à nouveau la fuite.

Au-devant, il n'y avait que du noir, rien d'autre, et Isabella, qui faisait confiance à Tacit, se jeta en avant, les mains levées. Ses paumes rencontrèrent un mur en dur, qui résista un instant, puis le bois céda et elle tomba dans un couloir tout éclairé, Sandrine déboulant derrière elle. La carrure robuste de Tacit passa ensuite la porte secrète.

« Où est Henry ? » s'écria Sandrine, épouvantée, avant de le voir émerger derrière Tacit, qui le traînait comme un trophée de chasse.

Elle battit des mains pour dégager Henry de la poigne de Tacit et le prit dans ses bras, cajolant sa tête, observant ses yeux qui s'entrouvraient doucement.

« Eh bien, à l'avenir vous n'avez qu'à le porter », gronda Tacit, qui dévisagea ensuite Isabella. Il lui prit la main et l'aida à se relever. « Tout va bien ? »

Elle acquiesça et serra sa main en signe de gratitude.

Il s'écarta volontairement, jetant à la ronde des regards inquiets.

« Par où devons-nous passer ? » demanda Isabella.

Mais Tacit était préoccupé par autre chose.

« Derrière moi ! rugit-il, dégainant son revolver. Vite ! Vite ! »

Il se plaça devant eux et pointa son arme vers le fond du couloir.

« Que se passe-t-il ? cria Isabella, mais elle entendit alors le bruit lourd des bottes, en nombre, lancées en pleine course. Tacit, partons !

– Non », répondit-il, le visage déformé par la colère. Il ferma un œil pour mieux viser. « On ne fuit plus. Maintenant, on se bat. »

Trois inquisiteurs, puis un quatrième, apparurent soudain à l'angle du couloir, toutes armes dehors. Le doigt de Tacit blanchit sur la gâchette.

« Stop ! » hurla Sandrine en se jetant en avant.

Tacit s'interrompit, et ouvrit l'œil une fraction de seconde.

« Flint ! s'écria-t-elle.

– Sandrine ! répondit l'inquisiteur en s'avançant vers elle, les bras ouverts, aussi surpris que soulagé par ces retrouvailles.

– Accosi ! Santoro ! Kell !

– Qu'est-ce que c'est que ça, Prideux ? » gronda Tacit, qui baissa très légèrement sa garde.

Mais Sandrine ne dit rien, elle serrait les mains des inquisiteurs.

« Dieu du ciel, comme c'est bon de vous revoir ! Je vous croyais morts !

– Après avoir appris pour Cincenzo, nous craignions beaucoup pour vous deux, nous aussi ! » répondit le dénommé Kell.

Souriant de joie et de soulagement, Sandrine se tourna vers Tacit.

« Ce sont nos amis, dit-elle, les inquisiteurs que nous pensions avoir perdus. »

56

Cité du Vatican

Le cardinal-évêque Korek avait été tiré de son bureau par le bruit d'une explosion bien avant qu'il ne sente l'odeur de brûlé. Il sut immédiatement qu'on avait dû remettre la main sur Tacit. Dans le couloir en contrebas des appartements Borgia, il découvrit un grand groupe d'inquisiteurs et de prêtres qui battaient des mains pour disperser la fumée, occupés à calfeutrer les portes.

« Que se passe-t-il, pour l'amour du ciel ? demanda-t-il en voyant l'évêque Basquez parmi la foule.

– Tacit, répondit-il, et Korek vit que le rictus qui accompagnait toujours les paroles de Basquez n'était pas de mise. Il était là. Dans les bâtiments. Et monseigneur Benigni.

– Eh bien, que lui est-il arrivé ? demanda le cardinal, en se forçant à toussoter et en tâchant d'éloigner la fumée âcre.

– Mort. Ils l'ont retrouvé dans un passage non loin de la Chambre de l'Inquisition. Le cou rompu. Il semblerait que Tacit soit revenu chercher ses affaires et que monseigneur se soit trouvé sur sa route. Le magasinier de la réserve, Gaulterio, a avoué l'avoir vu peu de temps auparavant.

– Il semblerait donc que votre cobaye ait réellement brisé ses chaînes ? Je gage que vous avez été capable d'en apprendre davantage à son sujet avant qu'il ne s'échappe ?

– Ne me tenez pas pour responsable. Je ne faisais que ce qui m'était demandé par le Conseil, afin d'éprouver les rumeurs à son propos – qui ou ce qu'il est, ce qu'il possède ou ce par quoi il est possédé.

– Eh bien, quelque chose le possédait suffisamment pour accomplir l'impossible : s'évader de la prison de l'Inquisition à Toulouse et entrer par effraction au Vatican ! Ce qui ne colle pas, c'est pourquoi il aurait tué Benigni.

– Croyez-vous vraiment que Tacit agisse rationnellement ? se renfrogna Basquez.

– Je ne sais pas, répondit Korek. C'était votre cobaye. »

Mais Basquez secoua la tête.

« C'était également le vôtre, cardinal. »

Korek fronça les sourcils.

« Où a-t-il été vu ?

– Dans le bureau de monseigneur. »

Les yeux de Korek s'étrécirent.

« Benigni enquêtait sur la mort de l'inquisiteur Cincenzo. Les deux doivent être liés. Espérons que nous aurons plus de réponses lorsque Tacit sera à nouveau capturé.

– Le Grand Inquisiteur Düül n'a envoyé qu'une seule unité pour le pourchasser, et il ne l'a pas accompagnée. Je me demande s'il ne le sous-estimerait pas, ou bien s'il n'y aurait pas une autre raison qui le rendrait peu désireux de se retrouver face à lui. »

Basquez s'aperçut que le visage de Korek avait soudainement pâli et sentit une présence derrière lui. Il se retourna et vit le visage ravagé du Grand Inquisiteur le toiser, la cicatrice qui lui barrait l'œil luisante de sueur.

« Grand Inquisiteur Düül, dit-il d'une voix nerveuse, regrettant ses mots. Vous ici ! »

Düül ignora l'évêque, le nez en l'air, reniflant la fumée.

« Allez chercher les chiens, gronda-t-il. L'odeur de Tacit est encore présente malgré la fumée. Nous allons le traquer, le retrouver et le tuer. Lui et quiconque est suffisamment stupide pour accepter de l'accompagner. »

57

Cité du Vatican

Ils remontèrent le chemin menant à la planque que les inquisiteurs utilisaient, non loin de la Via della Cava Aurelia, une cave nichée sous une échoppe, à quinze minutes à pied de la Cité du Vatican.

« Combien de temps avez-vous passé ici ? » grimaça Isabella en se bouchant le nez, les huit d'entre eux entassés dans la pièce.

L'endroit sentait l'urine et la sueur. L'inquisiteur Kell partit à la recherche d'une lanterne, qu'il finit par trouver, et l'alluma tandis que les autres abaissaient les stores des soupiraux.

« Je vous revois nous dire qu'ils avaient disparu pendant quelques jours à peine, rappela-t-elle à Sandrine. À l'odeur, on dirait que ça fait des mois.

– Où étiez-vous partis ? demanda Sandrine en ignorant Isabella. Nous vous croyions morts.

– Nous avons été quelque peu retardés », répondit Kell, qui se débarrassait de sa tunique et de sa cotte de mailles en soupirant, avant de les déposer sur la table.

Il y avait des accrocs dans les chaînes de sa cotte, comme si quelque chose l'avait mordu par-derrière.

« Des démons, ajouta l'inquisiteur Santoro.

– Vous auriez quelque chose à boire ? » demanda Tacit en prenant appui sur sa jambe gauche, passant en revue leurs quartiers malodorants.

Il était sobre depuis bien trop longtemps et ses côtes le faisaient souffrir. Seul l'alcool pouvait l'apaiser.

« À votre avis ? répondit Kell. Nous sommes des inquisiteurs. »

Il lui indiqua une caisse en bois stockée dans un coin de la pièce et Tacit souleva le couvercle. Il dénicha une bouteille de cognac ovale en verre givré dont il fit sauter le bouchon scellé et la porta à ses lèvres, prenant plusieurs lampées à la suite.

« Que voulez-vous dire, des "démons" ? » demanda Henry, qui avait trouvé une chaise et s'était assis lentement, la tête dans les mains.

Celui qui l'avait frappé l'avait fait avec une force qu'il n'avait jamais connue auparavant.

« Et comment décririez-vous un démon, le rosbif ? cracha Kell, sa bouche tordue par le mépris.

– Quelque chose tout droit sorti des enfers, répondit Henry.

– Donc vous savez. Pas la peine de demander. » L'inquisiteur se tourna vers Tacit. « Alors, comment vous êtes-vous retrouvé en notre illustre compagnie, inquisiteur Tacit ? s'enquit-il en esquissant un sourire. Je vous croyais enchaîné à un mur dans les environs de Toulouse ?

– En effet. Quelque chose m'a poussé à m'évader », répondit Tacit en posant les yeux sur Isabella, avant de boire la moitié de la bouteille d'un seul trait. Il se sentit revigoré par la liqueur forte qui l'envahissait graduellement, se tâtant les côtes avec précaution. « Et vous, que vous est-il arrivé ? demanda-t-il à l'intention des quatre inquisiteurs. Comment des démons ont-ils pu vous attaquer ? Des acolytes de première année s'en débarrasseraient en un tour de main. Ça n'aurait pas dû poser problème à des inquisiteurs aguerris comme vous. »

Il reprit une gorgée et se promit de terminer la bouteille dans l'heure.

« Peut-être, répondit Kell en s'approchant d'un pilier au milieu de la pièce et s'y adossant, les bras croisés. Mais vous n'avez pas vu de quoi il s'agissait.

– Pas besoin, rétorqua Tacit. J'en ai vu de toutes sortes.

– Pas de tels.

– Qu'est-ce que vous voulez dire ?

– C'étaient des démons puissants, d'un des premiers cercles de l'enfer. Et ils étaient neuf.

– Neuf possessions ? » médita-t-il.

Isabella laissa échapper un juron, mais Tacit continuait de regarder Kell de ses yeux ivres.

« Au même endroit ? »

Kell acquiesça.

« Un dortoir tout entier, possédé. Ils se sont battus longtemps, et ils nous ont retenus là-bas pendant des jours.

– À quel internat ?

– Vittoria Colonna. »

Tacit hocha la tête. Il s'était rendu là-bas plusieurs fois pour des possessions par le passé, mais il n'avait jamais entendu parler de neuf démons à la fois.

« Qu'avaient-ils à dire ?

– Qu'est-ce que c'est que cette question ? s'exclama Sandrine d'un air moqueur. Ce n'était pas une petite visite de courtoisie ! On parle de démons ! Pas de prêtres ! »

Mais Kell s'avança vers elle pour l'apaiser d'une main sur l'épaule.

« Tout va bien, Sandrine. Je vois ce que Tacit veut dire. Les démons ne résistent pas à la moquerie et à l'arrogance, ils tentent de prouver leur supériorité et leur puissance à qui veut bien l'entendre, en particulier à ceux qui tâchent de les vaincre.

– Et étaient-ils communicatifs ? » demanda Tacit en s'asseyant sur le couvercle de la caisse, les bras croisés, la bouteille serrée contre lui.

Kell acquiesça.

« Oui. Ils nous ont confirmé que quelque chose préparait sa venue.

– L'Antéchrist ? » demanda Isabella vivement, en jetant un regard à Tacit puis à l'inquisiteur.

Kell soupesa sa remarque un long moment.

« Peut-être, mais ils parlaient de la chose en question comme de leur "lieutenant". Qu'est-ce que ça peut bien être ?

– Une personne ? suggéra Henry.

– Possible. Quoi qu'il en soit, la chose attend le moment opportun pour apparaître. »

Accosi passa une main gantée dans ses cheveux.

« Résurrection. Ils n'arrêtaient pas de parler de "résurrection" et d'une "chambre des ossements".

– Ça vous dit quelque chose ? » demanda Henry à Tacit.

Ce dernier grimaça et prit une nouvelle gorgée de cognac, dans l'espoir que les choses s'éclaircissent un peu plus. Tout semblait se mélanger à ce stade. En réalité, tout lui paraissait confus depuis qu'il s'était évadé de Toulouse.

L'inquisiteur Santoro, qui s'abreuvait généreusement de bière brune, prit la parole.

« Baptisé dans le sang.

– Je me demande ce que ça veut bien dire, reprit Tacit, qui se délectait de son ivresse.

– C'est ce qu'a dit l'un des démons que j'ai exorcisés. Il s'est mis à parler de ça juste à la fin du troisième jour, avant que je réussisse à le chasser de l'enfant dont il avait pris possession. C'est ainsi qu'il a décrit le lieu où son lieutenant reviendrait. Baptisé dans le sang.

– La guerre ? suggéra Isabella.

– Il y a bien la guerre, acquiesça Tacit. Une guerre à travers la plupart des pays d'Europe, sur bien des fronts. Mais baptisé dans le sang ? On dirait une espèce de rituel.

– Un rituel pour créer une chambre des ossements ? avança Isabella.

– Peut-être amassent-ils une armée, dit Henry, en les baptisant dans le sang pour les préparer au combat.

– En réalité, ils ont déjà une armée, répondit Tacit d'un ton sec. Six, pour être exact. Six nations qui commettent des crimes à travers toute l'Europe. Peut-être que ce baptême a quelque chose à voir avec le sang versé au sol ?

– Des démons, grogna Sandrine. Faut-il vraiment les croire ?

– Non, répondirent en chœur les cinq inquisiteurs.

– Non, répéta Tacit. On ne peut pas leur faire confiance, mais parmi leurs mensonges, des vérités se font parfois jour.

– Et des noms, dit Kell.

– Sœur Malpighi ? s'enquit Tacit, en abaissant la bouteille qu'il était en train de porter à ses lèvres.

– Comment avez-vous su ?

– Vous avez fait parvenir un message avant votre départ. "Prophète". »

Kell acquiesça.

« C'est un mot que nous avons arraché à l'un des démons. Il le répétait en boucle, particulièrement avant la fin, comme s'il se riait de nous. Prophète. Prophète. Encore et encore. Nous avons immédiatement pensé à sœur Malpighi nous aussi. La Prophétesse des secrets.

– C'est un début, approuva Tacit. Allons-y. »

Il descendit le reste de la bouteille et se releva, mais Henry lui agrippa le bras alors qu'il passait devant lui.

« Tacit, l'Inquisition sera partout à vos trousses. Vous le savez, n'est-ce pas ? Ils vous attendront. Et ils ne vous laisseront pas filer cette fois.

– Qu'ils essaient un peu, répondit Tacit, une lueur malsaine et pleine d'ivresse dans le regard. Si ce que j'ai entendu est vrai, si quelque chose prépare son retour, une quelconque puissance maléfique, alors ce n'est pas le moment de rester tapis dans l'ombre. C'est le moment de sortir au grand jour et de le regarder droit dans les yeux. Et de le détruire, si nous en sommes capables. »

58

Cité du Vatican

L'évêque Basquez était appuyé sur le rebord de la fenêtre de pierre en forme d'arche. Il observait la place Saint-Pierre et ses corbeaux qui s'amassaient par milliers sur les toits beige et ocre. Quelque chose les avait attirés jusqu'ici. Quelque chose qui suppurait au cœur de la ville sainte. Quelque chose de mauvais qui avait été réveillé.

Le jeune évêque soupira bruyamment et son regard s'arrêta sur le dossier posé sur son bureau – l'ultime compte-rendu manuscrit de Salamanca au sujet de sa tentative ratée de libérer la noirceur de Tacit, que celui-ci possédait de l'avis de bien des personnes, du moins jusqu'à ce que Salamanca ne perde sa langue et, dans la foulée, l'esprit. Basquez savait que l'inquisiteur renfermait quelque chose. Ils le savaient tous, ceux qui l'avaient capturé, enfermé, torturé. C'est pourquoi ils avaient demandé à Salamanca de consigner le moindre aveu, le moindre indice lâché pendant les séances de torture qui aurait permis de révéler le pouvoir enfoui au fond de lui, prêt à se manifester.

Ce qui n'était au début qu'une rumeur et une suspicion, étayées par la spéculation d'une prophétie, s'était transformé en quelque chose de manifeste, quelque chose de réel, sous leurs yeux. Un monde en proie aux flammes. Le retour de l'Antéchrist. Le vol de la dague de Gath à Paris, pourtant gardée en lieu sûr.

Trente-huit ans plus tôt, les deux couteaux avaient été utilisés pour bâtir un passage entre deux mondes et laisser déferler la damnation sur Terre. D'après ceux qui avaient été témoins de l'événement à l'époque, le grand-prêtre les avait assurés que quelque chose avait eu lieu.

Désormais, après tout ce que l'on avait pu voir et dire, l'évêque Basquez n'était pas le seul à croire que ce qui avait eu lieu était en réalité Poldek Tacit.

Il ne leur restait plus qu'à déverrouiller les secrets de l'homme afin de se rapprocher de l'abysse, de contempler ses profondeurs féroces et de constater sa puissance et sa terreur.

Mais l'homme, le sujet de leurs expériences, celui qui était né du rituel satanique et du soufre, s'était échappé, et le Grand Inquisiteur Düül s'était désormais personnellement impliqué. Tout cela finirait mal. Basquez savait que ce serait la fin de Tacit et avec lui, la mort des secrets et de la puissance potentielle, infinie, qu'il recelait au fond de lui.

59

Rome

Tacit avait voulu se rendre à la résidence de sœur Malpighi accompagné de l'inquisiteur Kell uniquement, pendant que les autres attendraient devant l'entrée, à l'abri de tout danger, mais il n'avait pas eu gain de cause. En partie à cause de la détermination de ses camarades, et en partie à cause de l'ébriété qui l'étreignait et le rendait plus pataud. Il avait donc cédé, laissant simplement le soin aux trois inquisiteurs postés dans le hall d'entrée de retenir les sœurs qui les assaillaient de questions.

Ils se tenaient dans la pénombre du couloir, Tacit aux côtés de Kell, les autres derrière lui. Leurs épaules se frôlaient, ils étaient muets, leur respiration à peine audible dans le silence du couvent. Une odeur de cire et d'huile de teck flottait dans l'air, mélangée à celle de l'encens, mais c'était avant tout la puanteur de la putréfaction qui dominait, s'insinuant comme une créature hideuse et rampante à travers la porte des appartements fermés. Des mouches leur voletaient à la figure. Tacit savait parfaitement ce qui les avait attirées.

« Peut-être ne sommes-nous pas les seuls à avoir entendu parler de sœur Malpighi », marmonna-t-il en farfouillant dans ses poches à la recherche d'une autre lampée d'alcool pour se préparer à faire face au cauchemar qui les attendait de l'autre côté.

Sandrine grimaça, le nez retroussé.

« Personne n'oserait commettre un assassinat ici, n'est-ce pas ? Pas ici, dans un couvent ?

– Sœur Maltese a dit que sœur Malpighi avait eu de la visite il y a deux jours, révéla Kell, la voix blanche. Apparemment, il s'agissait de quelqu'un du Vatican.

– Qui donc ? demanda Tacit.

– Un prêtre. Sœur Maltese a dit qu'elle ne le connaissait pas. Mais c'était un homme très charpenté. Robuste.

– Un inquisiteur », déclara Tacit, et il sut immédiatement à quelle organisation il appartenait.

La Main noire.

« Qui que ce fût, il s'agit là de sœur Malpighi, répondit Tacit. Elle savait forcément qu'ils en avaient après elle. »

Henry dégaina son revolver et vérifia le contenu du barillet. Les balles cuivrées brillaient contre le métal comme des pièces d'or. Sandrine lui jeta un regard du coin de l'œil, le sourcil levé.

« Tu penses en avoir besoin ?

– Il semblerait qu'on ne soit plus en sécurité nulle part », répondit-il.

Sandrine approcha sa main de la sienne et leurs doigts s'entremêlèrent.

« Vous tenez le coup, derrière ? demanda Tacit, légèrement indigné. Vous pouvez toujours retourner dans le vestibule et patienter avec les autres inquisiteurs.

– Non », répondit Henry avec fermeté, en lâchant la main de Sandrine et en refermant le barillet. Il replaça son revolver dans son étui et se tint prêt, se raclant la gorge, roulant des épaules. Ses yeux étaient remplis de larmes et son visage était mû par la colère de se savoir catapulté par le destin dans un monde apparemment condamné. « On entre ? demanda-t-il.

– Bonne idée », répondit Tacit et, d'un coup de botte, il fracassa la porte.

Une odeur fétide leur parvint, une puanteur telle que même les horreurs que Sandrine avait vues et senties dans les tanières sous les champs de bataille du front de l'ouest lui semblaient dérisoires comparées à cette pestilence d'une abjection quasiment indescriptible.

« Mon Dieu ! » s'écria Isabella, la main sur la bouche et le nez.

L'odeur envahit le couloir, les enveloppa de son épaisseur infecte – une chose avilissante qui semblait les imprégner de sa putréfaction.

« Cette odeur !

– Vous pensez que c'est...

– Sœur Malpighi ? répondit Tacit. Qui d'autre ? »

Il scruta la pénombre des appartements exigus. Il faisait aussi noir que dans un tombeau. Une malfaisance palpable régnait dans la pièce, une chose parfaitement impie. Tous eurent la chair de poule. Sandrine laissa retomber sa main sur sa nuque.

« Quelque chose est entré ici, dit-elle froidement, quelque chose de maléfique. »

Elle se sentait oppressée au niveau de la poitrine et savait qu'elle tremblait. Henry lui prit la main pour la calmer.

« Kell, murmura Tacit, venez avec moi. Les autres, restez ici. »

Dans la pénombre puante, les deux inquisiteurs franchirent le pas de la porte et attendirent que leur vision s'habitue à l'obscurité.

La teinte douce de la lune filtrait à travers un voilage au bout de la pièce. Mais il n'y avait pas que la pestilence de la putréfaction, aussi épaisse que de la poix, qui régnait dans l'appartement. Il y avait également une sorte de brise glaciale, un froid impossible.

Des mouches s'excitaient autour d'eux. Au début, Tacit ne fut pas capable de localiser la source de l'odeur, mais lorsqu'il leva les yeux, il distingua la forme d'un corps en décomposition, accroché aux poutres du plafond. Auréolé par la lueur argentée de la lune, le cadavre pendait au milieu de la pièce, comme suspendu dans les airs, flottant tel un ange en mouvement.

Il déglutit et grimaça, les yeux rivés sur la dépouille méconnaissable de la sœur. Il plongea ses yeux dans les orbites évidées de la victime et sentit quelque chose remuer en lui – de la révulsion, et un sentiment qui s'apparentait à de la tristesse. Son visage laissait penser que ses yeux avaient été brûlés – ses globes oculaires, ses paupières, le nerf optique, tout, jusqu'à l'os du crâne. Il ne pouvait s'agir de l'œuvre d'un humain.

Kell, qui se tenait les épaules en une embrassade solitaire, remarqua que le silence était si imposant qu'il semblait avoir pris chair. Il détourna les yeux, inspira rapidement, puis se tourna vers Tacit.

Mais ce dernier ne lui rendit pas son regard. Il était tout à la carcasse nue devant lui.

La vieille femme était pendue par les pieds, les bras et les jambes fermement attachés aux poutres et aux murs par des sortes de cordes. Quelques instants plus tard, Tacit comprit que la sœur avait été ligotée avec ses propres entrailles, chaque membre enserré de telle sorte qu'il était blanc, garrotté par les boyaux éviscérés. Son ventre était balafré d'une entaille large et profonde et ses organes sanguinolents, bleus et cramoisis, en train de se dessécher, s'affaissaient par-dessus ses seins flétris sur la ligne osseuse de son menton. Des trous avaient été percés dans ses poignets et ses pieds, à travers lesquels on avait passé et tendu ses intestins. Il n'y avait pas cœur humain capable de concevoir une profanation aussi abjecte.

Il se tourna vers un angle de la pièce, comme si l'intuition l'avait guidé dans cette direction. Un courant d'air passa et il vit une flaque de vomi au sol. Quelque chose avait attiré son attention : une petite pile de trois pièces. Il enjamba les vomissures et les ramassa. Des couronnes austro-hongroises, rondes et dorées.

« Vous avez trouvé quelque chose ? demanda Kell.

– De quoi payer un passeur pour l'Est », dit-il en soupesant les pièces dans la paume de sa main.

60

Rome

Les prémices de l'aube ambrée se frayaient un chemin dans la ville. L'un des trois prêtres en soutane noire s'éclaircit la gorge pour annoncer leur arrivée, sans que cela fût véritablement utile. Dans la capitale silencieuse, aux petites heures du matin, Georgi avait entendu leurs pas à l'instant même où ils s'étaient avancés sur le parvis de la fontaine de Trevi.

« Le premier rituel a été accompli, déclara Georgi, laissant ses doigts filer à la surface de l'eau. N'avez-vous pas senti un changement ? N'avez-vous pas senti les pouvoirs se rassembler ? Il est maintenant l'heure de procéder au deuxième des trois rituels.

– Qu'avez-vous fait ? demanda le prêtre, encombré de ses propres mains, les deux autres hommes murés dans le silence à ses côtés, têtes baissées, comme s'ils se recueillaient devant Georgi.

– Pourquoi cette question ?

– Nous avons été envoyés pour vous le demander.

– Je vois. Est-ce que notre maître au sein du Conseil désire connaître les moindres détails sordides de l'affaire ? »

L'inquisiteur en chef hocha la tête et Georgi sourit, puis tira de son habit une petite bourse souple en tissu marron, décolorée à certains endroits ; il la jeta à l'un des membres de la Main noire.

« Je lui ai pris ses yeux, entre autres choses.

– Que suis-je censé faire de cela ? demanda le prêtre qui, du bout des doigts, tenait par les liens la petite pochette humide et marbrée.

– Ce qui vous chante. Ça n'a plus aucune valeur, tout a été mis à profit. »

Georgi sourit et scruta les hauteurs du Vatican, baignées par l'aurore.

« Ils sont inquiets, dit le prêtre à sa gauche en suivant le regard de Georgi vers la basilique Saint-Pierre.

– Quel motif d'inquiétude peut-il y avoir ? demanda Georgi. Tout se déroule comme prévu. La guerre dans le Karst suit son cours. On dit qu'ils ont trouvé celui qui doit être sacrifié, comme escompté.

– Tacit, reprit le meneur.

– Eh bien ?

– Nous avons ouï dire qu'il avait été vu au Vatican. Dans le bureau de Benigni. Que des inquisiteurs l'avaient acculé. Qu'ils s'étaient battus. »

Georgi se mit à rire et acquiesça.

« De quoi lui dégourdir les jambes après sa longue incarcération, n'est-ce pas ?

– Notre maître ne trouve pas que cela soit matière à plaisanteries, répondit le prêtre, la mine grave. Nous devons être prudents, d'autant plus que nous savons désormais que Tacit est de retour et que le Sodalitium Pianum fourre son nez un peu partout.

– Le Sodalitium Pianum est de l'histoire ancienne », répliqua Georgi, sa voix dure comme le fer. Il se tourna vers la fontaine et passa à nouveau ses doigts sur l'onde, observant les vaguelettes qui se formaient avec quelque chose qui confinait à l'émerveillement. « Benigni est mort. De fait, le Sodalitium Pianum ne va pas tarder à s'effondrer.

– Et le dossier qu'il compilait à votre sujet ? À notre sujet, au sujet de nos desseins ?

– Escamoté. »

Le prêtre dodelina de la tête, visiblement soulagé.

« Mais Tacit ? poursuivit-il.

– Quoi donc, Tacit ?

– Cela ne vous inquiète pas de le savoir de retour ? Qu'il puisse tout faire capoter ? »

Mais Georgi secoua la tête.

« N'avez-vous rien écouté ? Tacit ne peut rien faire capoter puisqu'il fait partie du plan lui-même. La prophétie. Sans lui, nous ne pouvons espérer accomplir notre vision. Je vous assure, je serais plus inquiet s'il était encore en train de moisir dans la prison de l'Inquisition à l'heure qu'il est. » Georgi fit craquer ses phalanges et étira ses doigts. « Il doit être là, pour jouer son rôle. Même si je doute qu'il sache déjà qu'il est la pièce maîtresse de notre plan.

– Certes, mais il n'était pas prévu qu'il se retrouve empêtré dans les événements si vite, dit le prêtre. La prophétie, bien sûr, prédit son implication. Nous nous attendions à ce qu'il finisse par s'échapper de la prison de Toulouse, mais…

– Isabella. Il l'aime », dit Georgi de façon presque extravagante. Il sonda les eaux sombres de la fontaine, plongeant son regard dans le bassin un long moment avant de reprendre. « J'ai moi-même été surpris par la vitesse avec laquelle il était revenu au Vatican et avait trouvé leur planque. Il tient profondément à elle. Je me doutais qu'il avait des sentiments pour elle, mais je n'avais pas soupçonné à quel point. » Et il se remit à rire, en secouant la tête. « L'amour ! Qu'est-ce que l'amour a bien pu apporter à Poldek Tacit à part de la souffrance et de l'angoisse ? » Le rire mourut sur ses lèvres. « On aurait pu croire qu'il aurait appris à maîtriser ses émotions avec le temps. Mais ça a toujours été son point faible. »

Georgi examina de nouveau la surface de l'eau, les joues roses après sa diatribe enflammée.

« Le Grand Inquisiteur Düül, reprit le meneur au bout d'un moment.

– Quoi donc ? s'enquit Georgi.

– Il a pris la situation en main, à titre personnel. Il a sorti les chiens pour traquer Tacit et ceux qui l'accompagnent, nos autres ennemis. Ils ont retrouvé leur trace près du monastère de Trastevere. »

Georgi considéra ces informations avec prudence.

« Nous n'y pouvons rien. Et nous ne devons rien faire. Nous ne devons pas abattre nos cartes, pas encore.

– Mais qu'en est-il de Tacit, de sa sécurité ?

– Comme je vous l'ai dit, Tacit est mêlé à la prophétie. Il était destiné à se retrouver sur ce chemin et à l'emprunter. Rien ne lui arrivera, jusqu'à ce qu'il puisse jouer son rôle. Mais ce soldat, cette demi-louve, et ces autres inquisiteurs, ils ne sont d'aucune importance. Nous devons resserrer le champ d'action autour des éléments de la prophétie et nous débarrasser de tous ceux qui n'y prennent pas part. Nous ne pouvons pas nous permettre que quoi que ce soit interfère avec son issue naturelle.

« Faites en sorte que nos disciples se battent, et se battent sans merci, mais occupez-vous du soldat, et surtout de sa petite conne. Tuez-les, mais laissez Tacit et Isabella sains et saufs. Laissez-les découvrir ce qu'ils veulent. La prophétie est déjà bien avancée. Ils ne pourront pas arrêter ce qui est déjà en marche, et ils ne sauront pas ce qui est attendu d'eux avant qu'il soit trop tard. » Il observa l'onde à nouveau, comme si elle le fascinait, et sourit à la vue des rayons du soleil qui se brisaient en mille et un éclats sur les vaguelettes. « Et à ce moment-là, Tacit sera irrémédiablement pris dans les rets de l'obscurité qui nous attend tous. D'ici là, je m'occuperai du second rituel. » Georgi leva les yeux et sourit, le regard vif. « De cette manière, non seulement nous nous rapprocherons de leur retour, mais nous serons également débarrassés de l'un des problèmes qui vous alarment. »

61

Rome

« Ils sont là ! s'écria Tacit, sa voix retentissant tel un aboiement dans le silence de la pièce maudite. Les inquisiteurs ! » Ils étaient dans de sales draps, et de brefs coups de feu vinrent confirmer ses craintes. Il savait que les trois inquisiteurs qui les attendaient en bas étaient désormais morts.

Kell s'avança pour constater leur arrivée par lui-même. Depuis la fenêtre, il vit une silhouette, une lanterne à la main, traverser les pavés d'un pas rapide. Tacit contourna la macabre découverte de la sœur pendue et surveilla le couloir.

« Savez-vous s'il y a une autre issue ? demanda-t-il à Kell.

– Non, je n'en sais rien, répondit rapidement son compagnon, qui dégaina son pistolet et se joignit à lui. Et il n'y a qu'un seul moyen de le savoir. Vous prenez à droite, je prends à gauche ? »

Sandrine s'interposa, le visage déterminé.

« Alors ne nous faites pas perdre de temps ! dit-elle, et Henry sut immédiatement ce qu'elle comptait faire.

– Non, Sandrine ! Non ! s'écria-t-il en lui barrant le passage. Tu ne peux pas les affronter. Ils sont trop nombreux. »

Des bruits s'élevèrent dans le couvent, celui de bottes qui grimpaient le grand escalier de bois grinçant, des armadas d'hommes qui écumaient les couloirs sombres, de plus en plus proches de leur cible.

« Ils seront préparés cette fois. Ils savent qui tu es, depuis ce qui s'est passé à la dernière planque. »

Tacit regardait des deux côtés du couloir, tâchant de deviner d'où allaient surgir les inquisiteurs. Sandrine passa devant Henry mais il la retint par le bras.

« Je ne te laisserai pas faire ça. »

Mais Sandrine se mit à rire, un rire bref, plein de cruauté et de défiance, qu'elle laissa mourir en un sourire froid.

« Reste avec elle, dit-elle en lançant un regard à Isabella. S'ils arrivent jusqu'ici, sortez par la fenêtre et passez par les toits. »

Elle se dégagea de la poigne de Henry et s'avança à pas de loup vers la porte, Henry derrière elle, qui essayait de la retenir. Elle fit volte-face, le regard sauvage et terrifiant. Henry se saisit précipitamment, sans même s'en rendre compte, du médaillon qu'il portait autour du cou.

« Sors de là ! » gronda-t-elle, avant de se tourner vers la porte et de s'agenouiller.

Henry finit par s'exécuter et il recula, abandonnant l'idée de la faire revenir à la raison, sachant pertinemment qu'il était trop tard pour négocier avec elle, le cœur lourd d'angoisse et de colère. Son épaule droite heurta le mur derrière lui et il se raccrocha à Isabella ; ils trouvèrent à tâtons le chemin de la salle de bains en jetant un dernier regard désespéré à Sandrine, dont la tête s'agitait sur les épaules de façon incontrôlable.

Il referma la porte et s'y adossa.

« Vous l'avez toujours ? » demanda-t-il à Isabella.

Elle le regarda, décontenancée, avant de comprendre de quoi il parlait, puis sortit la médaille de saint François d'Assise de son col.

« Bien. Gardez-la ainsi à tout moment. » Il porta le doigt à ses lèvres. « Et taisez-vous, pour l'amour du ciel, du moins jusqu'à ce qu'elle soit partie. »

Des coups de feu et des cris envahirent le couloir à l'extérieur de la résidence. Un hurlement, horrible et vengeur, s'éleva dans les appartements de sœur Malpighi. Quelque chose fit irruption avec fracas dans le couloir, et les cris et le bruit des armes à feu se mélangèrent en une cacophonie abominable.

Dans la salle de bains, Henry et Isabella se cramponnaient l'un à l'autre, déboussolés, leurs yeux écarquillés par la peur et emplis de larmes rivés sur la porte.

62

Rome

Pour une équipe d'inquisiteurs traquant l'ennemi dans les étages d'un monastère, ils faisaient un sacré raffut. S'il ne s'était pas retrouvé de l'autre côté de la barrière, Tacit aurait déploré leur manque de professionnalisme.

Il entendit les deux premiers inquisiteurs bien avant qu'ils ne déboulent en haut de l'escalier, à la droite du couloir qu'il avait emprunté. Il leur logea chacun une balle dans la tête avant même qu'ils le voient. Les douilles vides n'avaient pas eu le temps de s'extraire du barillet et de tinter au sol qu'il était déjà agenouillé devant leurs dépouilles pour leur vider les poches, à la recherche de nouvelles munitions.

Il lança une grenade à peine deux secondes plus tard et rechargea immédiatement son six-coups. Des voix déterminées provenant du rez-de-chaussée lancèrent un assaut, qui tourna à la débâcle dès que la grenade atterrit à leurs pieds. Le couloir vibra et s'emplit de fumerolles et de brouhaha. Tacit se releva et traversa le nuage de fumée, le revolver pointé devant lui.

Kell sentait la pulsation des veines de son cou au moment où il atteignit le bout du couloir du côté gauche, et il jeta un coup d'œil à l'angle. Personne – mais il entendait les voix des inquisiteurs ainsi que leurs bottes, et il sut que ses confrères se trouvaient à l'étage juste en dessous.

Il s'avança, à moitié baissé, les deux mains sur la crosse de son revolver, afin de se calmer autant que de se concentrer, alors qu'une explosion retentissait derrière lui en faisant trembler l'édifice tout entier. Une grenade venait d'exploser et Kell sut à cet instant que Tacit avait pris le dessus.

Tous les trois pas, il s'arrêtait et jetait un regard par-dessus son épaule afin de vérifier qu'il n'était pas suivi. Les hurlements qui avaient débuté dans les appartements de sœur Malpighi s'intensifiaient et duraient à présent plus longtemps. Il n'avait vu Sandrine se transformer en louve qu'une seule fois, mais il n'en fallait pas plus pour s'en souvenir toute une vie. Il avait tué des hordes entières de *Hombre Lobo* dans sa jeunesse, sans jamais se poser de questions outre mesure. Mais de voir la belle Sandrine se changer en l'une de ces bêtes lui retournait l'estomac chaque fois qu'il y pensait.

Il sortit son propre médaillon de saint François d'Assise et poursuivit son exploration, plus rapidement cette fois, choisissant de mettre davantage de distance entre lui et la demi-louve, au cas où elle viendrait à se trouver sur son chemin. Il savait qu'il appuierait sur la gâchette sans hésiter une seule seconde, mais il savait également que cela le blesserait autant qu'elle.

Une porte sur le côté droit du couloir s'ouvrit à la volée et deux inquisiteurs en jaillirent. Kell tira et ils heurtèrent la balustrade, quelques secondes avant que deux autres hommes ne sortent également de la pièce, arme au poing. Ils s'affalèrent eux aussi, le cœur transpercé d'une unique balle.

Kell ouvrit le barillet de son revolver et vida les douilles encore fumantes.

Elle avait mal chaque fois qu'elle se transformait, ses membres l'élançaient terriblement alors qu'ils grossissaient, ses os la déchiraient alors qu'ils s'allongeaient et durcissaient, mille fouets semblaient s'abattre sur elle alors que la fourrure perçait sa peau. Mais une fois qu'elle était louve, la douleur s'évanouissait instantanément pour laisser place à une énergie renouvelée et une sensation de domination, un désir physique de se nourrir, de débusquer des ennemis et de se repaître de leur chair.

Sandrine fracassa la porte de la chambre de sœur Malpighi et bondit, les hurlements lugubres qui émanaient de son poitrail résonnant dans le couloir exigu comme l'armée des enfers. Elle prit à droite et dévala l'escalier, reniflant l'odeur d'alcool rance et de sueur, animée par un désir irrépressible de suivre cette piste olfactive et de retrouver les hommes qu'elle détestait le plus.

Il y avait des membres éparpillés au pied de l'escalier. Quelque chose la retenait, le désir de s'arrêter et de se nourrir, d'assouvir sa faim. Mais la colère faisait rage à l'intérieur de son corps et la poussait à chasser et à tuer ; elle huma l'air à nouveau, laissa échapper un long hurlement, et fit un bond en direction du couloir de droite, là où l'odeur fétide semblait flotter plus intensément, détruisant une porte fermée au bout du passage. Un cri d'alerte résonna au moment même où elle surgit sous une pluie d'échardes, et les inquisiteurs qui étaient embusqués derrière vidèrent toutes leurs munitions.

Elle décima, décapita, éviscéra tous ceux qui se trouvaient à sa portée avec une terrible aisance, claquant des mâchoires. Elle n'en fit que trois bouchées sanguinolentes.

« Repliez-vous ! cria le capitaine, et les autres inquisiteurs tentèrent immédiatement de battre en retraite. Trouvez des balles en argent ! »

Mais Sandrine les pourchassa, sa rage rendue d'autant plus puissante par le goût du sang chaud qui coulait dans sa gorge et son ventre.

63

Front italien, bataille de l'Isonzo,
nord-ouest de la Slovénie

Les étoiles brillaient dans la nuit et le froid était mordant. Cela ne faisait que confirmer ce que Pablo savait déjà du Karst. Que c'était une terre impie. Horriblement chaude la journée, à tel point que sous chaque couture de chaque vêtement, la peau s'en retrouvait irritée, rougie par la sueur. Et terriblement froide la nuit, à tel point que l'air glacial vous pénétrait jusqu'à la moelle.

Pour autant, et en dépit du froid, Pablo avait envie de chier. Il en avait ressenti la nécessité toute la dernière heure de marche. Il avait tant boudé les rations fades et peu nourrissantes depuis qu'il était arrivé au pied de la montagne, quelques jours auparavant, qu'il était surpris que son corps ait besoin d'expulser quoi que ce soit.

« Où vas-tu ? lui demanda le caporal-chef Abelli, ses yeux verts luisant comme deux pierres de jade sous la lumière du feu de camp autour duquel s'étaient réunis quelques soldats de son unité, pour chanter et boire du café.

– Je vais chier, répondit Pablo.

– Fais attention à toi. Il y avait un nid de snipers dans le coin. C'est ce qu'a dit le contingent devant nous. »

Pablo déglutit, tâchant d'ignorer l'avertissement. Il faisait sombre, trop sombre pour qu'un sniper puisse opérer, se disait-il, et de toute façon il ne comptait pas aller bien loin. Juste de quoi avoir un peu d'intimité. Il s'écarta des dernières lueurs du feu de camp et contourna un rocher, derrière lequel s'étendait le vaste néant du ciel couleur d'encre et le vide des cieux occidentaux. Il resta debout un moment, prêtant l'oreille et ouvrant l'œil, se disant que si un sniper le prenait pour cible, ce serait finalement un bel endroit pour mourir. Et à cet instant, entouré du murmure plaisant des voix des soldats qui s'élevaient derrière lui, du crépitement du feu, il ressentit pour la première fois depuis qu'il avait traversé l'Isonzo quelque chose qui s'apparentait à de la paix intérieure.

Il défit son pantalon, exposant son postérieur au froid sec, et s'accroupit près de la roche calcaire. Il sentait sur ses fesses nues la chaleur des pierres qui avaient longuement doré au soleil toute la journée. Il poussa, en regardant d'un air absent le cercle de pierres qu'il avait trouvé. En contrebas de la montagne, il entendit la clameur sourde des camps militaires qui bordaient la vallée, le murmure des voix, les quelques grappes de rire, le cliquètement du métal et le braiement des mules. Au-delà, la nuit était ponctuée par quelques tirs de carabines, de craquements réguliers, comme des coups de marteau sur la pierre, qui fusaient aveuglément dans l'obscurité, en direction d'un ennemi invisible, en guise d'avertissement à ceux qui auraient été tentés de les attaquer, car ils étaient prêts, avec leurs munitions d'une maigreur inquiétante et leur moral défait.

Mais le miasme des sons avait quelque chose de vaguement réconfortant – quelque chose de familier, de chaleureux. Un refuge.

Pablo termina et se releva, reboutonnant son pantalon tout en regardant les confins de la clairière. Soudain, il se rendit compte qu'on l'observait. Il trouva cela étrange de ne pas avoir aperçu plus tôt la silhouette qui le fixait, et que la personne ait choisi de se poster à cet endroit précis, en plein air, immobile, les yeux rivés sur lui. Il entrevit le pan du grand habit qui drapait l'observateur barbu, tout au bord de l'endroit où la lumière venait mourir. Le jeune soldat le trouva tout de suite singulier et il s'apprêtait à le héler mais finit par se raviser, peut-être à cause de la façon dont l'homme l'observait, sans mot dire, le fixant simplement de ses grands yeux noirs, qui rougeoyaient presque dans la lumière du camp derrière Pablo.

Il s'en approcha néanmoins, d'un pas seulement, et ne put résister plus longtemps à la tentation de l'interpeller.

« Hé, vous là-bas ! » cria-t-il, en faisant un pas supplémentaire dans le noir en direction de la silhouette. Mais à chaque pas, l'homme semblait s'évanouir davantage. « Hé ho ! Qu'est-ce qui vous prend ? » dit-il, le pas plus vif, essayant de rattraper la silhouette.

Mais Pablo se rendit compte qu'il était à présent tout au bord du précipice, le sol se dérobant juste devant lui dans l'air tiède de la nuit. Il n'y avait personne, et aucun endroit où quiconque aurait pu se volatiliser.

64

Rome

L'inquisiteur Kell ouvrit la porte d'un grand coup de pied et examina l'intérieur de la pièce, à l'affût du moindre mouvement. Tout était immobile et il entra, son pistolet levé devant lui. Quelque chose remua à sa droite et il tira sans réfléchir, la sœur qui se tenait là s'affaissant dans un simple soupir, les mains recroquevillées sur son ventre qui saignait.

Kell jura et se précipita vers elle, la prenant dans ses bras, juste avant que trois inquisiteurs ne jaillissent d'une porte qui s'ouvrit avec fracas. Son arme à la main, il se jeta sur le premier inquisiteur avant même qu'il ait eu le temps de respirer.

Quelque chose s'abattit sur la tempe de Kell et la pièce se mit à tournoyer, sa vision à vaciller, alors qu'il dégageait sa main droite. Il tira deux fois, l'inquisiteur qui lui avait sauté dessus se raidissant avant de s'écrouler.

Le troisième planta quelque chose dans son ventre et Kell le repoussa d'un coup de pied, sentant son aine se mouiller de sang et son côté gauche fourmiller. L'inquisiteur trébucha et Kell trouva la force de tirer à deux autres reprises. L'inquisiteur ne bougea plus, affalé dans une mare de sang qui s'agrandissait sur le parquet.

À ce moment-là, un son assourdissant retentit et quelque chose mordit Kell à l'estomac. Il jura et plaqua son poing dans la blessure, la douleur le lançant de plus belle. Sa main était teintée de rouge.

« Merde », murmura-t-il en tombant à genoux, avant que tout ne vacille et s'obscurcisse.

Le Grand Inquisiteur Düül s'avança et trancha la tête de Kell d'un seul coup de cimeterre.

« Trouvez-moi les autres », siffla-t-il à l'intention des inquisiteurs restants. Il tendit l'oreille pour étudier les bruits qui s'élevaient dans le monastère. « Il y a un loup qui rôde dans le bâtiment. » Ses yeux s'étrécirent sous l'effet de la surprise et du dégoût. « Prenez des balles en argent. Trouvez le loup et tuez-le. Puis trouvez Tacit et ramenez-le-moi à genoux. Mais ne le tuez pas. Ce plaisir sera pour moi, et moi seul. »

65

Rome

Le revolver de Tacit était encore fumant lorsqu'il ouvrit le barillet une nouvelle fois et en éjecta les douilles. Il fouilla ses poches à la recherche de balles neuves et ne trouva rien d'autre que des tubes en métal d'acide borique. Trois autres inquisiteurs se ruèrent sur lui et il jeta le contenu des fioles sur ses attaquants d'un grand geste de la main tout en se baissant, leurs balles sifflant au-dessus de sa tête.

Il entendit leurs cris alors que l'acide puissant leur brûlait les yeux et faisait fondre leur peau, qui ne mit que quelques secondes à se dissoudre, puis il se remit sur pied, son couteau à la main. C'était un acte de clémence que de faire taire leurs cris de douleur.

Deux inquisiteurs apparurent dans l'encadrement d'une porte et Tacit lança son couteau, renvoyant l'un des deux hommes là d'où il venait, la seule garde de la dague émergeant de ses côtes. L'autre inquisiteur bondit et Tacit lui décocha un coup de poing vigoureux, lui brisant instantanément la mâchoire.

Tacit fit une brève halte, reprit son souffle, et tendit l'oreille en direction des sons atroces qui accompagnaient Sandrine, quelque part au-dessus de lui.

Sandrine sentait que sa fourrure était baignée de sang, chaude et pesante, des touffes de poils humides plaquées contre sa peau. Debout sur une pile de corps déchiquetés, elle se retourna, à la recherche de nouvelles victimes. À travers les fenêtres qui couraient le long du corridor, elle vit la lune monter dans le ciel.

Elle bondit en sa direction, incapable de réfréner son instinct, et la fenêtre vola en éclats dans un halo de fragments de verre alors qu'elle atterrissait sur un mur au-dehors. Elle fixa l'astre rond et pâle, les yeux écarquillés, emplis d'une lueur jaune. Une folie empoisonnait son esprit, se propageant tel un cancer, polluant et infectant chaque méandre de ses pensées. Elle creusa le dos et hurla. En quelques minutes, le cri lui fut rendu, encore et encore, de plus en plus de hurlements résonnant à travers la ville, colportant leur message de haine, de rage et de désir. Des loups sortirent des égouts et des recoins sombres de Rome et s'élancèrent dans les rues, dans les courettes, à la recherche de leur ennemi juré, prêts à s'en repaître.

66

Rome

À l'intérieur du monastère, et pour ce qu'il en savait, Tacit avait nettoyé le bâtiment de tous ses inquisiteurs et il était maintenant retourné dans les étages. D'un coup de pied, il fit sauter de ses gonds la porte de la salle de bains des appartements de sœur Malpighi et écarta immédiatement la crosse du fusil qui s'apprêtait à s'abattre sur lui d'un geste de son avant-bras droit. Il s'en saisit et pointa du doigt son propriétaire.

« C'est moi, grogna-t-il en rendant son arme à Henry.

– Dieu merci. Est-ce que…

– C'est fini ? » Tacit secoua la tête. « Non, mais la bataille se déroule maintenant à l'extérieur. »

Isabella lui sauta dans les bras et il la serra contre lui un moment.

« Kell ? » demanda Henry.

Tacit grimaça et fit un signe négatif.

« Sandrine ? demanda-t-il plus urgemment.

– Je ne l'ai pas vue. Venez, dit-il en s'extrayant de la salle de bains et en contournant le corps de la sœur une dernière fois. Partons d'ici.

– Comment ont-ils su que nous étions là ? demanda Isabella.

– Nous avons été pris en embuscade. »

Tacit se frotta vigoureusement les yeux. Des bruits tambourinaient dans son crâne, dans l'étau d'une gueule de bois qui se resserrait lentement.

« L'Inquisition nous a pris en embuscade, répéta Henry plein de rage. Ils savaient que nous étions ici.

– Le Grand Inquisiteur Düül, marmonna Tacit.

– Bon sang, mais qui est-ce ?

– Quelqu'un qu'il vaut mieux éviter, voilà ce qu'il est. Ils nous ont traqués à l'aide de chiens.

– Sont-ils toujours là ? demanda Isabella, la main sur sa gorge.

– Non, ils ont décampé. On dirait qu'ils ont d'autres problèmes plus pressants.

– Quoi donc ? »

À cet instant, des hurlements retentirent à travers l'horizon romain et Isabella obtint sa réponse.

Ils partirent en trombe dans le couloir, derrière Tacit, sans hésiter ni poser de questions. Henry se retourna une dernière fois vers le cadavre.

« Je n'ai jamais rien vu de tel, dit-il en montrant le corps du pouce par-dessus son épaule.

– C'est une vision, répondit Tacit.

– Une vision ? Une vision de quoi ?

– Une vision d'horreur, quelque chose de diabolique, répondit Tacit. La façon dont les blessures ont été infligées, dont la sœur a été crucifiée la tête en bas. C'est un rituel satanique, mais je ne sais pas dans quel but. »

Il se massa la tempe, comme s'il cherchait à en extraire un souvenir.

« Peut-être que cet assassinat est isolé ? suggéra Henry en se baissant dans l'encadrement d'une porte à côté de laquelle s'entassaient des corps d'inquisiteurs.

– Non, ce n'est que le commencement, répondit Tacit, le regard averti.

– Comment savez-vous cela ?

– Le rituel. C'est le premier d'entre eux. D'autres suivront. Les pièces de monnaie sur la scène du crime. C'est un signe, un paiement à l'intention des forces supérieures pour qu'elles laissent quelque chose déferler sur Terre.

– Les pièces ? Les tolars slovènes ?

– C'est là où le rituel culminera. Quelque chose me dit qu'il s'agissait là du premier acte. La convoitise des yeux.

– La convoitise des yeux ? demanda Henry, qui écarquilla les siens. Qu'est-ce donc ?

– L'un des trois péchés. »

Tacit savait où le rituel mènerait. Il y aurait un bain de sang, un carnage, la perte de milliers de vies. Son esprit se tourna vers la guerre, dans laquelle l'Italie venait de s'engager, les rumeurs à la frontière, les nouvelles batailles qui s'annonçaient, les forces italiennes et austro-hongroises qui se préparaient à s'affronter à la lisière de l'Italie et de la Slovénie.

« Je ne comprends pas », dit Isabella, en acceptant de prendre la main de Tacit.

Elle se laissa guider par une porte qui donnait sur la tiédeur de la nuit romaine. Après la fumée dans le monastère et la puanteur du logement de sœur Malpighi, l'air frais leur fit l'effet d'un fortifiant, comme s'il les lavait.

« Qu'est-ce que tu entends par "le premier" ?

– Le premier des trois rituels.

– Et que signifient-ils ? demanda Henry.

– Le commencement.

– Le commencement de quoi ?

– De la fin. »

67

Cité du Vatican

Ce soir-là, la réunion du Conseil fut plus que tumultueuse. Des exclamations résonnaient dans la Chambre de l'Inquisition, ceux qui avaient envahi la pièce pour s'échanger les nouvelles et leurs peurs au sujet de ce qui se passait à Rome poussaient des cris de panique. Le cardinal Berberino menait la fronde, égrenant les faits comme autant d'accusations.

« J'aimerais que vous vous calmiez un peu, cardinal Berberino ! dit le cardinal-secrétaire d'État Casado en secouant la tête, tâchant tant bien que mal de distiller stabilité et contrôle.

– Me calmer ? rétorqua le cardinal trapu, le col blanc de sa soutane trempé de sueur. Des loups écument la ville, Casado !

– Et nos inquisiteurs s'en chargent, tenta de le raisonner le vieux prêtre.

– Est-ce que vous me comprenez bien, secrétaire d'État ? Il y a des loups, dans les rues de Rome ! C'est du jamais-vu ! Faut-il croire que nous avons perdu le contrôle de la ville ?

– Pas le moins du monde, lui assura Casado.

– Et sœur Malpighi ! cria le cardinal-évêque Korek. Assassinée !

– Déchiquetée, ai-je entendu dire ! s'exclama un autre, le nez dans son mouchoir.

– Que va-t-il advenir de nous et de notre foi ? se lamenta un autre prêtre.

– Des fusillades dans les rues de Rome ! Des loups lâchés dans la ville ! Je pensais que c'était déjà problématique lorsqu'il s'agissait d'inquisiteurs, mais des loups ?

– Le diable a déjà planté son sabot fendu dans notre terre ! prévint le cardinal-évêque Korek en agitant le doigt.

– Et le chaos règne dans les rues ! ajouta Berberino, laissant tomber sa tête vers sa paume de main pour essuyer la sueur qui imbibait ses cheveux touffus. La fin des temps ! » Il pointa le plafond du doigt, et le brouhaha s'éleva en crescendo dans la salle, de telle sorte qu'on ne distinguait plus une seule parole. « Nous nous sommes trompés. La fin des temps n'est pas proche ! Elle a déjà eu lieu ! »

Soudain, un tir de pistolet se fit entendre dans le hall ; l'assemblée enragée se tut immédiatement et certains membres du Conseil se réfugièrent sous les tables. Des papiers leur échappèrent des mains et des paires de lunettes valsèrent, se brisant contre les dalles. Le Grand Inquisiteur Düül s'avança au milieu de l'auditorium. Il rangea son arme dans son étui blanc, ses bottes cloutées crissant sur le parquet ciré.

« Tout le monde devrait se calmer un peu, tonna-t-il en promenant son regard sur le cercle de cardinaux, sans dissimuler son mépris. Ces lamentations pitoyables, ces enfantillages hystériques ne sont pas dignes d'une noble institution. Elle n'a pas été bâtie sur la peur et la faiblesse, mais sur la force, et sur des valeurs fières – des attributs que nous possédons encore, particulièrement au sein de l'Inquisition. Vous connaissez tous mes méthodes. Pendant trop longtemps, vous, le Conseil du Saint-Siège, avez débattu et ergoté, dans le confort douillet des halls et des chambres, pendant que des gens, nos frères, mouraient, qu'une noirceur s'installait au Vatican et au-delà. C'est terminé. » Il secoua la tête lentement, avant de se tourner vers le secrétaire d'État. « À partir de maintenant, je prends les choses en main. Je décide de la politique du Conseil.

– Est-ce là un coup d'État, Grand Inquisiteur ? demanda Korek.

– Appelons cela une prise de pouvoir temporaire, voulez-vous, jusqu'à ce que la dernière crise en date soit réglée.

– Très bien, acquiesça Casado, la tête baissée et les doigts entremêlés, dans l'espoir de faire cesser leur tremblement. Que suggérez-vous ?

– D'aller à la rencontre de l'ennemi. Ils ont osé pénétrer dans notre capitale et ils paieront le prix ultime pour ce sacrilège. À l'instant où nous parlons, les loups sont pourchassés et tués dans les rues. J'ai reçu l'assurance qu'ils seraient maîtrisés dans l'heure. »

Quelque chose qui s'apparentait à une vague d'applaudissements accueillit cette annonce tonitruante. Düül l'ignora.

« Pendant ce temps, je m'assurerai que ce chien de Tacit soit mis à genoux. Personnellement. Il est toujours ici, à Rome. Nous tenons une piste. Il s'est enfui du monastère de Trastevere il y a peu de temps. Les rumeurs que vous avez entendues sont vraies. Il a assassiné sœur Malpighi. Il est enragé, mais il sera maîtrisé avant la fin de la nuit. Mes hommes sont à sa poursuite en ce moment même. Une fois que nous l'aurons capturé, je le traînerai devant vous pour qu'il s'explique. Vous aurez toutes les réponses que vous voudrez, au sujet de ce prétendu rituel, de ses autres complices, s'il y en a. Au sujet de tout ce que cela peut bien signifier. Et une fois que vous en aurez fini, il ne troublera plus jamais le Conseil ou notre Église. C'est l'assurance que je porte devant cette chambre. Personne ne peut se rire de l'Inquisition ni de la vie humaine.

– Bien entendu, approuva Casado. Mais qu'allez-vous faire de lui au juste, Grand Inquisiteur Düül ? »

Düül écarta les pans de son habit blanc et révéla un arsenal d'armes pendues à sa ceinture.

« Comme je vous le disais, aucune tête ne dépasse dans mon Inquisition. Tacit a tué beaucoup de bons éléments à la prison de l'Inquisition, et maintenant il en a tué beaucoup d'autres au Vatican et au monastère de Trastevere, sans parler de sœur

Malpighi. Quand j'aurai enfin l'occasion de m'occuper de lui, je lui ferai passer définitivement l'envie de remettre les pieds à Rome, et encore moins à l'Inquisition. Les méthodes de Salamanca auront l'air d'une promenade de santé en comparaison. Je l'écorcherai et pendrai sa peau dans le hall de l'Inquisition à la vue de tous, en guise d'avertissement. »

68

Constantinople, Turquie, Empire ottoman

Une lune sanglante s'était levée au-dessus des hauteurs de Constantinople – un crépuscule de carnage. Des hordes de civils en haillons, des hommes, des femmes, des enfants arméniens, quittaient la ville, en files qui serpentaient le long d'une colonne de gardes armés qui les aiguillaient vers le nord, alors que retentissaient derrière eux les appels à la prière du haut des minarets de la ville. Les cris d'excitation des enfants turcs occupés à jouer dans les rues de leur capitale désormais déserte s'élevèrent depuis la myriade de ruelles entrelacées et de squares, au milieu des odeurs exotiques qu'exhalaient les festins du soir mitonnés dans les habitations.

« On dirait bien que nous avons commencé à déporter les Arméniens », annonça un Turc ventripotent en enfournant une datte dans son gosier, une assiette pleine de fruits devant lui.

Il jeta un regard par-dessus le balcon qui surplombait le quartier de Galata.

« Enfin ! » enchaîna Mahmut Sadik.

Le commerçant avait fait fortune en exportant des épices et de la soie à l'ouest, grâce à ses propres caravanes, mais il partageait toujours généreusement ses gains avec ses amis proches. Il s'appuya sur son coude et admira les bagues qui ornaient ses doigts.

« Tu n'as jamais été un grand défenseur de nos voisins arméniens, hein Mahmut ? l'interrogea un homme à la peau mate assis à côté de son hôte.

– Des impudents et des incapables, répondit Sadik en secouant la tête, ce qui fit trembler son double menton. Disons que je ne leur ai jamais fait suffisamment confiance pour les embaucher sur l'une de mes opérations. Et je connais peu d'autres marchands qui trouvent que ce sont de bons travailleurs. Si les Arméniens ne souhaitent pas contribuer à la société, alors ils n'ont rien à faire dans notre ville.

– Ni où que ce soit dans l'Empire, ajouta son ami assis en face de lui, et l'homme à la peau d'ébène fit un geste d'approbation. J'ai entendu dire que nous leur construisons leur propre ville ?

– Une nécropole, acquiesça Sadik, dans les sables.

– Et ils osent dire que nous les opprimons ? Sales petits ingrats ! »

Une rangée de femmes apporta des plateaux bombés de mets fins aux trois hommes d'affaires qui attendaient d'être servis.

« Enfin ! se réjouit le gros Turc en faisant claquer sa langue. J'ai cru que j'allais mourir de faim ! »

Des plats raffinés aux couleurs vives et au fumet délicat furent disposés sur la table basse, et on remplit des gobelets d'eau fraîche.

« Je vous en prie, déclara Sadik en désignant la nourriture. Servez-vous ! »

Il attendit que ses amis s'exécutent avant de remplir sa propre assiette d'une grosse cuillerée de riz parfumé puis se mit à s'empiffrer.

Il n'eut pas de haut-le-cœur, pas tout de suite, mais il hésita un instant : il trouvait curieux que le riz lui pique la langue, comme si ses grains étaient vivants. Comme s'ils bougeaient. Il prit le temps de mastiquer sa bouchée, et une amertume qu'il n'avait jamais sentie auparavant dans son plat préféré vint lui chatouiller le palais. Il ne se procurait que les meilleurs ingrédients et n'employait que les meilleures cuisinières. Mais il n'y avait pas de doute possible, quelque chose n'allait pas dans ce plat.

Il recracha immédiatement sa bouchée dans sa main et ses yeux s'agrandirent. Des asticots, des asticots rouges, replets, dégoûtants, se tortillaient, à moitié mâchés, dans sa paume. Sadik fit un bond, jura et réprima l'envie de vomir, faisant valser les assiettes et alarmant ses invités. Il parcourut la tablée du regard avec horreur. Tous les plats grouillaient, palpitaient, trémulaient, chaque assiette regorgeait d'asticots, putréfiés, souillés.

Et au même moment, à travers toute la ville, à chaque table, dans chaque restaurant et dans chaque café, les habitants recrachèrent leur nourriture, révulsés, sous le choc, alors que le fléau s'abattait sur eux.

69

Cité du Vatican

« À l'évidence, j'ai raté quelque chose pendant mon absence », remarqua Strettavario à la vue de l'activité bourdonnante du Vatican.

Il s'avança dans le palais apostolique et prit le temps d'étudier les environs.

« Où étiez-vous ? » lui intima de répondre une voix que Strettavario reconnut immédiatement.

Casado avait l'air plus exténué que jamais ; sa peau était flasque et grise, comme celle d'un mourant.

« Çà et là, répondit le prêtre, qui observait un groupe d'inquisiteurs marcher au pas le long du palais avant de s'éclipser derrière des piliers. Je vois que l'Inquisition ne cherche même plus à dissimuler sa présence ?

– Dois-je vous rappeler, père Strettavario, que vous êtes toujours en poste au sein du Conseil du Saint-Siège ? répondit Casado, en ignorant son commentaire. Vous n'êtes pas autorisé à aller et venir comme bon vous semble.

– Aucune mission ne m'était dévolue.

– Vous vous en êtes donc attribué une. » Casado attrapa Strettavario par la manche, sa main semblable à une serre. « Vous avez aidé Tacit à s'échapper !

– Je lui ai simplement donné les moyens de le faire.

– Qu'est-ce qui a bien pu vous prendre ! siffla Casado à voix basse, pour éviter qu'ils ne soient repérés. Ce n'était pas votre prérogative !

– Ils l'auraient tué s'il n'avait pas pu s'évader. Et je suis sûr que vous n'auriez pas voulu cela, cardinal-évêque Casado ! dit le prêtre aux yeux clairs d'une voix inquisitrice.

– Avez-vous idée des problèmes que vous avez causés ?

– Je soupçonne les problèmes en question d'être arrivés lorsque quelqu'un a décidé d'enchaîner ce qui ne peut pas être enchaîné. Si vous désiriez vous débarrasser de Tacit, il fallait le faire quand vous en aviez encore l'occasion, pas le torturer avec une fascination indolente.

– Ils vont le tuer quoi qu'il en soit. Le Grand Inquisiteur Düül en a fait sa cause personnelle, il va l'arrêter et le punir.

– Eh bien, le Grand Inquisiteur Düül va au-devant d'une grande déconvenue. Il s'agit là de Tacit.

– Il s'agit là d'un meurtrier ! » Casado s'approcha du prêtre, exhalant un mélange tenace d'ail et d'encens. « Ne le mettez pas sur un piédestal, père Strettavario. C'est un criminel. »

Strettavario esquissa un sourire froid et narquois.

« Oui, Tacit est bien des choses. Un assassin ? Un meurtrier ? » Il soupesa ses mots, ses lèvres pincées en signe d'approbation. « Nous pouvons en convenir. Mais il n'est pas un criminel, à moins que les missions qui lui sont confiées soient de nature criminelle.

– Il a tué sœur Malpighi. »

Strettavario se mit à rire, sans chercher à cacher sa réaction. Casado raffermit instantanément sa poigne pour l'entraîner dans la pénombre, à l'écart de l'entrée.

« Nous savons parfaitement tous les deux qu'il n'a pas tué sœur Malpighi, déclara Strettavario.

– Qui d'autre, alors ? »

Les yeux clairs de Strettavario s'assombrirent immédiatement.

« Faut-il réellement que vous posiez la question ?

– C'est la raison pour laquelle Tacit doit être stoppé.

– Alors, c'est donc ce que vous pensez, n'est-ce pas ? Qu'il est celui qui répond au prince des Ténèbres ? » Il balaya le palais du regard, la mine dégoûtée. « C'est ce que vous cherchiez à prouver, avec tous ces actes de torture exigés de l'inquisiteur Salamanca ? Une tentative d'exorciser le diable en lui ? De faire en sorte qu'il vous révèle ses secrets ?

– Nous parlerons plutôt d'expérimentations et d'observations. »

Strettavario fut impressionné que le cardinal ne s'efforce même pas de mentir ou de feindre l'ignorance quant à ce qu'ils avaient fait subir à cet homme dans sa cellule.

« Depuis le début, vous vous posez la question, n'est-ce pas, cardinal ? Vous vous interrogez à son sujet. Au sujet de qui il est. De ce qui le guide. De ce qui lui donne sa force. De la manière dont ce pouvoir pourrait être apprivoisé, analysé. Canalisé.

– C'est notre rôle au sein du Conseil que d'observer et d'agir dans l'intérêt de la confrérie et de notre foi.

– Dans ce cas, vous auriez dû constater que Tacit ne peut pas être contrôlé. Il ne répond à personne. Il va là où son chemin le mène. Vous l'avez enchaîné pendant si longtemps, vous l'avez retenu dans la foi et aveuglé par la rhétorique de la loi sacrée, le modelant au gré de vos besoins et de vos intérêts. Mais les liens ont été rompus, l'aveuglement est terminé. La bête s'est libérée. Et Dieu seul sait où et quand elle cessera de se déchaîner. »

Strettavario sortit de l'ombre, mais Casado le héla instantanément.

« N'y a-t-il donc rien que l'on puisse faire ?

– Si, répondit Strettavario. Prier. »

70

Cité du Vatican

Antonio Fellacuti était âgé de quatre-vingt-sept ans et quasiment aveugle. Rongé par l'arthrose et recroquevillé comme une racine tordue, il était une présence constante au sein du Vatican depuis soixante-dix-sept années, aussi éternel que les hymnes et les psaumes qui résonnaient à travers les grands halls et les églises de la Cité. Aujourd'hui encore, il arpentait les couloirs du Vatican, son petit seau d'eau tiède dans la main droite. Son allure était peut-être moins vive ces derniers temps, l'eau brinquebalait peut-être davantage dans le seau, mais il nettoyait toujours chaque statue, lavait chaque sol, lustrait chaque poignée comme il l'avait toujours fait depuis sa jeunesse et durant ces soixante-dix années de service. Il ne connaissait rien d'autre ; rien d'autre ne pouvait lui apporter autant de joie.

Il avait longtemps rêvé d'intégrer l'Église en tant que serviteur de Dieu, d'être diacre, peut-être même prêtre si Dieu lui donnait bonne fortune, voire évêque ? Chaque soir, alors qu'il se retirait dans sa chambre, des prières caressaient sa langue, Dieu était dans ses pensées, son sommeil n'était jamais terni par l'inconvenance ou le péché. Même dans ses rêves, il se savait pur.

Au cours de sa vie, il n'avait jamais trouvé de place au sein de l'Église, n'avait pas pu porter l'habit, ses compétences avec les mots et les gens jugées trop imparfaites pour diriger des ouailles. Toutefois, il avait depuis pris conscience qu'en nettoyant le

Vatican il accomplissait bien plus que son devoir envers Dieu et l'Église. Après tout, la propreté est le miroir de la netteté de l'âme.

Il connaissait chaque recoin de chaque statue, au simple toucher. Il savait deviner et nommer chaque courbure de menton, chaque arête du nez. Ses yeux ne pouvaient peut-être pas voir la saleté aussi bien que dans sa jeunesse, mais ce qu'il avait perdu en vision, il l'avait regagné par le toucher. Sept décennies plus tard, les gens s'extasiaient toujours devant la propreté impeccable du Vatican lorsqu'Antonio était passé quelque part.

Ce soir-là, Antonio était heureux de travailler à la basilique Saint-Pierre. C'était son endroit préféré du Vatican, et même si les grandes salles étaient immenses et froides, tout particulièrement ce soir-là alors qu'un étrange vent glacial semblait souffler sur la ville, la majesté du bâtiment ne pouvait que réchauffer son cœur et animer ses sentiments.

Il avait déposé sa petite échelle au pied de la colonne de marbre sur laquelle reposait la Pietà de Michel-Ange et il grimpa à l'échelle lentement, un barreau à la fois, plaçant chaque fois ses pieds côte à côte pour maintenir son équilibre avant de gravir le barreau suivant, le seau niché dans le creux de son coude droit, ses yeux gris regardant dans le vide devant lui. À travers les yeux d'Antonio, la statue de la Vierge qui tenait dans ses bras le corps crucifié de Jésus ressemblait davantage à un bloc de marbre translucide et travaillé qu'à une sculpture divinement exécutée. Mais lorsque les mains du vieil homme s'attardaient sur les contours audacieux et la maestria raffinée du marbre sculpté, elle semblait prendre vie – une œuvre merveilleuse, emplie de gloire divine, qui dépassait l'entendement. Comme chaque fois qu'il nettoyait cette statue, il sortit son linge le plus fin – de la soie imbibée d'un peu d'eau afin de retirer le moindre grain de poussière collé à la pierre.

La statue de marbre lisse et l'eau qui glissait à sa surface scintillaient, éblouissant son regard, quand bien même sa vision était diminuée. Un bruit semblable à celui du tonnerre lui parvint aux oreilles. Il haussa les épaules, et se dit que les tempêtes estivales arrivaient bien tôt cette année. Puis il perçut quelque chose qui ressemblait au hurlement d'un loup. Encore plus étrange – des loups, à Rome ? Il glousssa et se dit qu'il devait être fatigué. Ce serait sa dernière sculpture du soir.

Soudain, quelque chose se prit dans les fibres de son tissu, quelque chose de poisseux et de globuleux. Il frotta avec plus d'énergie, confus et surpris qu'une telle tache puisse souiller la statue. Peut-être quelque chose était-il tombé du plafond ? Mais le liquide était collant, et plus il lustrait la pierre, plus elle semblait en être recouverte, comme s'il frottait une plaie ouverte. Le tissu était maintenant bruni, et ses mains étaient elles aussi brunes et poisseuses, comme si elles saignaient. Il s'arrêta et mit le chiffon sous son nez ; il était cramoisi, trempé.

Alors il comprit de quel liquide il s'agissait. Le seau tomba au sol, répandant son eau colorée sur une large portion du carrelage de la basilique Saint-Pierre. Antonio se sentit partir en arrière. Il cria et se pencha précipitamment vers l'échelle, réussissant à agripper l'un des barreaux entre ses doigts crochus juste avant de chuter lui aussi.

Du sang !

La statue de Jésus saignait, par tous les pores de sa peau, comme si le marbre avait été écorché afin de révéler une chair sanguinolente sous sa surface.

CINQUIÈME PARTIE

« Leur langue est un trait meurtrier, ils ne disent que des mensonges ; de la bouche ils parlent de paix à leur prochain, et au fond du cœur ils lui dressent des pièges. »

Jérémie, 9, 8

71

Slovénie, près de la frontière italienne

Poré regardait danser les flammes de son feu de camp, des rubans rouge et ambre qui s'entortillaient comme un sortilège sous ses yeux, le berçant un peu plus à chaque ondulation. Il avait marché des jours durant, chaque fibre de son être était douloureuse, tout particulièrement sa patte folle, qui le lançait désormais à chaque foulée. Il n'avait jamais autant boité. Il était malade et usé, mais il savait qu'il ne pouvait pas renoncer. Pas maintenant. Ses paupières s'alourdirent et il secoua la tête. Il lui restait encore beaucoup de kilomètres à parcourir jusqu'à l'endroit où il avait décidé de succomber enfin à l'épuisement. Après tout, il savait que chaque minute était précieuse dans cette course contre la montre, et contre les puissances supérieures qui, si elles déferlaient sur le monde, seraient probablement en mesure de mettre au pas le temps lui-même.

Ses pensées brumeuses le portèrent vers une autre époque, un autre lieu, explorant les recoins enténébrés de son esprit et de son passé – un jeune garçon qui attendait fébrilement à son pupitre, un garçon qui n'avait jamais eu de rêves ou d'ambitions, qui désirait simplement être heureux et apporter le bonheur sur Terre. Poré avait eu une enfance joyeuse, jusqu'à ce que l'homme qui avait fait irruption dans la salle de classe, le visage même de la mort, entre dans sa vie. Aujourd'hui encore, trente ans plus tard, les entrailles de Poré se tordaient, exactement comme lors de son apparition fatidique.

Jusqu'alors, Poré n'avait jamais rencontré quelqu'un comme lui, sa vie avait toujours été lumineuse et colorée, et non pas sombre comme le sauvage qui était venu les voir, vêtu de noir de pied en cap, un capuchon de feutre masquant la couronne de ses cheveux sur son crâne lourd et anguleux. Il s'était tenu immobile, comme une statue, tout au bout de la pièce, ses énormes poings sur les hanches, dévisageant chaque écolier tour à tour, le regard perçant, tâchant de mettre au jour le plus d'information possible rien qu'en détaillant leur abord et leurs manières, un rictus perpétuel aux lèvres. Puis il avait pris appui sur sa jambe droite et s'était mis à arpenter les rangs, parcourant la salle de classe en quelques enjambées à peine. Son ombre immense semblait se ratatiner et glacer le sang de quiconque se trouvait enveloppé dedans, comme un mauvais sort. Poré se souvenait encore du son métallique qui tintait discrètement sous sa soutane noire et usée à chaque pas qu'il faisait, comme si ses os étaient à nu sous sa chemise et qu'ils avaient été forgés dans l'acier.

Poré baissa la tête et se tint les mains, essayant de chasser les souvenirs de son esprit. Mais ils refusaient de se laisser dompter et devenaient toujours plus clairs et vivaces.

Bien qu'à l'époque Poré eût craint de savoir qui était l'homme, il n'avait jamais osé croire que l'inquisiteur avait fait tout ce chemin pour lui demander de rallier les jeunes acolytes de l'Inquisition. Lorsqu'il ne resta plus qu'une poignée de gamins dépareillés, malingres, chétifs, les joues pâles tournées vers l'homme en noir, Poré avait eu l'espoir bref mais vif qu'il ne serait pas appelé. Mais bien vite, il entendit son nom et, après cela, rien ne fut plus jamais comme avant.

« Qu'y a-t-il, mon garçon ? avait sifflé l'inquisiteur, alors que Poré quittait son pupitre et s'approchait de lui pour la première fois. Où est ta fierté d'avoir été choisi pour rejoindre les rangs de l'Inquisition ? »

Poré avait essayé de prendre la parole, mais les mots lui avaient manqué et il s'était rencogné davantage avant de fondre en larmes.

« Y aurait-il une erreur ? avait craché l'inquisiteur en jetant un regard à l'homme qui avait les coudes posés sur le lourd registre relié de cuir noir où étaient consignés tous les noms. Est-il possible que ce bulot figure parmi les élus ? » Il avait détaillé le garçon comme s'il était un papier gras. « Il pleure comme un enfant et a les bras aussi épais que ceux d'une fillette.

– Il est rusé, lui opposa l'homme appuyé sur le tome, le doigt sur la ligne où était inscrit son nom. Le registre dit que son esprit est épatant. »

Le jeune Poré tint à peine deux mois au sein de l'Inquisition. L'inquisiteur qui l'avait accueilli en classe avait également décidé de s'occuper de lui à titre personnel, et soumettait l'enfant aux pires violences. Des bastonnades quotidiennes, des insultes, des interrogatoires cruels et une hostilité à son égard qui s'exprimait à chaque occasion – autant d'exagérations des véritables horreurs auxquelles il était censé faire face, celles qu'il aurait à combattre en tant que futur inquisiteur. Il ne trouvait jamais de répit dans cette vie de torture : lorsque les cris démoniaques d'un enfant possédé ou les lamentations spectrales d'un fantôme se taisaient, à leur retour au pensionnat, Poré était soumis aux moqueries et aux violences de son maître.

Le jour où il décida qu'il n'en pouvait plus, qu'il prit la décision de partir, il implora piteusement le cardinal de la paroisse, prostré, ses yeux baignés de larmes, et son vœu lui fut alors accordé. Mais à un terrible prix. Son père et sa mère furent placés entre les mains de l'Inquisition.

La racine et la branche. C'étaient les us de l'institution.

Il avait supplié le cardinal de laisser sa famille tranquille, de le prendre à la place, mais rien n'y fit. Il ne les revit plus jamais. C'est alors que se mit à germer la graine de la haine et ce fut également la preuve, si besoin en était, qu'au cœur de la foi se trouvait une noirceur qui n'avait pu qu'être forgée aux enfers par le diable lui-même.

Poré délaissa ses souvenirs et, la tête contre sa paume de main, se concentra à nouveau sur la lande sauvage de la frontière italo-slovène et sur sa situation désespérante. Ses yeux étaient emplis de larmes et il pleura de douleur face à sa solitude et sa perte. Il était seul, désespérément seul, comme il l'avait toujours été. Et d'un seul coup, il fut assailli par le doute. Comment, sans aucune aide, pouvait-il espérer accomplir ce qui lui avait été commandé lorsque le verbe de Dieu s'était révélé à lui et lui avait demandé d'être fort ?

Le hurlement d'un loup le raviva instantanément. Le craquement d'une branche se fit entendre, suivi d'un autre hurlement, celui-ci plus proche encore, juste devant lui. Lentement, sa main se dirigea vers la peau de loup à ses pieds. Un autre hurlement retentit, cette fois sur sa gauche, tout près des lueurs du feu. Poré revêtit la peau et pivota pour aboyer sur le loup qui s'approchait, toutes griffes dehors, ses mâchoires rouge sang ouvertes, prêtes à le mordre.

72

Rome

« Ils sont toujours après nous ! » lança Isabella, le souffle court, alors qu'ils venaient à peine de passer la porte de la maison que Tacit leur avait dénichée et de pousser le verrou. Elle s'adossa contre le panneau et écarta plusieurs mèches de cheveux de son visage. « J'entends les chiens.

– J'entends bien plus que des chiens », lui répondit Tacit, qui arpentait les pièces jusqu'à l'arrière de la maison afin de s'assurer qu'elle était bien vide.

À travers toute la ville, les hurlements des loups hantaient les cours et les ruelles.

« Sandrine, murmura Henry en scrutant la fenêtre.

– Elle s'en sortira, dit Isabella en se plaçant à ses côtés.

– C'est peu probable », répondit Tacit en revenant dans la pièce. Il attrapa au passage une bouteille dans un buffet et s'avachit sur une chaise près de la table. « Mais elle et les siens tiennent l'Inquisition occupée. » Il dévissa le bouchon et se mit à boire avidement. « C'est tout ce qui compte. Pour l'instant. Nous avons besoin d'un peu de temps pour réfléchir.

– J'espère simplement que Strettavario a pu s'enfuir sans encombre de la dernière cache. Tout semble maudit !

– Ne t'en fais pas pour lui, répondit Tacit en reposant la bouteille avant de disparaître à nouveau dans les profondeurs de l'habitation. Ils ne sont pas à sa recherche. Et de toute façon, je connais Strettavario depuis suffisamment longtemps pour savoir qu'il est tout à fait capable de se débrouiller seul.

– Il me fait un peu penser à toi. »

Tacit revint avec un grand rouleau de papier sous le bras, la mine renfrognée, et secoua la tête ; il semblait néanmoins quelque peu amusé. Il déposa le rouleau de papier sur la table et le déroula, son revolver au milieu en guise de poids. Isabella et Henry s'avancèrent pour constater que Tacit avait trouvé une carte de l'Europe.

Isabella s'assit sur un coin de la table et croisa les bras. Elle se dégourdit les poignets et ébouriffa ses cheveux pour leur redonner un semblant de forme.

Tacit alla chercher une lampe à huile dans la pièce d'à côté tout en farfouillant dans ses poches à la recherche de quelques allumettes.

« Dieu merci, dit Isabella d'un ton léger lorsqu'il finit par en trouver une boîte. Un peu de lumière ! On dirait que nous avons été plongés dans le noir depuis ton retour. »

Tacit alluma la mèche et remit le dôme de verre en place, ajustant la bague de la lampe pour qu'elle puisse les éclairer tant bien que mal dans la pénombre de la pièce. Il posa la lampe sur la table et étala la carte en lissant les plis et les bords de la feuille.

« Il y a des chaises là-bas, déclara l'inquisiteur en montrant du doigt le hall d'entrée où il avait trouvé la carte, penché sur la table. Si jamais quelqu'un veut s'asseoir.

– Où sommes-nous ? demanda Isabella.

– Un vieil abri utilisé par les inquisiteurs. Nous sommes peu à en connaître l'existence. Ceux qui avaient l'habitude de s'y réfugier sont morts depuis longtemps. J'espère que personne ne pensera à venir nous y trouver.

– On dirait que toute l'Inquisition est à nos trousses », fit remarquer Isabella alors que Henry revenait avec deux chaises sous le bras et lui en proposait une.

Il s'assit en face de Tacit et se mit à étudier la carte, exténué.

« Toute l'Inquisition n'est pas à nos trousses. Nous le savons désormais, répondit Tacit. Mais il faut agir rapidement. J'espère que nous serons en sécurité ici, du moins pour le moment. Le temps qu'il faudra.

– Le temps qu'il faudra avant quoi ? demanda Henry.

– Les chiffres que nous avons trouvés dans le bureau de Benigni. »

Isabella hocha la tête.

« Je les ai avec moi. »

Elle sortit de sa poche la feuille de papier sur laquelle elle avait griffonné la série de chiffres en question et la déposa sur la carte, devant Tacit.

« J'y ai réfléchi, dit-elle en plaçant le papier dans le bon sens pour qu'il puisse le lire. Ce ne sont pas des références de livres de bibliothèque.

– Ce sont des indications de longitude et de latitude », annonça Henry subitement, étudiant les chiffres de loin.

Tacit acquiesça, impressionné.

« Où est-ce que vous avez trouvé ça ? demanda Henry.

– Quand vous étiez au tapis chez Benigni. Mais je pense que vous dites vrai. Ce sont des coordonnées.

– Le nord de l'Italie ? demanda Henry, en observant le doigt de Tacit s'arrêter sur la frontière italo-slovène.

– Le Karst », répondit Tacit. Il tapota de l'index l'endroit en question sur la carte. Il releva la tête, observa Isabella puis Henry. « C'est ce qu'indiquent les coordonnées. Il y a quelque chose à cet endroit. Sur le plateau du Karst. Quelque chose que Cincenzo avait trouvé, ou qui était censé s'y dérouler. » Il dévisagea ses deux compagnons. « C'est là que nous devons nous rendre.

– Tacit, dit Isabella d'une voix qui flanchait quelque peu. Tout ce qui s'est passé ! Les meurtres. L'Inquisition. La carte. » Elle ferma les paupières quelques instants, comme si elle laissait la gravité des événements la rattraper. « J'ai peur.

– Parce que ça n'était pas le cas avant ? répondit-il, une lueur dans le regard.

– Ce dans quoi nous nous embarquons… N'y a-t-il personne qui pourrait nous venir en aide ? Il y a bien quelqu'un à qui nous pourrions faire confiance ? Quelqu'un au sein du Conseil du Saint-Siège ?

– Non.

– Le cardinal-évêque Adansoni ? suggéra-t-elle. Tu l'as toujours tenu en estime, comme si c'était ton père. »

Les yeux de Tacit s'écarquillèrent et s'assombrirent dans le même temps.

« Non.

– C'est un homme bon. » Elle resserra le poing de telle sorte que ses phalanges blanchirent. « Je sais qu'il tient beaucoup à toi, après que nous avons échangé par le passé. Nous devrions essayer d'entrer en contact avec lui. Peut-être pourra-t-il nous éclairer davantage au sujet de la carte ? proposa-t-elle en désignant la table.

– Non, répondit Tacit fermement, la noirceur en lui écrasant quasi instantanément le peu d'émotion qu'il avait laissé transparaître. C'est trop dangereux pour un vieil homme comme lui. »

Il se leva et se concentra à nouveau sur la carte, sur le point qu'il y avait repéré. Dans la lumière vacillante de la lampe à huile, Tacit avait l'air plus déterminé que jamais, son visage abîmé et brisé par tout ce qu'il avait enduré.

« Le Karst », annonça-t-il, le doigt sur la frontière italo-slovène. Il regarda à nouveau les deux autres. « C'est ce qu'indiquent les coordonnées. Il va se passer quelque chose là-bas, il faut que nous y allions. » Il vit le regard troublé du soldat. « Qu'y a-t-il ? cracha Tacit. On aurait la trouille ? »

Mais Henry l'ignora et laissa reposer son menton sur sa main, le regard perdu dans l'un des recoins sombres de la pièce.

« La résurrection, dit-il. La chambre des ossements. »

Ils le dévisagèrent tous deux et Henry posa les mains sur la table.

« Je sais. Je n'y suis jamais allé, mais j'en ai entendu parler.

– Que voulez-vous dire ? gronda Tacit. Que c'est un lieu ? »

Et tout à coup, il fut comme frappé par une révélation.

« Nostra Signora della Concezione », dirent-ils d'une seule voix.

Isabella ouvrit de grands yeux.

« Bien sûr ! s'exclama-t-elle, la main sur le front. L'église Santa Maria della Concezione dei Cappuccini, à Rome !

– Sous laquelle se trouve la crypte de la résurrection.

– La chambre des ossements », approuva Henry en hochant la tête.

Les yeux de Tacit se plissèrent.

« Je me demande si ce n'est pas là qu'aura lieu le meurtre du second rituel. »

Un bruit de verre et de bois brisés les interrompit et ils se levèrent tous d'un bond.

« On dirait que nous avons de la compagnie ! siffla Henry, le revolver dégainé. Je croyais que cet endroit était sûr !

– Filature, cracha Tacit en dégainant son propre revolver. Ils ont dû nous suivre jusqu'ici. »

73

Rome

L'inquisiteur, une lueur sauvage dans le regard, décocha un coup de crosse dans les flancs du loup et se précipita dans une allée pavée aussi vite que ses bottes purent le porter.

Au pas de course, il atteignit la petite cour où Düül avait établi ses quartiers pour donner des directives à ses hommes à travers toute la ville. Trois allées desservaient la cour enténébrée, qui était flanquée de grands bâtiments – un point de repère central, idéal pour diriger les opérations tactiques.

« L'*Hombre Lobo* est partout dans la ville, Grand Inquisiteur ! s'écria l'homme, les mains sur les genoux pour reprendre son souffle, le visage à moitié balafré. Ils sont partout, mais nous avons repris le dessus côté sud et ouest. En revanche, ils sont plus nombreux que nous le pensions à l'est. Et nous sommes ralentis par le fait d'avoir à brûler les corps afin d'éliminer toute preuve auprès des habitants de la ville. »

Un hurlement retentit dans la ruelle par laquelle l'inquisiteur était arrivé et, quelques instants plus tard, un énorme loup bondit. En une fraction de seconde, le revolver du Grand Inquisiteur Düül fut dans sa main et le canon étincela. La bête tournoya et tomba raide morte à quelques pas d'eux.

« Un de moins, murmura Düül. Et puis, qu'est-ce que vous faites ici ? tança-t-il l'inquisiteur en le toisant d'un air mauvais. Avez-vous trouvé Tacit ? »

L'inquisiteur hocha la tête en s'éloignant quelque peu de la créature.

« Quelqu'un qui correspond à sa description a été aperçu.

– Où donc ?

– À l'église Santa Maria della Concezione. On m'a dit de venir vous trouver. »

Le cimeterre de Düül étincela à sa ceinture et il sortit la lame tachée de sang à la lumière du jour.

« Tout prend fin ce soir, déclara-t-il. De ma propre main. »

74

Rome

Une explosion retentit dans un coin de la pièce, accompagnée de débris et de flammes. Tacit avait l'impression d'être engouffré sous terre, l'air était lourd et brûlant. La table avait été retournée, la carte déchirée, et un pan de papier recouvrait le corps d'Isabella non loin, alors que Henry était accroupi à côté d'elle; il désignait sa botte, qui avait été réduite en une bouillie fumante et sanglante. Il disait quelque chose mais Tacit ne pouvait pas l'entendre. Une seconde déflagration vint secouer les murs.

« Trouvez-les », perçut Tacit au milieu du chaos alors que des inquisiteurs envahissaient les lieux.

Il était debout et bondit par-dessus la table, se retrouvant parmi leurs attaquants en une fraction de seconde, ses poings distribuant autant de horions qu'ils le pouvaient. Des coups de feu éclatèrent mais il n'y prit pas garde, continuant de fracturer des mâchoires et de fendre des crânes dans la mêlée, ses poings aussi dévastateurs que des marteaux.

Une grenade fut dégoupillée et toute la pièce fut illuminée un bref instant avant de s'emplir de fumée et de l'odeur étouffante de la cordite. Tacit partit à la recherche de Henry et Isabella, essayant de retrouver ses repères. Une silhouette se détacha devant lui et Tacit lui agrippa le cou, qu'il rompit avec aisance; il récupéra le fusil de l'inquisiteur alors que celui-ci s'affaissait.

« Isabella ! » s'écria-t-il, avançant à tâtons à travers le rideau de fumée, conscient que la table n'était pas loin de lui.

D'autres coups de feu furent tirés et il sentit quelque chose lui mordre la cuisse. Il rugit de douleur et se retourna pour tirer deux coups de fusil en retour. Quelqu'un laissa échapper un cri et tomba au sol. Isabella apparut à travers le brouillard, prise d'une quinte de toux ; il l'attrapa par la taille et la plaqua contre lui. Elle arborait une estafilade sur le front et du sang ruisselait sur son visage, mais elle semblait au demeurant saine et sauve. Un air sauvage habitait son visage et Tacit crut un instant que l'assaut lui avait fait perdre la raison, jusqu'à ce qu'il sente sa main se glisser dans l'étui de son revolver, qu'elle dégaina. Leurs regards se croisèrent et les yeux d'Isabella brillèrent.

« Je te l'ai déjà dit, fit-elle en visant, plus jamais tu ne me laisses derrière toi ! »

Elle se décolla de son torse et tira sur la première silhouette qu'elle aperçut à travers la fumée. L'inquisiteur bascula vers l'arrière et s'écroula en laissant échapper un cri.

« Où est Henry ? demanda Tacit en abaissant son fusil pour en extraire la cartouche usagée.

– Ici ! cria Henry en boitant à travers la fumée qui se dissipait et en assenant un coup en plein dans le visage d'un inquisiteur avec la crosse de son fusil. Ça ne sert à rien ! s'exclama-t-il en se courbant pour éviter la salve de balles qui vint percuter le mur derrière eux, le poids de son corps sur sa jambe droite pour épargner son pied amoché. Ils sont trop nombreux ! »

À cet instant, trois inquisiteurs surgirent et Tacit en tua deux d'une balle dans la tête, alors que Henry empoignait le troisième par le col pour l'amener au sol. Le revolver d'Isabella étincela et un autre inquisiteur, lancé vers eux à travers les volutes de fumée, s'effondra immédiatement. Henry se remit sur pied et secoua sa jambe pour évacuer la douleur de ses articulations ensanglantées.

« Nous n'allons pas y arriver !

– Foutaises ! cria Tacit, attrapant son fusil encore fumant et le brandissant devant lui comme un club de golf. Des corps en plus pour les cryptes ! Suivez-moi et ne vous éloignez pas ! » Il plongea dans la fumée, Henry et Isabella à sa suite. Il visa un inquisiteur qui ne l'avait pas vu venir, en plein dans la gorge, puis un autre dans l'œil, l'arrière de son crâne réduit en miettes. « La porte ! hurla Tacit, en distinguant celle-ci. Tous vers la porte ! »

Il se fraya un chemin à grands coups de poing à travers les inquisiteurs, les massacrant méthodiquement, Henry et Isabella finissant le travail dès qu'ils apercevaient une silhouette au milieu du nuage de fumée. Ils déboulèrent dans la rue à l'air libre, les yeux rougis, la toux rauque. L'aube pointait à l'horizon, en une enfilade de points rosés. Une file d'inquisiteurs les attendaient devant le bâtiment et dans la rue adjacente, leurs armes braquées sur eux.

« Lâchez vos armes ! » aboya l'un d'eux.

Tacit entraîna de nouveau Henry et Isabella à l'intérieur de la ruine enfumée.

« On ne peut pas passer, jura-t-il en se baissant. Nous sommes coincés ! »

La nuit fut subitement envahie par le hurlement des loups, un tumulte qui vrillait les tympans et faisait ployer les corps, instillant la peur dans le cœur de quiconque l'entendait. Les inquisiteurs se regardèrent, perdus et surpris, triturant maladroitement leurs armes. On leur avait assuré que cette partie de la ville avait été nettoyée de leur présence.

Et les grandes créatures sauvages apparurent alors, en une vague noire et monstrueuse qui déferla sur la route, engloutissant les inquisiteurs. Des coups de feu retentirent, mais les cris et le bruit de la chair déchiquetée noyèrent bientôt celui de la mitraille. D'énormes loups semblaient surgir de partout – des ruelles, des toits, des égouts. Tout devint gris, cramoisi et noir.

« *Hombre Lobo !* » se lamentait-on.

Du seuil non loin duquel ils s'étaient accroupis, Tacit cria :

« Allons-y ! » Il les poussa vers le brouillard qui encombrait toujours la maisonnée. « Allez-y, allez-y ! Partons d'ici ! »

Ils coururent à l'aveugle à travers le bâtiment, et les inquisiteurs en firent autant. Ils débouchèrent dans une allée, poursuivant leur course sans jamais s'arrêter, n'osant pas se retourner pour contempler la destruction et le bain de sang que Sandrine et les loups qui l'accompagnaient laissaient derrière eux.

75

Front italien, bataille de l'Isonzo, nord-ouest de la Slovénie

Une longue file de mules se déployait sur la gauche de Pablo, douze d'entre elles encordées et menées par des soldats qui se tenaient chacun à côté d'un animal. Elles n'avaient pas vraiment besoin d'être guidées, se disait Pablo. Comme pour lui, comme pour tous les soldats de la troisième armée italienne, il n'y avait qu'un seul chemin possible : celui qui menait vers le sommet de la montagne, en direction du bruit, de la fumée, de la violence.

Elles transportaient des marchandises de tout type – des vivres, des munitions, des outils, des ustensiles de cuisine, le tout juché en un équilibre précaire sur leur dos alors qu'elles grimpaient sans peine le long du chemin mal déblayé à flanc de montagne. Le tout brinquebalait, tintait, et le son lui rappelait les troupeaux de chèvres dans les collines de Riano.

Pablo s'était retrouvé embarqué dans une division de fantassins dépeuplée, en route vers le sommet. Ils n'avaient pas été pris dans l'action depuis plusieurs heures, bien qu'on entendît les armes retentir au-devant ; derrière eux, le sergent aboyait dans ses oreilles dès qu'il suspectait l'unité de traîner les pieds. Il semblait porter une attention toute particulière à Pablo, qu'il poussait ou tirait par les épaules de temps à autre, le faisant pivoter constamment dès qu'un obus s'approchait.

Sur une arête rocheuse qui se dressait quasiment à la verticale, Pablo vit vaciller un canon de campagne, dont l'une des roues avait dévalé la montagne sur plus de trois cents mètres avant de s'écraser dans la vallée tortueuse en contrebas. De part et d'autre du canon, de grands gaillards musculeux, torse nu, s'échinaient à dégager la précieuse pièce d'artillerie. L'armée italienne ne possédait que trop peu de canons de la sorte pour en abandonner un en route – cela aurait été une tragédie plus grande que la perte d'une vie humaine, voire de toute une unité. En les regardant s'escrimer, criant à tue-tête, tendus par l'effort, gesticulant autour de l'engin, y attachant des cordes et poussant sur les roues, Pablo prit conscience que l'homme ne valait pas plus qu'un morceau de ferraille. Ou alors ils étaient tous des morceaux de ferraille au regard de l'effort de guerre, bons à être déplacés, poussés, pris pour cible et tués. Bons à mourir.

Le canon glissa et s'affaissa. Quelqu'un laissa échapper un cri et instinctivement, les soldats qui s'occupaient de le dégager reculèrent. La corde qui reliait le canon à la mule se tendit. La bête poussait sur ses sabots mais c'était une bataille qu'elle menait contre la gravité et un engin d'une demi-tonne. Le canon glissa davantage, le mulet fit de même et les deux disparurent d'un seul coup dans le précipice. Les hommes qui s'étaient affairés se ruèrent vers le bord et virent la pièce d'artillerie s'écraser au sol, complètement démantelée.

« Putain de bordel de merde ! jura quelqu'un, et les soldats torse nu tournèrent en rond quelques instants, jetant des coups d'œil à l'endroit où ils avaient perdu le canon, sans savoir ce qu'ils devaient faire maintenant qu'ils n'avaient plus d'armement à hisser jusqu'au sommet.

Un kilomètre plus bas, une petite assemblée d'hommes en noir s'approchèrent des restes démantibulés du canon et de la mule avant de poursuivre leur chemin.

76

Rome

Le Grand Inquisiteur Düül poussa la lourde porte en bois de l'église Santa Maria della Concezione dei Cappuccini et s'immobilisa, son revolver à portée de main, les yeux rivés sur la pénombre. Il avait escaladé la palissade pour accéder à la porte et entendait le son distant de la mitraille mêlé à celui des hurlements qui retentissaient dans la ville. Mais devant lui, à l'intérieur de l'église, tout était calme.

Il tendait l'oreille, à l'affût, attendant que sa vision s'habitue à l'obscurité éclairée çà et là par quelques bougies tremblotantes et par la pâleur de la lune à travers les vitraux.

« Tacit ? héla l'homme à la soutane blanche, relevant la tête, reniflant les environs comme l'aurait fait un chien. Tacit ? Je sais que tu es là. »

Pas de réponse, rien que l'écho de sa propre voix. Un instant, il envisagea de faire demi-tour et de regagner son poste au cœur de la ville. Dire que Tacit pensait pouvoir lui échapper en venant se cacher ici. Düül savait que l'homme était talentueux, mais lui l'était tout autant, et Tacit avait passé neuf mois enchaîné au mur d'une prison. Il serait ralenti, ses réflexes seraient émoussés, il se montrerait prudent. Quand bien même, la perspective de se retrouver seul face à l'inquisiteur tant redouté troublait Düül. Il déglutit et sentit ses entrailles se tordre.

Il longea la travée principale, dépassa les prie-Dieu en bois qui bordaient l'allée et s'approcha de l'autel en marbre blanc et gris qui baignait dans la lueur de la lune et des flammèches. Il était strié de riches dorures, niché au cœur des fresques murales et des antiquités environnantes, aussi brillant qu'un trésor. Après quelques enjambées, Düül entendit quelque chose bouger sur la droite et s'avança lentement.

« Tacit ? »

Il savait d'où provenait le bruit : d'en bas, de quelque part dans la crypte. Il y en avait six en tout – six cryptes remplies d'ossements, des petites alcôves tapissées des restes de quatre mille moines que l'on avait empilés et cloués jusqu'au plafond. Un endroit macabre, plein de mystère et d'un pouvoir obsédant.

« Je sais que tu te caches ici, Tacit ! Tu espérais passer la nuit au chaud, n'est-ce pas ? » Le Grand Inquisiteur tendit l'oreille en direction des ossuaires enténébrés, et il entendit une botte râper contre la pierre – quelqu'un se frayait un passage dans la pénombre. « C'est terminé. Quelqu'un t'a vu entrer ici. Sors de là que je puisse te voir. Ce sera plus simple pour toi. »

Düül attrapa une lanterne sur la table à côté de l'escalier et descendit dans l'obscurité, la lanterne haut devant lui, le revolver fermement en main. C'était un homme robuste, un dur, qui n'avait jamais été vaincu par quiconque, homme ou bête. Mais il connaissait bien Tacit, tout comme les histoires que l'on racontait à son sujet. Il jura dans sa barbe, se rappelant qui il était, lui, le Grand Inquisiteur, et il chassa de son esprit toute trace d'inquiétude avant de s'engouffrer dans le couloir.

Chaque fois qu'il débouchait dans l'un des ossuaires, il s'arrêtait et observait les environs. Ils étaient tous vides, à l'exception des restes humains de ceux qui avaient péri depuis longtemps. Le Grand Inquisiteur pénétra dans chacune des alcôves, les balayant préalablement du regard – la crypte des fémurs, la crypte des bassins, la crypte des crânes. Arrivé à la chapelle de l'ossuaire, Düül leva sa lanterne et contempla un instant les Âmes au purgatoire, le retable entouré de centaines de crânes et d'ossements qui dépeignait saint François d'Assise. Il se souvint des loups qui écumaient la capitale et laissa la colère l'envahir. Il en aurait besoin s'il lui fallait affronter Tacit.

Il lui restait une seule crypte à explorer, celle de la résurrection. Düül pénétra dans l'alcôve et leva sa lanterne ainsi que son revolver. Une silhouette se tenait debout dans un coin de la pièce, le dos tourné, comme si elle étudiait de près la représentation du Christ ressuscitant Lazare incrustée dans le mur.

« Comme c'est malin, Tacit, gronda Düül. Comme c'est malin d'avoir choisi cette pièce. Je ne savais pas que tu aimais ménager tes effets ! »

La silhouette pivota sur ses talons et fit face au Grand Inquisiteur.

« Qui diable êtes-vous ? demanda Düül.

– Vous ne vous souvenez pas de moi, Grand Inquisiteur Düül ? demanda Georgi. Il est vrai que j'ai quitté vos rangs il y a fort longtemps. »

Sa voix semblait envoûter Düül : le Grand Inquisiteur restait immobile, muet, son attention entièrement tournée vers l'inconnu, alors que Georgi s'avançait vers lui.

« Vous m'avez recueilli lorsque j'étais jeune, et vous m'avez appris à tuer, à ne rien ressentir lorsqu'il fallait agir. Je sers désormais un autre maître. » Georgi sourit et tira un long couteau des plis de sa manche, qu'il approcha de son propre visage, la lame luisant à la lueur des bougies. « Mais assez discuté, dit-il, une lueur vive dans le regard. Laissez-moi vous montrer une leçon que j'ai apprise de vous. Ce sera douloureux, Grand Inquisiteur Düül, mais la souffrance que vous ressentirez sera dérisoire comparée à celle des sept princes, qui ont trop longtemps souffert, enchaînés au fin fond de l'Abysse. Ils méritent des trônes et des royaumes à gouverner. Et ils les obtiendront, car grâce à votre passage dans l'autre monde, guidé par ma main, ils se rapprocheront encore davantage du leur. »

77

Slovénie, près de la frontière italienne

Poré n'avait pas tué le loup qui l'avait attaqué, bien qu'il sût qu'il aurait pu s'il en avait eu envie. Frédéric Prideux était puissant, même après que sa fourrure fut réduite à un simple morceau de pelage. Poré frissonna en imaginant comme il avait dû être monstrueux lorsqu'il se transformait en loup de son vivant, à supposer qu'exister comme *Hombre Lobo,* à jamais damné sous la terre, soit à proprement parler une vie. Il avait besoin de ce clan de loups qui l'avait trouvé, et il supposait qu'épargner l'un d'eux tournerait à son avantage.

Après un bref combat, Poré avait disparu dans la nuit, regardant de loin le loup blessé regagner sa tanière en boitant, puis il avait attendu jusqu'à l'aube avant d'oser y entrer.

L'odeur fétide qui flottait à l'intérieur de la grotte agressa tous ses sens. Elle était aussi horrible que le désolant spectacle qu'offraient le refuge des loups et les couloirs jonchés des pathétiques détritus de leur existence : os de leurs victimes, vêtements et effets personnels des défunts, mais aussi des fleurs ramassées, comme un souvenir passé, puis abandonnées à l'entrée et piétinées dans la boue par les nombreux passages qu'ils faisaient à l'aube et au crépuscule. Poré ressentit autant de répugnance que de honte, ravala sa nausée et s'enfonça dans les galeries souterraines.

Le sol de la grotte, recouvert de pourriture, devenait pentu et Poré avança doucement, la main contre le mur pour éviter de trébucher. Il entendait les bruits sauvages du clan, les lamentations hurlantes contre leur sort, les gémissements incessants de ces désespérés.

Poré s'arrêta et regarda derrière lui. Il se trouvait dans une obscurité presque complète et se sentit soudain vulnérable face à ce qui pouvait bien être tapi dans l'ombre. Dans son dos, au loin, il percevait la pâle lumière de l'aube qui filtrait à travers le trou étroit par lequel il avait dû se faufiler. Devant lui, on ne voyait que les ténèbres et une lueur ambre foncé.

Il réunit toute sa détermination et avança dans la grotte d'où émanait le faible rougeoiement. Des cris et des hurlements incrédules résonnèrent aussitôt, certains membres du clan glapissant et pleurant, tous s'assemblant au centre de la caverne, accroupis, leurs yeux rosis tournés vers ce visiteur inattendu.

« Qu'est-ce que tu fais là ? cracha l'une des plus grosses et viles de ces créatures. Ce n'est pas un endroit pour quiconque foule la terre au-dessus de nous. »

Poré tendit la main en signe d'apaisement.

« Je ne viens pas ici en tant qu'homme qui foule la terre, dit-il en sortant la fourrure qu'il brandit devant lui. Je suis ici car je suis l'un des vôtres, et je suis venu vous annoncer que l'époque où vous vous terriez est terminée. »

78

Rome

« On dirait bien que nous arrivons trop tard, estima Tacit en regardant la porte de l'église Santa Maria della Concezione dei Cappuccini.

– Il y a quelqu'un ? demanda Henry, son pistolet à la main, en essayant de jeter un œil par-dessus l'épaule de Tacit.

– Je n'entends pas un bruit », répondit ce dernier avant d'entrer dans le bâtiment.

Il s'immobilisa, son regard attiré par le coin opposé. Sans un mot, il avança dans cette direction, attrapant une lanterne sur la table avant de descendre dans les ténèbres froides des cryptes. Il les parcourut méthodiquement, comme s'il savait exactement ce qu'il cherchait, jusqu'à atteindre la crypte de la résurrection. Il s'arrêta alors et regarda à l'intérieur de celle-ci, Henry et Isabella à ses côtés.

Lentement, une image se dessina dans l'obscurité et, plissant les yeux, ils essayèrent tous trois de comprendre ce qu'ils voyaient. Le corps dépecé d'un homme costaud, tête en bas, accroché au plafond par ce qui ressemblait à des cordes.

« Mais ce n'est pas possible ! souffla Henry, la voix brisée par la gravité de la scène. Qui est-ce, ce coup-ci ?

– Le Grand Inquisiteur Düül, répondit Tacit en regardant le cadavre suspendu à un crochet. Ou du moins ce qu'il en reste. »

Düül pendait, tordu, accroché à des cordes vert-noir emmêlées dont Tacit comprit bien vite qu'il s'agissait de ses intestins, lesquels avaient été sortis d'une entaille pratiquée dans son ventre et enroulés autour de ses chevilles. Ses bras dépecés étaient accrochés au-dessus de sa tête, du sang noir s'étirant en traînées épaisses jusque sur ses doigts écorchés pour goutter sur le sol comme des stalactites poisseuses.

« Grand Dieu ! s'écria Isabella. Comme sœur Malpighi. Que lui ont-ils fait ? »

Elle considérait le corps suspendu avec une horreur grandissante.

Tacit ne répondit pas. Inutile de mettre des mots sur ce que ses yeux lui révélaient : un nouveau sacrifice rituel, le deuxième sur trois, des sévices infligés dans l'espoir de s'attirer les grâces du diable.

Henry secoua la tête, le regard perdu dans le vide. Quelque chose en lui sembla se durcir, une résolution farouche, une froide colère vengeresse qui se cristallisait comme un givre mordant.

« Ceux qui ont fait ça ne se sont pas contentés de le tuer. Les salauds. Ces foutus salopards. Ils l'ont souillé ! »

Isabella crut l'entendre sangloter.

« Foutredieu, ils l'ont... ils l'ont torturé et humilié, ces salopards !

– La Main noire, siffla Isabella, dont les traits étaient affectés par le même venin. Ils n'ont aucune limite.

– Et ça, alors ? s'exclama Henry, incrédule, les mains écartées, tout en détournant le regard tandis que Tacit approchait la lanterne du corps massacré.

– Je ne me mettrais pas dans un état pareil pour lui, dit-il. C'était une ordure. Il a probablement dix fois mérité de finir comme ça. Mieux vaut se demander où tout cela nous conduit. »

La lumière révéla l'étendue des plaies du Grand Inquisiteur. Même Tacit prit une expression sévère en les découvrant.

« L'autre question que je me pose, c'est qui a bien pu faire ça. C'était forcément quelqu'un de fort. Battre Düül en combat singulier est déjà chose compliquée, mais l'écorcher vif ? »

Il repensa à tous les ennemis et créatures qu'il avait affrontés et qui étaient encore de ce monde, mais il doutait que l'un d'eux ait été capable de commettre un tel crime.

« Pourquoi avoir fait ça ? demanda Isabella, au bord des larmes.

– La convoitise de la chair, répondit Tacit en inspectant chaque centimètre de la carcasse. Fraîchement tué, à en juger par l'aspect et l'odeur. On a dû rater l'assassin de peu. »

Henry jura de nouveau, se laissa tomber contre un rebord de pierre, le visage dans ses mains, comme s'il ne pouvait plus se résoudre à regarder le corps.

« Celui qui a fait ça a pris sa peau, remarqua Tacit d'une voix glaciale. Il savait se servir d'une lame.

– Peut-être un inquisiteur ? » suggéra Isabella.

Tacit regarda le sol juste en dessous du corps et s'accroupit. Le sang formait de grosses flaques figées sur les dalles froides. Isabella contourna le cadavre, la semelle de ses bottes collant au sol. Chaque centimètre avait été dépouillé avec un inflexible souci du détail. Les entailles, leur précision, laissaient supposer qu'aucun dommage n'avait été causé aux muscles ou à la graisse et que la peau de l'inquisiteur lui avait été retirée de la tête aux pieds d'un seul geste parfait. Celui qui avait fait cela avait un talent, couteau en main, qu'aucun d'eux n'avait jamais vu.

Une idée vint à Tacit qui reporta soudain son attention vers le fond de la pièce. Près du mur opposé à l'entrée par laquelle ils étaient arrivés, caché par le corps de Düül, trônait un large autel en pierre entouré de centaines de crânes. Un squelette habillé d'une robe se tenait au bout de celui-ci et Tacit devina que son instinct ne l'avait pas trompé.

« Qu'est-ce que c'est ? » demanda Isabella en venant se placer à côté de lui, tandis qu'il levait la lanterne pour éclairer sa nouvelle découverte macabre.

La peau du Grand Inquisiteur Düül, ensanglantée et à vif, recouvrait le squelette et bâillait sur ses membres. Tacit découvrit, fasciné, qu'elle n'avait pas été placée au hasard mais qu'elle avait été coupée et cousue pour former un costume.

Ce n'était pas un costume destiné à un humain. Il avait été réalisé pour une silhouette aussi terrible qu'unique. Les membres et le dos allongés et tordus. La queue. Les pieds fourchus.

79

Rome

Georgi essuya le sang de Düül sur ses mains avec le chiffon que l'inquisiteur lui avait donné tandis qu'il marchait vers l'automobile. Il le rendit au membre de la Main noire et baissa la tête pour monter à bord.

Deux inquisiteurs l'attendaient à l'avant et ils se tournèrent vers lui comme un seul homme lorsqu'il prit place à l'arrière.

« C'est fait, grogna Georgi en regardant, les yeux lourds, les rues de Rome éclairées par la lune. Démarrez. Quittons cette ville. »

Le chauffeur desserra le frein à main et la voiture fit une embardée. L'un de ses camarades lui demanda :

« Tout est achevé ?

– Oui, le deuxième rituel est accompli. Une autre couche a été retirée. Il n'en reste qu'une.

– Et sœur Isabella va jouer son rôle ?

– Tacit va jouer le sien, répliqua Georgi en se grattant le nez, malgré l'odeur du sang sur ses doigts. Sœur Isabella n'aura pas son mot à dire dans la suite des événements, ni dans ce qui va lui arriver. Et Tacit ne l'abandonnera pas facilement. Il l'a déjà prouvé par le passé. Tout va bien se passer.

– Elle a du cran. Elle ne se lancera pas de son plein gré, prévint le chauffeur, en tournant le volant pour déboucher sur la rue principale qui permettait de sortir de Rome par le nord.

– Et c'est pour ça qu'elle est parfaite. Elle a toujours été parfaite. »

80

Front italien, bataille de l'Isonzo, nord-ouest de la Slovénie

Des nuages de soufre d'un gris maladif s'élevaient au-dessus du flanc de la montagne éventrée. Ils vous piquaient les yeux et vous serraient la gorge, vous compressaient les poumons et vous faisaient hurler contre cette puanteur chimique. Un peu partout, des officiers subalternes poussaient leurs hommes – des gamins en réalité – qui, les yeux écarquillés, étaient horrifiés par ce qu'ils voyaient, par ce qu'on les envoyait faire. Tuer ou se faire tuer. C'était aussi simple que ça.

Le soleil était maintenant passé au-dessus du flanc est de la montagne et baignait Pablo et le caporal-chef Abelli ; depuis plusieurs points, le long du sommet, des mitrailleuses et des fusils ouvrirent le feu, lacérant les pentes et réduisant les soldats italiens en charpie.

Pablo n'était plus traversé par aucune pensée. Il faisait. Il ne tirait plus. Il n'avait plus de munitions de toute façon, même s'il en avait eu envie ou s'il avait pris l'initiative de remplir ses stocks en en volant aux morts qui jonchaient chaque parcelle de la montagne. Il continuait d'avancer, comme le lui ordonnait son sergent, qui restait toujours deux pas derrière lui, et comme on le lui ordonnait depuis le début, deux jours auparavant. Ou étaient-ce des semaines ? Pablo ne savait plus.

Il atteignit l'enceinte de barbelés qui séparait les Italiens du sommet du Karst et, presque instantanément, les mitrailleuses balayèrent le sol tout autour d'eux. Des hommes du génie se tordirent et tombèrent, ils s'accrochèrent dans l'enchevêtrement de fils barbelés tandis que leurs corps dansaient sous le torrent des balles, que leurs membres s'effilochaient, leurs poitrines et leurs ventres s'ouvraient, que leurs uniformes trempés de sang bâillaient sous la rafale qui les déchiquetait.

La panique commença à gagner la troupe. Les soldats étaient coincés, ils ne pouvaient plus avancer ni reculer. La première ligne tomba, suivie de la deuxième, puis la troisième s'effondra à son tour, écrasée entre l'averse de balles et les rangs de l'infanterie italienne. Des cisailles furent arrachées à la terre mêlée de chair et des mains fébriles essayèrent de les utiliser pour couper les fils. L'air était rempli de balles, de cris et d'explosions venus de partout. Une fine bruine de sang recouvrait tout le monde. Les hommes pleuraient et pissaient dans leur froc. Des trous finirent par apparaître dans les défenses ennemies et les soldats s'y engouffrèrent, escaladant les monticules de cadavres.

Pablo, qui faisait partie de ces vagues successives, glissa et sentit son bras s'enfoncer jusqu'au coude dans le ventre éclaté d'un soldat. Cette vision et l'odeur qui l'accompagnait lui donnèrent un haut-le-cœur, mais rien ne vint. Cela faisait quarante-huit heures qu'il n'avait rien avalé. Il n'avait pas réussi à manger depuis que l'assaut avait commencé.

Plusieurs heures s'écoulèrent, peut-être plus. Le temps s'était figé sur cette montagne. Tout ce qu'il savait, c'était qu'il était en enfer. Il jura que, si jamais il survivait, il mènerait une vie bonne. Deux soldats à sa gauche furent fauchés par un tir de mitrailleuse et sans réfléchir il se jeta à plat ventre, les balles sifflant au-dessus de sa tête pour se loger avec un bruit sourd dans les hommes qui chargeaient derrière lui. Il enfonça son visage dans la boue en se disant que c'était un bon moment pour mourir, avec le soleil qui lui tapait dans le dos, au milieu de ses camarades tombés au combat.

Et puis une main le toucha et il eut l'impression qu'une chaleur se propageait dans tout son corps.

« Avance, lui dit le caporal-chef Abelli. Avance. On n'est pas en sécurité ici. »

Il y avait un éclat dans ses yeux verts, une urgence et une déférence.

« Et la mitraille ? s'écria Pablo, mais le caporal secoua la tête.

– Nous te protégerons. »

81

Cité du Vatican

Le cardinal Berberino aperçut le messager à l'instant où il apparut à l'entrée de la basilique Saint-Pierre et le conduisit à une porte qui donnait sur les entrailles du bâtiment.

« Tu as quelque chose pour nous ? » demanda-t-il au jeune homme qui sentait l'herbe et le cheval, encore couvert de poussière après sa dure chevauchée depuis le nord.

– On m'a donné l'ordre de m'adresser directement au Saint-Siège, cardinal Berberino, rétorqua le messager, pas de lambiner dans les antichambres. »

Il serrait la lettre contre sa poitrine, les doigts blanchis. Berberino, lui, semblait troublé, blême, le regard fou et fuyant.

« Est-ce que tout va bien, cardinal Berberino ?

– Non », répondit l'intéressé avec sincérité. Il posa doucement sa tête sur l'épaule du jeune homme, secoué de frissons, comme s'il pleurait. « Le chaos s'est répandu. Rome est en flammes. Les loups sont lâchés. J'avais espéré des nouvelles. Quelques nouvelles. N'importe quelles nouvelles. N'importe quoi qui puisse me redonner un peu d'espoir.

– Je ne suis pas certain que ce soient de bonnes nouvelles, cependant on m'a donné l'instruction de les porter au Saint-Siège au plus vite. Mais vu votre anxiété, et puisque vous êtes un membre éminent du Saint-Siège, je ne vois pas pourquoi… »

Le messager tendit timidement la lettre, que Berberino lui arracha des mains. Il partit d'un pas décidé vers la Chambre de l'Inquisition, déchira l'enveloppe et lut la missive silencieusement, ses yeux s'écarquillant et son visage joufflu se décomposant à mesure qu'il en découvrait le contenu.

82

Front italien, bataille de l'Isonzo, nord-ouest de la Slovénie

Ils avaient pris l'avant-poste austro-hongrois mais avaient payé le prix fort. Sur toute la montagne, derrière la nouvelle ligne de front italienne, des milliers de corps gisaient parmi les éboulements et les roches éclatées du Karst, mais la nuit était trop sombre et le terrain trop découvert pour pouvoir les emporter. Ils restaient donc étendus là, une génération brisée et sacrifiée, répandue sur et sous les roches, comme des algues échouées sur le rivage.

Désormais, tout ce que Pablo voulait, c'était dormir, espérant trouver un peu de réconfort et de répit dans le rugissement et les tourments bouillonnants de la guerre.

Il rêva qu'il était dans un hôpital rempli de soldats, tous allongés sur des lits, tous serrés dans des bandages ensanglantés. Il percevait l'odeur du désinfectant et des conversations sérieuses menées à voix basse, le claquement des talons sur le parquet, le tintement des ustensiles reposés dans des bassines métalliques, les gémissements, les gémissements incessants. Alors que les autres bruits augmentaient et diminuaient à mesure que les patients étaient auscultés et que les médecins passaient d'une salle à l'autre, les plaintes demeuraient constantes, une constance exaspérante, comme une démangeaison sous un pansement que l'on ne pouvait jamais gratter.

Pablo se leva et quitta son lit. Lorsque ses pieds touchèrent le sol, il trouva immédiatement étrange que son regard tombe à hauteur du matelas sur lequel il était étendu peu avant. Il baissa les yeux et manqua de s'évanouir, horrifié de découvrir que ses jambes n'étaient plus que des moignons infestés de vers sous un tissu grisâtre, semblables à tant d'autres membres qu'il avait vus durant son ascension vers le sommet.

Son horreur se teinta de surprise quand il s'aperçut qu'il arrivait à marcher sur ses moignons sans inconfort ni douleur. Le choc quitta immédiatement son esprit et il avança en tanguant maladroitement comme le nain qu'il était devenu. Il suivit les infirmières dans l'allée qui séparait les deux rangées de lits. Quelque chose lui disait qu'il devait aller voir, un doute le rongeait quant à leur véritable identité et leur activité au-delà des limites de ce pavillon. Il ne leur faisait pas confiance, à aucune d'entre elles, il ne se fiait pas à leur façon de le regarder, de soigner ses blessures, de lui parler d'une voix rassurante.

Il atteignit la sortie du pavillon et vit un long couloir qui ne donnait sur aucune porte. Il y avait un point lumineux tout au bout. Il se dirigea vers celui-ci, non sans remarquer qu'à chaque pas vers la lumière ses moignons semblaient coller plus fermement au sol, comme s'il marchait dans une boue de plus en plus épaisse. Chaque pas était plus difficile que le précédent mais semblait le rapprocher de la lumière, plus proche et plus grande.

Dans la lueur, il y avait un champ de bataille similaire à celui où il avait combattu, ainsi que des religieux assemblés en cercle devant des arbres décharnés. Un prêtre à la barbe noire se tenait au centre, un homme agenouillé devant lui, et il appuyait deux poignards contre la gorge de ce dernier.

« Je ne veux pas aller en enfer ! criait l'homme. Je ne veux pas aller en enfer !

– Alors n'y va pas, lui conseilla le prêtre barbu un instant avant que les lames s'écartent et que le sang de l'homme jaillisse devant lui sur le sol.

– Qu'est-ce que vous faites ? » demanda une infirmière à Pablo, qui avait maintenant pris place dans le cercle de prêtres venus assister à la cérémonie meurtrière.

Elle avait une voix douce mais ferme.

Pablo essaya de parler mais elle lui fit signe de se taire et le raccompagna à son lit en le tenant par le bras.

« Je ne peux pas me rendormir, protesta Pablo.

– Bien sûr que si, lui dit l'infirmière. Vous êtes si fatigué, Pablo. » Elle le borda. « Si fatigué. Et vous avez encore une tâche si importante à accomplir. Vous devez reprendre des forces. Finalement, tout dépend de vous. »

83

Rome

Henry s'appuya contre le mur de pierre à la sortie de l'église Santa Maria della Concezione dei Cappuccini et essaya de prendre la mesure du cauchemar dans lequel il se trouvait. Un monde en guerre. Une ville en flammes. Des corps torturés pendus dans des églises. Sandrine disparue, peut-être morte.

« Allons-y ! » lança Tacit en dévalant les marches qui séparaient le parvis de l'avenue.

Le deuxième rituel avait été accompli. Ils devaient faire vite s'ils voulaient avoir la moindre chance d'arrêter la Main noire avant leur acte final. Sans un mot, Henry et Isabella lui emboîtèrent le pas.

Les maisons mitoyennes, rendues rouge sang par les premières lueurs blafardes du jour, défilaient à côté d'eux tandis qu'ils couraient, guidés par les ordres que Tacit aboyait. De temps en temps, il s'autorisait un regard par-dessus son épaule vers les bruits de lutte, les cris perçants des inquisiteurs qui mouraient, les hurlements terrifiants des loups qui déferlaient sur la ville. Sans cesser de courir, il remarqua qu'en s'illuminant le ciel devenait bleu poudré, et il prit conscience que l'aurore, et le salut approximatif qu'elle représentait, était proche.

« De l'autre côté de la route ! » rugit-il quand ils atteignirent une intersection entre la petite ruelle et une voie plus large sur laquelle s'alignaient de jeunes arbres aux branches couvertes de fruits.

« Où allons-nous ? » demanda Isabella.

Mais Tacit ne répondit pas. Il scrutait la pénombre à la recherche du moindre mouvement, de la moindre trace d'un ennemi, quelle que fût la forme que celui-ci pût prendre.

Et il en vit un fondre sur lui, trop tardivement.

L'énorme loup jaillit d'une rue sur la droite, faisant tomber le colosse sur les pavés, ses griffes et ses crocs baveux luisant dans les derniers rayons de la lune.

« Tacit ! » s'écria Isabella tandis que le loup et l'inquisiteur roulaient sur le sol avant d'aller s'écraser de l'autre côté de la voie contre des barrières métalliques usées qui plièrent sous le choc.

Isabella sortit son revolver et visa.

« Ne tirez pas ! prévint Henry en écartant l'arme. Vous risquez de le toucher ! »

Le loup dominait Tacit et lardait son torse de coups de griffes, attaquant la cote de mailles sous sa chemise. L'inquisiteur donna un coup à la bête avec sa botte à bout métallique et se remit sur pied d'un bond.

« Et cette bête pourrait être Sandrine », ajouta Henry, les yeux luisants de terreur.

Isabella l'écarta et se préparait à viser mais Tacit avait déjà disparu, avec la créature, dans les ombres de la rue.

« Si c'est elle, lança Tacit en assenant un coup de poing dans le ventre du loup, vous feriez bien de vous préparer au veuvage. »

Il donna un nouveau coup, puis un autre, sur la tempe du loup, qui tituba. Un éclair argenté luit dans sa main. Le loup revint immédiatement à la charge, mais Tacit était maintenant armé et la lame, rouge de sang, ne brilla plus.

Le loup couina faiblement, tentative piteuse de pousser un hurlement, et tomba sur son arrière-train, blessé au cou. Il lança un dernier coup de patte vers Tacit, mais celui-ci l'esquiva et frappa de nouveau, atteignant la bête sous le menton et enfonçant quinze centimètres de lame dans sa chair. Les yeux jaunes du loup se figèrent puis se fermèrent, et il retomba lourdement sur le pavé. Tacit s'écarta, trempé de son sang et de celui de la créature.

« Tacit ! » s'écria Isabella en se précipitant sur lui.

Il leva la main pour lui faire signe de ralentir, l'autre posée sur le genou pour reprendre son souffle. Il prit quatre profondes inspirations et jeta à Henry un regard noir.

« Il va falloir choisir votre camp, Henry, cracha-t-il les lèvres serrées, et vite. Si vous n'êtes pas de mon côté, vous êtes mon ennemi. Et si vous êtes mon ennemi, vous mourrez, comme tous les autres. »

Il rengaina rageusement son poignard ensanglanté, la garde heurtant le bord du fourreau, avant d'écarter la main d'Isabella de ses blessures.

« Ça va », grogna-t-il en sortant de sa poche une bouteille dont il but trois gorgées comme s'il s'agissait d'un élixir miraculeux. « Allons-y. » Il se remit à courir. « Continuons d'avancer et quittons cette ville. » Il secoua la tête, la main sur ses plaies. « Des loups dans Rome ! s'exclama-t-il. C'est bien la première fois que je vois ça. »

Isabella courait à côté de lui.

« Sandrine a dit qu'ils s'étaient rassemblés sous la capitale. Sous le Vatican, dans des tanières souterraines, creusées de leurs mains. »

Tacit acquiesça.

« Il semblerait qu'on ne puisse plus retenir toute cette masse. Pendant des décennies, ils ont formé de petits groupes. Ils paraissent maintenant s'unir en clans de plus en plus étendus, comme s'ils sentaient venir un changement. Peut-être qu'un jour ils inonderont le monde entier. Mais là, l'aube approche. Ils vont donc regagner leurs repaires. »

Il s'arrêta net, ayant remarqué quelque chose de l'autre côté de la rue, dans la lumière sale d'une ruelle.

« Alors comme ça vous êtes revenue ? » lança-t-il.

Sandrine s'approcha d'eux d'un pas furtif, un long manteau qu'elle avait pris quelque part recouvrant sa chair nue, son visage ruisselant de sang.

« Sandrine ! » s'exclama Henry en se précipitant vers elle.

Elle accepta son étreinte mais garda les yeux rivés sur Tacit.

« Comme je l'avais toujours supposé, vous êtes une bête, gronda-t-il. Un monstre. Une demi-louve. » Il fit trois pas vers elle et s'arrêta au milieu de la rue, la main sur la poignée de son pistolet. « Je vous rendrais service si je vous tuais maintenant. »

Elle s'écarta alors des bras de Henry et se voûta, le visage marqué par la colère, le regard brûlant.

« Vous n'êtes qu'un homme, rétorqua-t-elle.

– Et vous, vous n'êtes qu'une demi-louve qui vient de se retransformer. »

Un élan malin remua au fond de lui, le poussant à dégainer son revolver. Tacit l'ignora.

« Vous en avez croisé des comme nous en votre temps, n'est-ce pas ?

– Non, grommela Tacit, qui sentait sa pulsion le démanger. Pas des demi-loups. Mais j'en sais assez sur votre espèce. Vous allez vous épuiser. Vous n'allez plus pouvoir vous retransformer. Pas avant d'avoir récupéré. Et même si vous étiez en mesure de vous métamorphoser à nouveau, je vous tuerais avant que vous ayez pu bouger. » Il serra encore un peu plus fort le pistolet argenté accroché à sa cuisse gauche. « J'ai donc l'impression d'avoir un avantage sur vous. On dirait bien que je suis en position de me débarrasser en un clin d'œil d'une chose que j'ai poursuivie toute ma vie. »

Puis il relâcha son arme et tendit sa main vers Sandrine.

« Mais il me semble aussi que je vous dois des remerciements.

– Comment ça ? demanda Sandrine, qui se redressa légèrement sans cesser de le dévisager d'un air méfiant.

– Au monastère, vous vous êtes battue, et bien battue, comme l'une d'entre nous. Vous et vos *Hombre Lobo*. Vous avez contribué à nous sauver. »

Il posa les yeux sur sa main comme pour inviter Sandrine à la prendre, ce qu'elle fit, glissant ses doigts dans l'énorme paume de Tacit.

« Les loups, dit-il, sont toujours mes ennemis. Ce que vous avez tenté de faire à Paris, jamais je ne l'accepterai ni ne l'oublierai. Mais tout ça, c'est terminé. C'est du passé. Tout ce qui compte, c'est l'avenir et ce que nous pouvons faire pour l'empêcher d'avoir lieu.

– Et que peut-on faire ? demanda Henry, le visage pétri d'admiration, en faisant passer son fusil d'une main à l'autre.

– Ce que nous faisons toujours. Nous battre. Tenter de les arrêter, qui que soient ceux qui essaient d'accomplir les rituels. Isabella, tu m'as demandé où nous allions ? Nous partons vers le nord, vers le plateau du Karst. Nous allons empêcher le troisième rituel d'advenir et faire en sorte que la chose qu'ils essaient d'invoquer ne puisse se matérialiser. »

Le dernier rituel. L'orgueil de la vie. Tacit savait que tout menait à cela. Cette idée, ce qu'elle représentait et ce qu'elle pouvait accomplir, était aussi terrifiante que fascinante. Il ne savait pas exactement comment le rituel se manifesterait, comment il serait réalisé, mais il commençait à en avoir l'intuition, accompagnée de l'écœurante crainte de ce que tout cela pourrait signifier pour lui et pour celle qu'il aimait.

« Nous allons prendre le train, révéla-t-il en faisant craquer ses phalanges. Le temps est précieux et c'est notre seule option. À la gare Termini. » Il en indiqua la direction d'un geste vague. « Ce n'est pas loin d'ici. Nous prendrons le premier convoi pour la frontière nord. Vous avez de l'argent ? demanda-t-il en les regardant chacun successivement.

– Un peu, répondit Isabella. Suffisamment.

– J'en ai », renchérit Henry.

Sandrine enfonça les mains dans les poches de son manteau et les trouva vides.

« L'inquisiteur à qui ceci appartenait n'était apparemment pas du genre à payer sa note lui-même. »

Tacit eut un sourire sinistre.

« On dirait bien qu'il a fini par la régler, jugea-t-il en regardant le sang séché sur le visage de Sandrine. Il va falloir qu'on embarque aussi discrètement que possible. L'Inquisition nous cherche. Je vous suggère de trouver d'autres vêtements et de vous laver. Je ne pense pas que les regards se détourneront de vous si vous vous baladez comme ça », ajouta-t-il, grinçant.

84

Cité du Vatican

Le Conseil du Saint-Siège avait été convoqué, trois heures seulement après son dernier conclave. L'atmosphère était plus tendue que jamais.

« Le Grand Inquisiteur Düül est mort », annonça Casado, la main sur sa calotte.

Il expira bruyamment, défait par la nouvelle.

« Où donc ? demanda un cardinal horrifié. Comment ?

– Dans l'église Santa Maria della Concezione. Son corps a été retrouvé dans la crypte de la résurrection par le père résident, le père Fesetti, quand il est venu ouvrir l'église pour la messe du matin.

– Tué par les loups ? » demanda quelqu'un.

Casado secoua la tête.

« Nous pensons que c'est la deuxième victime de ces rituels.

– La convoitise de la chair, marmonna Korek, et beaucoup dans la congrégation hochèrent la tête, apeurés.

– Mais comment cela a-t-il pu se produire ? demanda l'évêque Basquez. Le chef de l'Inquisition ? Massacré ?

– Il existe de terribles adversaires dans ce monde, évêque Basquez, répondit Casado.

– Mais tuer Düül ? Que lui ont-ils fait exactement ?

– Je ne pense pas qu'il soit nécessaire d'entrer dans les détails, intervint Korek, la main levée.

– En effet, abonda Casado. Inutile de dire que l'état dans lequel il a été retrouvé a immédiatement éveillé nos soupçons.

Le deuxième des trois rituels a été accompli. *Il* a franchi une nouvelle étape vers l'accomplissement de son plan.

– Ainsi, Tacit a tué de nouveau », déclara Basquez.

Le cardinal-évêque Adansoni jouait avec les fils qui pendaient de sa manche. Il avait désormais l'impression de passer toute sa vie en réunion, soit pour des affaires privées, dans des pièces étouffantes, soit dans la principale Chambre de l'Inquisition, où se trouvaient les cardinaux, dans les profondeurs du Vatican. Une épuisante litanie de discussions et de lamentations, une tentative pour ces grands esprits rassemblés de trouver la sagesse et une voie vers l'avenir.

« Nous n'en sommes pas sûrs, dit-il, provoquant l'hilarité de Basquez.

– Vos tentatives de protéger ce meurtrier deviennent plus pathétiques après chacun de ses crimes. Si ce n'est Tacit, alors qui est-ce ? La logique veut que ce soit lui. S'il a tué sœur Malpighi, il a tué Düül. Cet homme est fou, possédé. Il ne connaît aucune limite.

– Je suis d'accord, intervint Korek, avant de croiser le regard de Casado.

– Düül tué, fit un cardinal à l'hirsute crinière grise, quel espoir reste-t-il ? Qui va nous protéger ?

– Düül tué, nous pouvons reprendre le contrôle et nos responsabilités au nom du Saint-Siège. Soyons forts. L'aube nouvelle arrive, dit Adansoni d'une voix résolue. Et avec elle, l'*Hombre Lobo* va retourner dans sa tanière.

– Ce qu'il en reste, ajouta Korek. L'Inquisition en a tué un grand nombre. On brûle leurs corps en ce moment même.

– Et demain soir ? insista le cardinal hirsute. Que se passera-t-il ? » Il s'éclaircit la gorge. « Rien que d'y penser… Un clan de loups ? Dans la ville ? Quand cela s'est-il déjà produit ?

– Et Tacit alors ? demanda Basquez en se penchant vers eux, comme un serpent en pleine ondulation, les bras enroulés autour de son corps. Il est évident qu'il est plus dangereux qu'un clan d'*Hombre Lobo*. L'ordre était également d'arrêter Tacit. Où se trouve-t-il ? Et ses compagnons de voyage ? Sœur Isabella ? Le soldat ? La femme dont on dit qu'elle est elle-même une louve ?

– Nous n'avons ni les hommes ni le temps de chercher Tacit, grogna Casado.

– Surveillez les gares », lança Korek.

Tous les visages se tournèrent vers le vieux cardinal.

« Vous pensez qu'ils vont fuir par le train ? » demanda Adansoni, circonspect.

Korek hocha la tête.

« Avec tout ce chaos, je suis sûr que Tacit va tenter de quitter la ville. Il a peut-être amené la mort et les loups avec lui, mais je doute qu'il goûte leur compagnie. Pour le moment du moins.

– Alors vous le pensez aussi coupable d'avoir fait entrer les loups dans la ville ? » demanda Adansoni, faussement ingénu.

Le vieux cardinal sourit, ses yeux gris reflétant la pâle lumière des globes accrochés au-dessus d'eux.

« Je le suspecte de bien des maux. De ce que je sais, il y a peu de choses que cet homme juge indignes de lui. »

Casado opina.

« Doublez le nombre de gardes dans toutes les gares, lança-t-il à l'inquisiteur posté près de la porte. Fouillez tous les trains qui quittent la ville. »

Mais à l'instant où la porte s'ouvrit, le cardinal Berberino se précipita dans la chambre.

« Tacit est parti ! Il a quitté Rome !

– Comment le savez-vous ? »

Berberino brandit la lettre qu'il avait arrachée au messager.

« Il est suivi. Quelqu'un l'espionne depuis le début, depuis qu'il s'est échappé de la prison de Toulouse. Il était suivi quand il a embarqué dans un train pour venir ici, au cours de tous les méfaits qu'il a commis dans la ville. Et ce même quand il a été emprisonné. Quelqu'un le file depuis qu'il a quitté Rome pour aller vers le nord.

– Cardinal Berberino, que voulez-vous dire exactement ? demanda Adansoni en se relevant.

– Ce que je veux dire, répondit le solide cardinal en baissant le regard vers son homologue, c'est que pendant que nous essayions de découvrir où était Tacit et quels étaient ses plans, quelqu'un savait exactement ce qu'il faisait. Un membre du Saint-Siège à qui cette lettre était adressée. Le messager n'a pas voulu me donner de nom mais m'en a révélé assez pour confirmer que le destinataire se trouve parmi nous. »

Il agita la lettre au-dessus de sa tête.

« Cette lettre explique tous les mouvements de Tacit, là où il est allé et là où il se rend maintenant. En d'autres termes, pendant que nous cherchions des réponses, il y avait quelqu'un ici qui savait quelles étaient les intentions de Tacit. Pour répondre à votre question, cardinal Adansoni, conclut Berberino, ce que je dis, c'est qu'il y a un traître au Saint-Siège ! »

85

Rome

Le bruit de la foule, la vapeur et l'odeur du charbon qui s'élevaient de la gare Termini enveloppaient Tacit, Isabella, Sandrine et Henry qui accouraient sur le boulevard. Ils avaient trouvé des vêtements et une solide paire de bottes pour Sandrine dans un magasin proche de la gare et les avaient volés pendant que le commerçant avait le dos tourné. Dans les poches de Tacit tintaient d'autres objets qui devaient l'aider à tenir durant le voyage qui les attendait.

D'innombrables unités de soldats faisaient la queue, avançant lentement vers le quai et le train, le portail noir de la gare pareil à l'entrée d'un tapis roulant qui emportait chaque conscrit.

Tout était monochrome, une vaste marée gris-noir avait submergé la gare, ponctuée çà et là par le froissement de chapeaux à plumes noires qu'arboraient les bersagliers, les tireurs d'élite de l'armée italienne, qui poussaient leur vélo dans la masse épaisse des soldats d'infanterie.

« Pas moyen de passer », marmonna Tacit en se glissant derrière un mur pour regarder la progression des soldats.

Les officiers surveillaient leurs hommes depuis différents postes d'observation. Aucune chance de parvenir à suivre les soldats embarquant à bord du train réquisitionné qui sifflait sur le quai. Tacit repéra des inquisiteurs postés au milieu des officiers.

« Faisons le tour de la gare, suggéra Henry en se tordant le cou pour voir où menait le boulevard. Il y a un pont au-dessus des voies, on pourrait peut-être sauter sur le train ? »

Tacit hocha la tête et ils partirent à toute vitesse, grimpant la côte jusqu'au pont métallique dont la rambarde peinte ressemblait à un squelette noirci s'étirant sur la largeur des quatre voies. Il y avait des femmes sur le pont, dans leurs jolies robes et leurs manteaux, leur mouchoir sur le nez, qui se protégeaient du soleil déclinant avec leurs ombrelles. Elles regardaient la procession des soldats, pleuraient et lançaient des encouragements, levant de temps à autre la main vers un mari ou un fils aperçu sur le quai avant qu'il monte dans le wagon.

« Et maintenant ? demanda Isabella tandis qu'ils repassaient à la marche pour éviter d'attirer l'attention sur eux.

– Nous devons d'abord nous débarrasser de ces femmes, murmura Sandrine avant de s'adresser à l'une d'elles : Je ne resterais pas là si j'étais vous.

– Et pourquoi pas ? demanda une autre, des sanglots dans la voix.

– Vous ne voulez pas que votre belle robe soit abîmée par la fumée ? demanda Sandrine en désignant les nuages noirs que vomissaient les cheminées de la locomotive. Quand le train passera ici, ce sera terrible. Allez au portail. Les gardes vous laisseront venir sur le quai pour faire vos adieux. »

Sans hésiter une seconde, toutes les femmes descendirent la côte pour contourner la gare.

« Je ne savais pas que tu mentais aussi bien, dit Henry à Sandrine avec un petit sourire.

– Seulement quand c'est nécessaire. »

De là où ils se trouvaient, ils pouvaient voir que le train consistait en des enclos de bois et des wagons qui s'étiraient jusqu'au bout du quai, et même au-delà. Le quai en question était une vaste mêlée de soldats, porteurs, chevaux, caisses de munitions et chariots, tous coincés entre le train et le mur. Les sergents, perchés sur des caissons, hurlaient des ordres et des demandes incohérentes au-dessus de la masse, tandis que les fruits de l'effort de guerre gagnaient lentement mais sûrement les portes ouvertes des wagons.

« C'est de la folie », dit Tacit.

Henry opina.

« Toute cette guerre est folle.

– Sandrine nous a fait gagner un peu de temps, reprit Tacit, mais les femmes vont revenir une fois qu'elles se seront fait repousser au portail.

– Et elles seront peut-être accompagnées de soldats, ajouta Isabella.

– Ce ne sont pas les soldats qui m'inquiètent, répondit Tacit, mais plutôt les inquisiteurs que j'ai vus dans la foule. Ils surveillent les entrées de la gare. Ils ont deviné que nous allions quitter la ville en train. »

À cet instant, un coup de sifflet strident retentit et la cohue s'intensifia, tandis que les soldats se pressaient pour monter à bord avant le départ du train. Lentement, le quai se vida, la dernière porte claqua comme un coup de feu et le chef de gare fit à nouveau retentir son sifflet. Grognant et luttant sous le poids qu'elle devait tracter, la locomotive s'approcha lentement du pont où ils se trouvaient, des nuages d'étouffante fumée grise emplissant le ciel. À chaque halètement des pistons, le train prenait de la vitesse, si bien qu'il arriva à leur hauteur bien plus vite que ce qu'ils avaient prévu. Tacit saisit la rambarde et se plaça en équilibre précaire sur le maigre parapet du pont, regardant les wagons défiler cinq mètres en dessous de lui. Les autres l'imitèrent en écartant les bras pour ne pas tomber.

« Quand je vous dis de sauter, cria-t-il, les cheveux pleins de fumée et de cendres, vous sautez. »

Ils n'attendirent pas son signal. Au moment où le train passa sous eux, Henry et Sandrine s'élancèrent, suivis d'Isabella, qui avait remarqué les femmes qui revenaient vers eux, flanquées de soldats. Tacit jura et bondit à la suite de ses compagnons. Il atterrit sur le toit de bois d'une voiture et passa à travers comme un patineur sur un lac gelé.

Henry, Sandrine et Isabella se penchèrent au bord du trou et découvrirent Tacit, étendu sur le dos, qui les regardait.

« Vous l'aviez fragilisé », leur lança-t-il quand il vit qu'ils riaient.

Le train cahotait vers le nord en traversant les terres de l'Italie. Le wagon proche de la tête sur lequel ils avaient atterri était réservé au bétail. Il y avait de la paille sur le sol de l'enclos. Le seul accès était une porte coulissante.

« Vous n'auriez pas pu choisir un autre wagon ? demanda Henry en regardant autour de lui.

– Si ça vous pose un problème, vous n'aviez qu'à le faire, répliqua Tacit. Nous sommes à bord, c'est tout ce qui compte. Et personne ne nous a vus.

– Qu'est-ce qu'on fait maintenant ? » demanda Sandrine en regardant les deux hommes.

Le train heurta une aspérité et ils furent tous secoués, comme par une houle.

« On reste ici et on attend », dit Tacit.

Il ouvrit sans effort la lourde porte qui coulissait sur des glissières rouillées et tordues, révélant le magnifique paysage italien. Tacit s'appuya contre le montant et chercha une bouteille enfouie dans la poche de son manteau. Il la déboucha et la porta à ses lèvres, avalant le liquide ambré, la bouche tordue et les yeux fermés, laissant le mouvement du train le bercer comme un bateau sur les flots.

« Alors, prochain arrêt, la frontière ? demanda Isabella en le rejoignant à la porte et en lui prenant la bouteille des mains. Très bien, dit-elle en la levant vers lui quand il eut acquiescé, avant de boire une lampée, son regard porté sur les champs baignés de soleil qui défilaient. Rome commençait à devenir étouffante. J'avais l'impression que nous étions poursuivis en permanence. Ça fait du bien de se sentir en sécurité, au moins pour un petit moment. »

Dans le coin opposé du wagon, Henry s'assit avec précaution dans la paille, la main sur les muscles de son cou endoloris après leurs récents exploits. Sandrine s'assit à côté de lui et se mit à fixer Tacit.

« Sacré confort ! lança-t-elle en écartant la paille autour d'elle.

– C'est un wagon à bestiaux, répliqua Tacit en reprenant la bouteille des mains d'Isabella. Vous devriez vous sentir comme chez vous. »

Il but une autre lampée.

« Le plateau du Karst, tu y es déjà allé ? » demanda Isabella en regardant le paysage vallonné.

Tacit hocha la tête.

« La terre du diable.

– Comment ça ? questionna-t-elle en posant sa main sur son cou sans s'en apercevoir.

– C'est un endroit abandonné par Dieu. Rien n'y prospère à part des rumeurs diaboliques et le Malin. La légende raconte qu'un ange a été envoyé par Dieu sur les terres du Karst pour en retirer les pierres afin que les hommes puissent faire pousser leurs récoltes, nourrir leurs troupeaux et faire vivre leurs familles. Mais le diable est arrivé peu après et il a vu cette belle terre, avec ses prairies fertiles et ses grandes rivières d'eau pure, puis l'ange qui s'envolait avec un sac sur l'épaule. Et le diable a aussitôt cru que le sac renfermait douceurs et beautés. Alors il a éventré le sac, mais au lieu de trésors, ce sont des roches et des débris qui en sont tombés et ont recouvert ce pays. Il est devenu le royaume de la roche et le domaine du diable.

– Qu'allons-nous y trouver, Poldek ? demanda Isabella.

– Je ne sais pas, répondit l'inquisiteur en baissant la tête, comme s'il était soudain rattrapé par l'épuisement. J'espère seulement que nous arriverons à temps. Et qu'à nous tous, nous pourrons le contenir. »

Il regagna la porte du wagon et la referma.

86

Prague, Autriche-Hongrie

Les six coups de la cloche de l'église Notre-Dame de Týn résonnèrent dans la vieille ville. Une foule en colère, assemblée sur la place au pied des clochers jumeaux, se dirigea vers le centre, brandissant torches et gourdins, des jurons et des récriminations plein la bouche.

« Encore un enfant, dit le jeune assistant qui, aux côtés du père Mészáros sur le perron de l'église, regardait la foule s'éloigner. Disparu. Depuis deux jours. Le neuvième à Prague cet été. Ils disent qu'un maléfice s'est abattu sur la ville, qu'un démon enlève les plus jeunes au milieu de la nuit. Où va le monde, mon père ? demanda-t-il, tête baissée. Comme si cette guerre ne suffisait pas, nous devons faire face à des fantômes dans nos lits !

– Souffrez, petits enfants, marmonna le père Mészáros, et le jeune homme crut entendre le prêtre pouffer avant de tourner le dos à la place désertée.

– Espérons que non, mon père ! » lança-t-il à son maître, en fermant la grande porte noire avec fracas pour le suivre.

Ils remontèrent en silence l'allée aux carreaux ardoise jusqu'à l'autel richement décoré, le plafond en voûte couleur crème s'élevant à des dizaines de mètres au-dessus d'eux.

« Pas la peine de rester tard ce soir, Kristian, dit le père Mészáros. Je n'aurai pas besoin de ton aide.

– Mais, et la dernière messe ? Les gens...

– Les gens viendront, opina le prêtre grisonnant, quand ils auront cherché en vain leur enfant disparu. Ils arriveront ici pour trouver des réponses divines qui ne leur parviendront jamais. »

Kristian trouva la prédiction du père plutôt étrange.

« Dans ce cas, ne devrais-je pas rester pour vous aider à les accueillir ?

– Non », répliqua le père, une lueur maussade dans le regard.

Le jeune homme le dévisageait, troublé.

« Tout va bien, mon père ?

– Ça dépend de ce que l'on entend par "bien", Kristian. »

Un grondement profond retentit alors dans la pénombre sur leur gauche. Kristian tourna nerveusement la tête dans cette direction.

« Ce bruit, il venait du caveau ! C'est peut-être l'enfant disparu ! Il a pu trouver refuge ici, ou alors il s'est perdu et s'est retrouvé piégé dans le noir ?

– Kristian ! » lança le père Mészáros, soudain agité, mais le jeune homme s'était déjà précipité dans l'escalier sombre qui conduisait au caveau.

Il faisait noir dans la crypte et Kristian songea d'abord à faire demi-tour pour aller chercher une lanterne. Sa respiration formait des nuages de buée et il s'arrêta pour attendre que ses yeux s'habituent à l'obscurité. Puis il l'entendit. Une voix ! Une voix d'enfant, qui appelait, plaintive, dans les ténèbres.

« Père Mészáros ! cria le jeune homme. Père Mészáros ! Venez vite ! Je crois que j'ai retrouvé notre disparu ! Apportez de la lumière ! » Il vit alors que c'était justement ce que faisait le prêtre, qui descendait les marches d'un pas mesuré. « Père Mészáros ! J'ai entendu une voix d'enfant. Dans le coin de la crypte ! »

Il parlait si vite que les mots se coinçaient dans sa gorge tandis qu'il bondissait en direction de la plainte, s'arrêtant tous les trois mètres pour laisser au père le temps de le rattraper.

Il y avait des cercueils alignés les uns à côté des autres, et Kristian passa de l'un à l'autre, collant son oreille sur le couvercle pour trouver d'où provenait la voix. Il finit par s'arrêter au-dessus du cercueil qui se trouvait tout au fond de la pièce.

« Ici ! cria-t-il en se tournant vers le prêtre, le doigt sur le couvercle. Ici ! Ici ! Je l'ai retrouvé ! J'ai retrouvé l'enfant ! Aidez-moi, mon père ! » insista-t-il en poussant le couvercle d'un centimètre.

Le père Mészáros le regarda, impassible, au bord du halo lumineux, ne s'approchant que quand Kristian eut suffisamment ouvert le cercueil pour pouvoir regarder à l'intérieur. Le jeune poussa un cri et recula.

« L'enfant ! s'écria-t-il, au bord des larmes. L'enfant est à l'intérieur ! Attaché avec des cordes ! Aidez-moi à le délivrer ! »

Il s'approcha pour relever le couvercle mais s'arrêta et s'écarta quand le père Mészáros vint se placer à côté de lui.

« Qu'y a-t-il ? demanda-t-il en découvrant le visage tordu et impie du prêtre.

– Souffrez, petits enfants », murmura le père Mészáros en éteignant sa lanterne.

87

Cité du Vatican

Les fenêtres de la chambre étaient grandes ouvertes et le soleil de l'aurore inondait le marbre blanc, lui donnant une teinte vif-argent. De grandes volées de corbeaux s'assemblaient sur les places et sur les toits en une cacophonie de croassements sonores et de corps noirs qui se heurtaient.

Le cardinal-secrétaire d'État Casado traversa les dalles baignées de soleil, s'empara de la carafe à décanter et versa du vin aux quatre cardinaux assemblés dans la pièce.

« J'ai pris la liberté de commander un peu de vin, dit-il. Peut-être cela aidera-t-il à apaiser nos nerfs et faciliter nos échanges privés, surtout après que nous avons appris ces si terribles nouvelles ? »

Le cardinal Adansoni vint à ses côtés pour distribuer les verres.

« Je suppose que vous approuvez, messieurs ?

– Un petit verre pour égayer l'atmosphère ? J'approuve totalement, répondit Berberino avec un rictus nerveux, tout en jetant des regards autour de lui, son menton flasque tressautant à la perspective de boire le breuvage. Dire qu'il y a un traître au Saint-Siège ! Aviez-vous déjà eu connaissance d'une telle chose ? » demanda-t-il à Casado.

Le cardinal aux cheveux blancs secoua la tête.

« Père Berberino, pourrais-je regarder la lettre à nouveau ? » demanda Adansoni.

Berberino la lui tendit sans poser de question. Adansoni la lut, lentement et attentivement, tout en buvant son verre.

« Elle décrit tous les mouvements de Tacit, où il s'est rendu et vers où il se dirige. En d'autres termes, pendant que nous cherchions des réponses, quelqu'un au Saint-Siège savait exactement où il se trouvait et quels étaient ses projets. »

Casado hocha la tête gravement.

« Père Strettavario, vous ne partagez pas un verre avec nous ? demanda-t-il en tendant la main vers le plateau.

– Pardonnez-moi, mais je vais décliner, répondit Strettavario en enfonçant les mains dans ses manches. Je trouve qu'en de telles époques, mieux vaut garder les idées claires. J'ai entendu dire que Tacit avait été aperçu à la gare Termini. Un groupe de femmes l'a vu sauter d'un pont sur un train en marche. S'il est parti ainsi, il serait plus prudent pour moi de conserver toute ma lucidité, au cas où d'autres informations émergeraient et où je serais tenu d'agir.

– Comme il vous plaira, père Strettavario, répondit Berberino en vidant pratiquement tout son verre d'un trait. De mon point de vue, les vertus de la vigne surpassent ses inconvénients, surtout après un tel choc. » Il acquiesça avec enthousiasme quand Adansoni lui proposa de remplir son verre. « Qui donc pourrait être le traître ? demanda-t-il en baissant gravement la tête. J'imagine que ce doit être un jeune, l'un des cardinaux récemment promus au Saint-Siège ? Quelqu'un qui chercherait à obtenir un avantage en faisant en sorte que les informations sur les mouvements de Tacit lui soient transmises personnellement ? Je vous le dis, cela suffit à vous donner envie de plonger dans la boisson. »

Il descendit la moitié de son verre et regarda autour de lui, comme s'il était perdu, clignant deux fois des yeux, l'air désemparé. Le vin semblait un peu plus amer que d'habitude et son col un peu plus serré. Il se racla la gorge et tira vivement sur le dernier bouton de sa soutane pour mieux respirer. Il avait l'impression que la pièce tourbillonnait, qu'il était sur un navire pris dans la tempête. Il essaya de se concentrer sur les autres cardinaux mais ils étaient comme éloignés, flous. Ils s'effaçaient. Il frissonna et tendit la main vers une chaise pour se stabiliser.

« Cardinal Berberino ? fit Adansoni en posant son verre et en se levant pour s'approcher du gros homme qui tanguait. Tout va bien ? »

Il se précipita aussi vite qu'il le put et rattrapa tant bien que mal le cardinal alors qu'il basculait sur le côté, comme si sa jambe et sa hanche se dérobaient sous son poids. Au prix de grands efforts, et avec l'aide de Strettavario, il parvint à l'asseoir sur une chaise.

« Cardinal Berberino ? » appela Strettavario en plongeant son regard dans ses yeux vitreux.

Sa respiration était saccadée, chaque inspiration entravée.

« Cardinal Berberino ? répéta le vieux prêtre en le giflant, ce qui rougit le vernis pâle et moite qu'était habituellement la peau de son visage. Vous m'entendez ? »

Les voix lui semblaient lointaines. Il avait l'impression que tout son être brûlait, que ses membres et son corps étaient consumés par des flammes infernales. Il regarda autour de lui et s'aperçut qu'il flottait dans une mer de ténèbres et de feu. Il frissonna, gelé, malgré toute la chaleur qui l'entourait et qui le faisait hurler d'agonie.

« Il convulse ! » s'écria Casado, en mouillant une serviette avec du vin pour essayer de refroidir le crâne brûlant du malheureux cardinal.

Le vin stagnait dans ses orbites, donnant l'impression qu'il saignait des yeux.

Il essayait de parler mais aucun son ne sortait de sa bouche.

« Il veut nous dire quelque chose ! »

Une chose émergeait des flammes. Berberino la voyait. L'horreur ! L'horreur était là ! Il essaya frénétiquement de s'enfuir mais tout ce qu'il attrapait disparaissait sous sa prise, tout se dérobait sous ses pas, le faisant glisser vers la créature démoniaque qui avançait vers lui.

La bête le toisa, ancienne et éternellement vicieuse, aspirant l'air fétide. Puis tout devint noir et Berberino ne sentit plus rien.

88

À proximité de la ligne de front italienne, frontière italo-slovène

« Tacit ? » murmura Isabella dans l'obscurité.

Il s'éclaircit la gorge.

« Oui.

– Tu es réveillé ?

– À ton avis ? » grogna-t-il.

Elle sourit et secoua doucement la tête dans le wagon qui se balançait sur les rails tandis que le train poursuivait son ascension dans les montagnes.

« Tu sais, c'est la première fois que nous sommes seuls.

– Nous ne sommes pas seuls », murmura Tacit en ouvrant les paupières avant de regarder le couple endormi près de la porte.

Isabella cligna des yeux et secoua de nouveau la tête.

« Dis-moi, as-tu déjà été heureux, Tacit ? »

Elle voulait plaisanter mais il répondit presque immédiatement et avec sincérité.

« Une fois, dit-il en regardant dans le vide. J'ai été heureux une fois.

– Poldek, dit Isabella en lui prenant le bras pour le réconforter. Je plaisantais, c'est tout. »

Mais il l'ignora, ne l'entendit pas ou bien était déjà perdu dans ses souvenirs.

« C'était il y a longtemps. J'étais... j'étais amoureux. Et elle m'aimait. »

Isabella déglutit et ouvrit de grands yeux, tandis que ses larmes montaient.

« Que s'est-il passé ? » demanda-t-elle en sentant un poids grandir dans son estomac et remonter dans sa gorge serrée.

Elle colla ses genoux contre sa poitrine et passa les bras autour, les talons de ses bottes crissant dans la paille.

« Elle est morte. »

Il prononça ses mots comme s'ils n'avaient aucun poids pour lui, comme si le souvenir était depuis longtemps refroidi. Il se tourna vers elle, le regard vide, ses yeux transformés en gouffres sombres. Insondable.

Isabella baissa la tête.

« Écoute, Poldek, dit-elle en s'approchant encore et en plongeant la main plus profondément dans le creux de son coude. Je suis désolée. Je n'aurais pas dû faire cette plaisanterie. »

La sincérité avec laquelle il avait répondu l'avait secouée. Et cela la troublait également de le voir si humain, si abîmé, si vulnérable.

« Tu crois aux malédictions ? lui demanda-t-il, une question qui intensifia la douleur profonde qu'elle ressentait au point de lui couper le souffle.

– Tacit, je ne sais pas ce que tu veux dire par là ni pourquoi tu me demandes ça, mais…

– Moi oui. » Il détourna le regard, comme s'il ne pouvait supporter qu'elle voie ses yeux vides, ces puits de douleur infinie. « Je crois que je suis maudit, gronda-t-il. Je crois que tout ce que j'aime sera poursuivi par cette malédiction. Que mon amour vaut condamnation. Que celles que j'aime périront, massacrées pour l'amour que je leur ai donné. Ma mère. Mon premier amour. » Il releva les yeux vers elle. « Toi. »

Isabella frissonna et sentit qu'elle était sur le point d'éclater en sanglots. Elle porta la main à sa bouche.

« Tu te souviens quand je t'ai parlé des lumières, des voix qui les accompagnaient ?

– Oui. Que disaient-elles ?

– Des choses terribles. » Tacit passa la main sur ses yeux et la laissa là un moment, comme pour soulager une douleur. « Elles me tentent, me poussent à faire des choses affreuses. Avec leurs commandements. Elles me donnent de la puissance.

– Ces lumières dont tu parles. Que sont-elles ?

– Je ne peux pas l'expliquer, Isabella. Toute ma vie, j'ai poursuivi les possédés ou ceux qui tentent de posséder, et pourtant, depuis tout ce temps, je me sens… »

Les mots moururent sur ses lèvres.

« Qu'est-ce que tu sens ?

– Je sens que je suis possédé, moi aussi. »

Il secoua la tête, défait.

« Quelqu'un m'a dit un jour, reprit-il en inspirant profondément, que je n'étais pas aussi grand que je l'imaginais. »

Il secoua de nouveau la tête en se souvenant de la sorcière sur les rives de la mer Noire.

« Je pense qu'elle avait raison.

– Parle-moi d'elle.

– De qui ?

– De ton premier amour. »

Tacit bougea dans la paille et, l'espace d'un instant, Isabella se dit que son impétuosité avait été prématurée, qu'elle avait été trop directe, que Tacit allait se lever de leur couche et se détourner d'elle, se refermer encore. Mais au contraire, il demanda doucement :

« Que veux-tu savoir ?

– Ce que tu es prêt à me raconter. C'est évident que tu l'aimais beaucoup, et elle aussi.

– Comment le sais-tu ?

– La chaleur de ton sourire quand tu penses à elle. La lumière dans tes yeux. Une tristesse sur les lignes de ton visage. » Elle roula sur le flanc pour lui faire face. « Comment s'appelait-elle ? »

Tacit hésita. Il déboucha une bouteille dont il fit tournoyer le contenu avant d'en boire une petite gorgée. Puis il dit, tendrement :

« Mila. Elle s'appelait Mila. »

Son nom sembla résonner dans le wagon enténébré. Isabella ferma les yeux pour l'imaginer, sans nul doute une beauté, une femme franche, forte et indépendante. Elle imagina qu'elle était toutes ces choses, une amante aussi. Et puis Tacit se mit à parler et elle n'eut plus besoin d'imaginer.

« Elle était belle, comme la chaleur d'un lever de soleil après un long gel, comme le silence après un orage. Tu vois, quand tu es sous les couvertures et que tu entends la pluie qui martèle le toit, quand tu te sens au chaud et en sécurité car tu sais que dehors les éléments se déchaînent mais que tu es bien chez toi ? C'était ce qu'elle me faisait ressentir. Elle m'a pris ma douleur. Elle m'a appris ce que c'était d'aimer, de vivre sans chaînes, d'oublier le passé encombré de drames et de mauvais souvenirs, de vivre avec de l'espoir pour l'avenir. Elle était mon espoir. Elle était mon avenir.

– Que s'est-il passé ? » demanda Isabella.

Pendant un long moment, Tacit ne répondit pas. Puis il dit enfin, d'une voix qui semblait lointaine et fragile, comme si elle pouvait se briser à tout moment :

« Elle a été assassinée.

– Je suis désolée. »

Tacit fit encore tournoyer la bouteille et prit une autre gorgée, plus longue et profonde.

« Est-ce que sa mort te fait toujours souffrir ? Est-ce que ça te fait du mal de penser à elle ?

– Non, mentit Tacit. J'ai appris à oublier. Comme pour tout ce que je vis, comme pour chaque blessure. C'est plus facile de supporter la douleur que d'essayer de la soigner. »

Isabella roula sur le dos, ses cheveux s'étalant autour d'elle comme une explosion rouge dans la paille, la main sur le ventre.

« Tu ne devrais jamais oublier, Tacit, dit-elle très doucement. Pas les belles choses de la vie, pas les choses qui te touchent. Mais tu ne devrais pas non plus te retenir. La vie, ce n'est pas être constamment en souffrance ou malheureux. Je ne pense pas que Dieu voudrait que tu sois triste. »

Et Tacit, qui la regardait, la surprit en souriant avec peine.

« Qu'y a-t-il ? demanda-t-elle.

– Je connais quelqu'un qui m'a dit un jour une chose similaire. »

Isabella sourit à son tour et, lentement, avec les plus grandes précautions, elle avança sa main entre eux, dans la paille, en espérant qu'il la saisisse. Ce qu'il fit, son énorme paume enveloppant les longs doigts délicats d'Isabella dans une chaude étreinte. Il considéra leurs mains entremêlées, son pouce qui effleurait le bout de ses doigts avec un regard doux et pensif. Au bout d'un moment, il releva la tête et fixa Isabella droit dans les yeux.

Elle sourit, ressentant une envie irrésistible de se redresser pour le rejoindre. Elle bougea de quelques centimètres, permettant au poids de leur passion de réduire l'écart qui les séparait.

Soudain, un bruit retentit le long du wagon, de grosses mains qui fouillaient, de lourdes portes que l'on tirait sur des glissières rouillées.

Leur wagon s'ouvrit à toute volée et des silhouettes sombres y pénétrèrent. Henry et Sandrine, qui se trouvaient plus près de la porte, se réveillèrent en sursaut, mais pas assez vite pour éviter de se faire attraper et jeter hors du train en marche. Ils dégringolèrent et disparurent dans la nuit, roulant dans les contreforts sauvages du plateau du Karst.

Tacit se leva d'un bond, ses poings pareils à de gigantesques marteaux, et se plaça entre les inquisiteurs et Isabella. Ils n'étaient plus que deux pour faire face aux intrus.

« Si c'est pas mignon ! » grogna Georgi.

89

À proximité de la ligne de front italienne, frontière italo-slovène

Les trois silhouettes tombèrent sur Tacit alors qu'il traversait le wagon en courant. Les inquisiteurs étaient armés de gourdins qu'ils maniaient comme des fouets. Si Tacit sentait les coups qu'ils lui assenaient, il n'en montrait rien, et il cogna l'un des inquisiteurs au visage. Quand celui-ci s'écroula, Isabella vit qu'il lui avait fracassé la mâchoire et que sa bouche n'était plus qu'un amas sanguinolent qu'il tenait entre ses mains tremblantes.

Un gourdin s'abattit sur l'arrière du crâne de Tacit, ce qu'il sentit avec force. Il se retourna vers son assaillant, lui prit son arme et frappa si brutalement sur la tête de l'inquisiteur qu'il lui fendit le crâne et laissa l'arme profondément enfoncée dans son cerveau. Le troisième inquisiteur essayait de l'amener au sol en le prenant à la taille quand une explosion secoua le wagon. Il retomba alors, le dos ouvert par le coup de feu tiré par Isabella, accroupie dans un coin.

Georgi sauta instantanément dans le wagon, écarta l'arme et la frappa à la tempe, la faisant tomber dans la paille avec un grognement. Sa plaie à la tête se rouvrit et elle saigna abondamment.

« Salopard ! » rugit Tacit en le plaquant contre le mur, ce qui fit voler en éclats plusieurs planches qui disparurent à leur tour dans la nuit.

Ils luttèrent, brutaux et rapides, se battant comme des chiens, fouettés par le vent qui s'engouffrait par le trou dans la paroi.

Ils roulèrent vers le milieu du plancher en continuant de s'assener des coups à chaque occasion. Le gourdin de Georgi fut balancé par la porte ouverte. La pluie s'engouffra. De la paille et des cheveux volèrent quand Tacit feignit un coup de poing pour enchaîner avec un coup de pied qui atteignit Georgi à l'épaule.

« Tu ne me reconnais donc pas, Poldek ? » cria Georgi en attrapant la botte de Tacit pour le repousser.

Quelque chose dans sa voix le fit hésiter. Tacit regarda attentivement l'inconnu qui lui faisait face et essaya de le remettre. Et puis, comme les pièces d'un puzzle s'assemblent, l'identité de l'homme contre qui il se battait le frappa. Avec la force d'un train à vapeur.

« Georgi ? » demanda-t-il, incrédule.

Georgi salua, sourit, avant de profiter que Tacit ait baissé sa garde pour lui coller un coup de poing dans le nez. Le coup sembla l'aider à reprendre ses esprits, puisqu'il para le suivant et mit une distance entre lui et son ancien ami.

« Je… je croyais que tu étais mort.

– J'étais mort, oui, dit Georgi. Mort pour ce style de vie, pour cette foi. Disons que je me suis retrouvé ressuscité, avec un nouveau Seigneur, qui appréciait davantage mes talents. » Il se jeta sur l'inquisiteur abasourdi, le frappant des deux poings. « Je comprends que tu sois étonné. Ça fait longtemps, Poldek. Bien des années. Beaucoup d'eau sous beaucoup de ponts. »

Il enfonça la pointe de sa botte dans le ventre de Tacit et le fit tomber à terre d'un crochet du droit.

Georgi secoua la main pour faire passer la douleur et décrivit des cercles autour de l'inquisiteur au souffle coupé.

« Prends ton temps, dit-il, cynique. Je sais que ça fait beaucoup à encaisser. Ton vieil ami qui revient. Celui qui a assassiné ton premier amour. »

Quelque chose s'alluma au fond de l'âme de Tacit et il se releva d'un bond.

« Elle a souffert avant de mourir », gronda Georgi, parant le coup suivant avant de le rendre à Tacit, avec intérêts, sous la forme d'un uppercut qui secoua le colosse.

« Je ne vois pas de quoi tu parles ! »

Tacit jura et se jeta sur Georgi pour lui faire une clé de cou. Il tira et tordit, sentant quelque chose se briser dans le bas de son dos, mais un coup de son vieil ami dans les côtes lui fit lâcher sa prise et reculer.

« Mais si, sourit Georgi de toutes ses dents ensanglantées. La seule personne qui ait jamais compté pour toi. La seule personne dont tu te sois jamais soucié. À part elle », ajouta-t-il en désignant Isabella, évanouie dans un coin.

Tacit s'interrompit, suffisamment pour que Georgi arrive à lui mettre un coup qui lui fit voir flou.

« Mila », conclut Georgi d'un ton triomphal.

Tacit hésita, les yeux écarquillés.

« Ils t'ont dit que c'étaient les orthodoxes, pas vrai ? »

Georgi éclata de rire et lui porta deux coups de poing au visage, sans que Tacit réagisse. Son nez explosa et sa bouche se remplit de sang.

« C'était la version officielle. Celle pour te faire revenir. Pour que tu recommences à faire ce que tu fais de mieux. »

Il poursuivit son avancée à travers la garde inexistante de Tacit, lui fermant l'œil droit, si bien que ce dernier se demanda s'il n'allait pas bientôt s'effondrer.

« Tu es trop précieux, vois-tu, impossible de te perdre, surtout pour que tu ailles labourer les champs d'une catin italienne. »

Georgi l'atteignit aux côtes puis au menton. Tacit tomba sur les fesses et essaya de se relever.

« C'était un test pour moi. Ma première véritable épreuve pour mon nouveau maître. Pour voir si j'avais ce qu'il fallait pour suivre tous ses ordres, tous ses commandements. »

Tacit voulut se jeter sur lui mais il était trop aveuglé par la douleur et par ce qu'il entendait pour attaquer avec une stratégie ou un but précis. Georgi s'écarta et lui mit un coup de pied dans le genou. Tacit s'effondra. Alors qu'il tâtonnait dans la paille pour essayer de se relever, Georgi l'attrapa par les cheveux pour le forcer à le regarder.

« On dirait bien que je me retrouve tout le temps entre toi et les femmes que tu aimes, hein ? »

Tacit rugit et se débattit mais il lui était impossible de toucher son adversaire. Georgi le balança contre le côté droit de la porte ouverte. Tacit attrapa l'encadrement de ses mains maladroites pour ne pas tomber dans les montagnes sombres. Les yeux remplis de sang et de larmes, il regarda Isabella à l'autre bout du wagon. Georgi suivit son regard et sourit.

« Oh, ne t'en fais pas, Poldek, dit-il en cherchant un revolver dans son holster. Je vais bien m'occuper d'elle. Elle a une tâche importante à accomplir. Mais je suppose que tu le savais depuis toujours. Ça a toujours été elle et toi. Depuis le début. Depuis Arras. »

Il y eut un éclat métallique et Tacit sut instantanément ce qu'il s'apprêtait à faire. Il tenta de s'approcher de Georgi mais fut trop lent pour empêcher la détonation digne d'un coup de canon. Tacit s'effondra, en se tenant l'épaule, la main sur sa blessure se teintant d'un rouge écarlate.

« Georgi ! cria Tacit, les yeux implorants.

– Pathétique ! » s'exclama Georgi, dont chaque sourire était maintenant pollué par le venin qui lui tordait le visage.

Il pointa à nouveau son pistolet sur Tacit.

« Non ! » fut tout ce que ce dernier parvint à dire avant de recevoir dans l'épaule une deuxième balle, qui lui fit faire une culbute par la porte ouverte puis disparaître dans la nuit.

SIXIÈME PARTIE

« Nul ne peut servir deux maîtres. Car ou il haïra l'un et aimera l'autre, ou il s'attachera à l'un, et méprisera l'autre. »

Matthieu, 6, 24

90

Front italien, bataille de l'Isonzo, nord-ouest de la Slovénie

Le tir de barrage commença, comme toujours, avec le bruit sourd des obus qui semblait si éloigné que Pablo se dit qu'ils ne pouvaient être dirigés sur lui et sur l'amas d'Italiens brisés qui formaient son unité. Mais le sifflement se fit de plus en plus sonore et le ciel gris de l'aube s'embrasa soudain. L'air fut aspiré de leurs poumons, leurs oreilles meurtries par le fracas, leurs yeux aveuglés par l'éclat lumineux. Pablo s'enfonça dans la tranchée creusée tout au bord du plateau du Karst, en face du caporal.

« Je vais mourir ici », cria-t-il par-dessus le bruit.

Entouré de toutes ces morts et de cette terreur, il sut avec une quasi-certitude que son heure était arrivée. Il supposa que ce serait sans doute là l'une de ses dernières pensées avant qu'un obus ne lui tombe dessus et ne le déchiquette. Alors, tous ses souvenirs et son esprit se retrouveraient éparpillés sur les rochers en même temps que sa chair et son sang.

Mais le caporal-chef secoua la tête.

« Pas toi. Pas ici. Pas encore. »

Et pour la première fois depuis qu'ils avaient gravi la montagne ensemble, le regard du caporal se fit sévère et ses lèvres se plissèrent avec défiance.

« Le diable me l'a dit. Il m'a tout dit. Et le diable m'a dit où venir et ce que je devais faire. C'est pour ça que j'ai rejoint l'armée italienne, sachant que je t'emmènerais avec moi à cet endroit, à cet instant, pour te protéger. Et j'atteindrai le sommet de cette montagne, le sommet du plateau du Karst, et j'accomplirai mon devoir à l'égard de lui et d'eux.

– Qu'est-ce que ça veut dire ? » cria Pablo, par-dessus le hurlement de nouveaux obus et les cris plaintifs de ceux emportés par le souffle de l'explosion.

Le caporal sourit.

« Le diable est un allié puissant ! Il me l'a dit ! Il m'a parlé ! Il a dit que ce serait ici qu'il reviendrait et que notre ennemi viendrait ici lui aussi !

– Ils arrivent ! » cria une voix alarmée, et Pablo s'aperçut alors que les obus avaient cessé de pleuvoir. « L'ennemi arrive ! » lança à nouveau la voix.

Alors des milliers de soldats italiens vinrent se placer au bord de la tranchée et comptèrent les dernières munitions qu'il leur restait.

« Ici, dans le Karst, tu t'offriras à lui », rit le caporal-chef Abelli en se laissant tomber aux côtés de Pablo, son fusil serré dans ses mains noircies et couvertes de cicatrices.

Mais Pablo ne l'avait pas entendu. Il regardait par-dessus le parapet, conscient qu'il se passait quelque chose d'étrange. Pour le moment, on n'entendait qu'un coup de feu de temps en temps et il n'y avait autrement rien d'autre qu'une marée grise qui approchait progressivement.

« C'est une mer ! cria Pablo, son fusil tremblant entre ses mains. C'est une vague d'eau grise géante qui déferle sur nous ! Un raz-de-marée ! »

Mais Abelli rit de nouveau en secouant la tête.

« Non, Pablo. C'est une vague grise mais jamais aucune marée n'a charrié autant de soldats armés de fusils et de baïonnettes. Nous allons maintenant découvrir qui sont les vrais hommes, ceux qui méritent de se dresser au sommet du plateau du Karst en vainqueurs, et ceux qui devront être piétinés sur les roches.

Nous baptisons les terres dans le sang, un sacrifice pour lui et ses lieutenants qui reviennent.

– Bougez-vous le cul ! brailla le sergent. Lève-toi, et en avant ! » ajouta-t-il en mettant un coup de pied dans la cuisse de Pablo, qui roula sur le côté.

Pablo se leva d'un bond et se retourna pour lui faire face. L'éclat terne du métal apparut dans la main du sergent quand il pointa le canon de son arme de service sur le front de Pablo.

« Ne va pas péter plus haut que ton cul, mon petit gars ! le prévint-il, avec un rictus de plaisir. L'ennemi est par là-bas. »

Mais Pablo secouait la tête.

« De là où je suis, j'ai l'impression que l'ennemi est partout autour de moi. »

Le sergent se raidit soudain, les yeux écarquillés par la surprise et la douleur. Il s'écroula avec un grognement et ne bougea plus.

« Je te l'avais dit », fit Abelli, ses yeux tournés vers la vague grise de l'armée ennemie qui avançait vers eux sur le plateau. Il retira son couteau du dos du sergent et le rangea dans son fourreau. « Je t'avais dit que je te protégerais. Jusqu'au bout, jusqu'à la fin. »

91

Cité du Vatican

Le cardinal Korek n'était pas franchement ravi de devoir quitter ses quartiers à une heure aussi avancée, surtout après les événements de la journée. Il s'était révélé impossible de sauver le cardinal-évêque Berberino. Il était mort sur le sol de la chambre, quelques minutes après sa première convulsion.

« Crise cardiaque, avait conclu le docteur arrivé peu après que le cardinal eut cessé de respirer.

– Sornettes », avait marmonné Korek dans sa barbe, pendant que le médecin rangeait son matériel.

Il avait immédiatement reconnu les signes d'un empoisonnement : la décoloration autour des lèvres, la peau pâle et tirée. Mais il n'avait rien dit, trop prudent pour faire état de ses connaissances à ceux qui entouraient le défunt. Car si Berberino avait été tué, alors l'assassin courait toujours et se méfierait de quiconque remettrait le diagnostic en question.

Ainsi, quand il lui fut demandé de se rendre dans la chambre Sala del Cartone, il le fit à contrecœur. Il ne souhaitait rien tant qu'une nuit tranquille pour faire le deuil de son ami et réfléchir à qui pouvait être responsable de ce meurtre. Les récents événements au sein du Vatican, les signes du retour de l'Antéchrist, les sacrifices rituels, les loups, et maintenant le meurtre d'un membre du Saint-Siège, tout ceci n'avait pas aidé à apaiser l'esprit du rusé cardinal-évêque. Le mal semblait maintenant avoir gangrené les couloirs du Vatican, en même temps que les rues de Rome. Il se promit de traquer le diable, d'une manière ou d'une autre.

Il était juste devant la porte de la chambre et il retroussa ses manches jusqu'aux coudes, comme pour se battre, puis tendit la main vers la poignée. Avant qu'il puisse la saisir, la porte s'ouvrit à toute volée sur une silhouette qui le fixait dans les ténèbres.

« Grand Dieu ! s'écria Korek, choqué. Je ne pensais pas qu'il y avait déjà quelqu'un ici !

– Rien que moi, répondit l'homme aux yeux sombres qui l'observaient sous ses paupières épaisses, la peau blême et suante.

– Qu'est-ce que vous fabriquez ? demanda Korek, la main sur la poitrine. Un mort au Saint-Siège, cela ne vous suffit pas ? Et pourquoi m'avoir fait venir ici ? Vous avez du nouveau sur la mort de Berberino ? » Il prononça le mot « mort » avec une certaine délicatesse. « Je vais être honnête. Je n'aurais rien souhaité de mieux que de m'asseoir pour méditer et penser à notre ami disparu ce soir. Je ne tenais pas à me traîner dans les profondeurs du Vatican pour converser. Puis-je entrer ? demanda-t-il en se frayant un chemin sans attendre de réponse, gagnant le centre de la chambre, les mains croisées devant lui.

– Pourquoi faudrait-il se souvenir du cardinal Berberino ? demanda la silhouette qui regarda le cardinal se retourner, surpris. Qu'a-t-il jamais fait qui mérite que l'on se souvienne de lui ?

– Ça ne va pas bien ? demanda Korek.

– Si, très bien », répondit l'autre, contournant le vieux cardinal pour aller à la fenêtre observer la Cité du Vatican. Le ciel était rempli de corbeaux. « Quel spectacle ! » marmonna-t-il.

Korek fit un bruit désapprobateur et vint le rejoindre.

« En effet ! Et ces fichus corbeaux. Les colombes ont été décimées. Il est bien possible qu'elles ne s'en remettent jamais, je vous l'assure !

– Oui, vous me l'assurez, dit la silhouette, toujours captivée, bien que sa voix semblât gagner en autorité et en cruauté. Mais pouvez-vous aussi m'assurer que ce que vous avez fait dans votre service de la foi restera pour toujours dans les mémoires ?

– Qu'est-ce qui vous prend ? demanda Korek en fronçant son long nez. Ne me dites pas que le vin vous a intoxiqué vous aussi ?

– Pas le moins du monde, répondit l'homme voûté avec un sourire. D'ailleurs, je ne me suis jamais senti aussi bien. Tout avance exactement comme prévu. Peut-être aurais-je dû emprunter le chemin sur lequel je me trouve il y a des années.

– Et que voulez-vous dire par là ? demanda Korek tout en s'éloignant de la fenêtre pour aller se verser un verre de vin d'une carafe en cristal posée sur la table. Comment pourrait-on dire que les choses se passent bien ? Nous avons perdu un collègue apprécié du Saint-Siège. La guerre a atteint les frontières de l'Italie. Un conflit mondial a gagné l'Europe, l'Asie et une bonne partie de l'Afrique. Les corbeaux ont élu domicile au Vatican !

– Je sais, les choses progressent comme prévu.

– Vous avez manifestement perdu la raison ! » s'exclama Korek, qui voulut regagner la fenêtre mais se retrouva bloqué par l'homme.

Une rafale d'air froid entra dans la pièce et lui saisit la nuque.

« Écartez-vous ! rugit-il. J'exige que vous partiez maintenant !

– Bien entendu, cardinal-évêque Korek. Avec joie. »

Korek sentit de lourdes mains le prendre à la gorge et il fut à moitié traîné, à moitié jeté vers la fenêtre, comme s'il n'était qu'un fétu de paille.

« Arrêtez ! cria-t-il. Qu'est-ce que vous faites, pauvre fou ! »

Il sentit le bas de la fenêtre s'enfoncer dans sa cuisse, puis il bascula, restant un moment en équilibre sur le rebord, avant de tomber. Il tendit les mains mais elles ne se refermèrent que sur l'air froid de la nuit tandis qu'il dégringolait vers le sol de la Cité du Vatican.

La silhouette voûtée passa un instant à la fenêtre pour regarder le tas de chair et d'os sanglant sur le pavé, avant de retourner dans l'ombre, comme un reptile fuyant les premiers frimas de l'automne. Une chose ancienne et terrible quitta le corps écrasé en ondulant, comme un spectre s'élevant d'un cadavre.

92

À proximité de la ligne de front italienne, frontière italo-slovène

Tacit avait chu pendant ce qui lui avait semblé une éternité, faisant des roulades sur les pierres et les racines. Il s'arrêta avec un grognement, atterrissant lourdement dans la terre près de la voie ferrée. Il sentit la pluie froide dans son dos, sur ses vêtements, dans ses cheveux. Ses épaules lui faisaient un mal de chien, il était étourdi et son visage lui semblait totalement fracturé. Il n'avait d'autre goût dans la bouche que celui de la terre et du sang. Il resta étendu là, avec la sensation qu'il était en train de mourir, mais il sentait encore l'air entrer et sortir de son corps en petites inspirations douloureuses et il bougea alors, rien qu'un peu, un frisson involontaire, suffisamment pour se prouver à lui-même qu'il était toujours en vie.

Quelque chose tourbillonna et se tordit devant ses yeux, des lumières vives trop intenses pour que Tacit parvienne à les voir. Il grogna et passa péniblement la main sur son visage, écartant les brûlants rais de lumière colorés. Des voix criaient et l'appelaient. L'énergie jaillit en lui. Et puis, lentement, très lentement, il bougea son immense carcasse, refermant ses bras sur le gravier de la voie ferrée pour trouver l'appui nécessaire et se relever. Il le fit en titubant, à l'aveugle, et regarda les lumières floues qui disparaissaient : les feux arrière du train qui s'éloignait dans la nuit, continuant son ascension vers le plateau du Karst, emportant Isabella vers le sommet.

Quelque chose lui ordonnait de se redresser, de réunir ses dernières forces et de partir à sa poursuite.

Il grogna et ferma les yeux, étouffant toute la douleur qu'il ressentait, l'enfouissant comme il enfouissait tout le reste. Il posa alors un pied devant lui, puis l'autre, et avança lentement vers les lumières qui s'éloignaient, traîné comme le chien en laisse qu'il savait être devenu, qu'il avait toujours été.

93

Slovénie, près de la frontière italienne

Les abjectes silhouettes pâles avançaient à quatre pattes vers Poré dans l'obscurité de la caverne, la tête près du sol comme des insectes charnus. Elles bouillaient et crachaient leur déplaisir, tout en manifestant leur intérêt.

Mais Poré resta ferme, immobile, dos à la sortie, et le clan s'assembla en demi-cercle autour de lui, perturbé par son audace et le fait qu'il ne les trouve pas terrifiants à regarder. Ils l'observèrent, attendant qu'il agisse.

« Je ne suis pas venu en ennemi », annonça Poré.

Aussitôt l'ensemble du clan partit d'un rire cruel et malveillant et s'avança d'un pas.

« Je ne suis pas ici pour vous juger ou pour une quelconque vengeance.

– Alors que fais-tu là, fouleur de terre ? lança celui que Poré supposait être le chef autoproclamé. Tu es venu ici pour te moquer de nous, pour te divertir ? Tu as fait une lourde erreur, même si tu portes la fourrure de l'un des nôtres. Car tu n'es pas le bienvenu dans notre domaine et maintenant que tu y es entré, nous ne te laisserons jamais ressortir. »

Poré entendit des bruits de pas précipités derrière lui et découvrit en se retournant que le passage par lequel il était arrivé était bloqué par d'autres membres du clan qui, tapis à ras du sol, se balançaient sur leurs pattes musculeuses.

Poré se retourna vers l'homme immonde qui s'était adressé à lui. Il était âgé et voûté par le temps, brisé par le poids terrible que nul autre que les loups ne pouvait comprendre.

« Je ne suis pas venu pour vous railler ou vous faire honte. Et je ne suis pas là non plus pour mourir avec vous. »

Sa voix résonnait comme un marteau s'abattant sur une enclume et tous les loups à l'exception de celui qui avait pris la parole reculèrent.

« Je suis ici pour vous offrir la possibilité de vous soulever et de combattre. De vous révolter contre ceux qui vous laissent depuis trop longtemps dans ces grottes maudites.

– C'est donc ça, cracha l'homme. Tu es venu pour nous prendre nos fourrures et les ajouter à la tienne ? »

Mais Poré secoua la tête.

« Non ! Je viens vous donner de l'espoir et une chance de frapper à votre tour. Depuis trop longtemps, vous êtes prisonniers de votre repaire. Le pouvoir de l'Église catholique décroît. Ses inquisiteurs sont surpassés, le Saint-Siège est à genoux. »

Des rires cruels suivirent son annonce.

« Qu'est-ce que ça peut nous faire ? demanda l'homme. Oui, nous sommes heureux de leur chute. Qu'elle soit aussi longue que nos tourments. Mais quelle autre raison aurions-nous de croire que cela change quoi que ce soit pour nous et notre châtiment ? Que proposes-tu ? » Il fit un pas vers lui. « De prendre la lune dans le ciel ? De lever notre malédiction ?

– À terme, oui. »

Un rugissement et des jurons suivirent ce qui ressemblait fort à un mensonge.

« Mais d'abord que vous veniez avec moi. Que vous vous battiez avec moi, du fait de ce qui arrive. » Il posa la main à plat contre la paroi calcaire de la grotte. « Tout au bout de ces veines de pierre, dans la montagne que l'on nomme le Karst, une chose terrible va être invoquée. »

D'autres rires et hurlements remplirent la caverne, les loups se giflant sous le poids du tourment et de la confusion.

« Et là encore, je te le demande, en quoi cela nous concerne-t-il ? Notre tanière est déjà corrompue. Nos vies sont déjà condamnées. Si cette "chose terrible" dont tu parles est le diable, peut-être se révélera-t-il un Seigneur plus compréhensif pour nous ? Dieu sait que celui qui nous a envoyés ici ne l'était pas.

– Ne rendez pas le Seigneur coupable de ce que vous êtes devenus ! s'emporta soudain Poré.

– Tu nous montres donc ton vrai visage, adorateur de Dieu ! »

L'*Hombre Lobo* s'apprêta alors à se jeter sur l'intrus.

Mais Poré l'écarta de la main.

« Non ! Ce n'est pas le Seigneur qui vous a envoyés ici. C'étaient ceux qui ont bâti et accompli les rituels d'excommunication, ceux qui étaient versés dans les arts corrompus de la vie et de la mort.

– Et un jour, nous prendrons notre revanche », gronda l'homme.

Poré hocha la tête.

« Oui. Si vous me suivez.

– Comment cela ?

– Parce que l'architecte de l'invocation dans le Karst est celui qui a accompli l'ultime excommunication de votre espèce. »

94

À proximité de la ligne de front italienne, frontière italo-slovène

C'était l'aurore.

Du moins Tacit supposait que la lumière gris sale qui s'élevait au-dessus de la montagne était l'aurore. Saturé de poussière et de fumée, l'air formait une masse qui descendait lentement le long de l'arête, vers d'autres vallées à polluer.

L'œil droit de Tacit était toujours fermé, son œil gauche plein de la terre dans laquelle il était tombé au bord de la voie ferrée. Chaque pas constituait une longue torture et nécessitait de réunir jusqu'à sa dernière once de volonté. Mais il n'était plus seul tandis qu'il titubait vers le Karst, le lieu où, il le savait, Georgi emmenait Isabella. La voix l'accompagnait, hurlait en lui, le poussait à avancer encore, l'implorait de se dépêcher, car le moment de leur arrivée était proche.

Il s'arrêta et tâta sa poche, son cœur se réchauffa un peu quand il trouva une flasque d'urgence qui suffirait peut-être à faire taire ses démons et à atténuer sa douleur l'espace de quelques instants. Il la sortit, dévissa le bouchon, porta le goulot à ses lèvres en regardant le long chemin sinueux qui menait au Karst.

Georgi ? Vivant ?

Il avait peine à le croire. Mais il savait que c'était vrai. Il était plus âgé et perverti par les forces obscures qui le possédaient désormais, mais il ne faisait pas le moindre doute qu'il était bien l'homme contre qui Tacit s'était battu dans le train.

Tacit but une deuxième gorgée, plus longue, et rumina les paroles de Georgi, son aveu sur la mort de Mila. La haine et la colère se figeaient en lui comme un poison. Il se sentait prêt à laisser exploser une colère plus forte que tout ce qu'il avait connu dans sa vie.

Georgi.

Son plus vieil ami. Son seul ami. L'assassin de Mila.

Le crissement des pierres derrière lui attira son attention et il porta la main sur son pistolet, se retournant d'un coup, l'arme braquée sur quiconque arrivait dans son dos.

« Dieu soit loué, vous êtes vivant ! croassa Henry en tendant les mains vers lui. Nous croyions qu'Isabella et vous aviez été tués. »

Tacit laissa l'Anglais toucher brièvement ses habits déchirés avant de le repousser.

« Qu'est-ce qu'ils vous ont fait ? » demanda Henry, horrifié.

Tacit fronça les sourcils, verrouilla le chien du pistolet et le remit dans son étui.

« La même chose qu'à vous, grogna-t-il en buvant une nouvelle gorgée de whisky. Ils m'ont juste tabassé un peu avant de me jeter du train.

– Où est Isabella ? » demanda Sandrine.

Après sa chute sur les pierres, elle avait le bras droit retenu par une écharpe de fortune et le côté droit de ses vêtements était déchiré. Tacit ne dit rien et se contenta de se tourner vers le Karst, là où il savait qu'Isabella avait été emportée.

« Vous plaisantez ? » dit Sandrine, décryptant le silence de Tacit.

Henry suivit du regard la voie ferrée le long de laquelle ils marchaient, jusqu'à de petits bâtiments éloignés, ce qu'il supposait être le terminus de la ligne.

« Pourquoi l'ont-ils emmenée là-haut ?

– Vous savez bien pourquoi, répondit Tacit en observant quelques instants les environs avant de se retourner vers eux.

Le troisième rituel. L'orgueil de la vie. Je continue », lança-t-il par-dessus son épaule en rangeant sa flasque dans sa poche. Il avait maintenant un feu dans le ventre. « Venez si vous voulez. Ou faites demi-tour. À vous de choisir. Mon conseil ? Partez. Ne me suivez pas. On ne trouve que la mort et les ténèbres au bout de ce chemin. »

Il entendit Henry et Sandrine lui emboîter le pas et il sentit une chaleur au fond de lui, un sentiment diffus de reconnaissance. Pour la première fois depuis longtemps, Tacit était content de ne pas être seul.

« Alors, où va-t-on ? demanda Sandrine.

– Tout au bout, répondit Tacit en posant l'une de ses grandes bottes devant l'autre. Jusqu'au sommet. »

95

Cité du Vatican

L'homme penché sur la table coupait des morceaux de bœuf cru, les yeux rivés sur son assiette. Il les portait à sa bouche avec la vitesse et la régularité d'une machine. Dans la pénombre de la pièce, le prêtre qui s'approchait de lui ne distinguait que ses couverts rendus écarlates par la chair sanguinolente, ses mâchoires qui mastiquaient brièvement chaque morceau de viande avant de l'avaler et d'en enfourner un autre dans sa bouche baveuse. Il ne s'arrêta pas de manger quand le prêtre arriva devant lui, se contentant de se tourner brièvement vers lui avant de reporter son attention sur son repas et ses derniers morceaux de bœuf.

« Nous avons reçu des nouvelles, annonça le prêtre.

– Et ?

– La femme, sœur Isabella, a été enlevée.

– Et Tacit ?

– Il est en vie. Il suit.

– Bien évidemment qu'il suit ! s'exclama l'homme au centre de la table, le visage soudain empourpré de colère. Il avait été prophétisé qu'il suivrait. Il ne peut pas s'en empêcher. Il est attiré par elle comme il est attiré par la prophétie. Un papillon de nuit vers la lumière. » L'homme fit entrer le dernier morceau de viande dans sa bouche avant de repousser son assiette. Se relevant non sans peine, il alla à la fenêtre et contempla la place Saint-Pierre. « Assurez-vous que tout lui soit facilité. Je connais Tacit et son impatience. Il ne voudra pas traîner. Il sera tenté de poursuivre, donc assurez-vous qu'il puisse le faire. Que rien ne l'en empêche.

– Bien sûr, répondit le prêtre en s'inclinant.

– Les choses ont suivi leur cours, comme prévu. Les intrusions de Berberino et de Korek ont été réglées, comme celle de monseigneur Benigni. » L'homme tourna le dos à la fenêtre et leva les mains. « Ce moment n'avait-il pas été prophétisé par le pape Léon XIII ? N'avait-il pas reçu une vision du diable en personne lui annonçant qu'il reviendrait et que son retour serait marqué par une guerre terrible qui gagnerait la plupart des continents ? Et que de la chair du diable sortiraient ses sept lieutenants ? » Il regarda vers les cieux, l'air émerveillé. « Deux des rituels ont déjà été accomplis, la convoitise des yeux, la convoitise de la chair. » Il parlait comme s'il priait et baissa les yeux vers son acolyte. « L'orgueil de la vie. Celui qui est destiné à achever le dernier rituel arrive. Tout converge. Tout atteint son paroxysme et au pinacle du Karst, l'acte sera accompli. »

Il s'interrompit, jeta un regard absent vers la fenêtre, suivant la trajectoire d'un gros corbeau noir qui tournoyait autour de la place en croassant furieusement.

« Tacit, reprit-il en retournant son nom dans son esprit. Depuis des années, trop nombreuses pour les compter, je l'observe, je me suis arrangé pour les réunir, lui et sœur Isabella, je me suis assuré de leur union. Eux seuls comptent désormais. Assurez-vous que Georgi soit prêt. Que rien n'affecte le plan. »

Le corbeau passa devant la fenêtre et vint se poser près du point où se tenait la silhouette voûtée. Il croassa comme s'il formait des mots avec son bec. L'homme sourit et hocha la tête. Plus rien ne pouvait les arrêter désormais.

96

Front italien, bataille de l'Isonzo, nord-ouest de la Slovénie

Les hommes puaient la merde, la pisse, la sueur et la crasse, ils attendaient que l'immense vague de soldats austro-hongrois vêtus de gris déferle sur eux pour la deuxième fois. Leurs uniformes, si impeccables quand ils avaient embarqué dans le train, sous les drapeaux qui claquaient et les gants agités par leurs proches qui avaient tenté de garder contenance en leur faisant leurs adieux sur les quais et les ponts, étaient maintenant déchirés et ensanglantés. Leurs bottes avaient éclaté sous l'effet de la chaleur et de l'usure. Les casquettes et les képis, autrefois fièrement posés sur le sommet de leur crâne, étaient maintenant rabattus sur l'arrière de leur tête pour couvrir leur nuque brûlée par le soleil. Il n'y avait plus aucun orgueil dans leur apparence. Seule demeurait la survie.

Pablo se tenait aux côtés d'Abelli sur le plateau du Karst, l'air intimidé, appuyé sur son fusil comme sur une béquille. Il regardait la montagne qu'il avait gravie, sur laquelle il avait rampé et combattu, ce sommet dont chaque mètre avait coûté des centaines de vies. Il avait l'impression de se trouver sur le toit du monde, élevé au rang le plus puissant qui soit. Malgré l'âcre fumée de charbon et la puanteur acide de la cordite, l'air semblait moins lourd et plus frais ici. Ne demeurait au-dessus d'eux que le ciel bleu qui s'étendait jusqu'à l'horizon. En contrebas, des nuages s'accrochaient aux flancs de la montagne et Pablo sentait que, bien qu'il fût proche des cieux, il était peut-être en réalité plus proche encore des plus profonds et des plus noirs gouffres de l'enfer.

« Est-ce que quelqu'un se soucie de nous ? demanda-t-il en regardant les nuages descendre dans les vallées, très loin en dessous d'eux. Est-ce que quelqu'un sait que nous sommes ici ? Nous n'avons plus de munitions. Nous n'avons pas d'obus. Nous avons peu de vivres. On dirait que tout ce que nous avons fait pour atteindre ce point aura été vain. Que nous avons fait tous ces sacrifices pour rien. Pourquoi avons-nous pris ce sommet ? Dans quel but ? Est-ce que quelqu'un en a quelque chose à faire ? »

Le caporal-chef Abelli pouffa, prit sa pipe au coin de sa bouche et la tapota contre sa cuisse.

« Non », dit-il en plaçant sa pipe au creux de sa paume pour la remplir avec les derniers brins de tabac qui restaient au fond de la blague qu'il portait à sa ceinture. Il avait le visage noirci par la saleté, le sang séché et la crasse des quatre derniers jours de bataille. « Personne n'en a rien à faire de nous. Personne, hormis le diable. Personne d'autre que lui ne réside en ces lieux. Nul Dieu ne t'entendra ici. Seul le diable peut venir à ton secours, entendre ta prière. »

Il était conscient que Pablo s'était mis à pleurer, que son corps entier était secoué par le chagrin, son visage tordu par les sanglots, les larmes coulant sur ses joues pour tomber sur le sol rocailleux. Il était plié en deux, les mains sur sa bouche, un cri muet s'échappant de ses poumons.

« Je ne veux pas me tourner vers le diable, sanglota-t-il comme un enfant. Je ne veux pas lui demander son aide. »

Le caporal-chef se contenta de rire.

« Moi non plus, je ne voulais pas, dit-il en allumant sa pipe, d'où s'échappaient des nuages de fumée à l'odeur de cerise. Mais c'est parfois le seul qui écoute et qui entend. Regarde autour de toi, garçon. Écoute. » Le caporal ouvrit grand les yeux, très sérieux. « Cherche-le. Il arrive. Il arrivera ici très bientôt. » Il se tapota le nez et releva le fusil de Pablo pour qu'il le tienne fermement contre sa poitrine. « Son heure est proche. Reste près de moi, que je puisse te conduire en sécurité jusqu'à lui.

– Qui ? cria Pablo. Vers qui voulez-vous me mener ? »

Mais le caporal-chef Abelli se retourna et rejoignit les autres soldats italiens à l'avant de la tranchée peu profonde qu'ils avaient creusée en travers de l'une des faces du plateau du Karst. Pablo savait que tout finirait ici, sur ce plateau, un cercle plat et rocheux d'un kilomètre et demi de diamètre, entouré de pics coniques verts et gris. Il prit une profonde inspiration pour ravaler ses larmes. Un vent froid se leva et s'engouffra dans ses cheveux et ses vêtements, comme s'il essayait de le balayer.

Un coup de sifflet strident retentit au milieu du brouhaha monotone des troupes qui préparaient leur défense.

« Ils arrivent ! lança quelqu'un. L'ennemi ! Ils reviennent ! En position ! Préparez vos armes ! Ils arrivent ! C'est un nouvel assaut ! »

Sans réfléchir, Pablo gagna la tranchée à pas feutrés et se jeta dedans. Il regarda l'horizon se remplir de soldats austro-hongrois qui chargeaient sur eux et il sut que la fin était véritablement proche. Il n'y avait nulle part où aller, que ce soit pour avancer ou reculer. Ils étaient parvenus le plus loin possible et il n'avait plus de munitions. Et il savait que la plupart des hommes à ses côtés n'en avaient pas non plus.

97

Slovénie, à proximité de la frontière italienne

Poré sentit une ombre tomber sur lui et sortit de son sommeil pour faire face à celui qui était venu le trouver.

« Qu'y a-t-il ? » demanda-t-il en se redressant.

Le chef du clan s'accroupit pour lui faire face et regarda durement le cardinal émacié droit dans les yeux. La puanteur qui enveloppait le loup comme un manteau le saisit à la gorge, lui donnant un haut-le-cœur.

« Pourquoi ? demanda l'homme, ignorant sa réaction. Dis-moi ce qui te pousse à combattre ces prêtres dont tu dis qu'ils vont invoquer les sept princes des Ténèbres ? Pourquoi t'en soucier ? Si ce que tu nous as dit est vrai, ils te pourchassent comme ils le font avec nous. Pourquoi veux-tu accomplir le devoir de l'Église si tu ne veux plus faire partie de ses ouailles ? »

Poré ne répondit pas tout de suite. Il regarda le sol en pensant au moment où, jeune homme, il avait frappé à la porte de l'église, aussi fort que son bras cassé le lui permettait.

« J'ai été inquisiteur », révéla-t-il.

Le damné cracha en montrant des dents noires et pourries et prit son élan, ses longs doigts noueux brandis comme des griffes.

« Pendant deux mois, et seulement comme acolyte. » Ses paroles semblèrent momentanément apaiser la rage de l'*Hombre Lobo*. « J'ai été forcé de rejoindre leur cause et, quand je refusais, ils me battaient sans relâche, jusqu'à la fois où ils m'ont battu trop fort. »

Poré se souvint du jour où il était allé demander le droit de quitter l'organisation, un souvenir toujours amer. Toujours à vif.

« Le cardinal Gilbert, dit Poré, et l'homme pâle et crasseux comprit immédiatement que c'était un nom qu'abhorrait toujours le prélat qui se trouvait devant lui. Il portait une robe d'or pour me recevoir ce jour-là, le jour de l'audience, mais un manteau noir aurait été mieux assorti à son âme. »

Poré se rappelait la façon dont les yeux brûlants de l'opulent cardinal s'étaient assombris, comme les rides de son front s'étaient creusées quand il s'était approché de l'estrade, son geste lorsqu'il avait passé sa main sur sa longue barbe noire en regardant l'homme brisé avancer péniblement jusqu'à lui dans l'allée pendant que, dans l'ombre, des silhouettes s'approchaient pour mieux profiter du spectacle.

« Je leur ai dit que je ne souhaitais plus faire partie de l'Inquisition, que je voulais revenir dans le clergé, retrouver une foi ouverte. Conduire l'office. Offrir de l'espérance aux nécessiteux, un réconfort aux faibles et aux affligés de ma paroisse. "Faibles et affligés comme toi ?" a craché le cardinal, et les évêques qui le flanquaient n'ont pas cherché à cacher leurs rires. »

L'homme accroupi devant Poré ricana et sentit la rage causée par la tromperie le gagner.

« Alors ce désir de vengeance, c'est uniquement parce que tu as été ridiculisé quand tu as demandé à quitter l'organisation ? »

Mais Poré se durcit.

« C'est à cause de ce qu'ils m'ont pris ensuite.

– Quoi donc ?

– Ma famille. » Le visage de Poré s'assombrit, se mêlant aux ombres de la caverne. « Ils m'ont pris mes parents, mon frère, dans un but que je ne peux, que je n'ose imaginer. Ils m'ont seulement assuré que ma famille serait marquée à jamais du sceau de ma défaillance.

– Et tu ourdis ta vengeance depuis ? »

Poré hocha la tête.

« Et pourtant, je ne comprends toujours pas. Si tu veux te venger de l'Inquisition, de ce cardinal, pourquoi cette invocation te fascine-t-elle ? Comment se fait-il qu'elle t'anime et te pousse à agir ? Pourquoi ne pas retrouver le cardinal Gilbert par toi-même ?

– Qui a dit que je ne l'ai pas fait ?

– Je ne comprends pas, grogna le loup.

– Celui qui a commis l'ultime excommunication de votre espèce et le cardinal Gilbert sont une seule et même personne : c'est lui, le grand-prêtre qui doit accomplir le dernier rituel sur le sommet le plus élevé du Karst. »

98

Front italien, bataille de l'Isonzo, nord-ouest de la Slovénie

Tous les combats qui avaient eu lieu auparavant, tous les barrages, toutes les offensives, faisaient pâle figure en comparaison de l'horreur qui se déchaînait sur le plateau du Karst. Pablo attrapa son fusil comme s'il s'agissait d'un gourdin. Il restait manifestement peu de soldats de la troisième armée possédant encore des munitions, et ceux-là les utilisaient avec parcimonie. Les soldats se fabriquaient des armes avec ce qu'ils trouvaient, des barbelés enroulés autour de massues, des clous plantés dans des branches, des manches de haches taillés en pointe, des ustensiles d'une brutalité barbare pour une armée longuement brutalisée dans son ascension tortueuse, réduite à son animalité.

Cela prouvait aussi que les Austro-Hongrois avaient eux-mêmes très peu de munitions : deux armées affamées au sommet du plateau réduit à une bassine de sang, avec rien d'autre pour continuer la bataille que leurs poings et ce qu'ils pouvaient fabriquer. Ces deux grandes marées humaines, fortes de cinquante mille hommes chacune, se percutaient donc, poings, pieds, lames, bonbonnes et crosses de fusil en guise d'armes de guerre, le claquement d'une balle venant de temps à autre ponctuer cette terrible clameur. Ils étaient acculés sur ce plateau, avec pour seules compagnes leur colère, leur haine et leur force.

Coups-de-poing américains et couteaux, tout ce qui pouvait être dégainé rapidement et manié avec force se révélait le plus efficace. Une explosion secouait très occasionnellement un recoin du plateau, une bombe qui tombait et annihilait plusieurs soldats de chaque camp. La crosse d'un fusil ou le plat aiguisé d'une bêche suffisaient souvent à faire tomber un ennemi. Il n'était pas nécessaire de le frapper deux fois. Si le coup était bien porté, il suffisait, et si l'autre tombait à genoux ou sur le côté, les piétinements incessants l'achevaient alors lentement. Pas besoin de consacrer du temps ou de l'énergie à ceux qui avaient été mortellement blessés. Pablo comprit vite qu'il était plus important de s'inquiéter de ceux qui ne se retrouvaient pas écrasés sur le sol du plateau.

Il fut bientôt impossible de discerner qui était qui ; tous les soldats étaient tellement baignés de sang qu'ils finirent par s'interrompre, cherchant à distinguer amis et ennemis pour éviter de tuer un allié. Le combat devint vite un jeu de hasard plutôt que d'adresse. Tout devint rouge, une masse poisseuse et puante qui se convulsait dans la chaleur du jour.

Et durant tout ce temps, Pablo se battait avec un bouclier toujours plus mince de soldats italiens qui restaient autour de lui comme s'ils étaient ses gardes du corps, ses protecteurs.

99

Front italien, bataille de l'Isonzo, nord-ouest de la Slovénie

Isabella avait l'impression qu'ils marchaient dans ces ténèbres infernales depuis des jours. Après qu'elle fut descendue du train, menottée et traînée comme une prisonnière par Georgi, celui-ci avait réquisitionné un camion qui les avait conduits sur quelques kilomètres jusqu'au pied d'une montagne qu'elle supposait être le Karst. L'endroit dont Tacit lui avait si souvent parlé. Ils y avaient retrouvé d'autres personnes, avec des visages malfaisants et des attitudes étranges, l'air excité et pressé. Ils l'avaient regardée comme si elle était un prix qu'ils avaient remporté pour leur bon plaisir.

Georgi leur avait pris un paquet et une lanterne, et s'était dirigé vers les contreforts de la montagne en compagnie d'Isabella, qu'il tenait à présent par le bras. Au moins les menottes lui avaient-elles été retirées lorsqu'ils s'étaient remis en marche. Elle avait besoin de ses mains, car l'ascension était difficile et même périlleuse par endroits.

Il avait rapidement trouvé l'entrée de la grotte et l'avait poussée dedans, vérifiant une dernière fois s'ils avaient été repérés, puis l'avait guidée sur le chemin sableux qui menait au cœur de la montagne.

Elle lui avait demandé plusieurs fois où ils allaient, mais il n'avait jamais répondu. De toute façon, elle savait bien, puisque le chemin montait continuellement, qu'ils se dirigeaient vers le sommet, le plateau du Karst, comme Tacit l'avait pressenti. Elle sentait qu'elle pouvait prédire l'issue diabolique qui l'y attendait et elle s'efforçait de ne pas se laisser submerger par ses craintes.

Ils s'arrêtaient parfois pour manger, la nourriture peu appétissante lui paraissant d'autant plus insipide à la lueur de la lanterne.

« D'où viennent ces galeries ? lui demanda-t-elle pour essayer de gagner sa confiance, dans l'espoir de pouvoir peut-être fuir s'il relâchait son attention trop longtemps.

– Elles traversent tout le massif du Karst, elles ont été creusées par des rivières souterraines qui ont rongé le calcaire. Toute la montagne est creusée, comme une ruche. »

Ce fut tout ce qu'elle obtint de lui. Georgi ne s'arrêtait jamais très longtemps, juste assez pour assouvir sa faim, puis ils repartaient, comme si le temps était plus essentiel que tout. Isabella volait quelques minutes de sommeil chaque fois qu'ils s'arrêtaient car elle était épuisée, toujours sous l'œil froid et implacable de Georgi.

Le chemin finit par se faire plus plat et le tunnel s'ouvrit sur une vaste grotte, de dix mètres de haut et de large, au sol couvert d'une fine poudre limoneuse. Elle perçut les bruits de la bataille qui lui parvenaient dans l'obscurité et supposa qu'ils étaient maintenant proches du sommet. Un autre passage vers un tunnel qui partait sur la gauche semblait éclairé par la lumière du jour.

Georgi la traîna jusqu'à une paroi de la caverne et la jeta par terre. Il y avait un anneau rivé dans la roche près de là où elle avait atterri, il y passa les menottes et les referma sur ses poignets.

« Que faites-vous ? » demanda Isabella en le voyant se placer en plein centre de la caverne.

Il posa la lanterne et s'en éloigna en comptant silencieusement ses pas. Il enfonça la pointe de sa chaussure dans le sol limoneux et traça une ligne vers elle. Il s'arrêta, le pied toujours rivé dans la poussière, se tourna, et traça une autre ligne droite, de la même longueur que la précédente.

« Il va venir vous chercher, dit Georgi en traçant une autre ligne qui coupait la première. Tacit. Il arrive. »

Il s'arrêta et se retourna une quatrième fois, traçant une ligne qui vint couper la seconde. Isabella reconnut le symbole qu'il dessinait. Elle l'avait vu dans bien des lieux obscurs et connaissait sa fonction. Il se retourna une dernière fois à la cinquième pointe de l'étoile et traîna le pied jusqu'à la première.

« Vous entendez ? demanda-t-il à Isabella en portant sa main ouverte à son oreille. La bataille ? Le carnage qui se déchaîne juste au-dessus de cette grotte ? Quatre-vingt-dix mille soldats vont se retrouver sur ce plateau. Soixante mille vont périr, réduits en une chair sanguinolente sous les coups de boutoir de la haine des hommes. Leurs corps formeront un tapis de morts, leurs fluides s'infiltreront dans les roches de cette montagne. Leur mort, leur sang est un toast de bienvenue. Le sang pour hâter son arrivée et celle de ses lieutenants.

– Ses lieutenants ? le reprit Isabella. Que voulez-vous dire ?

– Allons, allons, sœur Isabella, sourit Georgi. Vous ne pouvez pas avoir un Seigneur et ne pas le protéger. Le temps de leur retour est venu. Le moment depuis longtemps prophétisé est arrivé. Le sol est riche de mort. Ensemble, ils termineront le travail et prépareront le monde pour l'Antéchrist. » Il regarda le pentagramme qu'il avait dessiné sur le sol. « Par cette porte, ils arriveront. Ils rêvent depuis si longtemps d'être libérés de leurs chaînes et de revenir sur Terre. Chaque nuit, je les entends réclamer leur liberté à grands cris. Essayer de passer. Le moment est presque arrivé.

– La convoitise des yeux. La convoitise de la chair ! marmonna Isabella. Le rituel. »

Georgi hocha la tête.

« Correct. Les deux premiers ont été accomplis. Il ne reste que le troisième, l'orgueil de la vie, pour que la porte s'ouvre et qu'ils passent. L'orgueil de la vie. L'arrogance de défaire les pouvoirs de la vie, la structure même de l'existence, de reprendre la vie aux morts. » Il scruta Isabella tout en lui parlant. « Ne pleurez pas, dit-il tandis qu'elle baissait la tête. N'ayez pas peur. Après tout, vous avez le premier rôle. Et Tacit est votre partenaire. Il ne vous abandonnera jamais, vous le savez ? Il vous aime. Il aimait Mila. Mais ce n'était pas l'élue. Il le savait. Autrement, il l'aurait sauvée. Il a toujours été en mesure de le faire pour ceux qu'il aimait. Il a toujours eu ce pouvoir. Les lumières, la puissance dont elles l'imprègnent. Et les voix qui le poussent. Il y a si longtemps que cela a été prophétisé. Et il sait que vous êtes l'élue. Il vous sauvera. »

Georgi se mit en colère en voyant qu'Isabella ne le regardait toujours pas et commença à crier.

« Écoutez-moi ! Arrêtez de pleurer ! Il va venir vous sauver. Et ainsi, vous serez tous deux réunis. Mais à quel prix pour l'humanité ! »

100

Saint-Pétersbourg

La lumière pâle de l'aube se déversait par les vitraux de la cathédrale Saint-Sauveur-sur-le-Sang-Versé, illuminant d'un faisceau éblouissant, presque trop beau pour pouvoir être contemplé, les saints auréolés qui ornaient les murs, leurs manteaux embrasés orange et bleu iris semblables à des tissus épais sur leurs épaules. Les cris maniaques avaient cessé presque immédiatement dans l'antichambre de l'église, comme une flamme que l'on éteint. Alors que des jurons aboyés et des rugissements avaient terni la solennité du lieu quelques instants auparavant, des sanglots silencieux et des bénédictions que gémissait la victime tout juste sauvée étaient tout ce que l'on pouvait entendre désormais.

La porte de l'antichambre s'ouvrit et un prêtre apparut, hagard, tête basse. Il s'interrompit un instant pour reprendre son souffle. L'épuisement le submergeait et il tanguait sur ses jambes, ivre de la fatigue d'une nuit d'exorcismes. Ceux-ci avaient été longs et difficiles, parfois dangereux. Ils étaient plus durs à terminer ces derniers temps, les possessions démoniaques étaient bien plus fortes et lui prenaient d'autant plus de temps. C'était le troisième du mois, et sans aucun doute possible le plus éprouvant. L'exorcisme était traditionnellement le domaine des inquisiteurs, mais le père Sviatoslav n'en avait pas vu dans sa ville depuis deux semaines et la tâche lui revenait depuis.

Il attendit d'avoir repris son souffle puis il tourna la tête pour regarder la femme endormie. Elle avait été amenée la veille, mais elle dormait maintenant, apaisée, libérée du démon qui l'avait possédée. Il eut un sourire las, satisfait de sa récente victoire contre le diable. Il ne triompherait jamais, pas ici, dans l'église du père Sviatoslav, ni dans cette ville. On parlait de mauvais présages, de signes aperçus dans les campagnes annonçant la fin des temps. Mais Sviatoslav n'abandonnerait jamais. Il jetterait jusqu'à la dernière once de son corps et de son âme dans la bataille. Il sortirait victorieux, quelle que fût la longueur du périple, la dureté du sacrifice. Il triompherait, tout comme il l'avait fait ce matin.

Il contempla la grandeur de l'église et ses riches mosaïques qui rendaient chaque mur vibrant de couleur et de lumière. À cet instant, dans le calme du bâtiment magnifiquement décoré, il ressentit de la paix et de la satisfaction. Un petit don du ciel.

Sviatoslav ferma la porte derrière lui pour laisser la femme dormir et traversa le sol de marbre, regagnant son bureau de l'autre côté de l'église. Il allait changer sa tenue souillée par le démon et la laverait avec l'eau qui lui avait été apportée la veille mais qu'il n'avait pas encore touchée à cause de l'exorcisme. Il atteignit le centre de l'église et releva la tête, ainsi qu'il le faisait chaque fois, pour saluer Jésus immortalisé par la mosaïque aux couleurs vives qui ornait le dôme au-dessus de lui. Le Christ le regardait, la tête auréolée d'un halo d'or et d'argent, des anges l'entourant de leurs ailes couleur ocre et laurier.

Le prêtre murmura une prière de remerciement et reprit son chemin. Un bruit semblable à un claquement de mains l'arrêta et il se retourna. Il ne vit d'abord rien mais sa curiosité fut piquée et il fit demi-tour, scrutant le sol à la recherche de la chose qui avait produit ce son. Une petite pierre colorée se trouvait sur le cercle de marbre noir au centre de l'église. Le prêtre se baissa pour la ramasser, la tenant entre ses doigts pour l'examiner. C'était un carreau de mosaïque, et Sviatoslav regarda le plafond d'où elle avait dû tomber.

« Problème de mortier », marmonna-t-il en inspectant le dôme pour voir s'il trouvait l'endroit où le carreau s'était détaché.

Le claquement d'un deuxième carreau résonna et il observa l'endroit où il avait atterri. Il le ramassa et le fit cliqueter contre le premier carreau dans sa main.

Partout où l'un va, l'autre suivra, pensa-t-il avant qu'un troisième carreau ne tombe sur le marbre juste devant lui, suivi d'un quatrième. Il se pencha pour les ramasser tous les deux, mais il en tomba alors un cinquième, puis un sixième, qui l'atteignit à l'épaule. Il releva la tête, les yeux plissés à cause de la lumière, pour observer attentivement le plafond. Peut-être y avait-il un trou dans le toit et l'eau de pluie s'était s'infiltrée dans le mortier. Il fronça les sourcils et se promit de veiller à ce que quelqu'un vienne vérifier tout cela rapidement.

Il baissa la tête pour partir au moment où un septième carreau tomba, suivi d'une pluie de carreaux qui s'abattirent sur les dalles comme une averse de grêle. Il se rendit soudain compte que l'air s'était rafraîchi, que son souffle formait des volutes de buée et qu'il avait la poitrine compressée. Il récita une prière paniquée et voulut s'éloigner, mais une cascade de carreaux tomba devant lui avec force et lui barra la route, comme envoyée depuis le plafond par d'invisibles forces enragées. Il cria et se retourna. Des carreaux colorés pleuvaient aussi de ce côté-là, empêchant toute fuite dans cette direction. Il avait de la poussière dans la gorge, il était aveuglé. Un bruit de tonnerre résonnait. Ses sens étaient submergés, il ne savait pas dans quelle direction il pouvait, ou devait partir. Il essaya de se frayer un chemin dans le torrent de pierres mais la force des matériaux projetés au sol était trop importante, elle déchirait ses vêtements, entaillait sa chair, lui coupait les mains et les bras.

« Pitié ! » cria-t-il piteusement quelques instants avant que les carreaux commencent à s'abattre directement sur lui, lui ouvrant la peau du crâne avec leurs rebords acérés.

Le père Sviatoslav tituba sous le déluge de pierres colorées, trempé de sang, des rubans de peau arrachée se détachant de son visage. Il tomba à genoux sous la pluie de mosaïque qui redoublait et le frappait, ses mains écorchées serrées sur le morceau de chair molle qu'était devenue sa tête. Il pleura, suppliant pour que l'assaut cesse, mais il n'y eut aucune accalmie. Au bout de quelques secondes, il fut couvert de débris, ses cris, et bientôt ses poumons, étouffés par les gravats et la poussière de ce qui avait été une splendide mosaïque du Christ.

101

Cité du Vatican

C'était le cardinal-évêque Casado qui avait eu l'idée de laisser le cercueil du cardinal Korek ouvert afin que tous ceux venus lui rendre un dernier hommage puissent voir son visage blême. Pendant soixante ans, il avait été une présence constante au sein du Vatican, par le corps et par l'esprit. Sa mort avait choqué et touché tout le monde, dans le petit cercle du Saint-Siège et dans toute la communauté. Les rayons du soleil d'or filtraient par les vitraux au fond de l'église, baignant le cercueil d'une douce lueur. Une longue file mortuaire avançait lentement, des murmures et des prières s'élevaient de la foule.

Casado se pencha vers Adansoni, avec lequel il regardait la scène dans le déambulatoire du fond, visages fermés et mains serrées.

« Ça a été un choc, dit Casado. Un choc pour nous tous. » Il jeta un coup d'œil à Adansoni. « Qu'il meure ainsi.

– Il est tombé sur le dos. Son visage était pratiquement intact.

– La grâce de Dieu. Sa façon de préserver son corps. Dommage qu'il n'ait pu préserver sa vie quelques années de plus. Seigneur ! s'exclama-t-il. Je n'en reviens pas de dire cela.

– Il était vieux, répondit Adansoni en tapotant l'épaule de Casado avec douceur. Il a dû glisser et passer par la fenêtre. Il devait être en train de chasser les corbeaux. Vous savez comme il les détestait ! »

Casado eut un petit rire triste, une larme solitaire roula sur sa joue. Il la laissa couler jusqu'à son menton où elle s'accrocha dans les poils de barbe blancs qu'il n'était pas parvenu à raser ce matin-là.

« Il pouvait être un peu difficile parfois, dit Casado en tournant légèrement la tête pour qu'Adansoni l'entende. Mais il nous manquera. Il était aimé. »

Un cri aigu retentit dans la file des fidèles. Casado et Adansoni froncèrent les sourcils. La file s'ébranla puis se retira précipitamment. Les gens criaient, certains hurlaient, tout le monde courait, s'écartant du cercueil le plus vite possible. Les deux cardinaux firent un pas en voyant la cohue. Une femme tomba et se fit piétiner par les gens qui détalaient.

« Que se passe-t-il ? » lança Casado alors qu'un garde suisse, posté pour superviser la cérémonie, se précipitait, essayant de ramener le calme.

Quelque chose bougeait à l'intérieur du cercueil. Casado et Adansoni le découvrirent en arrivant derrière celui-ci. Ils virent le cuir chevelu gris de Korek se soulever pour révéler l'abominable blessure ouverte et auréolée de sang figée à l'arrière de son crâne enfoncé. Ils firent tous deux un pas en arrière, la main à la bouche.

« Dieu nous garde ! » cria Adansoni en perdant l'équilibre.

Il agita les bras et Casado le rattrapa juste à temps.

« Qu'est-ce que c'est que cette chose ? cria Casado, les yeux rivés sur le hideux mort-vivant qui se redressait dans le cercueil, dont il saisissait les bords de ses mains osseuses.

– Quand les morts se relèvent... », dit Adansoni, par-dessus la clameur de la file qui se décomposait.

Le cardinal-secrétaire d'État se tourna vers son ami.

« Le troisième rituel ! L'orgueil de la vie ! »

Tout au bout de l'église, les portes s'ouvrirent à toute volée et des inquisiteurs surgirent, remontant en courant l'allée où Korek essayait maintenant de se redresser dans son cercueil.

Des mots pourrissaient sur ses lèvres, des sons indiscernables, mais menaçants et cruels. Un revolver fut pointé sur la créature. Quand la détonation retentit, la bouche noircie de Korek s'étira en un sourire avant qu'il ne soit projeté en arrière. Il sortit du cercueil par un salto et retomba sur le marbre blanc de l'abside. Le cadavre de Korek se convulsa et remua un instant puis tomba sur le sol. Du sang noir s'échappa de sa blessure à la poitrine. Mais ce sang paraissait étrange. Il ne coulait pas. Il donnait l'impression de grouiller, comme s'il était constitué de petits éléments individuels qui chacun bougeaient et sortaient en se tordant de sous le corps du cardinal. Ils comprirent alors que ce sang n'en était pas : il s'agissait d'une nuée de petits insectes, des créatures qui mordaient et piquaient et qui ressortaient de sa poitrine, venues des profondeurs de l'enfer.

SEPTIÈME PARTIE

« Mon âme, bénis l'Éternel, et n'oublie aucun de ses bienfaits, c'est lui qui pardonne toutes tes iniquités, qui guérit toutes tes maladies, celui qui délivre ta vie de la fosse. »

Psaumes, 103, 2-4

102

Front italien, bataille de l'Isonzo,
nord-ouest de la Slovénie

Pablo s'aperçut qu'il ne restait plus personne à combattre, seulement un tapis de morts de trois couches d'épaisseur, tout autour de lui. Les cadavres avaient déjà commencé à gonfler sous l'effet de la chaleur. Il vit autour de lui d'autres soldats italiens couverts de sang qui courbaient l'échine sous le joug de la bataille, accrochés à leurs armes de fortune, dégoulinants des restes de l'ennemi. Il n'y avait rien d'autre, rien que des corps, de la cendre, de la fumée et de la pierre, un tableau que ponctuaient les cris lugubres des mourants, pour qui Pablo ne pouvait plus rien et que rien ne le poussait plus à aider. C'était fini.

Pablo se sentait poisseux, il avait chaud et envie de vomir. Son corps entier tremblait et il laissa tomber le pic court et couvert de sang avec lequel il s'était armé au milieu de la bataille. Il s'affala avec un bruit mou sur les corps étendus et il regarda vers l'est et l'horizon brumeux du plateau, là où les taches grises se faisaient moins nettes à mesure que l'armée austro-hongroise poursuivait son repli.

Il avait envie de crier, de hurler sa rage vers les cieux, mais il n'avait plus l'énergie nécessaire. Il restait planté là, les yeux perdus vers la brume, l'esprit vide.

Puis il cligna des yeux pour en faire tomber la crasse. Le caporal-chef Abelli.

Le désespoir l'enserra comme un nœud coulant. Les larmes vinrent et il sanglota, pleurant sa perte, pleurant sur sa crainte d'être le dernier survivant de son unité. Un nuage passa devant le soleil et il frissonna.

Il laissa retomber sa tête et ses épaules puis tomba lui-même à genoux, le sang des défunts imbibant son pantalon. Le sol calcaire était tendre, comme une éponge, un tapis de chair pulvérisée, de peau et de sang. Agenouillé là, Pablo avait l'impression qu'il était capable de rester prostré sur ce champ meurtrier pour l'éternité, pris dans le pallium de la mort, incapable de le quitter.

« Pablo ! » lança une voix qui lui remua le cœur, car il la reconnut aussitôt.

Il se remit sur pied et tituba en direction de ce son, sa vision troublée par l'épuisement et les nuages de fumée qui passaient sur le champ de bataille.

« Caporal-chef Abelli ? s'écria-t-il. C'est vous ? »

Des silhouettes apparurent en périphérie du champ de bataille et Pablo se précipita vers elles. À leur tête se tenait Abelli, meurtri, son uniforme et son visage couverts de sang, ses cheveux collés sur son crâne.

« Je suis heureux de vous voir en vie ! » s'écria Pablo en tendant la main vers lui, comme le ferait un ami.

Pablo trouva étrange qu'il ne réponde pas. Au lieu de cela, la plus grande des silhouettes, vêtue d'une robe noire ornée de bijoux, prit Pablo par les épaules pour l'observer plus attentivement. Et Pablo frissonna, comme s'il se rappelait un rêve terrifiant.

« Préparez les défenses ! lança un sergent un peu plus loin. Renforcez notre ligne. Allez, bande de salopards ! Vous avez peut-être gagné une escarmouche, mais pas la bataille. Ils vont revenir ! Toi ! aboya-t-il à l'intention de Pablo, lequel se retourna et se mit immédiatement au garde-à-vous. Il est où, ton putain de fusil ?

– Pas lui », dit le barbu au visage à moitié brûlé, avec un geste de la main.

Pablo remarqua que l'homme avait de très longs doigts; sa main gauche enserrait une canne à tête de bélier.

Le sergent acquiesça et s'éloigna sans poser de question.

« Il y en aura un autre, lança l'homme, ce qui l'arrêta net. Un homme grand et costaud. Il répond au nom de Tacit. »

Le sergent hocha la tête, sans mot dire, impassible.

« Laissez-le passer. J'ai besoin de lui, sur le pinacle. »

Il déplia ses longs doigts pour révéler le monolithe de pierre noircie derrière lui, comme si celui-ci était jusqu'alors resté invisible.

Le Grand Prêtre se retourna pour regarder Pablo et sourit lentement.

« Viens Pablo, dit Abelli en lui posant la main sur l'épaule pour le guider. C'est l'heure. »

103

Front italien, bataille de l'Isonzo,
nord-ouest de la Slovénie

Henry et Sandrine furent surpris de ne rencontrer aucune résistance lors de l'ascension du Karst, mais pas Tacit. Il savait pourquoi ils les laissaient passer, pourquoi il avait été convoqué. Il savait que la Main noire était là.

Ils firent les derniers pas jusqu'au bord du plateau du Karst et chacun prit un instant pour essayer de saisir ce qu'il voyait. Des corps recouvraient le moindre centimètre de terre, des cadavres empilés, emmêlés, écrasés ensemble, si bien qu'il était impossible de savoir où commençaient les uns et où finissaient les autres. Aucun d'eux n'avait jamais vu ça, pas même Henry, durant son bref passage sur le front de l'ouest.

Pas un seul arbre dans tout le paysage, pas une touche de couleur pour instiller une note d'espoir dans cette scène. Le monde n'était plus qu'une masse ondulante d'uniformes gris et bruns imbibés de sang écarlate.

L'odeur d'abattoir envahissait tout. Sous le vernis rance de la chair qui cuisait, on sentait la peur, la sueur, la merde qui pourrissait sous le soleil.

« Qu'est-ce que vous foutez, vous trois ? lança un soldat qui organisait le ramassage des corps.

– Laissez, caporal », dit un sergent en agitant la main. Il se mit sur son chemin, le prit par les épaules et le détourna. « Ils ont été autorisés. Dispense spéciale. »

Tacit hocha la tête et avança, Henry et Sandrine derrière lui. Ils avaient été gagnés par une solennité morne. Ils ne regardaient plus le champ de bataille sur leur droite.

Le chemin qu'ils empruntaient suivait le bord du plateau et les éloignait de la partie où avait eu lieu le gros de la bataille. Ils ne croisaient qu'occasionnellement des corps de soldats étendus, le plus souvent par deux, comme s'ils s'étaient mutuellement tranché la gorge.

Le pinacle de roche noire qui se dressait vers le ciel du bleu le plus pur était juste devant eux. Au pied de celui-ci, l'entrée d'une grotte était partiellement dissimulée par de nombreuses stalagmites calcaires qui affleuraient comme des tessons. Ici, la bataille avait fait rage. Des cadavres étaient empilés près des pics de pierre comme si la grotte était un égout où étaient venus s'échouer les déchets de la guerre.

« Je suppose que c'est ici, dit Tacit.

– Une partie de moi me dit que ça sera un soulagement d'être à l'intérieur, répondit Henry. Loin de tout ça. »

Il désigna d'un geste de la main le paysage déchiqueté du champ de bataille.

Mais Tacit gronda en scrutant les ténèbres.

« Je n'en suis pas si sûr. »

104

Front italien, bataille de l'Isonzo,
nord-ouest de la Slovénie

L'entrée de la grotte se resserrait en un goulot étroit. Tacit chercha sa lanterne dans sa poche avant de se souvenir qu'il l'avait jetée derrière lui au Vatican pour essayer de ralentir ses poursuivants. Il jura.

« Est-ce que l'un de vous a un briquet ? » demanda-t-il en se retournant.

Henry et Sandrine secouèrent la tête et il jura de nouveau.

« On dirait bien qu'on va devoir y aller à l'aveugle. » Il haussa les épaules, but une gorgée de la dernière bouteille qu'il avait prise dans la boutique avant leur départ de Rome. « Au moins ils ne nous verront pas arriver. »

Ils avançaient prudemment, à tâtons. Le tunnel était sec et sentait la terre, des roches affilées apparaissaient soudainement sur les parois dès qu'il bifurquait à droite ou à gauche. À chaque virage, Tacit devait péniblement faire passer sa carcasse musclée. Il sentait que le chemin descendait en pente douce avant de devenir plus abrupt ; il déboucha finalement sur ce qui ressemblait à une vaste caverne, d'où lui parvenait la lueur orangée d'une lanterne.

Il l'accueillit comme un soulagement et un poids. Tacit s'arrêta et but ce qu'il supposait être le dernier cognac de son existence. Il le laissa un long moment dans sa bouche, dégustant chaque arôme. De toute sa vie, le cognac avait été la seule présence fiable, la seule sur laquelle il avait toujours pu compter.

Il avait parfois dévié, quand les contraintes géographiques ou culturelles l'y avaient forcé et que les liqueurs locales avaient dû faire l'affaire. Mais rien ne le réconfortait comme un cognac. Simple. Franc. Gratifiant.

Il but une profonde gorgée en frottant son épaule blessée, remuant le bras pour vérifier qu'elle n'était pas bloquée. Il allait en avoir besoin – ça, il le savait. La cotte de mailles l'avait bien aidé à encaisser le coup de feu de Georgi, mais son épaule était encore endolorie et il avait du mal à la tourner.

Le chaud soleil italien lui avait brûlé la nuque jusque dans les hauteurs du Karst et il sentit sa peau le tirer quand il remua la tête pour faire passer sa raideur. Il prit une dernière longue gorgée dans sa bouteille et, comme s'il se souvenait seulement qu'il n'était pas seul, la tendit à Henry. Le soldat la prit, reconnaissant, et la leva à sa santé.

« Allons, encore une fois sur la brèche ? » proposa doucement Henry en portant la bouteille à ses lèvres.

Il la tendit à Sandrine qui prit deux grandes gorgées à son tour avant de la rendre à Tacit. Ce dernier la remit dans son manteau et vérifia qu'il avait son pistolet dans son holster et sa boîte de cartouches dans une autre poche. Une bonne partie de son équipement avait été perdue dans le train, mais il avait encore de quoi faire face à ce qui se profilait. Il en était convaincu. Et puis il avait sa colère. Il supposait qu'elle suffirait pour cette confrontation. Il n'aurait pas le choix.

Le plateau du Karst. Le théâtre de la troisième et dernière partie du rituel. Tacit grimaça en se promettant que tout se terminerait ici.

« L'orgueil de la vie, grogna-t-il à l'intention de Henry et Sandrine. Allons lui régler son compte. »

Il pensa à Georgi et une haine vive l'entraîna.

Il fit un pas et sa colère s'embrasa d'un coup. Il se laissa gagner. Il sentait la noirceur et la puissance le submerger presque entièrement lorsqu'il entra dans la caverne.

Puis il s'arrêta net.

Il y avait là son vieil ami, vêtu de noir, qui surplombait une femme agenouillée, les mains enchaînées à un anneau fixé dans le sol. Isabella !

Elle cria son nom en tirant sur ses entraves.

Tacit sentit la rage monter en lui et fit un deuxième pas, scrutant la grotte à la recherche d'un autre piège, d'un autre adversaire. Il n'y avait apparemment que Georgi face à lui. Il vit qu'il avait un pistolet braqué sur la tête d'Isabella. Il ne pouvait pas s'approcher suffisamment pour la sauver, ni charger son rival.

« Je suis là, dit Tacit, le visage déformé par la haine.

– Je t'attendais », répondit Georgi avec un petit regard vers Isabella, avant de s'avancer vers son vieil ami, un sourire froid sur les lèvres. Il avait une lueur maligne dans le regard. « Après tout, je savais bien que tu n'abandonnerais pas une créature pareille, dit-il avec un geste vers Isabella.

– Sors, Tacit ! s'écria celle-ci. Pars ! »

Mais Georgi secoua la tête en ricanant.

« Il n'en fera rien. Il ne peut pas. »

Tacit remarqua qu'un motif avait été dessiné sur le sol de la caverne, avec un pentagramme en son centre, ce qui vint immédiatement confirmer toutes ses craintes. Après tous les rituels, c'était ici qu'ils venaient en finir, en invoquant un être maléfique venu des enfers.

« Tu t'es salement égaré, Georgi, dit Tacit. Qu'est-ce qui t'a poussé à changer ?

– Disons simplement que la mort m'a façonné », répondit Georgi avec un sourire dur, agitant son pistolet en direction de Tacit.

Tacit considéra ses chances de réussir à le lui arracher. Il était maintenant à trois mètres de lui. C'était assez proche, mais il savait que Georgi était fort. Peut-être trop fort. Il l'avait déjà démontré dans le train.

« Tu aurais peut-être mieux fait de rester mort. J'ai l'impression que tu n'as pas cessé de causer des problèmes depuis. Le Grand Inquisiteur Düül ? J'imagine que c'était ton œuvre ? »

Georgi s'inclina, bras écartés.

« Mon maître commande, j'exécute.

– Il n'y a donc aucune limite aux profondeurs dans lesquelles tu es prêt à tomber pour ton maître ?

– Disons qu'il s'est montré généreux dans ses offrandes. Les savoirs qu'il m'a enseignés, les pouvoirs qu'il m'a prodigués. Remarque, tu peux parler, Poldek, s'esclaffa-t-il. Inflexible dans ta foi, aussi vain que soit ton engagement. Cela confine à l'obsession. Je dois admettre que tu m'as surpris, j'aurais cru que tu tomberais bien plus tôt. Tu as toujours été un sacré dur, pas vrai Poldek ? Mais on s'est toujours dit, tous, que tu serais le premier à céder.

– Pourquoi ça ? demanda Tacit, son regard perçant braqué sur l'homme au pistolet.

– Parce que tu étais le plus dur, et la lame la plus rigide est souvent la plus cassante. Mais il s'est avéré que tu n'as jamais remis en question ce que l'on te disait. Tu n'as jamais douté. Même si… » Il regarda son ami, en penchant la tête sur le côté. « J'ai entendu dire que tu avais fauté une fois quand tu étais jeune ? Quand tu pensais être amoureux ? » Il cracha un petit rire, cruel comme une blessure. « C'est ça qui t'a fait quitter l'Église, Poldek ? L'amour ? Le grand amour ? Tu as préféré les bras de ta maîtresse à l'étreinte de Dieu ?

– Je sais où tu veux en venir, Georgi. Laisse Mila en dehors dc ça », le prévint Tacit, les yeux embrasés par la rage. Il sentait le sang battre dans ses tempes, son cœur se serrer. « Finissons-en », gronda-t-il

Mais l'homme vêtu de noir éclata de rire.

« En finir ? Non, mon ami. Ça ne fait que commencer. Ce n'est que le début. Les lumières. Les voix. C'est vrai qu'elles te parlent ? C'est vrai qu'elles te donnent du pouvoir, le pouvoir de prendre la vie et de la donner ? Tu comprends maintenant, Tacit ?

Tu comprends pourquoi tu es ici, pourquoi Isabella est ici ? Ce que nous allons faire ? »

Tacit comprenait. Il le savait depuis l'instant où ils avaient enlevé Isabella. Peut-être l'avait-il toujours su. Il hocha la tête. La rage le consumait mais il ne montrait aucune émotion.

« Tu es l'ultime pièce, comme lors de la messe pour la Paix. Il nous fallait un monde dans lequel notre Seigneur puisse revenir, un monde qui lui aille. Et seul l'accomplissement du rituel permettra de le faire advenir. L'orgueil de la vie ! »

Il cracha ces derniers mots avec des postillons et Tacit sut que la folie l'avait définitivement emporté.

« Le désir de rompre le lien entre la vie et la mort. L'acte final. Le péché ultime. Briser la volonté de Dieu et s'assurer que ceux qu'il a capturés et enchaînés soient rappelés sur Terre. »

Sans un autre mot, il leva son pistolet et le pointa sur le corps d'Isabella.

« Georgi ! » s'exclama Tacit, les mains levées pour attirer son attention, mais le doigt de Georgi pâlit sur la détente et le pistolet détona dans sa main.

Isabella poussa un bref cri et retomba, inerte, sur le sol de la caverne, le sang s'écoulant de sa poitrine.

« Non ! » rugit Tacit en se précipitant pour la prendre dans ses bras.

Henry et Sandrine restaient pétrifiés sur le seuil de la grotte dans un silence horrifié.

« Non ! hurla-t-il en la berçant comme il l'avait fait avec Mila toutes ces années auparavant. Qu'est-ce que tu as fait ? »

Il regarda Georgi, les yeux remplis de larmes et de haine. Celui-ci souriait, le pistolet pointé vers le ciel.

« Ma mission pour le Seigneur : j'ouvre la dernière partie du rituel, Poldek. Tu sais ce qu'il te reste à faire, poursuivit-il, le visage sombre. Fais-le ! »

Georgi recula tandis que Tacit revenait à Isabella, inanimée entre ses bras. Il la serra contre son corps, les larmes coulant sur ses joues, sans cesser de la bercer.

105

Front italien, bataille de l'Isonzo,
nord-ouest de la Slovénie

Des hommes vêtus de robes noires s'assemblèrent autour de Pablo et lui firent traverser le réseau de grottes. Il résista et sentit des mains lui saisir les bras et le pousser contre son gré.

« Allez, soldat Gilda, dit le caporal-chef Abelli qui le lorgnait de près. C'est le moment de devenir le grand guerrier que tu as toujours rêvé d'être, de te montrer à la hauteur du sang qui coule dans tes veines. »

Il fut emporté, à moitié poussé, à moitié tiré, résistant du mieux qu'il pouvait à l'armée de mains et au rituel vers lequel elles le conduisaient. Mais la bataille l'avait pratiquement vidé de toutes ses forces et la peur avait pris le relais.

L'entrée de la grotte donnait sur un grand cercle de pierres de dix mètres de diamètre au bord duquel étaient rassemblés des prêtres qui regardaient tous Pablo intensément, leur capuche rabattue sur leur visage. À leur tête se tenait le grand-prêtre, un barbu imposant avec de longs poignards pâles à la main. À quinze mètres en dessous d'eux, sur les plaines du Karst, le champ de bataille pourrissait sous la chaleur mourante des dernières heures du jour.

Pablo se débattit avec plus de force, mais les mains le saisirent fermement et le poussèrent encore. Soudain, les prêtres se mirent à étaler les reliques élaborées qu'ils avaient apportées jusqu'ici, avec vitesse et efficacité. Une lune pâle avait commencé à se lever au-dessus de l'horizon et une nuée d'étoiles apparaissait. Des corbeaux tournaient autour du pinacle en vastes volées et s'assemblaient en croassant bruyamment sur des affleurements rocheux et sur l'aiguille de pierre qui s'élançait vers les cieux.

La lumière de la lune avançait à tâtons sur le vaste plateau, ses doigts argentés effleurant la pierre noircie du pinacle et les sombres robes des prêtres. Le vent était retombé et, venue des profondeurs du champ de bataille en contrebas, l'odeur des corps brûlés mêlée à celle du sang commença à monter.

Un large morceau de tissu soyeux avait été disposé sur une roche sombre, orné d'un ruban blanc en forme d'étoile à cinq branches. Des cierges noirs étaient posés à chaque pointe.

Pablo fut poussé jusqu'au-devant du tissu et forcé de s'agenouiller. Des éclairs zébrèrent le ciel et, à l'est, le tonnerre gronda. Le prêtre ouvrit grand ses bras avec dans chaque main une dague sur laquelle se reflétait la lumière de la lune.

« Des yeux morts. De la peau déchirée et sanguinolente. Des langues brûlées dans des bouches édentées. Des signes qui plairont à notre maître. »

Des éclairs blancs fendirent soudain le crépuscule.

« Eux qui sacrifieraient tout au nom de leur maître, eux qui se battraient jusqu'à la mort, et qui ne peuvent pourtant mourir, au nom de sa Majesté, de son retour et de son règne, car ils sont aussi éternels que la genèse des âges, forgés dans le feu qui vit jaillir le temps dans un seul et même geste.

« Il a vu les sacrifices que nous avons faits pour lui ici sur cette lande, nous assurant que le sang nourricier des déchus se soit infiltré jusque dans les entrailles de son royaume. Depuis trop longtemps, ce monde est baigné de lumière et de vie. La nouvelle ère est arrivée, annoncée par beaucoup puis par peu, une ère apocalyptique de ruine pour ceux qui choisissent de ne pas croire, de ne pas suivre, de ne pas s'offrir entièrement à sa noirceur et sa puissance. »

Il laissa retomber ses bras et regarda Pablo.

« Que l'on apporte le dernier sacrifice ! »

106

Front italien, bataille de l'Isonzo,
nord-ouest de la Slovénie

Ça recommençait. Encore. Tout ce qu'il aimait, tout ce dont il se souciait, tout ce qui touchait sa vie mourait ou s'effondrait. Sa mère. Mila. Et maintenant Isabella.

« Que peut-on faire ? » demanda Henry, tandis que Sandrine et lui se laissaient tomber aux côtés de Tacit.

Si Tacit avait entendu sa question, il n'en montra rien. Il poussa un hurlement, plus sonore que d'habitude, en secouant la tête, les paupières serrées, avant de marmonner « non », encore et encore. Le beau visage pâle d'Isabella était dénué de toute vie, un masque mortuaire. Il écrasa son corps inerte et froid contre le sien, sentant le refroidissement de son sang contre sa chair.

« Isabella ! » cria-t-il, et il sentit le courroux le parcourir, une rage contre Georgi, contre lui-même, contre sa malédiction, car il savait que c'était bien cela qui le poursuivait.

Les lumières et les voix avaient toujours été là, comme de fidèles compagnes. Il ne se souvenait plus quand elles lui étaient venues la première fois, il devait encore être un petit garçon, mais elles revenaient chaque fois qu'il était éprouvé, dans les situations les plus désespérées, les esprits l'emplissant alors de leur pouvoir, de leur majesté et de leur horreur.

Il avait d'abord cru, enfant, qu'il était frappé par la folie lorsque les voix lui parlaient, lui soufflant à l'oreille leur tentation maléfique, et que les lumières l'éblouissaient. Mais quand les voix et les lumières étaient par la suite revenues, elles lui apportaient de la puissance, de la vitesse et de la lucidité. Ce fut alors que Tacit comprit qu'il ne s'agissait pas d'une maladie mais d'un don, une force pour faire face aux moments les plus terribles. Et même si les mots qu'il entendait étaient cruels et les lumières aveuglantes, ils lui donnaient le pouvoir d'accomplir des prouesses qui dépassaient le nombre de ses années. De devenir plus qu'un homme. De devenir un dieu.

Il avait toujours craint le chemin où elles l'entraînaient. Mais Tacit les suivait sans poser de question. Car, après tout, si elles lui donnaient de la force, une telle puissance pouvait-elle être une si mauvaise chose ?

Les lumières et les voix étaient maintenant avec lui et il savait ce qu'il avait à faire. Toute sa vie il avait attendu ce moment, il savait que tout ce qu'il avait vécu auparavant n'était qu'un passage qu'il empruntait pour arriver à cet instant. Il regarda Isabella et son amour pour elle déferla comme une vague impossible à retenir. Il l'embrassa sur le front et les lumières tournoyèrent, brillèrent, explosèrent et le saisirent, le remplissant de leur pouvoir maléfique, lui donnant le courage de maîtriser la vie et la mort.

Une énergie s'échappa de lui et il sentit qu'il s'élevait, porté par des mains invisibles. La chaîne qui retenait Isabella se rompit, et la plaie sur sa poitrine, d'où s'écoulait son sang, sécha et se referma dans l'instant. Et soudain, Isabella toussa, une brève toux étouffée, son visage reprit des couleurs et un mouvement anima ses paupières. Tacit arracha ses vêtements pour exposer l'endroit où la balle l'avait atteinte. Mais la blessure avait disparu, et avec elle, les lumières commencèrent à s'éclipser.

Il la tint, en larmes, refusant de la relâcher, comme s'il craignait qu'elle retourne dans ce monde noir, hors de sa portée.

« Tacit ? » murmura-t-elle faiblement avec le sentiment d'être de nouveau en sécurité après un long sommeil glacé.

Elle sentait les bras qui l'enlaçaient avec force.

« Tout va bien, sanglota-t-il, lui embrassant le front. Tout va bien.

– Qu'as-tu fait ? murmura-t-elle. Qu'as-tu fait, Tacit ? »

Car elle savait d'où elle était revenue et elle savait qu'elle n'aurait jamais dû, qu'une force, une puissance trop grande et trop terrible pour être comprise, l'avait ramenée.

« Je te l'avais dit, souffla-t-il, la poitrine tremblante, essuyant le sang et les larmes autour de ses yeux. Je t'avais promis de ne jamais t'abandonner. »

Il sourit et la serra contre lui, embrassant son front.

107

Front italien, bataille de l'Isonzo,
nord-ouest de la Slovénie

L'orage frappa le Karst avec une vitesse ahurissante. Sur tout le plateau, des soldats essayaient de se mettre à l'abri de la pluie torrentielle et des éclairs déchaînés. L'eau inondait les tranchées et trempait quiconque n'arrivait pas à trouver refuge, colorant la montagne avec le sang qu'elle faisait dégouliner sur ses flancs calcaires.

Sur le pinacle, les prêtres baissaient la tête sous leur cape trempée, émerveillés par les puissances qui se déchaînaient autour d'eux, chacun se réjouissant que ces forces aient été invoquées, certain que cette fois l'offrande, le baptême de sang, suffirait. Tous les yeux étaient tournés vers le grand-prêtre barbu et l'homme à six doigts agenouillé à ses pieds.

« Nous avons abreuvé les terres du sang pur des innocents, dit le grand-prêtre. Versons le sang de Satan qui coule dans les veines de son descendant. »

Il fit tourner les poignards dans ses mains, l'acier froid accrochant la lumière de la lune montante et des éclairs.

« Abaddon, prince des Ténèbres, roi de l'Abysse, je t'invoque toi et tes six princes retenus par les chaînes de l'enfer ! Traversez l'Abysse ! Remontez à la surface, manifestez-vous auprès des mortels et de ceux qui paraissent en être. Car son retour est proche et il doit être protégé. Nous sommes de valeureux serviteurs mais nous ne pouvons lui fournir le secours ni la protection qu'il requiert, alors même qu'il s'apprête à retrouver son trône une fois de plus. Toi seul et tes lieutenants pouvez lui offrir le réconfort de l'armure et de la masse. Partage avec nous tes pensées et fais-moi connaître ta volonté, car vous êtes nos gardiens, et nous sommes tes fantassins. »

Les cierges, qui étaient restés allumés malgré le vent hurlant et la pluie battante, s'éteignirent soudain, plongeant le pinacle dans une obscurité que seule la lueur de la lune ascendante venait éclaircir.

Des lumières apparurent devant les yeux de Pablo, des boules de feu tourbillonnantes trop lumineuses pour que quiconque puisse les regarder.

« Avec ces lames, j'accomplis le dernier sacrifice. » Il regarda Pablo et lui présenta les couteaux. « Prends-les, et décide maintenant si tu souhaites une mort prompte dénuée de douleur ou s'il faudra te forcer la main et soumettre ton âme aux éternels tourments de l'enfer. »

Pablo hésita, ne comprenant pas bien ce qui était attendu de lui. Abelli s'accroupit et vint lui parler à l'oreille. Comme transfiguré, Pablo prit les poignards dans ses mains. Il vit que les manches étaient faits pour ses six doigts. Il comprit. Il sut pourquoi il était là. Les larmes et la pluie se mêlaient sur ses joues. Il frissonna, le visage tordu de douleur.

« C'est l'heure », gronda le grand-prêtre. Il releva la tête et s'adressa à la congrégation d'une voix forte. « Que son sang se mêle à celui des déchus ici sacrifiés, et qu'il soit la force de vie qui permette leur retour. Nous vous avons honorés dans les trois péchés, nous vous avons offert ce sacrifice de masse pour étancher votre soif. Nous vous demandons maintenant de franchir le gouffre qui nous sépare et de venir parmi nous, d'être ses défenseurs, ses lieutenants, et de nous guider tous lors de son retour ! »

La foudre frappa le pinacle et plusieurs prêtres sursautèrent, surpris par toute la puissance amassée.

« Tant de majesté ! lança l'un. Ils arrivent ! Ils sont en train de passer ! On les sent !

– Ma tête ! s'écria un autre, les mains sur les tempes. On les sent ! Tant de pression ! C'est trop !

– Fais-le ! ordonna le grand-prêtre à Pablo. Maintenant ! »

Et, comme pris d'une transe, Pablo porta les couteaux à sa gorge et appuya les lames contre sa peau.

108

Front italien, bataille de l'Isonzo, nord-ouest de la Slovénie

Assemblés dans la caverne autour d'Isabella, paralysés par le miracle qui venait de se produire sous leurs yeux, ils comprirent que quelque chose se passait au-dessus d'eux sur le pinacle quand la foudre frappa la large roche et que l'air devint électrique. Tacit se retourna, la vue troublée par l'émotion et les larmes.

« Ils arrivent, grogna-t-il, le visage tordu par la rage et le dégoût. Ils franchissent le passage. Rien ne peut plus les arrêter désormais. Surveillez-la. »

Tacit souleva délicatement Isabella et la déposa dans les bras de Henry. Dans le ciel au-dessus du Karst, l'orage sombre secouait le pinacle. Tacit regarda le pentagramme. Les lignes s'étaient mises à luire et à fumer, comme si une énergie poussait sous les parties qu'elles délimitaient.

« Il faut que vous partiez, dit-il en passant la main sur le visage d'Isabella. Vous ne pouvez pas vous battre contre tout cela. Sortez ! Partez le plus loin possible ! » Il se leva et indiqua le passage par lequel ils étaient entrés. « Vite ! Allez-y !

– Et vous, Tacit ?

– J'irai là où ma destinée me porte, répondit-il gravement.

– Que voulez-vous dire ? demanda Henry.

– L'inquisiteur Cincenzo. Il a prononcé mon nom à la fin, quand il est mort.

– Oui, répondit Sandrine, les yeux pleins de larmes. Il l'a dit à Isabella. »

Tacit hocha la tête.

« Il savait. Il savait que ce serait moi qui achèverais le rituel. Pour refermer le cercle. Pour les ramener. Il ne vous disait pas de me retrouver. Il vous prévenait que ce serait ma faute. Que ce serait moi qui les ramènerais.

– Où allez-vous maintenant ? lança Henry à Tacit.

– Terminer ce que j'aurais dû finir la dernière fois. »

Tacit remonta en courant la veine pentue, les pointes de ses bottes s'enfonçant dans le calcaire. Il voyait l'ouverture sur le pinacle, le vent et la pluie qui fouettaient les roches noires et les silhouettes assemblées dessus. Les éclairs jaillissaient et le tonnerre grondait, comme si les forces de l'enfer étaient enfin relâchées.

Tacit grimpa la côte en bondissant, les dents serrées, les poings blanchis. Il savait qu'il courait au-devant d'une mort certaine. Il espérait simplement réussir à emporter avec lui autant de membres de la Main noire que possible avant que son heure ne sonne.

Il distingua la silhouette de Georgi à l'entrée de la grotte. Il plissa les yeux et accéléra.

Un fracas terrible retentit derrière lui, le roulement de pieds lourds frappant les pierres, le grognement animal d'une meute et les hurlements glaçants qui se répercutaient sur les parois. Tacit s'arrêta et se retourna, les yeux écarquillés, découvrant un gigantesque clan de loups qui se déversaient dans la caverne par divers trous et galeries et qui s'engouffraient dans le passage où il se trouvait avec leurs mâchoires ensanglantées grandes ouvertes, leurs griffes noires et leur fourrure puante. Son instinct prit le dessus et il porta la main à son pistolet mais c'était trop tard, les loups fondirent sur lui et l'ensevelirent dans leur masse hurlante.

Roulant sur le sol et se relevant le plus vite possible, Tacit regarda, choqué, les loups lui passer dessus sans s'en prendre à lui. Ils chargèrent vers le pinacle et se jetèrent, assoiffés de sang, sur les prêtres assemblés pour le rituel.

109

Front italien, bataille de l'Isonzo, nord-ouest de la Slovénie

À l'instant où ils attaquèrent, Pablo fut tiré de sa transe et retira les couteaux de sa gorge.

« Qu'est-ce que tu fais ? cria le caporal-chef Abelli par-dessus les cris des mourants. Tranche-toi la gorge ou tu atterriras en enfer pour l'éternité. »

Mais Pablo secoua la tête, tandis qu'autour de lui des corps se faisaient déchiqueter et dévorer par des griffes et des mâchoires baveuses, la force des coups se propageant dans le sol rocailleux.

« Fais-le ! » cria Abelli en tendant les mains vers lui pour lui porter à nouveau les lames sous la gorge. Mais Pablo fut plus rapide. Il enfonça la pointe du couteau qu'il tenait dans sa main droite entre les côtes d'Abelli et la poussa jusqu'à la garde. Abelli croassa et tomba à genoux, le souffle coupé, jetant un regard médusé à Pablo avant de s'écrouler sur la pierre noire. Dans les cieux que zébraient les éclairs, le tonnerre retentit, comme s'ils explosaient sous la pression devenue trop forte.

La pluie tomba sur Tacit, qui avait suivi les loups sur le pinacle, son regard assassin fixé sur son vieil ami.

110

Front italien, bataille de l'Isonzo,
nord-ouest de la Slovénie

Georgi aperçut Tacit et sourit. Il écarta les mains, tenant dans la droite son couteau encore dégoulinant de sang de loup, comme pour le mettre au défi de l'attaquer. Derrière lui, un escalier en colimaçon s'enroulait autour d'une aiguille de pierre qui surplombait le pinacle. Georgi se retourna et le gravit quatre à quatre. Tacit s'élança à sa poursuite.

Le pinacle était secoué par les hurlements des loups et des prêtres mourants, la fumée de la cérémonie se dispersait progressivement et des éclairs transperçaient les nuages. Tacit monta l'escalier en courant, laissant le bruit et le chaos derrière lui. La pluie et le vent le fouettaient quand il passait du mauvais côté de l'aiguille. Les quarante marches, exposées aux éléments, conduisaient à une étroite roche plate, rendue glissante par la pluie, au sommet du pic rocheux.

Georgi se tenait au bord de ce promontoire, trempé, tête baissée, poings serrés, ses yeux sombres transperçant Tacit.

« Poldek ! cria-t-il par-dessus le rugissement de l'orage.

– Georgi », répondit Tacit. Il était déjà détrempé, ses cheveux sombres collaient à son visage, son manteau était plaqué contre son corps par le déluge. « C'est terminé. Je pourrais t'abattre tout de suite, annonça-t-il en relevant un pan de son manteau pour découvrir son pistolet.

– Tu pourrais, répondit Georgi, la bouche plissée, comme s'il évaluait sa menace, mais tu ne le feras pas. Parce que tu ne saurais alors jamais si tu es capable de me battre.

– Je t'ai déjà battu, gronda Tacit.

– Vraiment ? rétorqua Georgi, amusé. Je ne crois pas. Moi je t'ai battu, Poldek. Deux fois. Tu as fait exactement ce qui était attendu de toi. Tu as ouvert les portes de l'enfer. Ils sont en train de les franchir. » Il tourna ses yeux vers le ciel, goûtant l'orage tonitruant. « Nous avons attendu ce moment toute notre vie. Et maintenant ton travail est accompli.

– Tu te trompes. Les loups. Ils ont tué tout le monde.

– Très bien. Je vais te tuer à mon tour, Poldek. Tu le sais, n'est-ce pas ?

– Tu pourras essayer.

– Oh, je vais essayer. Et je vais réussir. Je vais te tuer, lentement, pour que tu puisses vivre la honte de ce que tu as accompli, voir ce que tu as fait déferler sur le monde, pour une piteuse émotion telle que l'amour. »

Il se rua sur Tacit. Il était fort, plus fort que dans son souvenir, comme si l'ouverture des portes de l'enfer l'avait revigoré. Mais il y avait quelque chose qui clochait, comme s'il portait un fardeau, comme si la puissance de cette malédiction lui pesait. Tacit se retourna pour lui faire face, les poings levés. Georgi sourit.

« Qu'est-ce qu'il y a, Tacit ? Tu penses que tu as l'avantage sur moi ?

– Non. C'est juste que je ne ressens aucune honte d'avoir sauvé Isabella. D'avoir fait passer l'amour avant la haine. »

Il se jeta sur Georgi, feinta un crochet et atteignit son vieil ami à la tempe quand celui tenta de se baisser. Georgi roula sur le côté, s'écarta à quatre pattes puis s'éloigna en courant et en secouant la tête.

« Qu'est-ce que tu as fait ? » s'écria Georgi en ripostant par des coups de pied.

Tacit para l'attaque et le poussa à hauteur de poitrine. Georgi tomba sur le dos puis se remit debout en respirant péniblement.

« Tu ne te rends pas compte de ce que tu as fait au monde ?

– J'ai sauvé mon amour », répondit Tacit en attrapant le poing de Georgi avant de le frapper au poignet, de lui infliger deux coups de poing au visage et de l'envoyer au sol.

Il enchaîna avec des coups de pied dans les côtes, ce qui poussa Georgi à rouler jusqu'au bord du plateau pour mettre une petite distance entre lui et ce déferlement de violence.

« Dis-moi, Georgi, tu as déjà aimé ? »

Tacit fondit sur lui, plié en deux comme un boxeur, et lui envoya un puissant crochet du droit. Georgi l'esquiva mais Tacit l'atteignit avec un direct du gauche et un uppercut dévastateur.

Georgi tituba, les mains sur le menton, grimaçant d'admiration. Il hocha la tête et eut un rire glacial.

« Aimer ? cracha-t-il, envoyant des postillons rouge sang au visage de Tacit. Peuh ! Tu parles d'amour mais tu ne peux pas comprendre la véritable valeur de l'amour tant que tu n'as pas été touché par l'affection du diable.

– Le diable ne se soucie de rien ! » gronda Tacit.

Georgi rit plus fort, ce qui sembla le rendre plus puissant encore.

« Il ne se soucie de rien ? Tu découvriras, je pense, que le diable se soucie tout particulièrement de ceux qui le servent. Il est très attentif. »

Il chargea Tacit et se plia en deux au dernier moment, l'atteignant au ventre avant de lui assener un coup de genou au visage. Tacit retomba lourdement sur le sol.

« J'ai déchaîné les enfers ! cria Georgi avec des yeux fous. Je suis plus fort que jamais. »

Il bondit et Tacit essaya de s'écarter, mais Georgi se déplaçait à une vitesse étourdissante. Il plaqua Tacit au sol et lui mit un coup de pied dans la tête qui le fit déraper sur la pierre glissante.

Le bord du pinacle approchait et Tacit chercha une prise du bout des doigts pour éviter de basculer dans le vide.

« Nous ne sommes pas là pour aimer, Poldek ! Nous sommes là pour jouer notre rôle. Toi ? Moi ? Nous ne sommes que des rouages dans une immense machine. »

Alors que Tacit se rapprochait de lui, Georgi fit une roue, envoya Tacit au tapis et lui assena un coup de poing sur la tempe.

Tacit resta étendu sur le dos, son manteau ouvert, la pluie lui cinglant le visage. Georgi le toisait en souriant.

« Dis-moi, commença-t-il en accompagnant sa remarque d'un coup de pied dans les côtes qui força Tacit à se rouler en boule. Dis-moi, tu n'as jamais l'impression que la vie n'est qu'une longue plaisanterie particulièrement cruelle ? »

Il voulut le frapper à nouveau mais Tacit saisit sa botte et le fit basculer tout en attrapant son pistolet dans son étui. Georgi le lui fit immédiatement tomber des mains.

« Non, non, mon ami, l'admonesta-t-il en agitant sévèrement le doigt. On fait ça à la dure. Toi et moi. À coups de poing. On ne s'est jamais battus comme ça, quand on était jeunes. J'en ai eu envie, bien souvent. De te battre. Jc t'enviais. Je te haïssais. »

Il envoya un coup de poing que Tacit évita en roulant sur le sol et en restant tapi, doigts écartés, à l'affût de chacun de ses gestes. Ils se tournaient autour, aucun d'eux n'osant lancer une nouvelle attaque.

« C'est pour ça que j'ai adoré ouvrir Mila en deux, dit Georgi, une lueur de plaisir sombre dans les yeux.

– De quoi tu parles ? »

Mais Georgi rit et se mit à tourner dans l'autre sens, scrutant le visage de Tacit à la recherche du moindre signe, de la moindre faiblesse qui prouverait que ses paroles avaient atteint leur but.

« Elle m'a supplié, comme une putain. Elle m'a supplié d'arrêter. Elle a juré qu'elle partirait avec moi, qu'elle te quitterait, pour sauver son fils, mais ça ne faisait pas partie du plan.

Moi, ça m'était bien égal que ce soit toi ou un autre. Mais dans leurs plans, ça a toujours été toi, toi et ces foutues lumières ! »

Tacit se rua sur lui, ses mouvements et son équilibre rendus imprécis par la confusion et la haine. Georgi le maîtrisa d'un coup de poing qui le fit encore saigner du nez.

« Ton enfant, c'était un garçon, tu sais. »

Tacit rugit et se jeta sur lui mais Georgi passa sous ses bras et le fit tomber sur le dos.

« Il s'est battu pour survivre quand je l'ai arraché aux entrailles de Mila, même si elle a essayé de me griffer, de me supplier de ne pas le tuer, de l'épargner elle aussi. Tu aurais été fier de voir comme elle s'est battue pour sauver ton fils. Il est mort dans mes bras. Lentement. Il a péri à cause du froid et du sang dans ses poumons. »

Une fureur incandescente gagna Tacit et il se rua sur Georgi pour le traîner jusqu'au bord du pinacle et le jeter dans le vide. Mais Georgi l'esquiva, lui mit un coup de pied et le fit basculer par-dessus le rebord.

Georgi accourut et rit en voyant Tacit qui se retenait du bout des doigts à un affleurement rocheux trois mètres plus bas.

Il se pencha, les mains sur les hanches, et secoua la tête.

« Oui, ça a toujours été ces foutues lumières. Pendant des années, tu les as ignorées, méprisées. Tu ne les as pas utilisées. Tu as essayé de suivre le respectable chemin de la foi, sans laisser leur malice entacher ta vie. Et moi ? J'ai été envoyé pour accomplir l'œuvre du diable. »

Tacit sentit que ses doigts glissaient et il changea de prise.

« Je te proposerais bien un coup de main, mais je suis occupé. Je vais retourner dans la caverne. Je vais retrouver Isabella. Je vais l'étrangler puis j'attendrai que le Seigneur noir m'appelle. »

Le fleuve bleu-vert s'écoulait en contrebas. Tacit se balança pour essayer de trouver une autre prise, mais en vain ; il sentait que ses doigts frigorifiés et mouillés faiblissaient.

« Allez, Poldek ! s'exclama Georgi. Tu ne vas pas nous laisser plantés là toute la journée. J'ai énormément de choses à faire. Quelqu'un à tuer, des démons à retrouver. »

Un hurlement leur parvint de l'escalier et Georgi se retourna juste à temps pour voir une énorme bête sauvage bondir de la dernière marche et traverser le sommet de l'aiguille. Elle atterrit sur son torse et le fit tomber vers le rebord. Georgi lutta contre la gravité en agitant les bras, les yeux écarquillés. Puis il glissa et tomba. En passant à hauteur de Tacit, il parvint à attraper sa botte droite et à l'entraîner dans sa chute. Ils dégringolèrent dans le vide, accrochés l'un à l'autre.

Le loup s'assit au bord de la falaise et les regarda se battre jusqu'au fond de la vallée, où ils percutèrent la surface bleue de l'Isonzo dans une gigantesque éclaboussure.

111

Front italien, bataille de l'Isonzo,
nord-ouest de la Slovénie

Sur le sommet rocheux, le grand-prêtre se retourna et contempla le carnage tout autour de lui, son projet réduit à un amas de chair sanglante et déchiquetée. Pablo était accroupi et tenait toujours les couteaux, dont l'un était encore poisseux du sang d'Abelli.

« Toi ! cria-t-il comme si les cieux tonnaient à travers lui. Pourquoi n'as-tu pas fait ce que j'exigeais ? Tu es désormais condamné à vivre pour toujours dans les tourments de l'enfer ! »

Prêt à porter le coup fatal, il marcha vers le jeune homme terrifié qui gardait les mains devant son visage. Une ombre le recouvrit, celle d'une créature massive qui sentait le sang et la pourriture, et ses yeux s'ouvrirent instantanément.

Un énorme loup se tenait entre Pablo et le Grand Prêtre. Il était debout sur ses pattes arrière, mais penché, si bien que ses énormes griffes grattaient presque le sol rocheux. Malgré sa posture, le loup monstrueux était plus grand que l'immense prêtre barbu.

Celui-ci ne semblait pas particulièrement effrayé. Il fixa la bête et cracha à ses pieds.

« Tu oses te dresser devant moi, résidu d'homme damné ? » bouillait le prêtre, les yeux enflammés, la brûlure sur son visage luisant sous la pluie. Il fit un pas et pointa le doigt sur la créature. « Tu n'as pas l'autorité pour me menacer, si tu ne peux pas te présenter devant moi comme un homme ! Et tu as perdu ce titre il y a bien longtemps. Sors d'ici ! Retourne dans ta grotte à ton existence maudite ! »

À cet instant, le loup leva la main vers son propre cou et tira la fourrure au-dessus de sa tête. Le loup rétrécit instantanément et redevint la silhouette nue et malingre de Poré.

« Mais je me présente devant vous comme un homme ! cria Poré au prêtre qui lui lança un regard noir et recula, la main sur le cœur.

– Quelle est cette sorcellerie ? siffla-t-il.

– Vous ne vous souvenez pas de moi, cardinal Gilbert ? » demanda Poré, dont la peau pâle était maculée de sang et de boue.

Le grand-prêtre barbu hésita.

« Il y a bien des années, vous m'avez condamné à une malédiction bien différente, celle d'une vie d'amertume, de regret et de questionnements. Ma famille m'a été arrachée et envoyée au chevalet et sur la chaise de torture de l'Inquisition. Par votre main ! Le temps que je retrouve suffisamment mes esprits pour vous traquer, vous aviez déjà quitté l'Église, disparu dans le trou noir et sur ce chemin maléfique que vous avez suivi depuis. Je vous ai cherché toute ma vie et maintenant je vous retrouve. Et je vais pouvoir exercer ma vengeance ! »

Mais le cardinal Gilbert éclata de rire.

« Pathétique ! cracha-t-il. Que vous ayez traîné ce fardeau de ressentiment et de haine à mon égard pendant si longtemps alors que je n'ai aucun souvenir de vous ou de votre famille. J'imagine que je devrais être fier que vous ayez pensé à moi avec une telle passion, mais j'ai envoyé tant de monde vers la Chambre de l'Inquisition. Tant de gens sont faibles et ont besoin d'une bonne correction, sous la férule du Seigneur. »

Poré secoua la tête.

« Non. C'est fini. C'est terminé. »

Le prêtre se rembrunit, le visage tordu par la colère.

« Ce n'est jamais fini ! rugit-il. Ce n'est que le début ! Maintenant je vous vois en chair et en os. » Il ouvrit de grands yeux. « Et si vulnérable ! »

Il saisit le couteau accroché à sa ceinture et se rua sur Poré, qu'il fit tomber par terre en trébuchant sur Pablo. Il serrait la gorge de Poré d'une main tout en essayant d'assurer sa prise sur son couteau de l'autre. En se débattant, Poré parvint à attraper l'un des couteaux de Pablo, à le tourner et à l'enfoncer dans la poitrine du Grand Prêtre.

Le poignard au manche à six doigts s'enfonça facilement entre ses côtes. Un soupir étranglé s'échappa des lèvres du cardinal Gilbert, comme si son esprit essayait de fuir sa dépouille mortelle, de crainte de rester coincé à l'intérieur.

Poré retomba sur le dos et ferma les yeux, le pouvoir maléfique s'effritant et s'éteignant tout autour de lui avant que l'obscurité se fasse.

112

Front italien, bataille de l'Isonzo,
nord-ouest de la Slovénie

Au moment où le grand-prêtre fut tué, un bruit et une chaleur montèrent du pentagramme dessiné sur le sol de la grotte, comme si toutes les hordes de l'enfer avaient été libérées tandis qu'un millier de tempêtes déchiraient les cieux.

Les puissances vaincues et brisées jaillirent en hurlant des cages infernales où elles avaient été retenues captives pendant si longtemps, l'air frais dissolvant leurs ombres brisées. Jurant et glapissant, les spectres des princes des Ténèbres se battirent et se griffèrent pour être le premier à humer l'air de la terre, conscients que cela ne durerait qu'un instant éphémère, ce tourment de pouvoir goûter ce à quoi ils auraient pu accéder avant que leurs chaînes ne les ramènent dans les abysses enflammés. Ils s'en prirent aux cieux, tournoyant et s'évaporant dans la lumière de la lune comme des ombres devant le soleil, jusqu'à ce que les cris terrifiants se dispersent sous le vent comme un noir souvenir.

Sandrine tomba à genoux au bord de l'aiguille de pierre, au-dessus du pinacle, les dernières averses nettoyant la crasse sur son corps. Elle resta là, reprenant son souffle, tandis que le soleil bas perçait les nuages à l'ouest, la capturant dans ses derniers rayons.

Elle entendit du bruit dans l'escalier et, épuisée, se retourna pour découvrir Henry et Isabella qui arrivaient. Henry déposa

Isabella sur le sol et se précipita vers Sandrine, qu'il prit dans ses bras avant de lui passer son manteau sur les épaules et d'écarter les cheveux de son visage.

« Sandrine ! s'écria-t-il. Sandrine ! Mon amour ! Est-ce que tu vas bien ? »

Elle hocha la tête, s'affaissant dans ses bras. Il regarda le cercle de pierre vide.

« Tacit ! cria Isabella, en larmes, en portant la main à sa bouche. Où est-il ?

– Disparu, répondit Sandrine, des larmes de remords et de douleur dans les yeux. Il est tombé. » Elle regarda par-dessus le rebord et pleura longuement contre la poitrine de Henry. « Ils sont passés, sanglota-t-elle. Les démons. Ils sont passés. Je les ai entendus ! Je les ai entendus arriver ! »

Henry secoua la tête.

« Non. Ce n'étaient que les ombres de ce qui aurait pu advenir. L'invocation a été interrompue. C'est terminé. »

Isabella se releva et tituba jusqu'au bord du rocher. Elle cria vers la vallée, tombant à genoux, secouée de sanglots incontrôlables. Elle sentit des mains sur ses épaules et laissa Sandrine l'étreindre.

Le crépuscule tombait. Ils restèrent serrés tous les trois sur le pinacle, gelés et trempés. L'orage s'était interrompu instantanément. Ils s'accrochaient les uns aux autres, pleurant et jurant, tantôt animés par la rage, tantôt silencieux et effacés.

Un vent léger effleura Isabella quand elle ferma ses yeux mouillés pour essayer de prendre la mesure de ce qu'il s'était passé. Tacit, l'homme qu'ils avaient suivi, l'homme qu'elle avait aimé, avait disparu. Il était mort. Impossible qu'il ait survécu à une chute de près de mille cinq cents mètres dans le fleuve. Un bruit attira leur attention vers l'escalier de pierre. Pablo approchait prudemment, les mains serrées devant lui comme s'il priait, la tête baissée comme un esclave obéissant devant son maître.

« Il est parti ! cria-t-il. Poré, celui qui est venu sous la forme d'un loup. Il a tué le grand-prêtre, celui qu'il appelait le cardinal Gilbert. Je l'ai vu de mes propres yeux. Il l'a poignardé dans le cœur avec l'une de ces dagues. »

Les mots lui venaient en cascade.

« Poré ! » marmonna Sandrine, ses longs cheveux mouillés lui chatouillant les épaules quand elle secoua la tête. L'ombre d'un sourire passa sur ses lèvres, la stupéfaction se mêlant à une pointe d'admiration. « Alors il nous a suivis jusqu'ici ! Je pensais qu'il était mort à la messe pour la Paix.

– Comment a-t-il su ? demanda Isabella. Comment a-t-il su qu'il fallait venir ici ? Est-il toujours sur le sommet ?

– Il y était mais il est parti, répondit Pablo. Il a emmené les loups avec lui.

– Maigre consolation, dit Isabella en jetant un œil à Henry et Sandrine.

– Que fait-on maintenant ? s'enquit Sandrine.

– On descend de cette montagne, intervint Henry. On s'éloigne d'ici. Les Austro-Hongrois se préparent à un nouvel assaut, dit-il en regardant vers l'est.

– Emmenez-moi avec vous, supplia Pablo, les mains jointes. Je n'ai plus rien ici.

– Comment peux-tu dire ça ? demanda Sandrine. Et ta guerre ? »

Il secoua la tête.

« Ça n'est pas ma guerre. Ça ne l'a jamais été. Les prêtres vêtus de noir m'ont préparé pour ce moment. Je ne peux pas suivre la même voie, plus maintenant, pas après tout ce que j'ai vu, tout ce que j'ai entendu, tout ce que j'ai fait. »

113

Deux semaines plus tard, Cité du Vatican

Le soleil chauffait tant les pavés que quiconque aurait eu l'idée de marcher pieds nus se serait brûlé au bout de quelques pas. Les enfants criaient gaiement en s'arrosant avec l'eau des fontaines, leur peau cuivrée dorant sous les rayons du soleil. Après les derniers jours, leurs glapissements de joie ressemblaient à une renaissance ; tout le monde goûtait au retour de la chaleur qui avait dissipé les ténèbres pesant sur la ville.

Le père Strettavario regardait les eaux limpides.

« Et le troisième ange versa sa coupe dans les fleuves et dans les sources d'eaux. Et ils devinrent du sang. »

Strettavario releva la tête vers l'homme qui s'était approché silencieusement et avait cité la Bible.

« Cardinal Adansoni », dit Strettavario avec un léger sourire.

Adansoni sourit à son tour.

« Je suspecte depuis le début que c'est une infestation d'algues qui a rougi les eaux. Pas le diable. » Il regarda pensivement la fontaine, puis se tourna vers le vieux prêtre voûté. « Pourquoi êtes-vous venu ici, père Strettavario ? Ce ne sont généralement que les touristes qui se rendent à la fontaine de Trevi dans l'espoir d'un miracle. Vous n'avez pas des sermons à lire, des prêtres à admonester, des inquisiteurs sur lesquels enquêter ? »

Des passants allaient et venaient autour d'eux en discutant et gesticulant. Des femmes vêtues de robes blanches s'éventaient et jetaient des pièces dans l'eau. Des hommes moustachus, très élégants avec leurs chemises ouvertes et leurs vestons, riaient de la superstition de leur épouse puis les guidaient vers des ruelles ombragées. Strettavario entendit qu'ils parlaient de la guerre et des échecs de l'Italie sur le front de l'est.

« À quoi bon faire quoi que ce soit, cardinal Adansoni ? répondit Strettavario dans un haussement d'épaules. Tacit est mort. Peut-être est-ce un miracle que j'espère moi aussi ? » dit-il en jetant à son tour trois pièces dans la fontaine avant de s'éloigner.

114

Santa Ana, Californie

Un tourbillon de poussière traversait le comté d'Orange, une tempête de sable qui forçait les deux hommes remontant South Raitt Street à détourner le visage.

« Pourquoi ai-je accepté de venir me promener ? demanda celui qui portait un costume écossais clair en tapotant son chapeau, une fois le tourbillon passé. Une sieste après la représentation de ce matin m'aurait mieux convenu, Noah.

– Sornettes, Ethan ! s'exclama l'autre en aplatissant ses cheveux et en se caressant la moustache. Quoi de mieux que de passer une heure au grand air ?

– J'ai de la poussière dans les yeux, répondit Ethan en jetant un regard maussade vers McFadden Avenue. Nous n'aurions vraiment pas dû nous aventurer dehors, j'ai une migraine terrible.

– Et je dois dire, Ethan, que tu es toi-même devenu une sacrée source de migraine. Ta performance de ce midi au Clune's Theatre était tout juste passable. Les critiques s'en sont donné à cœur joie. Si tu veux converser avec les morts, ou du moins donner l'impression que c'est ce que tu fais, il va falloir que tu y mettes un peu plus de passion. En tant qu'agent, il est de mon devoir de te parler sincèrement, et la vérité, c'est que tu semblais aussi morose sur scène que ceux que tu essayais de réveiller. »

Noah chercha ses cigarettes dans sa poche et en offrit une au voyant. Ethan secoua la tête et prit une profonde inspiration.

« Nous avons une réputation à tenir », poursuivit son agent en allumant sa cigarette. Il retira un brin de tabac collé sur le bout de sa langue avant de recracher la fumée par le nez. « Les gens viennent de partout pour te voir miraculeusement communiquer avec les morts. Ne les déçois pas, mon cher, et surtout, ne me déçois pas. » Il enfonça le doigt dans la poitrine d'Ethan, se recoiffa et tira sur sa cigarette. Il observa son camarade plus attentivement. « Cela dit, tu as l'air un peu fatigué. Tu couves peut-être effectivement quelque chose ?

– Je crois que oui.

– Je te conseille de boire un bon verre et de dormir un peu avant la représentation de ce soir. »

Une berline noire passa lentement à leur hauteur et le conducteur, un prêtre, les regarda intensément.

« Heureux les débonnaires car ils hériteront la terre, marmonna Noah en regardant la coûteuse voiture tourner à l'angle d'une avenue. C'est plutôt les riches qui vont en hériter, oui ! » Il revint à son protégé et lui mit une claque dans le dos pour lui remonter le moral. « Du repos et un petit verre. Qu'en dis-tu ? »

Mais le médium secoua la tête.

« Je n'ai pas besoin de repos ou d'un verre, Noah. Il faut juste que je... fasse sortir ce malaise de mon esprit.

– Et quelle est la nature de ce malaise exactement ?

– Un pressentiment épouvantable. Sur le monde.

– Pour l'amour du ciel, Ethan, grommela Noah en tirant sur sa cigarette et en enfonçant l'autre main dans sa poche. Tu ne peux pas garder tes visions apocalyptiques pour la scène ? Ce genre de débordement, c'est exactement ce qui manque à ton spectacle en ce moment. C'est pour ça que ton public paye. La terreur ! Des révélations ! De l'excitation ! » Il enfonça son menton sous son col de chemise. « Ne gâche pas toute cette énergie alors que personne n'est là pour le voir, mon vieux !

– Mais c'est un sentiment qui me travaille depuis plusieurs jours.

– Probablement la salade au poulet que tu as mangée au Lancaster. Je t'avais prévenu qu'il fallait uniquement prendre le bœuf dans ce genre d'endroit. Ne te risque jamais sur la volaille dans un resto de viande.

– Quelque chose se prépare, Noah, affirma Ethan, de plus en plus sérieux.

– Oui, tu l'as déjà dit.

– Une guerre.

– Une guerre ? reprit l'agent en fronçant les sourcils. De quoi parles-tu ? Tu ne veux pas dire cette fichue guerre en Europe ?

– Si. C'est exactement ce dont je parle.

– Et en quoi une guerre qui se déroule à l'autre bout du monde concerne-t-elle l'Amérique ?

– Parce que l'Amérique va la rejoindre, dit Ethan, pâle comme un linge. Je le sais. L'Amérique va s'allier à la France et à la Grande-Bretagne et les choses vont devenir pires qu'elles ne l'ont jamais été. »

ÉPILOGUE

Cité du Vatican

Le prêtre frappa deux fois et poussa la porte après avoir été invité à entrer. Il lui semblait que la chambre était encore plus froide que lorsqu'il s'y était rendu, plus tôt dans la journée. Une unique bougie, noire, brûlait sur la table centrale, sa faible lueur se perdant dans les coins de la pièce. Une silhouette solitaire se tenait dans l'angle, dos à la porte.

« Eh bien ?

– Ça... ça a échoué », annonça le prêtre.

L'homme se retourna immédiatement vers le messager avec un regard furieux.

« Comment ça, "ça a échoué" ?

– Les loups », répondit le prêtre, comme s'il avait lui-même du mal à le croire. Il se racla la gorge et répéta le mot, l'accompagnant d'un nom : « Poré. »

L'homme dans l'ombre plissa ses yeux animés d'une lueur glaciale.

« Qu'a-t-il fait ?

– Il était là. Il est arrivé. Avec les loups. Ils ont tué tout le monde avant que la cérémonie ne puisse être achevée. »

L'homme ferma les yeux comme s'il ne pouvait plus supporter de regarder le monde et détourna la tête.

« Et Tacit ? demanda-t-il.

– Mort, répondit le prêtre. Il est tombé, avec Georgi, dans la gorge. Ils ont été emportés par le fleuve. Nous avons fouillé mais nous n'avons retrouvé aucune trace de l'un ou de l'autre. C'est fini. Terminé. »

L'homme se balança sur place quelques instants et le prêtre crut d'abord que son maître pleurait en silence.

« Non, dit-il solennellement, la détermination perçant dans sa voix. Ce n'est que le commencement. » Il se retourna et s'approcha de la fenêtre. « Son retour est imminent. Né sur un champ de bataille d'une terreur inimaginable, il arrivera pour détruire tout ce qui existait. Rien ne pourra arrêter son déploiement. Nous devons nous tenir prêts et le protéger du mieux que nous pourrons, même sans ses lieutenants. Réunir autour de lui des puissants et des forces du monde. Invoquer tous les démons pour qu'ils soient ses protecteurs. Nous assurer que les sorcières préparent leurs incantations les plus terribles. »

Il regarda les oiseaux par la fenêtre ouverte.

« Le retour de ses lieutenants a été contrecarré. Il incombe aux mortels de le protéger et de s'assurer qu'il grandisse et atteigne une position de force d'où il pourra réaliser son plan. »

Il lui sembla alors qu'il y avait de moins en moins de corbeaux sur la place et que les colombes revenaient dans le crépuscule.

REMERCIEMENTS

Un immense merci à tous mes amis et ma famille, qui m'ont soutenu et encouragé pendant que j'écrivais *Les Déchus*. Les exigences et les sacrifices pour vous et vos proches que suppose l'écriture d'un roman sont considérables. J'aurais été en peine de finir ce projet sans leur confiance et leur motivation à toute épreuve.

Je suis incroyablement touché par le nombre de personnes qui m'ont accompagné et qui ont porté la trilogie de la Main noire. Mes remerciements sincères à Claire Eastham, à tout le monde à Farley (surtout les buveurs du jeudi), au Waterstones de Salisbury (surtout Jo et Leonie), au Salisbury Writing Circle, à Tom Bromley, Russell Mardell, Dave Key, Paul Malone, Joy et Andrew Bailey pour l'utilisation de leur « cellule d'écriture sur la falaise » et à mon colocataire chez Duckworth, Ed Davey.

Une fois de plus, mon agent, Ben Clark, chez LAW, m'a soutenu et guidé avec une sagesse et une élégance infinies. Si vous aviez la moindre idée de ce que je lui fais subir, vous seriez ébahis. Je suis chanceux de l'avoir, avec LAW, à mes côtés.

Un grand merci à ma fantastique et si patiente éditrice chez Duckworth, Nikki Griffiths. L'inquisiteur Poldek Tacit n'a jamais été un individu facile à contrôler et elle semble avoir aisément trouvé comment faire. Toute l'équipe chez Duckworth Overlook mérite d'être mentionnée pour le soutien et les encouragements qu'ils m'ont offerts depuis le début. Avec Overlook Press, mon éditeur américain, ce sont deux maisons merveilleuses auxquelles je suis fier d'appartenir.

Enfin, un grand merci à Jon Phillips chez Muen et Paul Clifton Photography pour avoir prouvé qu'on pouvait bien faire passer des vessies pour des lanternes.

NOTE DE L'AUTEUR

Les ouvrages consacrés au front italien lors de la Première Guerre mondiale manquent cruellement. Le troisième front, apparemment oublié, qui s'est déroulé dans des conditions extrêmes et a coûté la vie à près de 500000 hommes, reste dans l'ombre des horreurs du front de l'ouest et des destructions inconcevables de celui de l'est. Le fait que les soldats italiens n'aient rien désiré d'autre que d'être envoyés vers les champs de bataille inondés de la Somme plutôt que de faire face à l'ennemi sur un éclat de roche inhospitalier vous donne une idée de ce que ces pauvres hommes ont dû vivre.

Dieu merci, j'ai pu m'appuyer sur *The White War*, de Mark Thompson, un ouvrage élégamment rédigé, passionnant et détaillé. C'est la fondation sur laquelle j'ai construit mes recherches pour ce roman. Le livre de H. P. Willmott *World War I* a été une ressource inestimable pour les cartes et les représentations visuelles des armes et des uniformes. Enfin, *The Great War*, de Peter Hart, a de nouveau été une référence solide et fiable sur le conflit dans son ensemble.

Imprimé en France
par Normandie Roto Impression s.a.s. à Lonrai
N° d'impression : 2303467

#lisez! engagé
www.lisez.com
Pour plus d'information :
Imprimé sur du papier issu de forêts gérées durablement.